PISTAS
SUBMERSAS

DOGGERLAND

PISTAS SUBMERSAS

MARIA ADOLFSSON

Tradução
FÁBIO ALBERTI

COPYRIGHT© MARIA ADOLFSSON, 2018
FIRST PUBLISHED BY WAHLSTRÊIM & WIDSTRAND, STOCKHOLM, SWEDEN
PUBLISHED IN THE PORTUGUESE LANGUAGE BY ARRANGEMENT WITH
BONNIER RIGHTS, STOCKHOLM, SWEDEN AND VIKINGS OF BRAZIL AGÊNCIA
LITERÁRIA E DE TRADUÇÃO LTDA., SÃO PAULO, BRASIL.
COPYRIGHT © FARO EDITORIAL, 2020

Todos os direitos reservados.
Nenhuma parte deste livro pode ser reproduzida sob quaisquer meios existentes sem autorização por escrito do editor.

Diretor editorial **PEDRO ALMEIDA**
Coordenação editorial **CARLA SACRATO**
Preparação **MONIQUE D'ORÁZIO**
Revisão **BARBARA PARENTE**
Capa e Diagramação **OSMANE GARCIA FILHO**
Imagens de capa © **AYAL ARDON | TREVILLION IMAGES**

Dados Internacionais de Catalogação na Publicação (CIP)
Angélica Ilacqua CRB-8/7057

Adolfsson, Maria
   Pistas submersas / Maria Adolfsson ; tradução de Fábio Alberti. — São Paulo : Faro Editorial, 2020.
   368 p.

   ISBN 978-85-9581-102-7
   Título original: Felsteg

   1. Ficção nórdica I. Título II. Alberti, Fábio

19-2617   CDD-839.5

Índice para catálogo sistemático:
1. Ficção nórdica 839.5

1ª edição brasileira: 2020
Direitos de edição em língua portuguesa, para o Brasil, adquiridos por **FARO EDITORIAL**

Avenida Andrômeda, 885 – Sala 310
Alphaville – Barueri – SP – Brasil
CEP: 06473-000 – Tel.: +55 11 4208-0868
www.faroeditorial.com.br

Esse lugar não está nos mapas;
lugares de verdade nunca estão.
— HERMAN MELVILLE, *Moby Dick*

DOGGERLAND era uma área de terra, agora submersa no sul do Mar do Norte, que ligava a Grã-Bretanha à Europa continental. Foi inundado pelo aumento do nível do mar por volta de 6500-6200 a.C. Pesquisas geológicas sugeriram que ela se estendia desde a costa leste da Grã-Bretanha até a atual Holanda, costa oeste da Alemanha e península da *Jutlândia*. Provavelmente era habitada por humanos no período mesolítico, embora o aumento do nível do mar o reduzisse gradualmente a ilhas baixas até sua submersão final, possivelmente causada por um tsunami.

O potencial arqueológico da área foi identificado pela primeira vez no início do século XX, e o interesse se intensificou em 1931, quando uma traineira que opera a leste de *Wash* arrastou um pedaço de chifre animal, que foi posteriormente datado de uma época em que a área era tundra. Depois foram encontrados ossadas de mamutes, leões e outros animais, além de algumas ferramentas e armas pré-históricas.

Em 1990, o lugar foi nomeado como **DOGGERLAND** numa referência aos barcos de pesca holandeses do século XVII chamados *doggers*.

1

ELA SABE, ANTES MESMO DE ABRIR OS OLHOS, QUE ISSO ESTÁ errado. Tudo isso está terrivelmente errado.

Deveria estar em uma cama diferente, qualquer outra, menos nessa. O ronco vindo do outro lado deveria ser de outra pessoa; qualquer outra, menos dele. E, com certeza absoluta, ela sabe que tem de ir embora. Imediatamente, neste segundo, antes que ele acorde.

Devagar e com o máximo de silêncio possível, Karen Eiken Hornby dobra o edredom para trás e se senta sem olhar para o outro lado da cama. Passa os olhos pelo quarto de hotel e localiza a calcinha e o sutiã no chão, perto dos pés descalços. Localiza também o vestido sobre a mesa de centro, ao lado de sua jaqueta de camurça, e a bolsa, largada sobre uma poltrona. Olhando mais além, identifica seus tênis atrás da porta semiaberta do banheiro.

Escutando o som da respiração profunda atrás de si, Karen planeja cada movimento para sair pela porta o mais rápido possível. Faz uma rápida estimativa dos passos necessários, na tentativa de domar a ansiedade que lhe invade o estômago. Então ela começa, respirando fundo antes de estender a mão na direção da calcinha e pegá-la num movimento ágil. Tomando cuidado para não mover o colchão, ela se levanta e sente o quarto girar. Espera e inspira. Com o corpo encurvado, numa sequência de passos, ela pega o sutiã e a meia-calça com uma das mãos, e, com a outra, apanha o vestido e a jaqueta. Cada vez mais nauseada, segue em frente e se fecha no banheiro, puxando a porta sem fazer barulho. Hesita e então se tranca, porém se arrepende no mesmo instante, quando escuta o pequeno ruído seco da fechadura, e rapidamente pressiona o ouvido na porta. Qualquer som que possa vir do outro lado é abafado pelas batidas fortes do seu coração e pelo sangue furiosamente bombeado para o cérebro.

Então Karen se vira.

Os olhos com os quais se depara, refletidos no espelho sobre a pia, são vazios, inexpressivos e pouco familiares, o que é estranho. Tomada de aversão por si mesma, ela observa a face corada e o rímel se desmanchando e formando círculos negros embaixo dos olhos. Parte do seu cabelo castanho pende frouxamente de um lado da cabeça; o restante continua amarrado atrás. Sua longa franja está grudada na testa úmida e pegajosa. Resignada, ela examina a devastação e sussurra com os lábios secos e sem cor:

— Como você é idiota, porra.

Algo embrulha seu estômago; Karen mal tem tempo de se debruçar sobre a privada antes que o vômito chegue. *Todo esse barulho com certeza vai acordá-lo*, ela pensa, ouvindo, impotente, os espasmos da própria ânsia de vômito, ofegando enquanto espera pelo próximo despejo e fechando os olhos para não ter que ver os restos de comida no vaso sanitário. Demora um pouco até suas entranhas enfim parecerem ter se acalmado. Temporariamente aliviada, ela endireita o corpo, abre a torneira da pia e enche de água as mãos em concha. Enxágua a boca e deixa a água refrescar seu rosto. Então percebe que isso provavelmente vai borrar mais ainda os restos de maquiagem sob os seus olhos; porém, ela decide que não importa. Porque nada pode piorar quando se está no próprio inferno.

Com quase 50 anos, dessa vez Karen realmente chegou ainda mais no fundo do poço e sente-se como se tivesse 70.

Escapar rápido é tudo o que lhe resta neste momento. Deitar-se na própria cama e morrer. Mas primeiro precisa sair de onde está, entrar no seu carro e ir direto para casa sem falar com ninguém, sem ser vista por ninguém. Então, um pequeno brilho de esperança surge quando ela percebe que justamente nesse dia do ano ela pode ter uma chance de se retirar da cidade sem ser vista. Às 7h15 do dia seguinte ao Festival da Ostra, todos em Dunker estão dormindo.

Ela enche de água um dos copos da pia e bebe rápido, desatando com a outra mão o elástico do cabelo, Karen volta a encher o copo, coloca o vestido, enfia o sutiã e a meia-calça dentro da bolsa e, quando está prestes a pôr a mão na maçaneta da porta, para. Precisa puxar a descarga. Apesar da grande possibilidade de que o barulho o acorde, ela tem de fazer isso; não pode deixar para trás nenhum indício da sua presença. Com os olhos fortemente fechados e uma cara de horror, ela ouve o som da água descendo pelo vaso, seguido pelo som do reservatório enchendo-se novamente. Karen se afasta e aguarda por mais alguns segundos, até que o som diminua; então, respira fundo e abre a porta do banheiro.

Ele está deitado de barriga para cima, com o rosto voltado para Karen e, por um instante, ela fica paralisada. Uma iluminação fraca que recai sobre ele passa a impressão de que ele a observa, mas então outro ronco poderoso enche o quarto; ela leva um susto e sai do transe.

Pega os sapatos e abre a porta para o corredor. Nesse momento, algo a faz virar-se para o interior do quarto. Levada pelo mesmo tipo de impulso incontrolável que as pessoas têm quando se deparam com um acidente na estrada e não querem realmente olhar, mas precisam fazê-lo de qualquer maneira, Karen deixa que os olhos contemplem o homem deitado na cama.

Com a sensação de que está dentro de uma espécie de sonho, Karen observa seu chefe por três segundos antes de fechar a porta e partir.

2

A PORTA DO QUARTO 507 SE FECHA COM UMA LUFADA DE AR E um leve estalo. Karen sente a maciez do carpete marrom sob seus pés enquanto acelera o passo até o elevador. As veias de sua têmpora latejam. No momento em que levanta o corpo, um toque soa e a porta do elevador se abre com um leve zunido.

Para sua sorte, a recepção parece estar deserta quando ela cruza apressadamente o saguão em direção à saída. Então, uma súbita ansiedade a invade quando ela percebe que não se lembra do momento em que chegou ao hotel. Lembranças confusas da noite anterior brotam da sua mente como sequências de um filme em velocidade acelerada: o porto com Eirik, Kore e Marike, os bares, muitas ostras e um copo de vinho depois do outro. E então uma imagem nebulosa de Jounas Smeed, que havia aparecido já de madrugada. Mais algumas sequências: risadas, bate-boca, discussões subitamente acaloradas e intensas, gente embriagada abraçando-se para fazer as pazes, e o rosto de Jounas perto do dela. Perto demais.

Quase do lado de fora, Karen é surpreendida por outro pensamento horripilante: será que foram vistos quando entraram no hotel?

Do lado de fora, o ar de setembro é puro. Ela só tem tempo de respirar fundo uma vez antes que o estômago se rebele novamente. Ela se volta para a rua deserta, lançando um olhar de um lado a outro, e corre com a mão colada à boca. Momentos depois, está do outro lado da alameda, debruçada sobre o gradil enquanto a náusea diminui devagar. Ela desfruta de um breve instante de alívio antes de ser atingida em cheio pela verdade da qual vem se desviando desde que acordou. O pior ainda está por vir. Ela terá de vê-lo de novo na segunda-feira de manhã.

Karen olha para o outro lado da baía, na direção do porto. Vê uma floresta de mastros tremulantes na marina, mas o terminal da balsa, que fica mais além, está deserto, como sempre acontece aos domingos. A balsa que vem de Esbjerg chega só às 20h, e já faz alguns anos que não há embarcações para a Dinamarca nem para a Inglaterra nos fins de semana. Hoje em dia, qualquer pessoa que queira sair de Doggerland num domingo tem de tomar um avião em Ravenby. Através da névoa da manhã que paira sobre o mar, Karen consegue vislumbrar a torre de radar branca de um navio de cruzeiro ancorado na parte mais distante do porto de águas profundas.

Ofuscada pela luminosidade do dia, ela semicerra os olhos e se dá conta de que esqueceu os óculos de sol em algum lugar. Agora vai ter de dirigir pelo menos metade do caminho de volta a Langevik com a luz do sol nos olhos, sedenta e enjoada, e com uma dor de cabeça torturante.

A essa hora, no dia seguinte ao Festival da Ostra, Karen é provavelmente o único ser vivo acordado em toda a cidade. Ela respira fundo algumas vezes, com os olhos fechados e a palma das mãos apoiadas nas pedras frias e ásperas da parede. O ar fresco lhe traz alívio, e a brisa afasta o cabelo úmido do seu rosto. Ela dá as costas para o sol e olha para a praia. Mais adiante, vê um saco de lixo cujo formato a deixa intrigada, mas não demora a perceber que, na verdade, se trata de um homem dormindo. Ele está estirado na areia, coberto com seu casaco. Ao lado há um carrinho de compras, cheio de garrafas e latas vazias. O homem parece ser um dos viciados em drogas que perambulam pelo centro comercial atrás da praça Salutorget. Quando acordar, ele provavelmente vai enfrentar problemas bem parecidos com os que Karen está enfrentando agora: vai se sentir sedento, suado e com uma ressaca terrível,

Por outro lado, Karen pensa, *diferente de mim, ele parece ter passado a noite em inocente solidão.*

A beira do cais ainda está encoberta pela névoa matinal, e continua difícil enxergar a estrutura do farol na extremidade do quebra-mar de mil metros. A neblina na noite passada deve ter sido densa, Karen especula, e se lembra de que o som da sirene de nevoeiro havia sido mais persistente do que o normal. E então lhe ocorre outra lembrança: Jounas irritado, saindo da cama para fechar a janela e voltando em seguida. Ela rapidamente rechaça a imagem, solta-se do gradil e começa a caminhar com pressa na direção do estacionamento na Redehusgate.

Seu carro está impecavelmente estacionado a três quarteirões dali, exatamente onde ela o havia deixado doze horas antes. A visão da sua Ford Ranger verde-escura no estacionamento vazio em frente à prefeitura a faz relaxar. Em menos de uma hora, Karen estará em sua própria cama, em sua própria casa, protegida por cortinas fechadas, entregue a um sono que, pelo menos por algumas horas, a livraria do grande arrependimento que sentia.

E então ela percebe que não está com as chaves do carro.

3

— **O QUE ESTÁ ACONTECENDO AQUI?**

A voz é firme e um tanto condescendente. Karen fica imóvel, com uma das mãos na bolsa e a outra apoiada no capô.

Agachada ao lado do carro, ela passou alguns minutos em pânico, procurando pelas suas chaves, mas em vão. Checou todos os bolsos, apalpou e vasculhou o fundo da sua bolsa e então passou a retirar tudo o que havia nela, cada vez mais angustiada.

Agora Karen xinga baixinho; o que diabos a polícia está fazendo na rua a essa hora? Que merda, por que precisam gastar o tempo e o dinheiro do contribuinte patrulhando ruas e praças quando toda a cidade está dormindo? Com as pernas dormentes, ela se levanta e, com relutância, volta-se para os policiais e se esforça para exibir um sorriso descontraído.

Tudo o que consegue é esticar os lábios numa careta rígida.

Uma expressão de horror e, em seguida de descrença, transparece no rosto dos dois policiais.

— Oh, Deus. Perdão... — diz o mais velho, dando um passo para trás, aparentemente embaraçado.

Os olhos dele oscilam incontroláveis, voltando-se ora para a mulher de rosto pálido e com restos de maquiagem enegrecida, ora para as coisas jogadas no chão. Sua parceira, uma policial um pouco mais jovem, olha rapidamente para Karen e depois se concentra, com curiosidade, nas quinquilharias espalhadas pelo asfalto: um jornal do dia anterior, um celular, um maço de cigarros aberto, um item que parece ser uma meia-calça, um carregador, uma maçã meio comida, um sutiã e um pacote de preservativos.

Tensa, Karen sorri forçado de novo. Então gesticula vagamente na direção dos objetos no chão.

— Não consigo encontrar as chaves do meu carro — ela diz com a cabeça um pouco inclinada para baixo, na tentativa de evitar que seu hálito chegue até os policiais. — Bolsa nova — acrescenta.

— A senhora passou a noite na cidade?

A policial feminina, que havia se agachado, agora está olhando para cima com um sorrisinho nos lábios, como se quisesse mostrar simpatia e compreensão. Karen sente sua irritação crescer. Que raios essa fedelha magrela, com seu rabo de cavalo ridículo, pode saber sobre "passar a noite na cidade"?

— Por quê? — Karen pergunta num tom de voz glacial. — O festival costuma terminar tarde, por isso passei a noite na casa de uma amiga — acrescenta, na tentativa de consertar as coisas. — Bem, eu acho que vou continuar procurando...

Karen aponta de modo significativo na direção da sua bolsa e do amontoado de coisas que ainda parece fascinar a agente de polícia. Então, de repente, vê uma mão enluvada se estender, pegar a meia-calça amarrotada e balançá-la gentilmente. Uma chave logo cai no chão com um ruído metálico. No instante seguinte, ela escuta o "bip" de uma porta de carro se destravando.

— Aqui está, chefe — diz a policial Sara Inguldsen, que já endireitou o corpo e está segurando a chave diante de Karen com um sorriso sarcástico.

Incapaz de falar, Karen pega a chave e observa os policiais se afastarem alguns passos e lhe prestarem continência ao mesmo tempo. O agente Björn Lange aparentemente também recupera a capacidade de falar.

— Dirija com cuidado, inspetora Eiken!

4

A AUTOESTRADA DE DUNKER A LANGEVIK SE ESTENDE AO LONGO DA COSTA SUDESTE DE HEIMÖ POR MAIS DE SEIS QUILÔMETROS ANTES de atravessar a estreita península de Skagersnäs e continuar na direção noroeste por mais um quilômetro e meio. Karen sente o suor escorrer pelas costas enquanto, simultaneamente, o resfriamento artificial do ar-condicionado a faz estremecer. Suas mãos agarram o volante com força, e ela se mantém bem atenta ao velocímetro. Claro que não acredita nem por um segundo que o departamento de trânsito tenha pessoal nas ruas controlando o limite de velocidade numa manhã como essa, mas a ideia de ser parada por colegas e ter de soprar num bafômetro é quase tão adorável quanto passar outra noite com Jounas Smeed. *E talvez tão igualmente devastadora para a minha carreira*, ela reflete. Embora as leis sejam generosas, o nível de álcool no sangue de Karen está provavelmente acima do limite legal. Esse pensamento faz seu estômago congelar, e ela diminui a velocidade ainda mais. Uma coisa dessas não pode acontecer com ela. Jamais.

A estrada está praticamente vazia; minutos se passam sem que Karen aviste outro carro. Ela relaxa as mãos no volante e balança um pouco os ombros. Mais tarde, após algumas horas de sono, ela vai repassar cada detalhe da noite anterior, brigar consigo mesma e aplicar em si a penitência de uma vida saudável e regrada. Nem mais uma gota de álcool durante semanas, cigarros nunca mais, corridas diárias, musculação e alimentação saudável. Primeiro o exame de consciência, depois o julgamento: não é a primeira vez que Karen passa por isso. A mentalidade herdada de seus parentes de Noorö está profundamente afixada. Não tanto a ponto de fazê-la evitar o pecado, mas o bastante para garantir que as piores transgressões a encham de ansiedade. Não por medo da ira de Deus e de não ser aceita no céu. Seu maior temor, na verdade, é o preço que tem de pagar nessa vida. Dessa vez, seu chefe na Delegacia de Polícia não deixará por menos. Indiretas, insolência, sarcasmo, intimidação... Permanecer em seu trabalho parece impossível, mas Karen não enxerga outra solução. Tirar algumas semanas de folga não faria o problema desaparecer. E depois, por qual caminho seguiria? Jogaria tudo para o alto e largaria o emprego? Mudaria de carreira, na idade dela? Tudo isso está fora de cogitação; ela se recusa a continuar tecendo considerações sobre o futuro, mas não consegue impedir que as lembranças da noite anterior invadam sua mente.

Era o último sábado de setembro. Ela havia se encontrado com Marike, Kore e Eirik no The Rover para um chope antes do início do tradicional Festival da Ostra. O humor de Marike Estrup andava péssimo depois que um acidente lhe arruinou duas semanas de trabalho. Algo havia acontecido com o novo vidrado cerâmico no qual ela tinha depositado enormes esperanças.

Por outro lado, Kore e Eirik estavam em clima de festa. Dois dias antes, sua oferta por uma casa em Thingwalla havia sido aceita, e eles passaram a noite de sexta-feira preocupados com hipotecas, discutindo decoração e engajados em rodadas de sexo de comemoração. Passaram então o sábado inteiro na cama, planejando a mudança, a festa de inauguração e envelhecerem juntos, aconchegados num ninho cheio de esperanças radiantes.

Já o sábado de Karen havia sido produtivo. Ela iniciara o dia dirigindo até uma loja do tipo "faça você mesmo" em Rakne. Satisfeita depois de selar sete janelas, mudar as dobradiças da porta do depósito de ferramentas e passar quase meia hora ao telefone com sua mãe sem levantar a voz uma vez sequer, ela observou os amigos ainda bronzeados sob a iluminação suave do pub. Sua própria pele pálida a fazia parecer cansada, quase doente, detalhe que Kore havia apontado sem piedade.

— Tudo bem, mas agora é a minha vez de pegar uma cor — Karen rebateu. — Devo partir de férias nesta segunda-feira, no máximo terça.

Exceto por uns poucos dias no início de junho, Karen havia trabalhado durante o verão inteiro. Enquanto todos os seus colegas estavam de férias, ela teve de lidar com uma investigação sozinha, escrever relatórios, cuidar de tudo e segurar as pontas com a ajuda de pessoal temporário de outras jurisdições. Quando lhe perguntaram, muito timidamente, se ela se importaria de esperar até o outono para tirar suas férias, Karen teve o cuidado de não demonstrar que, na verdade, tal arranjo seria perfeito para ela. Durante todo o verão, ela trabalhou sem reclamar, acumulando pontos como mártir salvadora do departamento, pontos que poderia usar como moeda de troca na época do Natal e do Ano-Novo.

Acomodada numa das poltronas do pub The Rover, Karen comunicou aos seus amigos que estava prestes a tirar três semanas de férias e que iria passar a maior parte desse tempo no nordeste da França, enquanto Doggerland seria lentamente tragada pela escuridão e pelo frio. Lá, na fazenda da Alsácia, onde era proprietária de uma minúscula porcentagem de terras e vinhas, Karen iria se sentar com Philippe, Agnés e com os outros. Falar sobre a colheita das uvas e compará-la a outras safras.

Antes, porém, ela celebraria o Festival das Ostras.

Como sempre, o festival anual começava no porto, onde habitantes da região e turistas se amontoavam em torno dos quiosques. As ostras ainda não haviam tido tempo para engordar, mas o primeiro sábado depois do equinócio de outono era o início de uma longa estação, e uma grande celebração estava na ordem do dia. Pilhas de mexilhões e ostras-do-pacífico iam diminuindo e eram reabastecidas em ritmo febril, enquanto o dinheiro mudava de mãos e barris de cerveja escura e licor de Heimö envelhecido eram trazidos e levados por funcionários das cervejarias, que resmungavam em voz alta. O único acompanhamento tradicional era pão preto com manteiga, extremamente importante, porque evitava que as pessoas desmaiassem de fome e de intoxicação, razão pela qual era fornecido de graça na noite do festival. Anúncios de patrocinadores do festival estavam espalhados por todos os cantos, cobrindo cada espaço livre.

Em outras palavras, era a mesma festa de sempre.

Mesmo com sua jovialidade e alegria contagiantes, o festival costumava ser palco de acontecimentos indesejáveis: bebedeiras, brigas e eventuais envenenamentos alimentares acabavam produzindo vítimas. O que não fazia parte da tradição era a recente comercialização de comida de rua e de vinho barato servido em copos de papel, fato regularmente criticado em mensagens indignadas aos responsáveis pelo evento, enviadas com títulos como "Preserve a nossa herança doggeriana". A qualidade do entretenimento oferecido pelo festival havia aumentado, de acordo com algumas pessoas — e despencado de acordo com outras. As músicas folclóricas, o único entretenimento até vinte anos atrás, agora tinham de disputar espaço com bandas de rock locais e internacionais, com torturantes competições de calouros, com a balbúrdia dos brinquedos dos parques de diversões temporários e com o berreiro histérico de crianças.

Na noite anterior, Kore, Eirik, Marike e Karen seguiram com a comemoração noite adentro, com a turnê habitual pelos bares, vários copos de vinho e muitas ostras. Além da variedade local, alguns bares serviam também ostras francesas; segundo o costume doggeriano, sempre que uma pessoa pedisse ostras rivais estrangeiras ela deveria receber vaias patrióticas, porém bem-humoradas. E foi no terceiro pub, o Café Nova, quando Karen tinha acabado de pedir um copo de vinho branco francês — um Chablis — e duas ostras, que ela sentiu um hálito quente perto da orelha e ouviu uma voz grave.

— Inspetora-detetive Eiken, pelo visto você está disposta a colocar qualquer coisa na boca.

Ela se voltou lentamente para o chefe do Departamento de Investigações Criminais e sorriu.

— Ah, não, Smeed, você não tem tanta sorte assim.

Contudo, uma hora e meia depois, os dois estavam em uma cama no Hotel Strand.

Com os olhos semicerrados, Karen dá uma espiada rápida no sol e no asfalto brilhante.

O álcool contribuiu, naturalmente, Karen pondera, na tentativa de ter alguma perspectiva acerca dos eventos. Também contribuiu o clima festivo; afinal, não era a primeira vez que o Festival da Ostra abria caminho para um passo em falso, um deslize sexual seguido de profundo arrependimento ou, nos piores casos, de divórcio. Mesmo assim, ela não conseguiu se lembrar de um passo em falso que a tivesse deixado tão arrependida quanto agora.

Karen olha para o mar, a estrada começando a se curvar suavemente para o norte. A névoa clareou; o sol está cada vez mais alto no céu; o mar agitado cintila. Ela abaixa a janela do carro e respira o ar salgado. *Não tenho outra saída a não ser ligar para o gerente de RH e pedir uma transferência*, ela conclui. *Talvez haja uma vaga em Ravenby, ou até mesmo em Grunder, por mais tedioso que seja.*

Sempre havia atritos no trabalho; isso já acontecia antes também. Karen resistia, não tanto por apego a Doggerland, mas mais porque não podia encarar o desafio de recomeçar. Não de novo. Mas sobretudo porque trabalhar como inspetora-detetive era uma maneira eficaz de manter sua mente longe de coisas que ela queria desesperadamente esquecer. Junto com cerca de uma dúzia de policiais homens e umas duas colegas mulheres que trabalham no Departamento de Investigações Criminais de Doggerland, Karen é responsável pela investigação dos crimes violentos que ocorrem nas ilhas Dogger: Heimö, Noorö e Frisel. A decisão de centralizar as operações havia sido tomada onze anos antes, e enfrentou duras críticas dos distritos de polícia locais, mas os protestos silenciaram quando a taxa de resolução de crimes cresceu. Infelizmente o número de crimes violentos também cresceu, o que significava que o número de agressores impunes permanecia constante. E que a mente de Karen permanecia focada no trabalho.

Dito isso, as qualificações de Karen haviam sido questionadas quando ela foi contratada — o argumento de que o diploma de graduação em criminologia pela Universidade Metropolitana de Londres compensaria sua falta de "escola das ruas", de experiência como policial fazendo patrulhamento, não havia convencido muito os seus colegas mais antigos. Mas o desempenho de Karen também acabou silenciando essas críticas. Apesar disso, o respeito de Jounas Smeed por ela como investigadora criminal parecia relutante depois que ele se tornou chefe do Departamento de Investigações Criminais, como se reconhecer a competência dela, mesmo que só um pouco, fosse difícil. Em vez disso, ele estabeleceu imediatamente algo que ele mesmo definiu como "uma linguagem descontraída entre nós, tiras" como o tom predominante na divisão. A reação foi imediata e positiva. Aliviados por ter um chefe que não se importava com disciplina nem com deferência, os colegas homens de Karen aprovaram Jounas Smeed e levaram a sua "linguagem descontraída" a patamares intoleráveis. Piadas não eram novidade para Karen, ela estava acostumada a ouvi-las, na forma de insinuações e pequenas provocações. Por motivo de autopreservação, ela havia aprendido a ignorar as incansáveis reclamações de Johannisen contra feministas e mulheres ao volante, e as frequentes divagações de Jounas tentando provar que era impossível entender como as mulheres pensam. Karen não lhes diz o que pensa a respeito, não faz o menor comentário. Ela sabe que o silêncio fala mais alto do que protestos, que lhe dá poder. Sabe que bocejar de tédio é mais provocativo do que levantar a voz para contra-argumentar. E Jounas Smeed a alfineta sem parar, tentando provocar nela uma reação e irritá-la; e ela o alfineta ainda mais o tratando sem muita consideração.

E aí eu simplesmente resolvo transar com o miserável! Diabos!

No momento em que avista as placas anunciando a saída para Langevik, ela se dá conta, de que sabe exatamente por que acabaram juntos na cama. Foi a disputa por poder, a incessante batalha entre os dois, que os levou a rasgar o livro de regras. Uma incontrolável necessidade de um enfim derrotar o outro. Potencializada pelo consumo de álcool, a insistência de ambos em levar a melhor, em fazer o outro jogar a toalha, havia se transformado em um patético jogo de sedução no qual cada um dos dois se enxergava como o óbvio vencedor. O envenenamento havia destruído toda a argumentação racional e criado um súbito desejo físico, uma faísca que se apagou tão rápido quanto surgiu.

Ela nem achava que o sexo tinha sido lá muito bom. Praticamente uma interminável e tediosa série de posições, uma mais desconfortável que a outra, com o provável objetivo de impressionar. Pelo menos o idiota era ágil para a idade. *Mais ágil do que eu.*

Ela olha no espelho retrovisor, dá seta e toma a saída. A via de acesso para Langevik é pavimentada, mas o limite de velocidade é de 40 km/h, e Karen reduz para pouco menos que o limite. Por um instante ela olha para além da estrada, para a cadeia de montanhas onde as turbinas eólicas brancas se erguem e giram num ritmo constante. Karen pode ouvir o sibilar das pás através do vidro abaixado do seu carro. O parque eólico se estende ao longo do Monte Langevik e, quando foi construído, seis anos antes, acabou sendo tema de intensos protestos. Os moradores da vila próxima à costa organizaram reuniões; muitas petições foram feitas, e as queixas se multiplicaram e ganharam a cidade inteira, surgindo até em meio a conversas no pub local. Agora já não havia mais protestos.

Karen observa as torres altas e brancas. Há algo de reconfortante, quase encantador nos giros das pás brancas. Pessoalmente, ela jamais tivera nada contra as torres, nem mesmo na fase mais histérica dos protestos. Mas uma caneca de chope sempre esteve no topo da lista de coisas que tornam a vida suportável para Karen Eiken Hornby, e por isso ela havia respeitosamente assinado o seu nome em todas as petições; pois recusar-se a fazer isso levaria o único pub da cidade a colocar seu nome na lista negra, e faria com que fosse desprezada por todos. Mas é claro que todas as tentativas de deter a construção do parque tinham sido inúteis e Karen não se importou; o som das turbinas só chega à sua casa quando o vento sopra diretamente do sudoeste. Mas o ruído é constante aqui, logo abaixo das turbinas, na suave encosta onde as casas são poucas e esparsas, aparentemente espalhadas ao acaso pela encosta onde o rio Langevik corre tranquilo na direção do mar.

Cento e cinquenta metros mais à frente, próximo de um jardim inclinado na direção do rio, há um movimento acontecendo nesse exato momento. Uma mulher de meia-idade caminha pelo velho cais na direção de sua casa. Veste um roupão de banho comum e tem uma toalha amarrada na cabeça como se fosse um turbante. Uma onda de desconforto atinge Karen antes que ela possa reprimir o sentimento instintivo de culpa. Era evidente que ela não deveria ter dormido com Jounas Smeed, por milhares de razões, mas Susanne não é uma dessas razões. Os dois já deviam estar divorciados há uns dez anos.

Por um instante, Karen considera buzinar para cumprimentá-la, de acordo com as normas de comportamento da cidade, mas decide não fazer isso. Nas atuais circunstâncias, ela não tem a menor vontade de chamar atenção para si mesma. Além disso, Susanne Smeed não parece ter notado sua presença; os olhos estão firmemente voltados para o chão, e ela parece estar com pressa. Susanne segura o robe com firmeza, bem fechado, e anda rápido. *Ela deve estar congelando depois do seu mergulho matinal*, Karen pensa. *A temperatura deve estar bem baixa agora.*

A consciência de que está quase chegando em casa faz Karen relaxar; ela se sente cada vez mais dominada pela exaustão. Apesar disso, reprime outro bocejo e pisca com força várias vezes. Nesse momento, um gato cruza a pista, de cabeça baixa: um perfeito predador, alerta e preparado para defender sua presa, que balança impotente presa à sua boca. Karen sente a adrenalina correr por seu corpo quando freia de repente e o cinto de segurança a comprime.

— Não é hora de relaxar — ela sussurra. — Você sabe o que pode acontecer. Sabe melhor que ninguém.

Karen prossegue pelo leve declive, até chegar ao centro da cidade. Aqui, as casas se enfileiram de ambos os lados da rua, mas tudo ainda está deserto. Ela diminui a velocidade ainda mais e vira na longa rua principal. A área externa do único pub de Langevik, o *Corvo e Lebre*, é um amontoado de móveis. Ainda há copos sobre as mesas, e um grupo de gaivotas disputa conchas de ostras descartadas, batendo as asas com agitação. É bem verdade que em Langevik não é necessário empilhar e amarrar cadeiras e mesas durante a noite, como em Dunker, mas o proprietário do pub, Arild Rasmussen, geralmente deixa tudo arrumado antes de fechar. Pelo visto, na noite anterior, o bom Arild tinha largado na cozinha muitos copos ainda com resto de bebida; talvez quisesse celebrar o Festival da Ostra como todo mundo.

Ela passa devagar diante do centro de saúde, que, de acordo com o estatuto de Doggerland, tem de existir em cada área urbana, mas que hoje em dia abre apenas por quatro horas às segundas e terças-feiras. Depois passa pela mercearia, pelo correio fechado, pela loja de ferragens, também fechada, e pelo supermercado, que se mantém a duras penas. A velha vila de pescadores na costa leste de Heimö está respirando por aparelhos, sobrevivendo principalmente do que restou de uma disposição histórica de sair a campo para protestar. Apenas o negócio de Arild Rasmussen parece prosperar: O *Corvo e Lebre* continua cheio na maior parte dos dias da semana.

No fim da rua principal, a pista contorna o velho mercado de peixe e passa ao longo do porto. Karen segue a curva acentuada e continua devagar pelo estreito caminho de cascalho entre o mar e o Monte Langevik. Casas em pedra branca e cinza se alçam nas encostas; ao longo do litoral no outro lado da pista, pontões e ancoradouros se projetam para dentro da água. Todas as coisas indicam que a vila de Langevik, assim como todas as outras vilas costeiras em Doggerland, foram um dia habitadas principalmente por pescadores, marinheiros e às vezes até por navegadores. Nos dias atuais, a maioria das propriedades à beira-mar pertence a técnicos de informática, a engenheiros de plataforma de petróleo e, às vezes, a alguém da área da cultura. Por trás das fachadas simples das casas de pedra, fogões a lenha e chaleiras foram substituídos por fogões por indução e máquinas de café expresso. Karen sabe que cada vez mais casas de barco estão sendo transformadas em espaços para lazer e moradia. Seus proprietários passam ali as noites amenas de verão, bebericando vinho e desfrutando da vista magnífica do oceano.

Talvez Karen Eiken Hornby tivesse feito o mesmo, se pudesse arcar com isso. Ela não é nostálgica por natureza. Aparentemente, as coisas não parecem ter mudado muito desde que era pequena, e ainda assim nada é como antes. E ela não tem nenhum problema com relação a isso.

Ela vira e segue para a entrada inclinada da garagem de uma das últimas casas. Com um suspiro de alívio, Karen desliga o carro e fica sentada por alguns segundos, imóvel, antes de abrir a porta. A exaustão se apodera dela mais uma vez, e suas pernas parecem pesar como chumbo enquanto sobem a rampa até a casa. Ela respira fundo, enchendo os pulmões com o ar do outono que se aproxima. O ar costuma ser alguns graus mais frio ali do que em Dunker, e não há dúvida de que o verão logo vai chegar ao fim. As bétulas já começam a ficar amarelas, e a sorveira-brava ao lado do depósito de ferramentas já exibe frutos vermelhos.

Um enorme e peludo gato cinzento está deitado nos degraus de pedra junto à porta da cozinha. Quando Karen se aproxima, ele rola de costas com a barriga para cima, espreguiça-se e mia, mostrando seus caninos pontudos.

— Bom dia, Rufus. Ainda não pegou nenhum rato hoje?

Num piscar de olhos o gato se levanta, esfregando-se nas pernas dela, e antes mesmo de Karen tirar a chave da fechadura, Rufus já se esgueirou para dentro.

Ela joga a bolsa na mesa da cozinha, tira a jaqueta e os sapatos com movimentos ágeis. Depois abre o armário sobre a pia, pega dois analgésicos e os engole com um copo de água, afagando distraidamente o gato, que havia pulado para o balcão da cozinha. Os miados suplicantes, cada vez mais altos, agravam um pouco mais sua já grande dor de cabeça enquanto ela procura por uma lata de comida. O gato cessa o berreiro no segundo em que Karen coloca a tigela com comida no chão. Ela respira aliviada. Precisa instalar hoje mesmo a portinhola para gatos que havia comprado. Há ratos aos montes e pelo menos dois anexos para Rufus patrulhar, mas ele aparentemente prefere se alimentar de uma maneira mais digna — na cozinha — e passar seus dias no sofá da sala de estar. Onde ele morava antes de aparecer mancando em sua garagem, na última primavera, Karen não fazia ideia. Os avisos que ela havia colado em postes telefônicos e enfiado nas caixas de correio das pessoas não deram resultado nenhum. O veterinário recolocou a orelha de Rufus, castrou-o, imobilizou uma de suas pernas e lhe pôs um cone na cabeça para que ele não pudesse lamber a medicação contra micose. Pelo visto, o gato em farrapos estava ali para ficar, e agora ela era forçada a admitir que a guerra de nervos entre os dois havia terminado: Rufus era o vencedor.

Karen liga a cafeteira e corta duas fatias de pão. Quinze minutos mais tarde, ela já devorou dois sanduíches de queijo e bebeu um bom copo de café forte. Sua intensa dor de cabeça diminuiu e não passa mais de um incômodo. Então, subitamente, a exaustão a domina de vez. Sem lavar a louça depois da refeição, ela se arrasta escada acima até o quarto, tira a roupa e se deita na cama. *Eu deveria pelo menos escovar os dentes.* Instantes depois, Karen está dormindo como uma pedra.

5

O SOM VEM DE MUITO LONGE E ATRAVESSA CAMADAS DE SONO para se infiltrar na consciência dela. Quando enfim penetra sua mente, Karen acha a princípio que é o rádio-relógio; mas, quando bate no botão para desligá-lo, o barulho não cessa. O mostrador está marcando 13h22. Karen leva mais alguns segundos para perceber duas coisas: ela passou metade do domingo dormindo, e o som vem do celular, que foi deixado na cozinha.

Irritada, ela joga o edredom para o lado, veste o roupão e desce as escadas cambaleando. O toque do telefone é contínuo, implacável; ela revira a bolsa, sentindo o nível de estresse subir, e acha o celular no exato momento em que ele para de tocar. Karen espia a tela e, de súbito, desperta completamente. Três chamadas perdidas, todas do chefe de polícia Viggo Haugen.

Karen se senta em uma cadeira da cozinha e liga de volta, sua mente trabalhando sem parar. O que o chefe de polícia poderia querer com ela? Eles não têm um relacionamento próximo de trabalho. E num domingo, ainda por cima. *As notícias certamente não são boas*, ela pensa enquanto o telefone chama. No terceiro toque, uma voz impositiva responde.

— Haugen.

— Olá, aqui é Karen Eiken Hornby. Acabei de saber que você estava tentando falar comigo.

Ela se esforça para não deixar transparecer que havia acabado de acordar, mas acaba exagerando; sua voz soa estridente e esganiçada.

— Eu estava, pode ter certeza. Por que você não atendeu o seu telefone?

Viggo Haugen parece irritado. Karen resolve inventar uma pequena mentira; não está disposta a admitir que passou metade do dia dormindo por conta de uma ressaca.

— Fui fazer jardinagem por algumas horas e deixei o celular na cozinha — ela responde. — Afinal, é domingo — acrescenta, arrependendo-se das suas palavras no momento em que escuta a reação.

— Como inspetora-detetive, você deveria estar disponível vinte e quatro horas por dia, todos os dias da semana. Isso é alguma novidade?

— Não, é claro que eu tenho consciência de que...

O chefe de polícia a interrompe com um longo e alto pigarro.

— Bem, seja como for, temos uma ocorrência que exige que você entre em serviço imediatamente. Uma mulher foi encontrada morta na própria casa. Espancada até a morte. Quero que você se encarregue da investigação.

Quase de maneira automática, Karen se senta ereta na cadeira.

— Claro. Posso perguntar...

— Quero que reúna a equipe necessária imediatamente — Viggo Haugen prossegue. — O inspetor-chefe vai dar os detalhes.

— Sim, claro. Só tenho uma pergunta...

— Por que estou ligando para você e não para o Jounas — diz o chefe de polícia, interrompendo-a novamente. — É, eu posso entender por que você me faria essa pergunta.

O tom tenso e áspero da voz dele suaviza um pouco; Karen ouve quando ele respira bem fundo antes de prosseguir.

— A questão é... — Viggo Haugen diz lentamente — ... que a vítima é Susanne Smeed. A ex-mulher do Jounas.

6

KAREN NÃO DIZ NADA POR ALGUNS SEGUNDOS, ENQUANTO PROCESSA a notícia que acaba de receber. A imagem de uma mulher tremendo de frio dentro de um robe marrom feioso atravessa a sua mente.

— Susanne Smeed — ela diz vagarosamente. — Temos certeza de que é assassinato?

— Sim, ou homicídio involuntário. Obviamente ainda não sabemos ao certo, mas, de acordo com o inspetor-chefe, ela foi sem dúvida espancada até a morte. Temos dois policiais na cena do crime que estão convictos disso.

A voz de Viggo Haugen volta a ficar tensa e agitada; agora Karen consegue perceber com clareza que ele está apreensivo.

— Bem, Jounas não pode conduzir a investigação nem atuar como chefe da divisão enquanto a investigação estiver em curso. Tenho certeza de que você compreende essa situação. Eu já falei com ele sobre o ocorrido, e nem preciso dizer que ele está de acordo. Você vai ter de assumir até que tudo seja esclarecido.

Dois segundos de silêncio.

— Ou até que possamos encontrar uma solução diferente — ele acrescenta, e limpa a garganta mais uma vez.

Enquanto ouve, Karen não pode deixar de especular sobre o assunto. Claro que Jounas Smeed tem de receber licença do serviço. Até que eles descubram mais, Jounas faz parte da restrita lista de pessoas que vão precisar interrogar. Então, pouco a pouco, as consequências se tornam claras para Karen. Com uma crescente sensação de desconforto, ela se dá conta de que vai ter de interrogar o seu próprio chefe. O mesmo chefe que ela deixou num quarto de hotel em Dunker menos de oito horas atrás.

Como se os pensamentos pudessem entregá-la, Karen sente uma necessidade instintiva de encerrar a conversa com Viggo Haugen.

— Eu compreendo — ela responde sucintamente. — Eu moro perto de Susanne Smeed; posso chegar lá em trinta minutos. Sabe se os peritos já estão no local?

— Se já não estiverem lá, estão a caminho. O médico-legista também, mas obviamente demora algum tempo para se chegar lá. Só faz cerca de uma hora que o caso foi comunicado, se eu entendi corretamente o inspetor-chefe.

Tudo devia ter acontecido depois das 8h, quando ela a viu viva com os próprios olhos, e antes do meio-dia, quando o crime foi comunicado. Um espaço de tempo de menos de quatro horas durante o qual alguém havia espancado Susanne Smeed até matá-la. Enquanto Karen dormia para curar a ressaca, a apenas um quilômetro de distância. *Maldição!*

— Tudo bem, vou começar a entrar em contato com o pessoal — ela diz.

— Ótimo. E só mais uma coisa...

O chefe de polícia hesita por um instante, como se estivesse buscando as palavras certas.

— Nunca é demais enfatizar que estamos lidando com uma situação bastante delicada. É essencial que você lide com esse caso da maneira mais discreta possível. Deixe a mídia comigo, não faça comentários sem pensar, cuidado com... Enfim, discrição em primeiro lugar. Fui claro, Eiken?

Vá se foder, seu idiota, Karen pensa.

— Perfeitamente claro — ela responde.

Três minutos depois, ela sai do chuveiro e escova os dentes enquanto enxuga o cabelo com uma toalha. Ainda consegue sentir os efeitos da ressaca no corpo.

Karen percebe que precisará comer alguma coisa antes de ir até o local, ou não conseguirá fazer o trabalho. Veste uma calça jeans e uma camiseta azul-escura e volta correndo para a cozinha. As sobras do almoço do dia anterior estão na geladeira, então, ela enfia a comida gelada no micro-ondas e vai buscar suas botas pretas no corredor. Confere as horas: 13h40. Dezoito minutos antes, ela pensava que seu maior problema fosse o fato de ter dormido com o chefe. Apenas agora ocorre a Karen que ela vai ter de adiar as suas férias mais uma vez.

Catorze minutos depois, já no carro, Karen Eiken Hornby, chefe interina do Departamento de Investigações Criminais, afivela o cinto de segurança. Ela havia colocado no assento do passageiro, atrás da marmita, uma banana e uma lata de Coca-Cola. Antes de ligar o carro, ela põe duas tiras de chiclete na boca para conter a vontade de fumar.

Karen dá marcha à ré, sai da garagem e, quando arranca com o carro, ouve o ruído do cascalho pipocando sob as rodas. Enquanto devora a marmita, ela conversa com o inspetor-chefe da Delegacia de Polícia de Dunker, que lhe faz um relato detalhado dos acontecimentos. A comunicação do crime havia acontecido às 11h49. Por algum motivo — que ainda não está claro —, um vizinho espiou pela janela da cozinha de Susanne

Smeed e identificou um par de pés, a parte inferior de pernas e uma cadeira da cozinha derrubada no chão. O restante do corpo estava fora do alcance da visão dele, atrás de uma grande geladeira. O vizinho, um homem chamado Harald Steen, no início pensou que Susanne tivesse desmaiado, ou que tivesse escorregado e se machucado, e então chamou uma ambulância. A telefonista que recebeu a chamada, contudo, foi esperta o bastante para avisar a polícia sobre o fato; e a polícia enviou para o local dois agentes, Björn Lange e Sara Inguldsen.

Karen para de mastigar por um momento quando o inspetor-chefe menciona esses nomes. Aparentemente, os dois agentes de polícia estavam regressando após checar um alarme contra roubo que havia sido acionado numa casa a seis quilômetros ao sul de Langevik, e eram consequentemente a unidade mais próxima da casa de Susanne Smeed. Trinta e cinco minutos depois que a chamada foi feita, os dois já estavam na cena da ocorrência; eles arrombaram a porta da frente e concluíram imediatamente que não se tratava de um caso de hipoglicemia nem de uma queda acidental.

Björn Lange estava sentado nos degraus da frente da casa com a cabeça entre os joelhos quando a ambulância chegou; Sara Inguldsen disse aos socorristas que eles tinham sido chamados em vão.

— Uma grande confusão, pelo visto — o inspetor-chefe disse a Karen.

7

KAREN ESTACIONA NO FINAL DA LONGA FILEIRA DE CARROS NA lamacenta área externa da casa de Susanne. O primeiro veículo é a BMW preta do médico-legista, e logo atrás está a van branca da equipe de peritos criminais. Karen salta do carro e fica parada por um momento, imóvel sob a chuva leve. Examina a estrada em ambas as direções. Próximo da casa vizinha, avista uma viatura da polícia. Ela percebe que será impossível preservar as marcas de pneus. A essa altura dos acontecimentos, a maioria dos moradores da vila já tomou conhecimento dos fatos, e pelo menos vinte veículos já devem ter passado pelas cercanias da casa.

Ela olha para o alto e contempla a paisagem. Essa parte de Heimö, a montanha alta ao norte, o rio que corre serpenteando em direção ao mar, as pontes de pedra de curvatura elegante, as encostas cobertas de urze, tudo isso está gravado na memória de Karen desde a infância. Agora ela examina o cenário ao seu redor com objetividade. Sem prestar atenção à beleza nem à quietude da natureza a sua volta, ela simplesmente registra todas as rotas possíveis por onde um estranho poderia chegar a esse lugar e ir embora sem ser visto por ninguém. Em qualquer outro dia, teria sido impossível se aproximar dali sem que nenhum vizinho percebesse; mas, nesse dia em particular — dia em que a bebedeira não poupava ninguém, com o Festival da Ostra acontecendo —, os moradores da vila, sempre tão curiosos, provavelmente tiveram coisas bem mais interessantes a fazer do que se preocupar com os carros que passavam na estrada.

— Boa tarde, chefe.

Björn Lange se levanta dos degraus da frente quando Karen se aproxima da casa. Ela repara que o policial parece bem mais pálido do que quando se encontraram mais cedo naquela manhã, e que a mão dele parece estar tremendo quando ele a cumprimenta.

— Boa tarde — ela responde sorrindo. — Isso é obra sua?

Karen acena na direção da porta no topo dos degraus. Um dos painéis de vidro tinha sido quebrado, e em duas das beiradas haviam sido removidos os pedaços afiados de vidro que ainda guarneciam o resto da estrutura. Björn Lange faz que sim com a cabeça e, em seguida, começa a se explicar, como se esperasse que Karen fosse criticar a decisão.

— Sim, a porta estava trancada, e não sabíamos se estávamos diante de uma emergência, só que havia alguém ali dentro, porque o rádio estava ligado. Espero que a gente não tenha comprometido nenhuma evidência, mas achamos que ela precisava de ajuda. Evidentemente não poderíamos saber que era tarde demais...

Ele se cala de repente. Karen faz um aceno positivo com a cabeça e sorri para tranquilizá-lo, mas, ao mesmo tempo, se pergunta o que teria levado o sensível Lange a se tornar um policial.

— Você fez a coisa certa — ela diz. — Já me disseram que as coisas estão feias lá dentro. Vou ter que falar com você e com a Inguldsen mais tarde na delegacia, mas sugiro que tire um descanso de uma ou duas horas agora e vá comer alguma coisa. A propósito, onde está a sua parceira?

— Ela está na casa do vizinho, aquele que ligou avisando sobre a ocorrência. O velho ainda estava aqui quando chegamos, e aparentemente não estava se sentindo muito bem, por isso ela o levou para casa. Parece que ele tem algum problema de coração.

Lange leva a mão ao coração num gesto desajeitado, e Karen pensa um palavrão. Uma policial sozinha acompanhando uma testemunha que não pode ser descartada como suspeita. Que merda esses dois têm na cabeça? Karen sabia que o velho Steen realmente tinha uma doença cardíaca e não seria capaz de matar nem uma mosca, mas Sara Inguldsen e Björn Lange não tinham essa informação e não sabiam nada sobre o homem.

— Certo, então vá até lá e fique com ela — Karen diz secamente, refreando a vontade de repreendê-lo. Depois do embaraçoso encontro no início da manhã com Lange e Inguldsen, ela está na defensiva; agora pode considerar que eles estão quites.

Quando abre a porta da frente, Karen se depara com um evidente calor e um ligeiro odor de fumaça. *Algo está queimando*, ela pensa, *ou são os restos de algo que queimou*. Ela observa um corredor largo com um lance de escadas que leva ao primeiro andar. À esquerda da escadaria há uma cômoda cor de mogno com as gavetas abertas, e diante do móvel, no chão, há cachecóis, luvas, uma escova para roupas e outras coisas que ela não consegue identificar. Por uma porta mais à direita, ela vê um sofá bege e a borda de um tapete azul felpudo de sala de estar. Pequenos ruídos e vozes murmurantes chegam a ela através de uma porta à esquerda. O perito em cenas de crime Sören Larsen está no meio do corredor, recurvado sobre um grande saco preto. Quando vê Karen, ele a cumprimenta levantando o queixo e entrega a ela um par de protetores para sapato de plástico azul e uma touca plástica.

— Valeu, Sören. O Brodal está lá? — Ela aponta na direção da porta da cozinha, enquanto enrola o cabelo em um coque e coloca a touca transparente. Sem dizer nada, Sören Larsen olha para ela com as sobrancelhas erguidas por cima da máscara facial e faz um aceno positivo com a cabeça.

Karen sabe o que significa esse olhar. Kneought Brodal não está num bom dia hoje. Para variar.

Ela respira fundo e caminha até a porta. Exceto pelas almofadas para pisar na cena do crime, espalhadas pelo chão, tudo parece normal. Logo à frente ela vê a parte superior de um fogão, uma bancada, uma pia e uma máquina de lavar louça, e acima disso há uma fileira de portas de armário de coloração cinza. À direita, em uma longa bancada de granito, encontra-se uma máquina bem grande e com aspecto polido, que Karen presume ser um tipo de máquina de café; as prateleiras sobre a máquina estão repletas de variados apetrechos de cozinha, tigelas e potes de cobre. *Uma cozinha comum, enfim, bastante agradável*, ela avalia em pensamento.

Mas essa impressão muda quando ela continua a examinar a cena. Mais adiante há uma pesada mesa de carvalho, rodeada por três cadeiras. A quarta está caída de lado. Karen volta a atenção para as almofadas para os pés e os triângulos de plástico amarelo numerados, e então seus olhos são atraídos para o sangue — respingos vermelhos em padrão de arco, a poucos metros dela.

— Tome muito cuidado nessa porra aqui, Eiken — uma voz cortante adverte. — Olhe muito bem onde coloca os seus malditos pés.

Karen dá alguns passos cautelosos perto das almofadas, estica o pescoço para enxergar além do grande armário e suspira involuntariamente. Leva apenas uma fração de segundo para dominar o impulso de desviar o olhar. Com frieza e o semblante sem expressão, ela examina a mulher no chão.

Susanne Smeed está caída de costas, a cabeça e o pescoço num ângulo anormal entre o piso e a beirada do fogão preto a lenha. Seu grosso robe está aberto, revelando uma camisola cor de creme com laço bordado no decote acentuado. Um seio está exposto; Karen percebe que o seio é inesperadamente volumoso para um corpo tão magro. A mão direita de Susanne Smeed está escondida; Karen nota que na outra mão não há joias, mas as unhas estão bem-feitas e pintadas num tom sutil de rosa-claro. A cabeça e a parte de cima do corpo repousam sobre uma poça de sangue, que encharcou o tecido felpudo do seu robe, tingindo o tecido com um tom ainda mais escuro do que já era. A parte do cabelo que não está ensopada de sangue parece bem-cuidada, com luzes loiras e raízes mais castanhas. As pernas estão estendidas em linha reta; uma pantufa de veludo azul ainda pende dos dedos do pé direito, e a outra está virada com a sola para cima, debaixo da mesa da cozinha.

Perfeito. Esse pensamento vem à mente dela de repente, de modo inesperado. *Perfeito caos.*

Um perito num macacão branco se movimenta bem lentamente em torno da mulher morta, tirando fotografias de cada ângulo possível. O leve farfalhar das roupas de proteção também é um ruído produzido pelos movimentos de outros dois peritos, que estão lenta e deliberadamente rodeando o cômodo. Karen sabe que os movimentos silenciosos e calculados deles podem parecer, aos olhos de leigos, um sinal de respeito em face da morte; na verdade, porém, são consequência de profunda concentração enquanto trabalham para coletar cada partícula de evidência. Quando um dos peritos se move para o lado, fica claro o que causou o cheiro de queimado: uma pilha do que parecem ser os restos carbonizados de uma cesta de lenha encontra-se entre o fogão e a mesa da cozinha. As chamas haviam lambido a parede, deixando uma grande faixa de fuligem, perigosamente perto da cortina quadriculada. Karen vê seu próprio reflexo no vidro da janela, e diz a si mesma que os círculos negros sob seus olhos apareceram provavelmente por causa dos holofotes no local.

Karen volta a atenção para a cabeça de Susanne Smeed; dessa vez decide inspecionar a fundo essa parte do corpo. Mechas do cabelo loiro ficaram grudadas no sangue, encobrindo partes do seu rosto massacrado. Com uma crescente sensação de desconforto, Karen se dá conta de que a órbita ocular foi esmagada, e que o nariz parece ter sido deslocado para o lado. Os dentes brancos de Susanne estão visíveis atrás do maxilar partido, dando a impressão de um sorriso grotesco. Os olhos estão arregalados e tão vazios e inexpressivos quanto os de qualquer outro cadáver que Karen já tenha visto: sem surpresa, sem medo, apenas um infinito e sombrio nada.

Em meio ao sangrento cenário, Karen ainda reconhece os traços faciais familiares de Susanne Smeed. Seu incômodo se transforma num redemoinho no estômago. Para conter a náusea, Karen se volta para a mesa da cozinha. Sobre a mesa há uma tigela contendo os restos do que parece ser iogurte misturado com cereais, uma cesta com pão de centeio fatiado, um pote de manteiga que havia derretido devido ao calor, uma xícara vazia de café perfeitamente acomodada num pires.

Pelo menos você pôde beber uma xícara de café depois da sessão matinal de natação, Karen pensa, olhando demoradamente para o padrão floral azul da xícara. Mas o que aconteceu depois?

— Tudo bem, Kneought? — ela pergunta em voz baixa, dirigindo-se só agora ao homem grande que claramente está passando por momentos difíceis agachado junto ao cadáver. Ela observa as costas largas de Brodal, perguntando-se como ele consegue se movimentar dentro de macacões de tamanho padrão sem arrebentar as costuras. — O que você tem para mim? — Karen acrescenta.

Ele lhe dá uma resposta curta, sem olhar para ela:

— Bom, vejamos. Ela está morta. O que você acha disso?

Karen ignora o tom rude e espera em silêncio que ele continue. Brodal tem uma maneira de se expressar que costuma dar nos nervos, mas nesse caso em particular Karen o compreende de certo modo. Ela sabe que Kneought Brodal e sua mulher conviveram socialmente com Jounas e Susanne Smeed durante anos, antes do divórcio. Brodal deve ter conhecido mais do que superficialmente a mulher cujo corpo sem vida ele agora está examinando.

— Cheguei aqui pouco depois de 13h30, e a essa altura ela estava morta havia três horas pelo menos, mas eu acredito que não fazia mais que seis — o legista responde enfim, e a frustração é evidente em sua voz. — Não posso ser mais preciso que isso neste maldito calor. Por alguma razão, alguém decidiu acender o fogo nessa porcaria, e também tentou tocar fogo na casa.

Kneought Brodal gesticula na direção do fogão a lenha no canto, sobre o qual um dos peritos está curvado nesse momento, olhando para a porta aberta. Então Brodal olha para cima, e seus olhos encontram os de Karen; ela nota que a testa dele está brilhando de suor.

Ela dirige o olhar para o moderno e reluzente fogão por indução na outra ponta da cozinha, e depois volta a olhar para o fogão a lenha. Pelo visto, Susanne, como muitos outros, quis preservar certos aspectos da cozinha antiga quando a modernizou. Ela quis preservar a sensação de uma velha cozinha rústica e, ao mesmo tempo, investir em todas as comodidades que o mundo moderno tem a oferecer. A maioria das pessoas faz isso. Mas o fato é que usar o velho fogão é uma atitude estranha, particularmente no final de setembro, quando a temperatura ainda está longe de atingir os níveis mais baixos. Será que, depois de nadar pela manhã, Susanne sentiu tanto frio que resolveu recorrer ao fogão a lenha? Ou foi obra do assassino?

— Isso estava uma maldita sauna quando cheguei aqui — Brodal prossegue rispidamente. — Os peritos tinham finalmente apagado o fogão, graças a Deus, mas vai ser praticamente impossível definir um horário mais exato para a morte. Foi pura sorte isso tudo não ter queimado até virar pó — o legista acrescenta, apontando para o cesto de lenha tostado.

— Sorte para nós, talvez — Karen responde ironicamente. — Mas não para o canalha estúpido que resolveu forjar um incêndio numa casa para tentar encobrir um homicídio.

Brodal fecha a sua bolsa e se esforça para se levantar. Seu macacão de proteção se estica na vasta barriga; Karen teme que o frágil zíper de plástico possa ceder a qualquer instante.

— Pode ser. Enfim, desvendar isso é com você. Seja como for, já terminei o meu trabalho aqui. Depois da autópsia terei mais para você — ele diz, secando a testa com o pulso.

— Pelo menos parece que encontramos a arma do crime. Dê uma olhada nisso, Eiken! — A voz de Sören Larsen vem da porta de entrada. Ele está segurando um longo atiçador de ferro, envolvido em um saco plástico com listras avermelhadas dentro dele. — Aposto que é perfeitamente compatível com as lesões encontradas no corpo — Larsen diz, virando o saco plástico sangrento de um lado para outro com expressão satisfeita. — Alguém teve o cuidado de pendurar isso ao lado do fogão de ferro.

— Talvez você tenha razão — Brodal comenta com desdém. — Quero dizer, ele até pode ter usado isso para esmagar o rosto dela, mas a causa da morte provavelmente é outra.

Karen e Sören Larsen olham para o médico-legista com expressão intrigada e expectativa. Brodal parece apreciar essa atenção e demora alguns instantes para responder.

— Meu palpite é de que ela estava sentada na cadeira quando a primeira pancada a acertou, mas estou quase certo de que não foi esse golpe que a matou. O segundo golpe também não chegou a matá-la, mas a arremessou para trás com tanta força que seu crânio foi esmagado contra o fogão a lenha. Quem quer que tenha feito isso é um filho da puta muito frio, e estava decidido a matar Susanne.

8

O INSPETOR-DETETIVE KARL BJÖRKEN ESTÁ NO SUPERMERCADO, tentando decidir se levaria pizza congelada ou empanados de peixe, quando seu celular vibra no bolso. Frode, seu filho de dezoito meses, está sentado na cadeirinha para bebê do carrinho do supermercado, num choro de cortar o coração. Estendidas no ar, suas mãos rechonchudas apontam para o final do corredor, onde sua mãe havia desaparecido na direção da seção de fraldas. Karl olha rapidamente para a tela do celular; suas sobrancelhas se projetam para o alto quando ele descobre quem está ligando. Karen Eiken Hornby é sua superior imediata e, ao longo dos anos, eles se tornaram amigos, mas ela não costuma telefonar para bater papo.

— Calma, meu amor, a mamãe vai voltar já — ele diz, pressionando o aparelho em um ouvido e cobrindo o outro para bloquear o som do choro.

— Karen, oi! — ele diz. — A que devo o prazer? Já está sóbria de novo depois do Festival da Ostra?

— Não amole. Você está sentado?

— Não mesmo. Estou no Tema, escolhendo o que comprar. O que você acha que eu devo escolher, pizza congelada com presun...

— Escute — Karen o interrompe brusca. — Preciso que você venha para cá, temos um homicídio.

Enquanto Karen explica o que aconteceu, Karl observa apreensivo a volta de sua mulher. Ela está empurrando um carrinho com três grandes pacotes de fraldas; não vai ser nenhuma surpresa se ela precisar usar o peso do próprio corpo para fazer o pesado carrinho de supermercado andar. Na cadeirinha de bebê está Arne, o irmão gêmeo de Frode. Arne está mastigando alguma coisa. O colarinho de Ingrid Björken está manchado; ela parece exausta quando tira gentilmente uma coisa qualquer das mãos meladas de Arne. O uivo enfurecido dele ecoa entre as prateleiras de legumes enlatados e molhos de macarrão.

Quando Ingrid olha para Karl, o rosto dela se ilumina, e o coração dele afunda como uma pedra. Ele sabe que o sorriso dela — pelo qual havia se apaixonado quase três anos antes e que ainda tinha a capacidade de deixá-lo eletrizado — vai se apagar dentro de dois minutos.

Quarenta e cinco minutos mais tarde, Karl Björken se afasta da porta da frente a fim de dar passagem para a maca que está carregando Susanne Smeed. Dentro da casa, ele vê Karen no corredor, falando com Sören Larsen, cujo estranho cabelo loiro parece uma auréola desgrenhada em torno da cabeça. Karl percebe que Larsen está de pé em uma posição pouco natural, empertigado demais, numa tentativa de tornar menos evidente a diferença de altura entre ele e Karen. Sören Larsen mede 1,65 m com os pés descalços — as solas muito grossas das suas botas acrescentam mais cinco centímetros, mas mesmo assim ela continua cerca de dois centímetros mais alta que ele.

Karen parece concentrada; Karl já havia visto antes essa mistura de tensão e de antecipação contida. Ela vira o pulso para verificar as horas no relógio.

— Björken deve chegar a qualquer minuto — ela diz. — Nós vamos ver o que podemos encontrar na área externa da casa, e conversar com os vizinhos mais próximos. Presumo que você tenha mais coisas para fazer aqui. Eu calculo que possamos repassar a investigação na delegacia às 19h, esta noite. Esse horário está bom para você?

— Às 19h está legal — Sören Larsen responde. — Mas não toque em nada, entendeu? Mesmo que esteja usando luvas, não quero que fique borrando as impressões digitais.

Karl entra com um suspiro; no momento em que a sua figura alta e encorpada faz o corredor escurecer, Sören Larsen e Karen se voltam para a porta da frente.

— Ah, aí está você — ela diz. — Bem-vindo. Parece que temos uma encrenca das grandes para resolver.

— É definitivamente homicídio? — Karl pergunta.

— Sem dúvida. Bem, ou um possível homicídio culposo, suponho, se o advogado for de fato muito bom. Mas com certeza não foi um acidente. Você pode me ajudar a fazer uma verificação rápida em torno da casa antes de irmos procurar o vizinho que encontrou Susanne. Brodal acabou de sair daqui, e o corpo está sendo levado neste momento, mas você pode dar uma olhada na cozinha primeiro e depois eu vou resumir tudo o que já sabemos.

Karl tira um par de protetores para calçados da bolsa de Sören Larsen e respira fundo antes de entrar na cozinha. Ingrid não vai ficar feliz quando ele voltar para casa. E sabe-se lá quando é que ele vai poder fazer isso.

Karen se posiciona na porta de entrada e examina a sala. Bem à frente há um sofá cor de aveia diante de uma mesa baixa. Uma pilha de revistas femininas encontra-se na mesinha de centro com vidro fumê, ao lado de três controles remotos que parecem ter sido dispostos lado a lado com precisão meticulosa. Duas poltronas de couro preto ladeiam o sofá de ambos os lados; os três móveis estão voltados para uma televisão gigantesca que cobre a maior parte da parede oposta.

Mais abaixo, na mesma parede, há uma lareira e mais duas poltronas, enquanto a parede oposta é dominada por uma grande estante de livros branca. Tudo parece organizado, limpo e ligeiramente tenso. A cozinha, com seus armários antigos e porcelana com motivos florais, revela um desejo de preservar o rústico; por outro lado, a sala de estar parece ter sido decorada por alguém que abriu um catálogo de móveis numa página qualquer e comprou tudo o que havia na fotografia. *Provavelmente nenhuma peça de mobília aqui dentro tem mais de dez anos*, Karen especula, observando o interior impessoal. Ainda assim, o efeito está longe de ser moderno; na melhor das hipóteses, convencional, beirando o dolorosamente chato.

Então ela repara no console da lareira, onde estão enfileiradas várias fotografias em molduras douradas. Pensativa, Karen caminha até lá a fim de olhar as fotografias de perto, mas logo Karl volta para a sala e a interrompe.

— Bom, suponho que agora eu sei com que aparência fica uma cozinha depois que alguém tem a cabeça esmagada dentro dela com um atiçador. Acho que nunca mais veria essa cozinha com os mesmos olhos.

— E só não parece pior porque um bocado de sangue foi absorvido pelo roupão de banho — Karen comenta sem se virar para ele. — De acordo com Brodal, porém, não foi o atiçador que a matou; a parte de trás da cabeça dela atingiu a quina do fogão a lenha. Você vai poder conferir as fotografias hoje à noite, na reunião.

Karl examina rápido a sala, e então caminha até onde Karen está. Os dois observam as fotografias em silêncio.

— É a filha dela? — ele pergunta depois de algum tempo, acenando na direção das fotografias.

Parecem ser todas da mesma pessoa. Uma garota de quase três anos na praia. Ela está sorrindo para o fotógrafo, agitando no ar uma pá de plástico vermelha. Uma loirinha de pele branca como marfim, de seis anos, um dente da frente faltando, vestindo um *collant* de balé cor-de-rosa e um *tutu*. Uma garota quase tão loira quanto a da outra foto, com cerca de dez, onze anos, realizando com orgulho uma abertura de pernas em um aparelho de ginástica, com os braços erguidos sobre a cabeça. Uma outra fotografia, provavelmente da mesma época, mostra a mesma garota, sorrindo, triunfante, no topo de um pódio.

— Acho que sim. Você se importa de checar a estante de livros?

37

Karl se dirige à estante branca laminada com detalhes dourados, do outro lado da sala.

— Não sei se dá pra chamar isso de estante de livros.

Com expressão entediada, ele examina os itens decorativos espalhados entre fileiras de CDs e DVDs. Uma pequena cesta cheia de flores de porcelana, um vidro colorido que na verdade é um peso para papel, uma coleção de cavalos de porcelana de vários tamanhos e cores, uma boneca espanhola caracterizada como dançarina de flamenco, uma boneca japonesa vestida de gueixa. A quantidade de livros cabe em duas prateleiras: um punhado de romances e de livros policiais de sucesso, um dicionário com doze volumes, alguns livros grossos que parecem ser algum tipo de autoajuda. Karl lê os títulos em voz alta:

— *Coragem de ser feliz*, *O caminho para o seu verdadeiro eu*, *Pare de ser uma vítima: Assuma as rédeas da sua vida*, *Gente que faz: Como afastar a energia negativa da sua vida*. Meu Deus... Você lê essas porcarias também?

— Todo santo dia. Não dá pra perceber?

Karen está agora curvada diante da mesa de centro, analisando a pilha de revistas femininas. No topo, encontra-se a última edição da *Vogue*. Karen puxa uma caneta do bolso, empurra com cuidado a reluzente revista para o lado e, quando dá por si, está olhando direto nos olhos entediados de uma modelo na capa da *Harper's Bazaar*. Mais abaixo na pilha há diversas edições de revistas variadas, que parecem ser sobre moda, beleza e fofoca, juntamente com algumas publicações sobre antiguidades. Karen endireita o corpo e inspeciona com atenção toda a sala impessoal e bem arrumada, exceto as janelas vazias, em busca de elementos que lhe mostrem quem era Susanne Smeed. *Ou talvez ela fosse exatamente assim. Uma mulher sem ideias próprias, ansiosa para que tudo parecesse perfeito, ansiosa para ficar bonita*, Karen especula, lembrando-se das unhas manicuradas da mulher morta e do seio exposto. Com silicone, não há dúvida.

Ela olha para as paredes brancas, onde estão penduradas algumas pinturas de paisagem a óleo, a reprodução emoldurada de um Monet, outra de um Sisley, duas arandelas douradas de parede com cúpulas de vidro leitosas. Poderia ser a casa de qualquer pessoa. De qualquer mulher asseada e ordeira de meia-idade.

— Acho que não vamos encontrar mais nada por aqui — ela diz. — Vamos passar para o andar de cima?

Um espesso carpete bege abafa bastante o som dos passos. No topo da escada, no corredor do andar superior, duas portas estão entreabertas e uma terceira está fechada. Karen percebe que o coração dourado que enfeita a porta fechada é idêntico ao que se encontra na porta do banheiro do andar de baixo, e decide adiar a busca no banheiro. Ela então abre uma das outras duas portas e se depara com o quarto de Susanne Smeed. A grande cama de casal não está feita, mas parece surpreendentemente intocada. Um edredom fofo está dobrado com cuidado para o lado da cama que parece não ter sido usada. O grosso travesseiro tem uma fronha com o mesmo padrão floral; uma leve marca de amassado sugere que alguém, em algum momento, descansou a cabeça nele, afinal. Um cobertor cor-de-rosa está dobrado sobre o braço de uma pequena poltrona em chita com estampa floral junto à janela. Em frente a ela há uma estação de musculação com várias funções e um display que faz Karen se lembrar da cabine de um pequeno avião.

— Quanto você acha que isso custa? — ela diz, contemplando a monstruosidade.

— Bem, eu sem dúvida não poderia comprar uma dessas — Karl diz com desdém. — E por que ter uma cama tão grande se ela usava apenas a metade? Mal usava a metade, aliás. Ela devia ficar deitada sem se mexer a noite inteira. A sua cama fica tão arrumada assim quando você acorda?

Karen não responde. A cama dela é tão grande quanto a de Susanne, ainda que ela também costume dormir sozinha. Por outro lado, ele tem razão: realmente parece que Susanne Smeed não movia um músculo a noite inteira.

— Aposto que existe um amante por aí em algum lugar — diz Karl, que parece não querer deixar o assunto de lado. — Aparelhagens de ginástica e uma cama enorme de casal? Ela sem dúvida parecia preparada, ouça o que estou dizendo...

— Se você estiver certo, ele não dormiu aqui na noite passada, isso fica bem claro, mas nós teremos que checar bem essa possibilidade — Karen responde, mas o fato é que não tem certeza se concorda com Karl. Na verdade, andar pela casa de Susanne deu a Karen a impressão contrária: na sua opinião, a casa inteira exala solidão. Há uma esperança de mudança no ar, mas mesmo assim a solidão é quase insuportável.

Karen se abaixa, agarra com cuidado a parte de baixo da porta direita do armário e a afasta para o lado, abrindo-a. Ela se depara com fileiras de cabides perfeitamente alinhados, com blusas, saias e vestidos pendurados neles. Numa prateleira logo acima há montes de blusas dobradas com esmero, de todas as cores e materiais possíveis e imagináveis. Na parte de baixo, há pares de sapatos, dispostos com esmero em três fileiras: meia dúzia de sapatos de bico arredondado de várias cores e tamanhos de saltos, sandálias com fivelas douradas, sandálias com pérolas, e outros diversos tipos de sandálias com fivela, dois pares de mocassins e, mais no fundo, pelo menos cinco pares de botas. Karen abre a porta ao lado da primeira e vê ainda mais roupas penduradas com esmero: vestidos, saias e jaquetas com diferentes cortes, e alguns casacos finos de verão. O restante do espaço é ocupado por pilhas altas de caixas de sapato, várias delas com etiquetas de preço vermelhas. Numa estimativa superficial, Karen calcula que haja pelo menos vinte, talvez trinta caixas de sapatos somente nesse guarda-roupa.

— Ora, ora, ora — ela diz. — Parece que a Susanne tinha pelo menos uma fraqueza, afinal de contas. Dê uma olhada nisso! — Karen se afasta um pouco para deixar Karl olhar.

— Santa mãe! Mas que mulher não é louca por sapatos?

Ele tinha razão. Susanne não poderia ter escolhido um vício mais batido do que o consumo voraz de sapatos e roupas. Nessa casa tudo é excessivo, ainda que nada se destaque; tudo é certinho e comportado, ainda que completamente impessoal. E nada ali explica por que alguém arrebentaria o rosto de Susanne durante o que parece ter sido um acesso incontrolável de fúria.

Depois de abrir a gaveta superior da cômoda, Karl começa a tirar com cautela calcinhas, sutiãs e meias do caminho, a fim de ver se descobre algo interessante debaixo disso. Ele volta a fechar a gaveta com um suspiro e abre a próxima. Karen o observa enquanto ele vasculha delicadamente as roupas de baixo e as malhas de ginástica com as mãos enluvadas. Sören Larsen não ficaria contente se entrasse no quarto agora.

— Não tem nada de realmente obsceno aqui. Não tem nem mesmo um vibrador — Karl diz, desapontado.

— Eu acho que ela deixaria o vibrador na mesa de cabeceira se tivesse um — Karen comenta com ironia. — Não, não fique empolgado; eu já chequei. Lá só tem alguns pacotes de lenço de papel, um frasco de loção para as mãos e outro de pílulas para dormir.

O semblante de Karl se anima por um momento, mas retorna ao desalento anterior quando Karen prossegue.

— Sem prescrição médica. Esse produto era vendido sem prescrição até uns anos atrás; ela deve tê-lo comprado antes disso. Ou fora do país.

Karl abre a última gaveta e vasculha as pilhas de fronhas e camisolas muito bem dobradas. Em dado momento, ele para de se mover, franze as sobrancelhas e tira da gaveta um objeto semelhante a um grande livro com uma capa azul gasta.

— Bingo! — ele diz. — Um álbum de fotografias.

— Melhor do que nada. Vamos ter que deixar os peritos conferirem isso primeiro, e depois poderemos analisar o material na delegacia hoje à noite. Vamos fazer uma busca rápida no restante do andar superior. E ainda temos que conversar com Harald Steen o mais rápido possível.

— O vizinho que a encontrou?

Karen faz que sim com a cabeça.

Na porta do quarto menor há traços de buracos de parafuso, como se uma placa já tivesse estado ali uma vez. Dentro do recinto, em uma cama estreita com uma colcha de listras cor-de-rosa, há um ursinho de pelúcia encarando-os, embaixo de um pôster de quatro jovens rapazes sorrindo.

— One Direction — Karl diz. — As filhas da minha irmã são loucas por eles.

Karen conhecia mais alguém que também era. Com um aperto no peito, ela não diz nada.

Em cima de uma penteadeira branca vê-se uma pequena árvore de metal estilizada, com braceletes de contas e uma pequena pulseira pendurados em seus ramos finos. Sobre a penteadeira há um espelho e, ao lado dele, um gancho dourado do qual pende um par de sapatilhas de balé cor--de-rosa com longos laços de cetim. Karen abre a gaveta de cima e nota que, apesar de vazia, é forrada com um papel cor-de-rosa próprio para revestimento de prateleiras. Quando puxa a gaveta de baixo, Karen escuta o barulho de alguma coisa chacoalhando, e descobre dois pequenos troféus de plástico prateado rolando no fundo da gaveta.

Um sentimento de desgosto enche o quarto de menina abandonado. Um mausoléu para uma criança perdida, uma criança que há muitos anos não vive aqui.

— Talvez ela usasse esse aposento como quarto de hóspedes — Karl comenta, como se pudesse ler a mente de Karen. Ela se pergunta se o parceiro está tentando confortá-la ou confortar a si mesmo.

— É, talvez — ela responde, pouco convencida.

Alguma coisa diz a Karen que Susanne Smeed raramente tinha companhia. Cada aposento examinado torna ainda mais pronunciada a sensação de solidão.

Uma rápida verificação no banheiro se mostra igualmente improdutiva. O recinto é dominado por uma banheira de canto com torneiras douradas, grande demais para o pequeno banheiro. Um tapete felpudo cobre o que ainda resta do piso. O armário não guarda nada de extraordinário: uma escova de dente elétrica, comprimidos para dor de cabeça, vitaminas, fio dental, mais um pote de pílulas para dormir e uma longa fileira de produtos para a pele e perfumes. *Provavelmente outro sinal de que Susanne tinha uma grande necessidade de consumir*, Karen pondera, olhando com certo fascínio para os potes, frascos e recipientes com as marcas Clinique, Dr. Brandt e Exuviance, bem como várias outras que ela não reconhece.

— Duvido que a gente consiga encontrar mais alguma coisa aqui antes de os peritos terminarem o seu trabalho — Karen diz. — Vamos fazer uma visita ao velho Steen.

9

A CASA DE HARALD STEEN FICA A QUASE DUZENTOS METROS DA casa de Susanne, descendo ao longo do rio Langevik, mas na outra margem. Karen e Karl seguem o percurso lamacento ao longo da água enquanto ela põe o colega a par das conclusões iniciais de Kneought Brodal.

— Assalto? — Karl pergunta sem convicção, e coloca o capuz para se proteger da chuva fina.

— Talvez. A bolsa de Susanne foi encontrada na grama, jogada perto dos degraus da frente, e não havia carteira dentro dela. Além disso, algumas das gavetas da cômoda do corredor estavam abertas, e o conteúdo delas parece ter sido revirado.

— Bem, se é assim...

— Por outro lado, havia uma lata de chá com um bom dinheiro dentro, e o dinheiro não foi levado. Setecentos e cinquenta marcos e vinte xelins para ser exata, de acordo com Larsen; então, se alguém estava atrás de dinheiro, deixou passar esse. O resto você viu por si mesmo: nem a sala de estar nem o quarto parecem ter sido vasculhados, apenas a cômoda do corredor.

— Celular? Laptop?

— Até agora nós não encontramos nenhum dos dois, o que pode indicar que alguém os levou. Mas não parece estar faltando nada dentro da casa, pelo menos nada que um drogado comum costuma roubar. Por exemplo: ela tinha setenta e duas peças de talheres de prata numa caixa em uma das gavetas da cozinha; como disse o Larsen, até mesmo o ladrão mais burro do mundo teria encontrado isso, mas o carro dela parece ter desaparecido. Sei que ela dirigia um Toyota branco, que não foi encontrado em lugar nenhum, nem nas proximidades da casa nem na estrada.

— Você emitiu um alerta para esse carro?

— O que acha? Johannisen está trabalhando nisso. Já pedi para que Cornelis Loots e Astrid Nielsen chequem com os vizinhos se alguém viu ou ouviu alguma coisa.

— A parte mais estranha é que a porta da frente estava trancada — Karl diz. — Desde quando assaltantes trancam a porta ao sair?

— Eu tenho uma explicação para isso. Não é nenhum mistério. Essa é uma daquelas fechaduras que travam automaticamente quando você fecha a porta. Eu mesma tive uma; mandei trocar depois de ter me trancado para fora de casa duas vezes.

— E você disse que não há sinais de violência sexual?

— Não. De acordo com os exames preliminares do Brodal, isso não aconteceu. Além do mais, a vítima estava vestindo um robe e chinelos, e estava sentada na cozinha quando tudo aconteceu.

— Talvez ele tenha ficado na casa por um longo tempo. Segurando-a contra a vontade dela, sujeitando-a, deixando que ela se vestisse antes de espancá-la até a morte.

Karen olha para Karl com expressão cética, erguendo as sobrancelhas enfaticamente.

— Mas antes resolveu servir o café da manhã para ela? Pare com isso, Karl. Como explicar uma coisa dessas?

— Bom, e se fosse alguém que ela conhecesse? Eu continuo apostando que ela tinha um amante.

— Se você estiver certo, então não vai demorar para que a gente descubra. Não existem segredos nesta vila. Mas você viu a cama; se ela tivesse um amante, os dois certamente não passaram a última noite juntos.

Eles atravessam a ponte de madeira para o outro lado do rio, e se encontram agora na propriedade de Harald Steen. Karen hesita por um instante, e então diz:

— E tem mais uma coisa. Eu passei a noite em Dunker e hoje de manhã, dirigindo de volta para casa, eu vi Susanne. — Karen vira a cabeça na direção da casa de Susanne. — Ela estava voltando para casa pelo píer, provavelmente depois de nadar. Eu já a vi fazendo isso antes e nunca verifiquei as horas, mas deve ter sido por volta de oito e quinze.

Karl para de andar e se vira, como se fosse capaz de ver Susanne caminhando para casa. Karen sabe o que ele está pensando.

— Exato — ela diz. — Se a estimativa de Brodal com relação ao horário da morte estiver correta, Susanne provavelmente foi assassinada pouco tempo depois que eu a vi. E antes que você me pergunte: não, eu não vi mais ninguém na estrada, mas pedi aos peritos que dessem uma olhada na área em torno do píer, se bem que duvido que isso leve a algum lugar.

Sara Inguldsen os recebe na escada da entrada da casa de Harald Steen. Björn Lange está num ponto mais distante no jardim; afobado, ele tenta apagar um cigarro quando avista os dois.

— Boa tarde, chefe — Inguldsen diz, levando a mão ao quepe numa saudação.

Karen faz um ligeiro aceno de cabeça, e começa a raspar as botas na borda dos degraus a fim de retirar a lama.

— Boa tarde — ela responde, sorrindo brevemente. — Conseguiram alguma informação útil?

— Não muita coisa. Harald Steen não está conseguindo dizer nada que faça sentido. Infelizmente ele ainda estava lá quando chegamos, e nos viu entrar.

Karen fica paralisada de repente, com uma expressão de contrariedade tão evidente no rosto que Sara Inguldsen trata de se explicar depressa:

— Não, não, ele não viu nada do que estava lá dentro, mas viu o rosto do Lange quando ele saiu da casa. E me ouviu dispensar a ambulância, daí acabou juntando as peças. O rosto dele ficou completamente cinza, por isso eu o trouxe para casa e deixei o Lange guardando a casa da vítima.

— Por que Steen não tentou entrar para ajudá-la? — Karl Björn pergunta. — De acordo com os relatos, ele pensou que a vítima estivesse desmaiada ou que tivesse caído.

— Ele tentou, ele disse que tentou, mas a porta estava trancada, o que é verdade, pois o Lange teve de quebrar a janela para entrar. O velho precisou voltar para casa para chamar a ambulância, depois ele se arrastou encosta acima até a casa da vítima outra vez, a fim de esperar a chegada da ambulância. Não é à toa que teve dores no peito.

— O homem está bem agora? — Karen pergunta, colocando a mão na maçaneta.

— Está, mas exausto. Está no sofá da sala. É possível que tenha adormecido.

— Tudo bem. Leve o Lange com você e vão comer alguma coisa. Vocês já estão em atividade faz um bom tempo — Karen acrescenta quando se dá conta de que um dia de trabalho havia transcorrido desde que encontrara Inguldsen e Lange em Dunker, e naquele ponto eles provavelmente já haviam trabalhado algumas horas. Ela se arrepende no mesmo instante. Não há necessidade de lembrar os acontecimentos humilhantes daquela manhã.

— É, foi um longo dia para todos nós — Sara Inguldsen concorda, sorrindo.

A porta da sala está aberta. Harald Steen está deitado no sofá.

— Ah, é a menina Eiken, não é? Pode entrar — ele diz, fazendo menção de se levantar.

— Não se preocupe, Harald — Karen responde, e entra, seguida de perto por Karl. — Sim, você já me conhece, claro; este é meu colega, Karl Björken. Você se incomoda se nós nos sentarmos?

Harald Steen gesticula na direção de duas poltronas estofadas com tecido listrado marrom e amarelo. Na mesa de centro há uma garrafa com água pela metade ao lado de um pequeno recipiente com tabletes de nitroglicerina.

— Está se sentindo melhor? — Karen pergunta, sentando-se na beirada de uma das poltronas e se inclinando na direção do idoso. — Deve ter sido um grande choque.

— Sim, agora estou um pouco melhor. Deus meu, eu pensei que ela tivesse apenas escorregado ou desmaiado. Jamais poderia ter imaginado que isso acabaria dessa maneira horrível. Uma pessoa ainda tão jovem...

De repente, Karen percebe que não sabe até que ponto Harald Steen compreende o que aconteceu. Será que ele ainda pensa que foi algum tipo de acidente? Ela se inclina mais para a frente e o encara com firmeza.

— A morte de Susanne não foi natural, Harald — ela diz. — Por isso é que precisamos vir até aqui para falar com você.

Por alguns segundos, os olhos de Harald oscilam confusamente entre Karen e Karl; instantes depois, ele está lutando para se sentar no sofá.

— Não foi natural? Mas aquela moça disse... — Ele gesticula na direção da porta, onde só agora Karen repara que Sara Inguldsen continua montando guarda com seu uniforme azul-escuro. *Garota curiosa, essa*, Karen pensa. *Ou ambiciosa.*

— Eu não sabia quanta informação poderia dar a ele — Sara diz em voz baixa. — Apenas expliquei que Susanne Smeed estava morta, e que nós sempre chamamos um médico quando uma pessoa falece em sua própria casa.

— Eu entendo, mas vocês dois precisam ir agora. Entraremos em contato mais tarde, se precisarmos de mais alguma coisa.

Karen se volta de novo para Harald Steen e o olha diretamente nos olhos.

— Sim, o que a Sara disse a você é verdade, Harald, nós sempre fazemos isso. Nesse caso, porém, nós infelizmente temos boas razões para acreditar que... alguém tirou a vida de Susanne. — *Alguém tirou a vida da Susanne... como se isso soasse melhor do que dizer que ela foi assassinada*, ela pensa, olhando furtiva para o pequeno recipiente branco de nitroglicerina. Um ataque cardíaco não apenas seria desastroso para Harald Steen como também provavelmente acabaria com qualquer esperança de assegurar um importante depoimento de uma testemunha.

— É por isso que precisamos da sua ajuda, percebe? — ela prossegue. — Talvez você tenha visto ou ouvido algo que possa nos ajudar a encontrar quem...

— Como? — Harald Steen a interrompe com uma energia surpreendente. — Como a Susanne morreu?

Depois de um árduo esforço, ele agora está por fim sentado numa posição ereta, com as costas aprumadas, mas ainda há confusão e preocupação em seus olhos. O idoso estende a mão para o copo de água, e

Karen nota que ele não parece pálido, embora a mão esteja tremendo um pouco.

— Você está bem, Harald? — Karen pergunta, num esforço para mudar o foco da atenção dele. — Gostaria que ligássemos para alguém? Você tem um filho que mora em Frisel, não tem? Gostaria que ele viesse para cá e passasse a noite aqui?

Ela consulta o relógio: 16h15. A balsa vinda de Sande passa a cada trinta minutos aos domingos. O filho de Harald poderia chegar ali em questão de horas.

— Não, por tudo o que há de mais sagrado, não o traga para cá — o idoso retruca. — Vou ficar bem, não se preocupe.

— Outra pessoa, então? — Karl sugere docilmente. — Talvez seja melhor não ficar sozinho, pelo menos esta noite. — Ele está reclinado para trás na velha e gasta poltrona, com as longas pernas cruzadas, na tentativa de encontrar apoio para o seu caderno de anotações.

— A cuidadora vai chegar às 18h — Harald Steen murmura. — A menos que eles se esqueçam de mim, não é...

— Ah, você tem assistência médica domiciliar, é isso? Com que frequência eles vêm?

Harald Steen ri, e agora se mostra visivelmente satisfeito, como se tivesse esquecido por que a polícia estava na sua sala.

— Bem, desde que meus problemas de coração começaram, uma moça aparece duas vezes por dia e cuida da minha alimentação, então não é necessário que se preocupem comigo. Ela também faz a limpeza, e faz muito bem. Mas ela é polonesa, claro — ele acrescenta, como se isso diminuísse a satisfação dele pelos serviços prestados.

Karen escuta a caneta de Karl rabiscando anotações no papel.

— E quando é que ela costuma vir?

— A moça polonesa? Bom, isso varia, sabe. Às vezes por volta de 8h, e depois mais uma vez na hora do jantar. Mas ela usa temperos muito estranhos. Tentei falar com ela sobre isso, mas...

— E hoje de manhã, quando ela chegou aqui? Você se lembra? — Karl o interrompe para perguntar, lançando um rápido olhar para Karen.

— Sim. Ela chegou mais tarde que o habitual, por volta de 9h. Não; pensando bem, na verdade foi depois, perto de 9h30. Sei disso porque fiquei acordado por um bom tempo até que ela resolvesse aparecer. Foi se divertir no Festival da Ostra, creio eu. São muito amigas de um copo, as mulheres polonesas... Pelo menos é o que dizem por aí.

Karen e Karl se entreolham mais uma vez.

— Percebeu alguma coisa estranha enquanto esperava a chegada da sua cuidadora? — Karl pergunta. — Quero dizer, viu alguém ou talvez um carro perto da casa da Susanne?

Harald Steen parece surpreso.

— Não... — ele responde devagar, balançando a cabeça, como se a pergunta fosse incompreensível. — Como eu poderia ter visto alguma coisa? Eu ainda estava na cama. Eu normalmente não me levanto antes de tomar o meu café da manhã. Ela pelo menos faz um café bem forte.

O idoso fica feliz, e Karen suspira resignada. Aquilo não ia levar a nada. Provavelmente o melhor a fazer seria se concentrarem na cuidadora e torcerem para que ela tivesse visto alguém. Karl fecha o caderno de anotações, e ambos se preparam para se levantar das poltronas.

— Mas eu ouvi um carro, ouvi sim.

Karen, que estava se levantando, fica imóvel de repente e, pelo canto do olho, percebe que Karl, também. Esperançosos, os dois olham para Harald Steen, e afundam de volta nas poltronas.

— Você disse que ouviu um carro?

Karl se esforça para falar de maneira calma, como se temesse que o menor sinal de excitação pudesse fazer Steen perder o foco novamente.

— Sim, o carro da Susanne, aquela lata-velha japonesa. Foi por isso que eu achei estranho ver a luz da cozinha dela acesa. E a fumaça na chaminé também. Quero dizer, por que ela vai sair e deixar as coisas assim? Mas eu nunca poderia ter imaginado...

— Tem certeza de que era o carro da Susanne? — Karen o interrompe da maneira mais gentil que pode.

Harald Steen bufa, mostrando-se ofendido.

— E o barulho que aquela coisa faz! Guinchando e grunhindo como uma velha antes de começar a andar. Era o carro dela, não há dúvida. O problema é no motor, claro; eu disse a Susanne que ela deveria mandar checar o problema, mas acho que ela nunca tinha tempo para isso.

— E isso aconteceu antes que a sua cuidadora chegasse esta manhã? — Karl indaga em tom encorajador. — Tem certeza absoluta?

— Não, você está certo, a polonesa já estava aqui. Aconteceu logo depois que ela gritou que o café estava pronto. Achamos um tanto incomum o fato de Susanne sair de casa tão cedo num domingo. E logo no dia após o Festival da Ostra. Acho que foi por isso que ela apareceu tão tarde — ele acrescenta.

— Tão tarde? Mas você disse que era cedo, não disse?

— Estou falando da polonesa. Eram quase 10h quando ela se dignou a aparecer por aqui. Pelo visto, aproveitou a oportunidade para dormir até mais tarde. Mas é como diz o ditado: para uma ovelha preguiçosa a lã é um fardo pesado.

— Quase 10h? Tem certeza?

— Sim, eu me lembro disso agora, porque escuto as notícias e o boletim do tempo a cada meia hora. E eu tive que ouvir as mesmas velhas notícias várias vezes, nada de novo estava acontecendo. Mas eu suponho que ela tenha ido para o Festival da Ostra como todo mundo, e acho que bebeu bastante por lá. Ouvi dizer que elas bebem feito esponjas. As polonesas, eu quero dizer.

Karen respira fundo e faz uma última tentativa.

— Então está dizendo que a sua cuidadora já havia chegado quando você ouviu o carro da Susanne ir embora? Acha que ela também ouviu?

— Sim, senhora, ela ouviu, pode apostar que ouviu! Até comentou que aquele carro lembrava os carros da Polônia, pelo barulho que fazia. No final das contas, é uma boa moça essa.

Karen e Karl se preparam novamente para ir embora, depois de perguntarem uma última vez se Harald Steen não gostaria que seu filho viesse. Karen decide não esperar pela cuidadora. Em vez disso, Karl anota o número do telefone de uma Angela Novak, cujo cartão de visita, vinculado a uma empresa de atendimento de saúde domiciliar, eles encontram na porta da geladeira.

— Bem, que conclusões você tira disso tudo? — Karl pergunta enquanto eles retornam subindo a encosta.

— Ele está mais senil do que eu esperava. Anos atrás, Steen era um dos mais importantes moradores de Langevik. Organizava leilões, e era considerado um sovina, mas muito engraçado, se não me falha a memória, mas isso já foi há muito tempo. Nos últimos anos, eu praticamente só o vejo de longe, perambulando pela vila.

— Sabe, acho que não podemos tirar nenhuma conclusão a partir dos horários que ele nos deu; é difícil dizer se algum deles foi exato — Karl argumenta, desanimado. — Mesmo que um desses muitos palpites esteja próximo da verdade.

— Sim, mas ele pode estar certo quanto a ter ouvido o carro de Susanne. Você vai ter de verificar com Angela Novak. Ela também pode ter percebido mais coisas que o Harald.

— Se o velho estiver certo, isso significaria que o assassino saiu no carro da vítima pouco antes das dez horas.

— Bem, o carro desapareceu, então existe uma chance de que ele esteja certo. Vamos ver se o Brodal pode restringir o horário da morte um pouco mais. Vou tentar apressar as coisas com ele.

— Quando foi que você emitiu o alerta para o carro?

— Assim que cheguei aqui e notei que havia desaparecido, mas não antes de duas da tarde.

— Então o assassino teve várias horas para sair da ilha.

— Se ele tomou essa decisão, só pode ter ido para Noorö ou para Frisel. Aos domingos não há balsa nem para Esbjerg nem para Harwich.

— Não, mas há voos saindo tanto de Lenker quanto de Ravenby — Karl argumenta. — Aposto o que você quiser que o carro vai acabar aparecendo em um dos aeroportos.

— Então sua nova teoria é que alguém planejou a coisa toda? Matar Susanne Smeed e depois fugir do país? Agora há pouco você achou que fosse um assalto. Seja como for, se você estiver certo, o carro já deve ter sido encontrado, pois os estacionamentos perto dos terminais de balsa e aeroportos são os primeiros lugares que nós checamos.

Karl Björken dá de ombros; Karen segue em frente.

— Falei com Cornelis Loots, que consultou as autoridades portuárias. A única grande embarcação que partiu da ilha hoje foi um navio de cruzeiro que, nesse momento, segue para a Noruega. Ele saiu de Estocolmo no dia 25 e seguiu para Dunker via Copenhague. Seu próximo destino é Edimburgo, e vai parar nas proximidades das Ilhas Shetland e na costa norueguesa antes de retornar para a Suécia, eu acho. É um desses navios para aposentados americanos com origens escandinavas, mas não consigo entender por que um americano rico deixaria espontaneamente a sua suíte de luxo para andar de bicicleta por Langevik e matar Susanne Smeed.

— Bicicleta?

— Tá, ou de carona, que seja. De que outra maneira ele teria chegado até lá? O assassino roubou o carro de Susanne para escapar, mas não deixou nenhum outro veículo para trás. De qualquer modo, pedi a Loots para entrar em contato com a empresa de cruzeiros e solicitar as listas de passageiros, apenas por precaução. Mas se sua teoria sobre fugir do país estiver correta, não temos nenhuma chance. O criminoso não teria dificuldade em passar pelos portos.

Karl caminha com as mãos enfiadas até o fundo dos bolsos, os ombros levantados para se proteger do vento. Karen olha para o colega, e lhe ocorre que seria melhor ir mais devagar e evitar soterrá-lo com argumentos.

— Além do mais, temos todas as embarcações menores vindas da Dinamarca, da Holanda e só Deus sabe mais de onde — ela prossegue. — Estamos falando de milhares de pessoas que chegaram ontem, das quais a maioria partiu hoje de manhã. Por que diabos todos os idiotas do mundo têm que vir para o Festival da Ostra?

Karl dá uma risada abafada.

— Não deixe Kaldevik nem Haugen ouvirem você dizer isso.

Karen sabe exatamente a que ele se refere. Com um calafrio, ela se recorda da visita da Ministra de Assuntos Internos à delegacia de polícia alguns anos atrás. Antes do início da estação do verão, Gudrun Kaldevik falou a todos os funcionários da Autoridade Policial de Dogger sobre a importância da polícia em colaborar para a satisfação e para a segurança dos turistas. Na época, pela primeira vez, Karen concordou com Johannisen quando ele murmurou:

— Não somos um bando de guias turísticos, caralho.

Houve um silêncio sepulcral depois que a ministra terminou o seu discurso para as corporações da polícia reunidas; Viggo Haugen se apressou para garantir à ministra que ele supervisionaria pessoalmente uma reestruturação da cultura policial local. Quando se comprometeu a se "responsabilizar pessoalmente por uma mudança cultural positiva dentro da Força Policial", Haugen tornou a iniciativa ainda mais fútil e idiota do que já parecia.

Karen e Karl continuam a caminhada encosta acima em silêncio, escutando os movimentos do rio serpenteando em seu caminho rumo ao mar. Karen pensa na inevitável tarefa que a aguarda.

— Karl, tente encontrar Angela Novak ainda hoje. E eu tenho um pedido: você poderia acompanhar a autópsia no meu lugar? Prefiro ter uma primeira conversa com Jounas a sós. Acho que pode ser melhor não aparecermos os dois de uma vez na frente dele.

— Abro mão dessa tarefa de muito bom grado — Karl responde, suspirando. — Isso deve ser difícil demais para ele.

É um alívio para Karen saber que Karl nem faz ideia de que sua preocupação principal não são os possíveis sentimentos de Jounas Smeed para com sua ex-mulher assassinada. Mais interrogatórios no futuro, com mais pessoas presentes, certamente serão inevitáveis; mas, antes, ela precisa falar com Jounas a sós. Pela primeira vez desde que o deixou roncando no quarto 507 do Hotel Strand.

10

KAREN DIRIGE RUMO A DUNKER, ANSIOSA, SENTINDO UM NÓ NO estômago. Dirige no piloto automático, deixando os pensamentos vagarem livres; conhece a estrada tão bem que é capaz de sentir cada uma das curvas em seu corpo antes de entrar nelas, ver cada paisagem com sua visão interior um segundo antes que ela apareça.

A estrada costeira que dá acesso à capital de Heimö pelo leste inclina-se suavemente no sentido ascendente; colinas com pastos pedregosos e copas de árvores decíduas que se estendem para o norte. Do outro lado da estrada, penhascos íngremes terminam no mar, cuja presença constante pode sempre ser sentida, como um murmúrio abafado ou um rugido ameaçador.

Aproximando-se a leste pelo planalto, a cidade de Dunker se descortina como um panorama. Tirar o pé do acelerador no momento certo permite uma breve visão da baía inteira, do longo calçadão que vai do porto, a oeste, passando pela praia rochosa até o final dos penhascos amarelos a sudeste. Por outro lado, virar na direção da costa permite tempo suficiente para contemplar o formato de meia-lua da cidade expandindo-se a partir da baía, antes que as curvas da estrada comecem a conduzir na direção das partes centrais da cidade.

Karen dirige pelo bairro de Sande e vira a oeste na direção de Thingwalla. Jounas Smeed gosta de frisar para os colegas na delegacia que sua casa se localiza no bairro mais exclusivo e mais distante da periferia. Esses colegas, contudo, mesmo aqueles que apreciam as tentativas do chefe de minimizar a importância das suas origens, têm plena consciência de que a família Smeed nunca esteve — nem nunca estará — na periferia de nada. Smeed mora em Thingwalla, e ponto final.

Ela observa os majestosos palacetes de pedra enquanto segue lentamente na direção do número 24 da Fågelsångsvägen. Karen só esteve aqui uma vez antes. Durante uma onda de calor em agosto, uns dois anos atrás, Jounas convidou todos do Departamento de Investigações Criminais para um churrasco junto com os seus colegas da Unidade de Serviços Técnicos e do Ministério Público.

— Parece que os meteorologistas acertaram mesmo — Karen diz para si mesma. As nuvens estão se acumulando sobre a ilha. Quando ela abre a porta do carro e pega a jaqueta no assento do passageiro, sente uma lufada de ar frio que, de acordo com a previsão, deve soprar do nordeste no decorrer do dia. Ela estremece e olha para as janelas brancas da grande casa. Nenhuma luz acesa, nem um movimento por detrás do vidro escuro ou na parte do jardim que é visível da estrada.

Talvez ele não esteja em casa, Karen pensa, num momento de otimismo irracional. Um segundo depois, escuta o som de um carro se aproximando em alta velocidade. Ela se vira a tempo de ver um reluzente Lexus preto parar de repente atrás da sua Ford Ranger suja. Jounas Smeed fica parado atrás do volante por alguns segundos; os olhos dos dois se encontram. Então ele aciona a primeira marcha e avança devagar, passa por Karen sem nem acenar e segue na direção da garagem.

Karen acompanha o movimento do veículo com uma crescente sensação de desconforto; isso promete ser tão desagradável quanto ela havia imaginado. Ela caminha pela entrada de automóveis com passos pesados, e se aproxima do chefe quando ele está fechando a porta da garagem. Eles se viram na direção da casa e andam lado a lado rumo à porta da cozinha.

11

— SERVIDA? — JOUNAS PERGUNTA, INDICANDO A GARRAFA DE uísque que pegou no balcão de mármore da cozinha. Karen reconhece seu uísque favorito, da destilaria Groth, de Noorö.

Ela balança a cabeça numa negativa. Jounas tira um copo de um armário e deixa a cozinha. Não diz nada, mas com um movimento quase imperceptível do queixo, indica que Karen o siga.

O nervosismo inicial se transforma em exasperação quando Karen é forçada a perambular atrás do chefe como um cão treinado, em silêncio, passando por pisos de madeira lustrosos e tapetes elegantes através da casa escura e de um vasto saguão a partir do qual uma ampla escadaria se eleva majestosamente até o primeiro andar. Um gigantesco lustre de candelabro pende acima de uma mesa redonda, sobre a qual há um vaso de tulipas murchas. À direita da escadaria, ela avista o que talvez seja um escritório e, mais além, quando passam pela biblioteca, vê poltronas chesterfield verdes diante de uma lareira ricamente ornamentada e estantes de madeira escura cobrindo as paredes, do chão até o teto.

Karen se recorda da arrumação sistemática da sala de estar impessoal de Susanne Smeed. Apesar dos dez anos de casamento, o contraste entre a casa dela e a de Jounas é quase constrangedoramente absurdo. Não resta dúvida de que Susanne não ficou com parte nenhuma da fortuna de Smeed no divórcio.

Jounas continua andando até uma grande sala de estar retangular e acende as luzes. A iluminação intensa faz Karen piscar, e de súbito a sala fica refletida nas janelas de uma das paredes. Ela caminha até as portas deslizantes e, por um minuto, se permite contemplar o jardim lá fora. Um deque de madeira em forma de "L" se estende pela lateral da casa, com uma cozinha ao ar livre bem equipada.

Um suave gramado desliza na direção do mar, ainda vividamente verde. Karen não pôde vê-la de onde está, mas sabe que há uma praia privativa ali perto; ela já a havia visto e invejado no último verão, passando por ali em seu barco a motor. A maioria das casas nas redondezas tem seu próprio cais; embarcações exclusivas ficam atracadas neles nessa época do ano, esperando para serem conduzidas à marina a algumas centenas de metros de distância, no final da temporada.

Ela ergue os olhos para a linha do horizonte, onde o mar ganha agora um tom azul-acinzentado sob um céu que escurece rapidamente. Nisso, uma lufada de vento sacode o guarda-sol do deque da piscina e as primeiras gotas de chuva caem sobre a superfície lisa e prateada da madeira cumaru.

Ela se vira e repara que Jounas Smeed havia estendido seu longo corpo em uma das quatro poltronas cinza-claras, soltando-se de modo relaxado, com as pernas esticadas para a frente. Um de seus braços pende ao lado da cadeira, as pontas dos dedos quase tocando o chão, enquanto o outro agita um copo de uísque na altura do seu peito.

— E então, Eiken? — ele fala com voz arrastada. — O que você pretende aqui?

— Bem, eu preciso falar com você. Você com certeza compreende a situação...

— *Chefe Interina do Departamento de Investigações Criminais*. Acho que tenho de lhe dar os parabéns. Que dia bom de trabalho pra você, hein?

— Deixe de bobagem. Eu não pedi que nada disso acontecesse.

— Mas está gostando. Pelo menos admita.

— Sem dúvida. Estou adorando cada segundo.

Karen se arrepende imediatamente por suas palavras, pois sabe que Jounas vai aproveitar cada oportunidade que tiver para revidar.

— Como adorou a noite passada, não é? Falando nisso, por que foi embora sem se despedir?

— Bem, o que você acha? A coisa toda foi um erro. Um grande erro, um puta erro, que eu espero que a gente possa deixar para trás o quanto antes. Certo?

Jounas Smeed se endireita um pouco na poltrona e toma um grande gole de seu copo. Então ele a encara com firmeza e força um sorriso, esticando um canto da boca.

— Certo — ele diz. — O que você quer saber?

Karen limpa a garganta e enfia a mão no bolso para pegar o seu caderno de anotações; então, hesita por um momento e muda de ideia. A situação já é bastante tensa por si só; dar atenção mais do que o estritamente necessário à mudança na dinâmica de poder entre os dois constitui um risco desnecessário. Não representa nenhum desafio para Karen memorizar respostas às perguntas que pretende fazer. Na tentativa de resguardar ao menos um pouco da autoridade que ele está tentando roubar dela, ela permanece de pé.

— Vamos lá, então. Pode começar, por favor, me contando onde estava entre as sete e as dez horas desta manhã.

Jounas faz um som com a boca que é parte um ronco, parte uma risada seca.

— Caramba, isso é o melhor que o Brodal pode fazer? Meu Deus, que belo começo, hein...?

Aparentemente revigorado, Jounas Smeed esvazia o copo e fica de pé.

Por um momento, Karen pensa que ele vai sair da sala; mas, em vez disso, ele caminha até uma mesa baixa. As costas dele bloqueiam a visão de Karen, mas ela pôde ouvir o som de metal sobre vidro quando a tampa de uma garrafa é desrosqueada, e o elegante tilintar de mais uísque sendo derramado no copo. Ele cambaleia ligeiramente quando se volta para Karen; ocorre a ela que esse provavelmente não é o primeiro drinque do seu chefe hoje. *Ele já devia ter tomado uns tragos quando chegou na droga do Lexus*, ela especula. E então se lembra do seu próprio retorno de Dunker para casa pela manhã. Se a imprensa tomasse conhecimento dos níveis de álcool no sangue dos policiais de Doggerland nesse dia, isso bastaria para fazê-los pular de alegria. Por outro lado, é só questão de tempo até que tenham outra coisa que os faça esfregar as mãos de satisfação. É evidente que os jornalistas da cidade, em sua maioria, estão provavelmente em casa no momento, cuidando da ressaca, mas essa trégua está para terminar a qualquer minuto. As notícias do assassinato de Susanne Smeed vão se espalhar depressa pelas ilhas.

— Importa-se de responder à pergunta? — ela diz com calma quando Jounas Smeed volta para a sua poltrona. — O que você estava fazendo esta manhã?

— Bem, algo me diz que você sabe a resposta tão bem quanto eu.

Com as sobrancelhas erguidas, ele a observa.

— Eu saí do hotel por volta de sete e vinte — ela informa. — Depois disso, não posso lhe dar um álibi. O que você fez depois que eu saí?

— Sete e vinte, é? E depois você foi para casa de carro — Jounas diz ponderado, ignorando a pergunta dela. — Passou pela casa de Susanne? Porque você dirigiu ali por perto, não é? Não fez nenhuma parada, por acaso?

— Que porra você está querendo dizer?

— Tuuudo bem. Tenha calma, amor.

— E que motivo eu poderia ter para matar a sua ex-mulher? Você, por outro lado, provavelmente...

Karen para de falar de repente, percebendo que estava caminhando direto para a armadilha dele; mais uma vez, Jounas conseguia levá-la a perder o autocontrole. Com algumas palavras apenas ele havia destruído anos de uma indiferença moldada com cautela diante da estúpida tagarelice dele. Ela respira fundo algumas vezes e se senta na beirada do longo sofá branco. Mantém as costas retas e firma as pernas para não afundar nas almofadas macias.

— Por favor, Jounas — ela diz, controlando-se para se expressar com calma. — Só preciso que me diga o que estava fazendo entre, vamos lá, 7h20 e 10h de hoje. Você sabe que eu tenho de perguntar.

— Cheguei em casa por volta de 10h, com uma ressaca dos diabos — ele responde, inesperadamente dócil. — Antes disso, eu fiz o que você fez: acordei, vomitei e deixei o hotel com o rabo entre as pernas.

Karen ignora as insinuações.

— A que horas saiu do hotel?

— Por volta de 9h30.

— Alguém viu você? No saguão, quero dizer.

— Como é que eu posso saber? Não, eu não acredito que houvesse alguém na recepção, mas não prestei atenção nisso; eu paguei quando fiz o check-in. Quando *nós* fizemos o check-in, quero dizer.

Passa rapidamente pela cabeça de Karen a ideia de se oferecer para pagar metade da diária do quarto, mas ela decide não fazer isso. Quanto menos os dois conversarem, melhor.

— Voltou para casa de carro ou a pé? — ela pergunta.

— A pé. São apenas vinte minutos de caminhada, e eu precisava de um pouco de ar fresco. Deixei o meu carro estacionado na prefeitura. Ao lado do seu, na verdade. Você não chegou a vê-lo?

O carro de Jounas estava lá? Talvez, mas o encontro de Karen com Inguldsen e Lange tinha dado a ela outras coisas em que pensar.

— Você não costuma usar o estacionamento da delegacia?

— Eu fiz isso, no dia anterior. Saí do trabalho tarde; estava de mau humor e tinha a intenção de ir direto para casa, mas depois de tirar o carro do estacionamento e dirigir pela Redehusgate, mudei de ideia. O Festival da Ostra estava acontecendo, afinal de contas, e pensei em comer pelo menos meia dúzia de ostras e beber uns chopes antes de ir para casa. Então parei no estacionamento da prefeitura, imaginando que estaria de volta em menos de uma hora, mas não foi assim que as coisas aconteceram, como você sabe.

Eu sei, sem dúvida, Karen pensa. O Jounas que ela encontrou naquela noite já devia ter ingerido bem mais do que alguns copos de chope; na verdade, parecia que ele já havia tomado algumas garrafas de vinho.

— Você encontrou alguém? Na manhã seguinte, quero dizer, caminhando para casa.

Em resposta, Jounas age como se estivesse refletindo; Karen tem a nítida impressão de que ele está fingindo. Dadas as circunstâncias, ele já deve ter pensado nesse detalhe. No momento em que descobriu que a ex--mulher havia sido morta, Jounas deve ter percebido que seria chamado a dar explicações sobre o seu paradeiro na ocasião do homicídio. E sobre muitas outras coisas também. *Que cena é essa que ele está fazendo?*, Karen se pergunta, vendo o chefe franzir a testa.

— Na verdade encontrei, sim — ele enfim responde. — Um bêbado no calçadão, tentando descolar um cigarro. Dei um a ele, mas duvido que ele esteja em condições de dar um testemunho exato sobre o horário em que isso aconteceu; isso, se você conseguir entrar em contato com ele. Duvido que ele tenha endereço fixo, a julgar pelas coisas que ele estava arrastando por aí.

— Qual é a aparência dele?

— Bom, a aparência que eles normalmente têm... Sujo, barbudo. Estava empurrando um velho carrinho de compras cheio de garrafas de vidro e tranqueiras.

— E você não viu mais ninguém? Não falou com mais ninguém?

— O que você acha? Com quantas pessoas você cruzou na rua esta manhã?

Karen se lembra mais uma vez de Björn Lange e Sara Inguldsen, e decide abandonar essa linha de interrogatório.

— E depois, o que houve?

— Fui para casa e dormi no sofá. Acordei quando Viggo Haugen me ligou um pouco antes de uma da tarde para me contar o que havia acontecido. Tentei ligar para Sigrid em seguida, mas ela não atendeu.

— Sua filha — Karen diz, recordando-se da fotografia da criança desdentada de seis anos no console da lareira de Susanne Smeed.

— Sim. Sigrid não atendeu, então eu decidi ir até ela. Muitas vezes minha filha não atende as minhas ligações, isso é comum, mas eu não quero que ela ouça da boca de outra pessoa que a mãe dela foi assassinada.

Karen faz um breve aceno com a cabeça. Isso soa sensato, quase humano.

— Fui buscar o carro e dirigi até Gaarda. *Sim,* é lá que ela mora — ele acrescenta com irritação na voz, ao falar de uma das regiões periféricas de Dunker, como se essa informação já tivesse provocado reações de surpresa muitas vezes. Pelo visto, Karen não conseguiu esconder sua surpresa diante do fato de que uma futura herdeira da fortuna dos Smeed havia escolhido morar em um dos prédios sombrios no norte da cidade.

— E conseguiu entrar em contato com ela?

— Consegui. Ela no fim das contas me deixou entrar, depois de dez minutos.

Não há amargura na voz de Jounas; no máximo ele parece surpreso por ter conseguido falar com a filha. *Um dia desses vou tentar descobrir o que há por trás dessa história*, Karen pensa; mas agora não é momento para isso.

— Como ela está? — Karen indaga, e vê uma sombra de aborrecimento passar pelo semblante de Jounas.

— Você teria que perguntar a ela. Tenho certeza de que você não pretende esperar para interrogar a filha de uma vítima de homicídio, mesmo sem saber como ela está.

A voz de Jounas se torna mais hostil, e ele se levanta abruptamente. Cambaleia um pouco, mas consegue recuperar o equilíbrio.

— Não tenho mais nada a acrescentar — ele diz, sem fitar Karen nos olhos.

Ela se levanta devagar e diz calma:

— Certo, já temos o suficiente por agora, mas vou ter de falar com você de novo, no mais tardar até amanhã, provavelmente. Só tenho mais uma pergunta antes de ir embora.

Jounas, que havia caminhado até a janela, está parado de pé e com as costas voltadas para Karen, olhando para o jardim. Lá fora, a chuva está mais forte, e Karen pôde ver o guarda-sol lutando contra o vento.

— Quando você viu a Susanne pela última vez?

— Vá se foder, Eiken — Jounas Smeed retruca, e abre uma das portas de vidro. — Pode ir embora agora.

O vento e a chuva atingem o rosto de Karen como um tapa. A temperatura deve ter caído vários graus durante sua breve visita à casa do chefe. O deque de madeira parece traiçoeiramente escorregadio sob suas botas. Antes de sair, ela se volta uma última vez e olha para a sala de estar bem iluminada. Jounas Smeed está mais uma vez diante do aparador, retirando a tampa de uma garrafa pela metade de uísque de Groth. Então ela escuta o estrondo de um guarda-sol tombando.

12

LANGEVIK, MARÇO DE 1970

PER LINDGREN FECHA OS OLHOS E SE INCLINA PARA TRÁS. É quase como se estivesse levitando, com muita suavidade, pairando acima do chão, transportado pelos sons ao seu redor. O ligeiro murmúrio das árvores ainda desguarnecidas, as gaivotas vindas do mar, espiando a mesa, guinchando frenéticas. *É melhor você desistir*, ele instrui a si mesmo. *Aqui não tem nada além de desapontamento, para você e para mim.* Nem ele nem as gaivotas vão ganhar peixe. Não aqui. Carne está fora de questão, claro, sempre esteve, mas carne de peixe pelo menos tinha a possibilidade de ir parar na mesa um dia. Alguns foram a favor; outros, estridentemente contra. A decisão da maioria foi que nem peixes nem frutos do mar seriam permitidos na comunidade, mas que ovos poderiam ser consumidos, desde que viessem de suas próprias galinhas ou patas.

Per Lindgren sorri quando se lembra das discussões que tiveram na preparação para a mudança. Ingela havia ameaçado se retirar do projeto junto com Tomas se eles começassem a minar seus ideais vegetarianos. Brandon, que provavelmente teria preferido não apenas ovos, mas também bacon no café, acabou — após vários olhares de advertência de Janet — se contentando com apenas uma das opções. Só amanhã eles saberão o que Theo pensa; o holandês vai chegar um dia depois de todos eles. Theo Rep é um amigo de Janet e Brandon de Amsterdã, e embora os outros não o conheçam, tanto Janet quanto Brandon haviam garantido que ele era uma boa escolha. Além do mais, ele possuía uma kombi soviética — uma Bukhanka. *Só Deus sabe como ele conseguiu colocar as mãos numa minivan soviética*, Per reflete. Um veículo para todos os terrenos, com espaço para uma porção de gente, é exatamente o que eles vão precisar na ilha.

Eles têm seis meses. É o tempo que todos os seus recursos reunidos poderão sustentá-los enquanto eles constroem um futuro comum na fazenda. Eles terão de economizar cada centavo, viver de maneira simples, até poderem colher o que plantam. Cada um investiu tudo o que tinha, contribuindo de acordo com sua capacidade. Tomas e Ingela colaboraram com alguns milhares de dólares, Disa contribuiu com conhecimento, Brandon, com contatos — não está claro para Per quem são exatamente esses contatos e o que trarão de bom —, Janet, com algumas centenas de libras herdadas da sua avó, e Theo, com sua Bukhanka e algumas mudas.

E há também a sua adorada Anne-Marie, sem a qual nada disso teria sido possível. Quando eles foram informados de que o avô dela havia morrido, tudo o que lhes passou pela cabeça foi que um idoso que Anne-Marie nunca conheceu, o pai de um pai de quem ela mal se lembrava, aparentemente havia batido as botas. Anne-Marie jamais tinha visitado Doggerland, e mal sabia que tinha raízes ali. E agora, de uma hora para outra, como um presente caído do céu, ela passava a ser a dona da fazenda Lothorp, ao norte de Langevik, em Heimö. Os nomes desses lugares soavam estranhos, quase exóticos, mas então os advogados explicaram tudo a ela claramente: se Anne-Marie quisesse, eles ficariam mais do que felizes em supervisionar a venda da fazenda Lothorp e das extensas pastagens e da floresta que faziam parte da propriedade. Por outro lado, se ela quisesse ficar com tudo, então teria que encontrar alguém para tomar conta. Ou fazer isso ela mesma.

O grupo precisou de apenas uma semana para pensar no assunto e tomar sua decisão.

Per é arrancado do seu devaneio quando o som familiar de crianças correndo e rindo é interrompido de repente por uma pancada surda no quintal de cascalho. Ele conta mentalmente: um, dois, três, e então a explosão de choro. E, instantes depois, a voz branda e tranquilizadora de Disa, com seu sotaque dinamarquês:

— Pronto, pronto, está tudo bem.

Ele mantém os olhos fechados e ouve o choro sossegar, enquanto uma segunda criança começa a gritar dentro da casa, e então uma terceira.

— Pode deixar comigo — Tomas avisa.

Per imagina o amigo levantando Love, farejando com perícia para verificar se a fralda de pano precisa ser trocada antes de pegar Orian nos braços, confortando-o. A tarefa de Tomas é dar banho, trocar a roupa e reconfortar; Ingela se encarrega da amamentação. E Tomas cumpre suas tarefas com zelo, embora as crianças não sejam dele. Está tão apaixonado por Ingela que provavelmente concordaria com qualquer coisa para mantê-la ao seu lado dessa vez. Agora que por fim voltaram para os braços um do outro após vários anos separados.

Algo então ocorre a Per: Tomas completa suas tarefas com o mesmo empenho que costumava dedicar à montagem de modelos de aviões quando ele e Per eram crianças. Ele ainda se lembra do cheiro da cola que usavam para unir as minúsculas peças que espalhavam sobre a mesa do quarto da infância de Tomas. Per não tinha paciência para isso; muitas vezes ele deixava o melhor amigo cuidando das pecinhas de plástico e voltava sua atenção para a coleção de discos de Tomas. O tio de Tomas havia trabalhado na indústria da música e presenteara o sobrinho com os últimos lançamentos — algo com que Per podia apenas sonhar.

— Pode pegar pra você — Tomas dizia a Per quando o via com os olhos semicerrados, lendo cada letrinha do verso da capa de algum disco compacto no qual o próprio Tomas mal havia tocado. — Não faz diferença, eu tenho um monte disso aí.

Agora ele pôde ouvir o ruído da porcelana e dos talheres enquanto são dispostos na mesa, o ranger de uma rolha relutando em ser puxada para fora de uma garrafa antes de se render com um "plop". O som de pés apressados entrando e saindo da casa, pequenas corridas para ir buscar mais alguma coisa para colocar na mesa. E as vozes. Vozes elevando-se e diminuindo, interrompidas por risadas, vozes de alguém gritando para outro alguém trazer algo da cozinha.

Os sons de uma festa.

Sem dúvida, ele deveria se levantar e ajudar, mas não consegue abandonar o seu devaneio. E agora Brandon começa a cantarolar "I Feel Like I'm Fixin' to Die Rag", e mais alguém — Ingela talvez? — hesitante se junta a ele na canção.

Per de repente se dá conta de que abriu os olhos e está cantando também. E então seu olhar se cruza com o de Anne-Marie, e eles gesticulam um para o outro enquanto ela dança na direção dele.

Num instante ela está no colo de Per, pressionando os lábios no pescoço dele, fazendo cócegas na pele sensível.

— Você estava certo — ela murmura.

— Nós estávamos certos. Você não queria isso tanto quanto eu?

Per consegue sentir a cabeça dela se movendo num aceno positivo, consegue sentir o sorriso contra seu pescoço. Sim, ela também queria isso.

Foi assim que as coisas aconteceram; a ideia foi dele, mas a decisão foi dos dois. Fazer as malas, deixar tudo para trás e começar de novo.

Uma vida diferente dessa vez.

13

APENAS DOIS ANDARES DO SÓLIDO E IMPONENTE QUARTEL-GENERAL da polícia de Dunker estão iluminados. Na recepção em Redehusgate, a única luz é a que escapa por entre as portas fechadas do elevador.

A Autoridade Policial de Doggerland se divide em quatro distritos principais: Heimö do Norte, Heimö do Sul, Frisel e Noorö. Cada distrito, por sua vez, divide-se em regiões da polícia local, que se encarregam da maior parte do policiamento do dia a dia. Todos os crimes graves, passíveis de sentença de prisão de cinco anos ou mais, têm a investigação centralizada no Departamento Nacional de Investigação Criminal de Doggerland, bastante conhecido pelas iniciais DIC. O departamento ocupa o terceiro andar, espremido entre a polícia comunitária e de trânsito no segundo andar, e a polícia técnica e especializada em crimes cibernéticos no quarto andar.

A Clínica, como é chamada pela maioria dos policiais que tem o duvidoso prazer de trabalhar no prédio, foi construída no terreno vago após a demolição de quatro quarteirões de casas de madeira antigas, do século XVIII, que foram postas abaixo apesar de gigantescos protestos públicos. Nos dias atuais, o colosso de seis andares da Autoridade Policial paira ameaçadoramente diante da venerável prefeitura de Dunker, situada do outro lado da rua em desafiadora resistência.

Nessa noite em particular, às 19h05, oito pessoas estão reunidas na sala de conferências maior, no terceiro andar. Além da chefe interina Karen Eiken Hornby, o DIC está representado por dois inspetores-detetives, Karl Björken e Evald Johannisen, e por dois policiais, Astrid Nielsen e

Cornelis Loots. Também estão presentes o chefe da Unidade de Serviços Técnicos, Sören Larsen, o médico-legista Kneought Brodal e, por telefone, a promotora plantonista Dineke Vegen.

Karen olha para o grupo que ocupou os lugares em torno da longa mesa de reuniões. Uma bandeja com sanduíches secos, uma cafeteira e uma torre vacilante de copos de plástico compõem um cenário desanimador sob as lâmpadas fluorescentes. Ninguém parece disposto a comer.

— Bem, acho que estamos todos aqui agora — ela diz. — Sejam bem-vindos e obrigada pela presença. Todos estamos cansados e não há razão para estender esse assunto mais que o necessário, mas precisamos fazer um balanço da situação até o momento. Eu gostaria de começar com alguns fatos básicos.

Ninguém diz nada; os únicos sons são uma cadeira rangendo de maneira sinistra quando Evald Johannisen se move sobre ela, um bocejo contido de Kneought Brodal e um ruído farfalhante que Astrid Nielsen faz ao tirar uma pastilha de uma sacola. Observando sua colega alta, loira e provocativamente em forma, Karen se endireita por instinto e encolhe a barriga antes de clarear a garganta e seguir adiante.

— Às 11h55 de hoje, serviços de emergência entraram em contato com o inspetor-chefe. Seis minutos antes, às 11h49, eles haviam recebido a ligação de um homem chamado Harald Steen, morador de Langevik, avisando que uma mulher havia caído e se machucado em sua cozinha. De acordo com a telefonista, Steen não soube dizer se a mulher estava gravemente ferida, já que podia vê-la somente através de uma janela. Ou melhor, ele podia enxergar apenas os pés e a parte inferior das pernas.

Ouve-se mais um bocejo de Brodal, e em seguida outro bocejo, dessa vez de Cornelis Loots, que tenta ocultar a boca aberta atrás da mão. Karen sente a sua confiança fraquejar. *Isso não é por minha causa, apenas foi um dia longo e cansativo*, ela pondera, e então continua:

— Acertadamente, a telefonista decidiu entrar em contato com o inspetor-chefe, e também despachar uma ambulância para o local. Às 12h25, os policiais Inguldsen e Lange chegaram à cena, antes mesmo da ambulância. Depois de uma entrada forçada, eles conseguiram logo constatar que estavam lidando com uma mulher em óbito, estendida no chão da cozinha com grandes lesões faciais. Harald Steen ainda se encontrava na casa, e foi capaz de identificar a vítima como Susanne Smeed.

Até agora, nada do que Karen disse é novidade para nenhuma das pessoas presentes, mas o nome da ex-esposa do chefe delas ainda faz várias dessas pessoas se mexerem incomodadas no lugar, provocando um ranger geral de cadeiras.

— Mas como o homem sabia que era ela, porra? Os idiotas deixaram o velho entrar?

A dura observação faz todos se voltarem para Evald Johannisen. Karen observa as sobrancelhas erguidas do colega, capta a contrariedade na voz dele e entende que dessa vez é realmente por causa dela. Johannisen não vai lhe facilitar as coisas.

— Não — ela responde com calma —, mas Susanne Smeed era a vizinha mais próxima dele, e Harald sabia que ela morava sozinha. Apesar disso, é claro que você está certo, Evald: ele *presumiu* que fosse Susanne Smeed.

— E nós sabemos que *com certeza* era Susanne Smeed — uma voz cortante soa da extremidade oposta da mesa. — Podemos seguir em frente?

Kneought Brodal está afundado em sua cadeira, com os olhos semicerrados, as mãos cruzadas sobre a pronunciada barriga.

— Obrigada, Kneought — Karen diz. — Vamos passar para o seu relatório daqui a pouco. Sim, o motivo pelo qual eu estou aqui e não Jounas Smeed é o fato de que a vítima era a ex-esposa dele. Em consequência disso, o chefe de polícia não teve alternativa a não ser colocar Jounas Smeed em licença enquanto as investigações estiverem em andamento. O chefe decidiu que eu vou substituir Jounas e, como parte das minhas atribuições, cuidarei dessa investigação também.

Silêncio total. Karen resiste à forte necessidade de tomar um pouco de água e segue em frente.

— Tenho consciência de que essa é uma situação difícil para todos nós e, para piorar as coisas, esse caso é de grande interesse para a mídia, como vocês sabem. Assim sendo, é mais importante do que nunca tomarmos cuidado para não deixar vazar nada. Até segunda ordem, Viggo Haugen vai lidar com a imprensa. Eu manterei Viggo e o diretor de mídia informados sobre o andamento das investigações.

— O pessoal da imprensa vai ficar furioso — Karl Björken diz com um sorriso sarcástico. — Eles querem falar diretamente com o encarregado da investigação; vão fazer de tudo para passar por cima do Haugen.

— Seja como for, é assim que vamos fazer — Karen responde com firmeza. — Nem eu nem vocês responderemos pergunta nenhuma da imprensa, até ordem em contrário: nem horários, nem armas do crime, nem métodos. Não façam nenhum comentário sobre a vida pessoal de Jounas ou sobre o casamento dele com Susanne. Boca fechada, entenderam?

Karen se surpreende com o tom autoritário em sua própria voz. É exatamente o tom de voz que a irrita tanto em seus superiores: o de repreensão antecipada.

— Então acho que é hora de passar a palavra a você, Kneought, antes que caia no sono aí mesmo — ela acrescenta com um sorriso irônico, e pega a sua água.

O médico-legista inicia sua apresentação; todos se voltam para a grande tela afixada em uma das paredes. Segundos depois, há uma reação generalizada de espanto. A imagem mostra Susanne Smeed, de costas, com o rosto destroçado e o pescoço virado num ângulo estranho contra a beirada preta de um grande fogão de ferro. Em meio ao caos de sangue, o que resta dos dentes quebrados da vítima dá forma a um sorriso grotesco.

Karen nota que a pele sardenta de Cornelis Loots se torna mais pálida. Ele rapidamente desvia o olhar e corre a mão algumas vezes pelo seu cabelo acobreado, como se tentasse se distrair. Sentado ao lado dele, Karl Björken contrasta com Cornelis tanto no aspecto quanto na reação; seu cabelo negro está bem penteado, e seus olhos negros miram a tela sem hesitação. Apenas uma pessoa que o conhecesse bem saberia como interpretar o músculo saltando freneticamente em sua mandíbula. Karl Björken ficou abalado, não resta a menor dúvida.

Até Astrid Nielsen parece ter perdido o seu frio autocontrole, mesmo que por uma fração de segundo.

— Meu Deus — ela murmura, e remexe em seu saco de pastilhas.

— Eu concluí a autópsia há cerca de trinta minutos — Kneought Brodal anuncia. — Vou digitar o relatório completo amanhã, mas posso dar a vocês os pontos principais agora mesmo. E sim, vou tentar usar uma linguagem que até a polícia de Doggerland possa entender — ele acrescenta para responder uma pergunta que ninguém fez, mas que obviamente é feita com frequência, o que sem dúvida o irrita.

Brodal projeta na tela a próxima imagem, um close do rosto de Susanne Smeed. Karen tem que se esforçar para manter os olhos na vítima e examinar os danos que lhe foram causados. É doloroso saber que os olhos de todos os presentes se voltarão para ela depois que observarem a imagem — procurando algum tipo de resposta que ela não tem, esperando que ela proporcione liderança.

Então era sua responsabilidade descobrir quem havia matado a ex-mulher do babaca, enquanto ele ficava sentado em casa, entornando um copo de uísque atrás do outro, e se recusava a cooperar. *E eu nem sei direito como liderar a mim mesma*, Karen pensa.

— Como já disse, é Susanne que estamos vendo nessas fotos. — Karen ouve Brodal dizer no outro extremo da sala, com hesitação na voz, como se estivesse prestes a falhar. Ele limpa a garganta e prossegue. — Ela e eu tínhamos proximidade desde os tempos em que ela foi casada com Jounas, por isso fui capaz de identificá-la, apesar dos ferimentos que sofreu, mas nós confirmaremos a identidade usando DNA também.

Brodal projeta uma nova imagem na tela, e todos olham com relutância para a pele dilacerada e as mechas de cabelo enegrecidas pelo sangue.

— As lesões que vemos aqui são resultado de três golpes bastante fortes na cabeça, desferidos provavelmente com um atiçador de ferro, mas vou deixar que Sören dê mais esclarecimentos a vocês a respeito disso. O primeiro golpe veio de trás na diagonal, numa tacada que esmagou a órbita ocular direita e o nariz, dado provavelmente quando a vítima se levantava da mesa da cozinha, ou é possível que ela tenha conseguido se levantar logo após esse primeiro golpe, dependendo da altura do criminoso. Nesse momento, Susanne ainda estava de pé.

Brodal limpa a garganta mais uma vez, respira fundo e continua:

— O segundo golpe foi desferido imediatamente após o primeiro. O assassino percebeu que o primeiro não foi suficiente e então desferiu outro, que atingiu o maxilar da vítima com tanta força que ela foi arremessada de costas e bateu a cabeça no fogão.

Kneought Brodal projeta mais uma imagem. Dessa vez é um close da cabeça de Susanne Smeed.

Como uma galinha com o pescoço quebrado, Karen pensa.

— Minha nossa — diz Karl Björken.

— Para dizer o mínimo — Brodal ironiza. — A causa imediata da morte foi um sangramento epidural massivo entre o cérebro e o crânio dela. O sangue pressionou o cérebro na direção do centro respiratório onde o cérebro encontra a medula espinhal, e isso fez a vítima parar de respirar. Em outras palavras, ela morreu devido ao crânio quebrado.

O silêncio ao redor da mesa é total.

— Tem mais uma coisa. — Dessa vez há uma nota de raiva reprimida na voz de Brodal. — O criminoso arrancou um ou talvez dois anéis do dedo mindinho esquerdo de Susanne depois que ela morreu. Há também marcas evidentes em torno do pescoço dela, muito provavelmente causadas por um colar arrancado.

Agora não há rangidos, nem estalos, nem bocejos. O mesmo pensamento ocorre a todos eles: talvez Susanne Smeed tenha sido assassinada por algo completamente sem sentido, como um roubo qualquer que acabou mal. Isso deveria ser mais fácil de solucionar. Fútil, com certeza; mas, no final das contas, mais fácil para todos os envolvidos. Por fim, Karen quebra o silêncio:

— Pode nos dizer alguma coisa sobre o criminoso, Kneought?

Ela faz a pergunta sem muita esperança de obter uma resposta útil. Já ouviu muitas vezes antes tanto a pergunta como a resposta. Afinal, não é a primeira vez que participa de uma investigação desse tipo.

— Não muito — o legista responde. — Não espere que as lesões revelem a altura ou o peso exatos do agressor; essas coisas são possíveis só na televisão, mas posso afirmar que é preciso ter certa força muscular para fazer uma coisa dessas. O atiçador é uma peça razoavelmente pesada, e o golpe foi poderoso.

— Força muscular ou raiva? — Karl Björken arrisca.

— Bem, cabe a vocês descobrirem, acho eu, mas é claro que raiva, ou até medo, podem conferir a uma pessoa uma força inesperada. De qualquer modo, é necessário uma boa dose de um ou de outro para arrancar anéis dos dedos de uma pessoa morta. E parece que nesse caso eles estavam relativamente apertados.

Mais alguns segundos de silêncio contemplativo se passam.

— Você conseguiu determinar a hora da morte? — Karen pergunta.

— Como eu já disse, a cozinha estava bastante quente quando eu cheguei. Aparentemente, o fogão a lenha ficou ligado e a porta da cozinha ficou fechada. Mais tarde, tanto a porta da cozinha quanto a porta da frente foram abertas pelos policiais, os primeiros a chegarem à cena. Isso permitiu que o frio entrasse, fazendo a temperatura despencar, mas a porta foi fechada novamente. O fato é que essas mudanças na temperatura impossibilitam que se determine com precisão a hora exata da morte.

O médico-legista faz uma pequena pausa para tomar um gole de água.

— Mas eu consegui restringir um pouco mais o intervalo de tempo. De acordo com a minha avaliação, a morte aconteceu muito provavelmente em algum momento entre sete e meia e dez horas. Mais provavelmente ainda entre oito e nove e meia, mas não posso dar cem por cento de certeza.

Karen geme baixinho. O melhor a fazer é contar o que sabe e tirar o assunto da cabeça.

— Eu posso contribuir com mais uma peça do quebra-cabeça com relação ao horário do crime. Por volta de oito e quinze, eu estava dirigindo quando passei pela casa de Susanne e a vi da estrada.

— Oito e quinze? Mas quem em sã consciência fica andando por aí a essa hora logo depois da noite em que aconteceu o Festival da Ostra? — Evald Johannisen indaga, cético.

— Eu passei a noite na casa de uma amiga em Dunker, mas acordei cedo e resolvi voltar para casa. De qualquer maneira, eu vi Susanne, como acabei de dizer. Ela estava bem viva, caminhando de volta para casa depois de nadar, em torno de oito e quinze, oito e vinte.

Karen depressa olha ao redor da mesa, mas ninguém parece ter a intenção de questioná-la. Então ela nota as sobrancelhas erguidas e o sorriso irônico no semblante de Johannisen. Ele não pode saber de nada, não é? Quão próximos ele e Jounas são? Karen sente o rubor subir pelo rosto, mas é salva pela voz de Brodal.

— Ótimo, obrigado pela informação — Brodal diz, com uma nota de impaciência na voz. — Isso coincide com as minhas conclusões. E eu não tenho muito mais a acrescentar, exceto que o conteúdo do estômago dela corresponde ao que estava na mesa: café com açúcar, iogurte, cereais como aveia, centeio, uvas-passas e amêndoas. Uma dessas merdas que parecem ração pra cavalo.

— Eu estava aqui pensando que você anda mais em forma do que nunca — Karl Björken brinca, com um sorriso sarcástico.

Risadas soam pela mesa. O jargão relativamente frio que os membros de uma equipe de investigação costumam empregar para protegerem a si mesmos quando o médico-legista lhes mostra fotografias pavorosas não está funcionando dessa vez. Por esse motivo, a fraca tentativa de Karl Björken de fazer piada é recebida com gratidão; o humor está de volta ao ambiente quando Brodal finalmente encerra a sua apresentação no PowerPoint.

— Mais perguntas para o Kneought esta noite? Não? Então acho que é hora de mandarmos você de volta para casa, para a sua mulher e aqueles cereais — Karen avisa.

Kneought se despede e vai embora.

— Muito bem — Karen diz quando a porta se fecha atrás das largas costas do médico-legista. — Sua vez, Sören. E procure ser rápido, se não se importa — ela acrescenta. — Estamos todos cansados e queremos ir para casa.

Especialmente eu, ela pensa. As poucas horas de sono pela manhã e a descarga de adrenalina a mantiveram relativamente alerta até agora, mas Karen sente uma súbita exaustão invadir cada parte do seu corpo. Ela abre o documento que Sören Larsen lhe mandara por e-mail meia hora antes, e empurra o teclado e o mouse para ele.

— Tudo bem — ele diz, recusando o computador com um aceno. — Não precisamos de fato ver as fotografias nesse instante; vocês podem fazer isso amanhã. O que pudemos constatar até agora pode ser resumido bem rápido. Como Brodal já informou, o assassino usou um velho atiçador de ferro. Somos levados a crer que se trata da arma do crime, ainda que o fogão a lenha tenha ajudado. O atiçador é feito à mão, tem cerca de setenta e cinco centímetros e provavelmente data do final do século xix. Nenhuma digital foi encontrada nele.

— Nem mesmo as de Susanne? — Astrid Nielsen pergunta.

Por que ela não parece cansada?, Karen se pergunta, observando a loira sentada na diagonal diante dela. **Astrid Nielsen parece ter acabado de chegar de uma caminhada revigorante; o rosto corado, os olhos atentos. Bem, nenhuma surpresa: talvez a senhorita certinha não tenha bebido quantidades abundantes de vinho na noite anterior.** Karen reprime uma pontada de culpa. Astrid é boa, realmente boa, e trabalhar com ela é fácil, mas ela é do tipo certinho, definitivamente. Três filhos e um marido que trabalha na unidade de crimes cibernéticos da polícia — um sujeito que sempre ostenta um corte de cabelo perfeito e um sorriso piedoso no rosto. Karen tem fortes suspeitas de que ele é evangélico; seu sotaque de Noorö sem dúvida sustenta essa teoria.

— Não, absolutamente nada. — Larsen tira Karen da sua divagação. — O assassino provavelmente limpou o atiçador, ou talvez tenha usado luvas, mas se tivesse usado haveria outras digitais na certa, como você sugeriu. Na verdade, porém, havia um segundo atiçador na casa, um consideravelmente mais leve, e mais moderno também, e nesse nós encontramos digitais de Susanne.

— Certo, então não sabemos se quem acendeu o fogão foi ela ou se foi o assassino — observa Evald Johannisen, desapontado. — Mas eu não entendo por que ela deixaria aceso o fogão a lenha nessa época do ano. Está fazendo pelo menos dez graus lá fora, e Susanne tinha um aquecedor. Não tinha?

— Sim, você está certo — Sören Larsen confirma. — Também não encontramos nada fora do comum nas cinzas, apenas o que restou da lenha e do jornal. Em outras palavras: por que alguém acendeu o fogão? E qual é a ligação disso com o crime, se é que existe uma ligação? Esse é um quebra-cabeça para vocês resolverem.

Karen se lembra de que quando viu Susanne Smeed ela parecia estar com bastante frio, e que seria de se esperar que quisesse aquecer sua casa depressa depois de um mergulho no rio Langevik nessa época do ano — final de setembro. Mas isso poderia esperar até o dia seguinte. Karen faz um gesto a Larsen para que ele continue.

— Seja como for, é bem provável que a cesta de lenha tenha sido colocada pelo criminoso ao lado do fogão aceso — ele diz. — Mas a madeira estava úmida, e a cesta era na verdade um balde de cobre, por isso o fogo apagou antes de atingir as cortinas. Se não tivesse apagado, a gente estaria diante de uma situação bem diferente.

Sören Larsen faz uma breve pausa para folhear suas notas. Em seguida, continua:

— Há indícios que sustentam a teoria de assalto — ele diz. — A cômoda no corredor parece ter sido revirada; a carteira dela, onde acreditamos que estivessem os cartões bancários e sua carteira de motorista, foi removida da bolsa. Não havia nem laptop nem celular na casa, mas não confirmamos que Susanne Smeed possuía essas duas coisas. Dito isso, a falta de uma linha fixa indica que ela possuía um celular. É claro que vamos checar isso com as operadoras para saber se ela tinha um contrato.

Ele silencia por um breve instante enquanto consulta suas notas mais uma vez.

— Uma outra circunstância que pode indicar assalto seria o que Brodal acabou de nos relatar sobre as joias de Susanne. Ao mesmo tempo, porém, alguns itens deixados para trás teriam sido levados por um assaltante: talheres de prata no valor de uns vinte mil marcos e alguns outros objetos antigos de prata que datam do século XVIII, na verdade; portanto estamos falando de coisas de valor substancial, embora ainda não tenhamos determinado a cifra exata de tudo.

— Talvez os assaltantes não sejam dos mais sofisticados — ironiza Evald Johannisen. — Jovens drogados não dão atenção a antiguidades. Temos marcas de pegadas?

— Nada de útil por enquanto, mas temos pegadas, sim, e sabemos bem de quem são. Nossos colegas arrastaram um bocado de lama e de cascalho para dentro do corredor e de parte da cozinha quando chegaram à cena antes de todos, por isso não se empolgue. E o restante é igualmente improdutivo. Encontramos DNA e digitais de outras pessoas além das de Susanne Smeed, mas só teremos os resultados do nosso banco de dados amanhã à noite, ou mais provavelmente na terça de manhã. O que temos é uma combinação para impressões recentes na sala de estar, no banheiro do andar de baixo e na cozinha.

Ele faz uma pausa dramática, e espera até que dirijam toda a atenção a ele.

— São impressões pertencentes a Jounas Smeed.

14

APÓS UM INTERVALO DE DEZ MINUTOS, ESTÃO DE VOLTA À SALA de conferências. É um grupo menor desta vez; restam ao redor da mesa apenas os membros do DIC: Eiken, Johannisen, Björken, Loots e Nielsen.

Cornelis Loots estende a mão e pega um dos sanduíches da bandeja, e depois a empurra na direção da Astrid Nielsen, que em silêncio balança a cabeça numa negativa. Karen vê a bandeja passar de mão em mão. Quando chega sua vez ela examina com desgosto a alface seca saindo de debaixo de fatias perfeitamente quadradas de um queijo úmido. O clamor no seu estômago e um princípio de dor de cabeça a convencem a ceder. Ela suspira, tira um sanduíche da bandeja e a passa adiante.

Enquanto mastigam, eles escutam o relato de Karl sobre o encontro que ele e Karen tiveram com Harald Steen, e a conversa por telefone entre Karl e a cuidadora de Steen, Angela Novak. Essa conversa é novidade para Karen também.

— E então, o que ele disse procede? Eu achei difícil acreditar naquilo — ela afirma.

— Pelo visto procede, sim. Angela Novak confirma que chegou à casa de Steen bem mais tarde que de costume, mas não foi por causa do Festival da Ostra, isso ela fez questão de deixar claro. Ela aparentemente tinha ido ver outra paciente na vila — Karl explica.

— Paciente não — Johannisen o interrompe. — Agora você precisa chamar todo mundo de cliente, sabe? Pode apostar, não vai demorar muito para que nos peçam pra chamar os marginais de clientes. Anote as minhas palavras, cacete — ele acrescenta enquanto dá cabo do último pedaço de sanduíche, e já estende a mão para pegar outro.

Karl Björken dirige a ele um olhar exasperado e prossegue:

— Bem, como eu estava dizendo, essa outra... cliente era uma mulher de 85 anos que estava no chão do quarto dela quando Angela chegou. Como a idosa estava confusa e mal conseguia se comunicar, Angela chamou uma ambulância, e obviamente precisou esperar até que a ambulância chegasse antes de ir para a casa de Harald Steen.

Ele consulta rápido suas anotações.

— Eu chequei com o hospital, e a informação de Angela Novak parece bater. Uma tal Vera Drammstad foi apanhada em sua casa às 9h40 e levada à emergência do hospital Thystedt. Provavelmente foi apenas um episódio de isquemia, mas ela ainda está sob observação, caso você esteja interessada.

— Mas ela chegou a ver alguma coisa? Eu me refiro a Angela Novak, é claro — Karen pergunta, reprimindo um bocejo, sem realmente esperar uma resposta interessante.

E de fato a resposta não foi interessante.

— Não, nada, até onde ela consegue se lembrar. Mas ela estava no limite após lidar com a idosa, e estressada por ter que chegar tão atrasada à casa de Harald Steen. Provavelmente sabia que ele pegaria no pé dela por causa disso.

— Mas que linha de investigação deliciosa — Cornelis Loots murmura.

— Mas tanto ela quanto Harald ouviram de fato um carro dando partida e se afastando instantes depois. De acordo com Angela Novak, foi pouco antes de começar o noticiário das dez da manhã — Karl continua. — E ela fez mesmo um comentário a respeito do barulho do carro, que era parecido com o barulho do carro do pai dela na Polônia. Porém, o café estava quase pronto, e ela estava ajudando Steen a se levantar da cama, portanto nenhum dos dois viu o carro sair e se distanciar.

— Então, em teoria pelo menos, poderia ser qualquer carro. Talvez alguém passando na pista perto dali — Johannisen opina, com as mãos abertas.

— Sim, teoricamente — Karl responde, esforçando-se para permanecer calmo. — Mas Harald Steen jurou que reconheceu os sons que o carro fez.

Os lábios de Evald Johannisen se curvam num sorrisinho cético.

— Então o velho tem certeza disso, só que nenhum dos dois percebeu que a casa do vizinho estava em chamas enquanto eles estavam bebericando o café? Não é estranho demais?

— Não, não mesmo — Karl retruca. — De acordo com Brodal, o fogo se apagou sozinho e relativamente rápido, e a janela da cozinha não pode ser vista da casa do Steen, porque fica do lado oposto. O que chamou a atenção do Harald uma hora mais tarde não foi a fumaça proveniente do fogo, mas sim a fumaça que saía da chaminé. Ele achou estranho que Susanne tivesse deixado fogo aceso quando ela claramente não estava em casa. Por isso ele foi até lá ver o que estava acontecendo. Você não está prestando atenção?

Karl Björken olha para o teto e abre os braços como se implorasse ajuda aos céus. Johannisen se prepara para retaliar.

— Tudo bem, então — Karen interfere. — Cornelis e Astrid, vocês descobriram alguma coisa útil? E me passem o café, por favor.

— Infelizmente não — Astrid Nielsen responde. — Visitamos todas as casas num raio de quinhentos metros da casa de Susanne.

— Não parece ser muito — Karen murmura enquanto sacode a garrafa de café e vê um filete do líquido cair em seu copinho de plástico.

— Não, fora de Langevik propriamente dita as casas são poucas e bem distantes umas das outras, mas encontramos poucas propriedades, além da de Harald Steen, próximas o suficiente para as pessoas que moram nelas terem visto alguma coisa.

Elas bem poderiam estar encostadas nas cercas dos seus jardins, olhando para a casa de Susanne, Karen pensa, sabendo muito bem a quais propriedades Astrid se refere. Talvez os Gudjonsson, ocorre a ela instantes depois. De onde moravam, era possível que tivessem uma visão direta da casa de Susanne, pelo menos do primeiro andar.

— E então? — Karen diz, sentindo o amargor penetrar em suas papilas gustativas quando despeja café morno e azedo sobre o pedaço de sanduíche que está mastigando. — Nada?

— Para o nosso azar, só encontramos pessoas em uma das residências. Lage e Mari Svenning, um jovem casal. Eles próprios nos informaram que dormiram até o meio-dia. Por isso não viram nem ouviram nada.

— E quanto aos Gudjonsson? — Karen insiste.

Cornelis Loots olha para ela com expressão surpresa.

— Você conhece todo mundo em Langevik?

— Não todo mundo. Não mais.

— Eles saíram numa viagem de férias — Astrid diz com desânimo. — Aparentemente foram passar algumas semanas na Espanha e voltarão no próximo domingo, de acordo com os pais de Johannes Gudjonsson, que conversaram conosco por telefone. Uma pena, porque ouvi dizer que a família é grande. Com quatro crianças, seriam boas as chances de que pelo menos um dos pais estivesse do lado de fora da casa num domingo pela manhã.

— Mas como é que as pessoas conseguem arcar com uma coisa dessas? — Evald Johannisen exclama, irritado. — Dois adultos e quatro crianças em um hotel na Costa del Sol! Quanto é que uma pessoa precisa ganhar para dar conta disso? Além do mais, as crianças não deveriam estar na escola? — ele acrescenta.

— Johannes Gudjonsson é engenheiro-chefe na NoorOyl — Karen retruca secamente — e a mulher dele é dona de uma firma de contabilidade, então eu acho que eles têm recursos. E os filhos deles são pequenos. Acho que o mais velho ainda não tem idade escolar; os menores são gêmeos e têm cerca de um ano apenas.

— Então você os conhece? — Astrid pergunta.

— Só sei essas poucas coisas sobre eles — Karen responde, e muda de assunto.

Não há motivo para contar que, durante alguns anos, seu velho colega de escola Johannes Gudjonsson costumava dar uma passada na casa dela quando estava em terra firme, de folga das plataformas de petróleo. O relacionamento entre ambos, despretensioso do ponto de vista emocional, mas sexualmente satisfatório, havia terminado no dia em que os gêmeos nasceram. Ele provavelmente não conseguia mais encontrar tempo para isso, ou energia, Karen pondera.

Em voz alta, ela diz:

— Alguma novidade sobre o carro de Susanne, Evald?

Johannisen olha para Karen com enfado.

— Não acha que eu teria dito se soubesse de alguma coisa? E você, como se saiu? Falou com o chefe?

Karen faz um breve relato da sua visita à casa de Jounas Smeed. E diz a verdade, somente a verdade, porém não a verdade completa.

Nem uma palavra sobre a noite no Strand Hotel, nada sobre a bebedeira de Jounas e sua má vontade em cooperar quando falou com ele, nem sobre o fato de que ele praticamente a expulsou de sua casa, para

75

debaixo da chuva. Em vez disso, Karen informa de forma sucinta que Jounas Smeed, depois de comparecer ao Festival da Ostra na noite anterior, deixou o carro no centro da cidade, voltou para casa a pé e adormeceu no sofá. E ela conta de novo, também fielmente, o que Jounas disse sobre ter sido acordado pelo telefonema de Viggo Haugen no dia seguinte, e depois ter pegado o carro para ir à casa da filha, a fim de lhe informar da morte da mãe.

Com uma habilidade que chega a surpreendê-la, Karen contorna o fato de que não apenas o carro de Jounas mas o próprio Jounas permaneceram na cidade naquela noite, e que sua caminhada de volta para casa só foi acontecer na manhã seguinte.

O silêncio cai sobre a sala de conferências mais uma vez. Ninguém faz a pergunta em voz alta: Jounas tem alguém que possa confirmar suas declarações? Ninguém suspeita de que a única pessoa que pode dar a ele um álibi, pelo menos até as 7h20, é Karen Eiken Hornby. Por outro lado, isso não faz diferença, ela diz a si mesma. O que importa é o que Jounas Smeed fez depois que Karen saiu do hotel.

15

KAREN ESTÁ SENTADA EM SEU CARRO, OLHANDO PARA A FRENTE. As lâmpadas dos postes de iluminação ao longo da Redehusgate brilham fracamente; para além delas, Karen vê a lua crescente sobre um parque Holländer às escuras. Carros passam vez por outra a caminho de Odinsgate, que tem ruas mais bem iluminadas. O centro da cidade está envolto num letárgico cobertor de domingo durante todo o dia, e agora está pronto para se deitar. Ela está exausta; suas mãos descansam pesadas sobre o volante. São 22h30, e sua casa está quase a uma hora de distância, de carro. O gosto dos dois sanduíches e do café aguado da cafeteira enguiçada toma conta da sua boca; ela se lembra com amargura da promessa de ter uma vida mais saudável, feita nessa mesma manhã. Mas será que foi mesmo nessa manhã? Mais parece uma promessa feita dias atrás.

Karen olha para o banco do passageiro e resolve vasculhar a bolsa. Põe o cigarro entre os lábios, acende-o e dá uma tragada profunda, dizendo a si mesma que novas semanas e novos hábitos sempre começam numa segunda-feira. Ainda resta uma hora para que esse maldito domingo chegue ao fim.

Ela dirige em alta velocidade, num ritmo constante, desligando os faróis altos quando um carro aparece vez por outra na estrada esporadicamente iluminada a caminho de Dunker, e buscando manter-se desperta enquanto repassa os acontecimentos do dia.

De súbito, lhe vem à mente a conversa com Viggo Haugen. Durante essa conversa por telefone, todos os pensamentos dela giravam em torno da revelação de que Susanne Smeed tinha sido assassinada, e da certeza de que não conseguiria passar pelas próximas 24 horas sem vomitar. Até agora Karen não parou para pensar nos motivos que levaram Haugen a escolhê-la para liderar a investigação — e substituir Jounas no posto de chefe do departamento. Por que não Johannisen ou Karl? Eles eram auxiliares dela, é claro, seus subordinados, mas Haugen poderia ter facilmente encontrado alguma justificativa. Ele já havia feito isso antes.

As tentativas anteriores de Karen de se tornar chefe do departamento decerto não haviam sido bem-sucedidas.

A promoção de Karen a inspetora-detetive havia acontecido sob a gestão de Wilhelm Kaster. É possível que Wilhelm pensasse nela como a sua sucessora natural, já que ele estava próximo da aposentadoria, mas então, quatro anos antes do seu tão esperado último dia de serviço, Wilhelm morreu de um ataque cardíaco, e todos os planos de Karen quanto a uma promoção pereceram com ele. No final das contas, Kaster foi sucedido por Olof Kvarnhammar, que parecia perplexo com o fato de haver mulheres no local de trabalho; e quanto mais degraus elas galgavam na carreira, mais horrorizado ele ficava. Ainda assim, até Olof Kvarnhammar percebeu que não conseguiria tirar Karen do caminho, mas existiam outros métodos de exclusão. Nos anos que se seguiram, Karen foi sistematicamente deixada de lado quando os casos mais interessantes eram designados, ignorada em reuniões com frequência, ridicularizada porque lhe faltava a experiência das ruas. Ter completado com sucesso seu treinamento policial, passados seis meses em serviço e ser graduada em criminologia pela Universidade Metropolitana de Londres — nada disso importava em comparação aos anos que seus colegas tinham gasto patrulhando as ruas de Doggerland até criarem bolhas nos pés. O fato de Karen, encorajada pela pergunta direta de um jornalista, ter confirmado que a igualdade de gênero dentro da força policial de Doggerland deixava muito a desejar não ajudou nem um pouco a aumentar sua popularidade junto a seus superiores. Ela ainda era estudante na academia de polícia quando deu essa declaração, já fazia vinte anos, mas isso não parecia fazer diferença nenhuma. Para o crime de cagar onde você come, nas palavras de Kvarnhammar, não existe prescrição.

Mas o maior erro de Karen, a verdadeira mancha negra na sua carreira, foi ter admitido a derrota. Ela desistiu. Chegou até a deixar o país e passar vários anos no exterior. Não podia simplesmente voltar como se nada tivesse acontecido, fingindo que era um dos rapazes.

Quando Kvarnhammar morreu — por ruptura da aorta — após menos de cinco anos no comando, Karen sentiu suas esperanças se renovarem. Enquanto os rapazes foram para um bar para beber em memória dele, ela foi para casa, sentou-se na mesa da cozinha com uma garrafa de uísque e preencheu o formulário de candidatura para o cargo de chefia, mas então, do nada, Jounas Smeed apareceu. Segundo a avaliação de Haugen, seis anos como policial uniformizado, um curso de direito inacabado e três anos como chefe-adjunto da Unidade de Crimes Econômicos tornavam Jounas o candidato mais bem qualificado para assumir o cargo de chefe do DIC. Além disso, como Haugen declarou quando apresentou o novo chefe, "mesmo durante seus anos como guarda, Smeed sempre se empenhou ao máximo" (nesse ponto, ele fez uma pausa para um sorriso cúmplice). E como se isso não bastasse, afirmou que Smeed havia demonstrado "grande perspicácia e visão organizacional" durante seus anos na Unidade de Crimes Econômicos, e que não poderia deixar de mencionar suas "comprovadas habilidades de liderança". Karen havia parado de ouvir quando Haugen disse "guarda".

Karen ainda não deixa totalmente de lado a suspeita de que a ascensão de Jounas Smeed se deveu sobretudo ao fato de ele pertencer a uma das famílias mais importantes de Doggerland. Por outro lado, a verdade é que ela nunca esteve cem por cento interessada no cargo de chefe. A ideia de elaborar linhas de investigação, estabelecer prioridades e liderar as investigações mais complexas — e de provar que podia fazer isso tudo mil vezes melhor do que Olof Kvarnhammar — foi o que a motivou a se candidatar ao cargo, mas os outros aspectos eram menos tentadores: negociações salariais, a necessidade de se reportar com regularidade ao chefe de polícia, ter de bajular políticos e — a pior parte — ter que administrar as *relações entre os funcionários*. Seu desapontamento por não ter conquistado o cargo rapidamente foi substituído por um sentimento de alívio.

E agora, a droga do cargo havia caído em seu colo. Ou melhor: em sua cabeça.

Mas apenas temporariamente, ela diz a si mesma, e acende outro cigarro. *Não posso me esquecer disso*. Quanto mais rápido esse caso for resolvido, mais rápido Jounas Smeed retornará ao trabalho e Karen terá sua liberdade de volta.

16

OFEGANTE, KAREN SE INCLINA PARA A FRENTE COM AS MÃOS nos joelhos e olha para o mar. Um navio de carga desliza lentamente pela faixa escura entre o céu e o horizonte. Aos poucos, ela endireita o corpo e sente as batidas intensas do coração se abrandarem enquanto sua respiração volta ao normal. Quatro quilômetros pela trilha do bosque que contorna a costa, direto para o norte de Langevik. Quatro quilômetros apenas, mas ainda assim suas costas estão empapadas de suor, e sua boca está seca. Karen se dá conta de que muito tempo já se passou desde que se exercitara pela última vez. Muitos meses e muitos cigarros.

Por alguns minutos, Karen aproveita o prazer de ter o vento frio soprando em seu rosto acalorado, até o momento em que estremece quando sua camiseta folgada e molhada de suor é pressionada contra o corpo. Ela afasta o cabelo do rosto e lança um olhar nostálgico na direção dos penhascos.

Ela então se senta com os joelhos erguidos e as costas acomodadas na parede de rocha escarpada. Só o céu, o mar, as montanhas e todo o horizonte. Ainda assim, ela é capaz de reconhecer esse trecho da paisagem entre milhares semelhantes. Cada parte está entranhada nela desde a infância. E foi para esse lugar que ela voltou muitos anos depois, quando sua vida lhe foi abruptamente arrancada. Somente ali ela poderia continuar existindo sem John e Mathis. Já faz onze anos. Às vezes, ela ainda grita o nome deles para o mar.

Karen nunca associa o mar à cor azul. Em Frisel e até em Dunker, e ao longo de toda a costa oeste em direção a Ravenby, o mar é diferente daqui. Lá, grandes ondas brancas se alçam alegres sobre o azul profundo dos mares, e nuvens brancas como bolas de algodão cruzam o límpido céu azul. Lá, as vastas colinas são verdes e as árvores se tornam altas e exuberantes. Aqui, poucos quilômetros a nordeste da capital, tudo se agarra a terra.

Aqui, a paleta de cores é diferente dos tons de verde que dominam o cenário na região da fértil Heimö, e diferente também do arenito amarelo de Frisel. Esse lugar é tão cheio de nuances quanto qualquer um dos outros dois, mas somente um olho treinado é capaz de distinguir o esplendor de cores de uma paisagem formada por penhascos de granito cinzento rechaçando eternamente as águas do mar.

Karen consegue enxergar. Seus olhos aprenderam a distinguir entre os diferentes tons, a perceber quando o prateado do mar se torna metálico e então cor de chumbo. Ela percebe o modesto brilho do salgueiro-rastejante e do junco. Ela vê os indícios de violeta nas fendas das rochas e as mudanças que as estações trazem com a parcimônia do princípio do verão e a exuberância de seu auge. E agora, na ocasião em que as plantas vão se espalhar ao longo dos penhascos e o verão chega inevitavelmente ao fim, a atenção de Karen vai se voltar para o interior, onde a urze cobre as colinas. É a esse lugar que ela pertence.

Protegida por essa certeza, ela se levanta e começa a sua corrida de retorno.

17

LANGEVIK, 1970

— **ELA NÃO VAI SE LEVANTAR? NÃO AGUENTO MAIS ISSO!**
Anne-Marie pega o travesseiro que estava pressionado contra o ouvido e o atira longe. Gritando e chorando, ela começa a rastejar para fora da cama. Per estende um braço para fora do edredom e agarra o braço dela.

— Tenha calma, vai passar — ele resmunga, sonolento.

Ela se vira rápido e olha para ele. De maneira acusadora, como se ele fosse cúmplice.

— Vai passar? Quando? Eu jamais vou me acostumar com isso.

Os berros dela abafam a gritaria que vem do quarto contíguo. De repente, a casa fica em total silêncio.

— Quero dizer que a cólica do Love vai passar — ele diz paciente. — Ontem mesmo a Disa me disse que ele já estava melhorando. Ouviu isso? Ele parou de chorar. O Tomas está de pé. Posso ouvir os passos dele pela casa. Podemos voltar a dormir agora?

— "Disa me disse" — ela o arremeda de modo hostil. — "Tomas está de pé." Veja só o que você acabou de dizer! A única pessoa que não mexe um dedo é a Ingela.

A voz dela irrompe num agudo estridente cortando a noite, e Per Lindgren sabe que esse som provavelmente atravessou as paredes e passou por debaixo das portas. Ele se pergunta se Tomas escutou tudo, e também Ingela, talvez. Per solta o braço da sua mulher, ergue-se e se senta na cama. Com um breve suspiro, ele acende o abajur.

— Ela está amamentando — ele diz com gentileza, sabendo bem que cada palavra que diz pode adicionar combustível ao fogo. — Isso pode ser bem cansativo, e a diferença de idade entre os meninos é de pouco mais de um ano.

— Fico muito feliz por ver que você sabe tudo sobre amamentar. Porque eu acho que nunca vou descobrir como é. É por isso que você gosta tanto de observar? Acha que eu não percebo?

Ele sente uma pontada de culpa. Não porque Anne-Marie esteja certa, mas porque ele pode enxergar com muita clareza um modo de usar a acusação para virar o jogo e tomar o lugar dela como mártir. Agora ele é a pessoa magoada e vai arrancar a arma das mãos dela. Ele faz isso ao não replicar, virando a cabeça para outro lado e olhando para a janela inexpressivamente. O dia já está clareando lá fora, e a cortina provisória é incapaz de isolá-los da noite de junho. Sem olhar para a esposa, ele sabe que a fúria e a frustração dela já se transformaram em ansiedade.

— Me desculpe, Per — ela diz. — Eu sei que você nunca...

Ele deixa que as palavras de Anne-Marie ecoem um instante pelo quarto antes de se voltar de novo para ela.

— Você sabe que conversamos sobre isso, sobre as dificuldades que você poderia ter com todas as crianças por perto. Talvez você não seja capaz de lidar com isso — ele diz.

— Mas eu posso. O problema é que...

Per Lindgren observa a mulher com uma mistura de ternura e irritação. Agora que ela parou de gritar, agora que a raiva se dissipou e foi substituída por fraqueza, ele pode lidar com a situação. Fazer o que faz melhor: confortá-la.

— Venha cá — ele diz, e levanta o edredom.

Ela hesita, mas apenas por um momento, antes de se aninhar ao lado de Per com as costas frias de encontro ao ventre cálido dele. Ele puxa o edredom sobre ambos, cobrindo-os até a cabeça, e mergulha o nariz na nuca de Anne-Marie. O cabelo dela está ligeiramente úmido, ele nota; e começa a acariciar seus ombros. Finge não ouvir quando ela resmunga:

— Não é justo, é como se os bebês simplesmente pulassem para fora dela, e ela não mostra nem um pingo de gratidão.

— Shh — ele diz, e continua a acariciá-la.

Seus ombros finos são como as asas de um pássaro sob as mãos dele. Ele se excita, e se envergonha da reação no instante em que se dá conta de que Anne-Marie está chorando em silêncio.

— Parece que ela nem liga para eles. Tomas praticamente cuida das crianças sozinho, e elas nem mesmo são dele. A única coisa que Ingela faz é amamentar — Anne-Marie diz, e funga. — Eu sei que você não fica olhando para a Ingela, mas por que ela tem que se exibir o tempo inteiro?

Ele puxa a camisola de Anne-Marie para cima e percorre com a palma das mãos as curvas quase imperceptíveis do corpo magro dela. Enquanto faz isso deixa a imaginação voar. Ingela, puxando para trás seu flamejante cabelo ruivo antes de desabotoar a blusa com uma das mãos e colocar para fora um seio cheio de leite. Ela olha nos olhos de Per enquanto faz isso.

E com essa imagem na mente, Per Lindgren penetra a sua mulher.

18

KAREN EIKEN HORNBY DESCE DO ELEVADOR NO TERCEIRO ANDAR, com as pernas tremendo e o cabelo ainda úmido. A ladeira no caminho de volta dos penhascos foi difícil de superar, mas depois de um banho rápido, uma tigela de mingau e um pouco de café quente, a sensação de satisfação ainda perdura. Nova semana, novos hábitos e, pelo menos desta vez, ela está começando bem.

Nada pode arruinar seu bom humor nesta manhã, nem mesmo a visão de Astrid Nielsen, que provavelmente acordou às cinco e correu duas vezes mais que ela, e que já parece concentrada por completo no trabalho.

— Bom dia — Karen diz. — Somos as primeiras a chegar?

— Bom dia, chefe. Não, acho que o Johannisen só foi pegar outro café.

Desde quando ele chega ao trabalho antes das oito? Karen sente seu sorriso se apagar. Ela caminha até sua mesa no escritório sem paredes divisórias, tira a jaqueta e a pendura no espaldar. No instante em que a musiquinha familiar anuncia que o computador de Karen foi inicializado, Evald Johannisen aparece atrás dela, segurando um copo de café.

— Puxa — ele diz, fingindo-se espantado. — Então você não pegou o escritório do chefe?

Antes que ela possa responder, uma campainha soa na escadaria, e Karen vê Karl Björken e Cornelis Loots saindo juntos do elevador. Momentos depois, eles abrem a porta e entram, discutindo em voz alta e intensamente sobre apostas em cavalos em Rakne no próximo fim de semana. Essa breve interrupção acaba evitando que ela dê uma resposta ríspida a Johannisen. Em vez disso, ela retruca imperturbável:

— Não, Evald, na verdade espero que essa situação se resolva tão rápido que eu nem tenha que me dar ao trabalho de mudar de escritório. Cheguei a achar que você também pensaria dessa maneira.

Ele se vira sem responder e retorna todo empertigado para sua mesa.

Vinte minutos depois, os integrantes da equipe de investigação tomam seus lugares em torno da mesa de reuniões com seus copos de café, blocos de anotações, laptops e pacotes amassados de chiclete de nicotina. O único que não está presente é Evald Johannisen, que ainda está no corredor, falando ao celular. Com a ajuda de Cornelis, Karen pega um grande quadro branco e o empurra até o fundo da sala. Enquanto esperam que Johannisen termine a sua ligação, Karen, usando ímãs redondos, coloca algumas fotografias num mapa de Langevik e na área circundante. A primeira imagem é uma foto ampliada do passaporte de Susanne Smeed. Debaixo dela, Karen afixa uma fotografia mostrando Susanne morta no chão de sua cozinha e outra mostrando um atiçador de ferro com vestígios de sangue, e com fios de cabelo loiro presos nele. Perto dessas fotos ela escreve os nomes Jounas Smeed, Sigrid Smeed, Harald Steen e Angela Novak. Na parte de baixo, ela acrescenta — por não ter nada melhor para apresentar — várias fotografias da casa de Susanne e do terreno onde a casa se encontra.

Não é muito para começar. Aliás, não é nada.

— Pode se preparar porque vai ter outra foto para anexar logo, logo — Johannisen anuncia de repente, próximo à porta. — Encontraram o carro.

O semblante habitualmente azedo de Evald Johannisen agora dá lugar a uma expressão de cautelosa excitação. Ele entra na sala e fecha a porta.

— Estava num estacionamento em Moerbeck — ele diz, e se senta. — Já cercaram o veículo com cordão de isolamento, e a perícia está a caminho de lá.

— Bom. Você pode pedir que examinem bem a ignição e verifiquem se o carro faz algum barulho específico quando se dá a partida?

Johannisen olha para Karen com certo espanto, mas faz que sim com a cabeça e toma nota do pedido.

— Temos uma lista de passageiros do navio de cruzeiro?

— Sim, infelizmente — Cornelis Loots responde com desânimo. — Havia 187 passageiros no navio.

Karl assovia.

— Minha nossa, 187? Vai levar tempo para investigar isso.

— Sim, e para um navio de turismo é uma embarcação pequena. Aparentemente é a última moda: navios de cruzeiro de pequeno porte. Compactos, porém absurdamente exclusivos.

— Com quem você falou?

— Primeiro com o capitão do porto, e depois com o chefe de segurança a bordo. Ele foi bastante prestativo, mas ao mesmo tempo achou engraçada a ideia de que um de seus hóspedes estivesse envolvido num homicídio. Aparentemente, a média de idade a bordo é alta. São sobretudo aposentados americanos ricos que fizeram dos cruzeiros um estilo de vida, mas há alguns escandinavos também, e cidadãos holandeses e italianos. Eu não entendi bem o que a gente deve fazer com a lista.

Cornelis Loots lança um olhar resignado na direção de Karen.

— Bem, temos que descobrir se algum dos passageiros desapareceu, eu suponho — ela responde com certa impaciência. — Precisamos descobrir também se há passageiros com registro criminal. Sei que pode parecer perda de tempo, mas tem de ser feito, no mínimo por razões formais. Teremos que contar com a ajuda dos nossos colegas em seus respectivos países de origem, mas vou colocar mais gente nisso. Haugen prometeu que nos daria todo o apoio de que precisássemos.

— Essa seria a primeira vez — Evald Johannisen resmunga, aborrecido. — Vejam o que um pouco de interesse da mídia pode fazer.

Karen reprime um sorriso. Johannisen tem razão: Viggo Haugen normalmente não é nada generoso na distribuição de recursos, mas nesse caso ele está claramente disposto a esbanjar.

"Basta que me peça e eu vou providenciar toda a ajuda de que você precisar, todos os recursos disponíveis estão a sua disposição", Haugen havia garantido a Karen quando falou com ela por telefone, dez minutos antes. "E me mantenha informado sobre tudo o que acontecer, entendeu?"

Todos os recursos disponíveis, ela repete para si mesma. Não chega a ser algo tão impressionante assim.

São poucas as chances de que a curiosidade da mídia diminua por si mesma. Agora um oficial de polícia com um cargo importante e que também é membro de uma das famílias mais influentes da república tem uma ligação com o caso, e isso vai prender a atenção dos jornalistas até que o homicídio seja resolvido — e possivelmente continuará prendendo depois, dependendo dos resultados da investigação. O risco de vazamento de informações é maior do que nunca, e cada agente a mais que eles tragam para ajudar no caso fará crescer a possibilidade de que deslizes sejam cometidos. *Não quero um monte de gente xeretando no meu caso*, Karen pensou quando o Chefe de Polícia lhe fez a sua generosa oferta.

"Vamos começar com um grupo pequeno e expandir conforme o necessário" tinha sido a resposta que ela deu a Viggo Haugen.

Agora, Karen Eiken Hornby tem todo o seu pessoal reunido em torno da mesa.

— As pessoas envolvidas nessa investigação são as que estão nesta sala. Vou solicitar que nos mandem também os policiais Inguldsen e Lange para fazerem o trabalho de campo para nós. Eles já estão envolvidos no caso e podem ajudar realizando algumas das tarefas mais demoradas. Cornelis, você vai coordenar o trabalho dos dois e entrar em contato com os superiores deles quando precisarmos chamá-los.

Loots faz um aceno positivo com a cabeça.

— Acho que não preciso deixar ainda mais claro que toda e qualquer informação só sai desta sala transmitida por mim e por mais ninguém. E sim, vai haver uma coletiva de imprensa amanhã ao meio-dia; Haugen vai cuidar desse assunto sozinho, por isso eu vou encontrá-lo depois desta reunião para lhe passar um resumo do que temos até agora.

— Vai ser uma conversa rápida — Johannisen resmunga.

— É, eu sei que não temos muita coisa para dizer ainda, mas na avaliação de Haugen é importante demonstrarmos transparência desde o começo. Além do mais, isso pode estimular as pessoas a fazerem denúncias — Karen acrescenta, ignorando os olhares céticos dos colaboradores. A notícia do assassinato havia se espalhado pela internet na noite anterior, e, pela manhã, os meios de comunicação já reprisaram à exaustão o pouco que havia para dizer. A coletiva vai ser quase decepcionante; é um alívio para Karen não ter de estar presente ao evento.

Ela respira fundo e prossegue:

— Vamos passar às tarefas de hoje. Björken e eu vamos conversar com a filha de Susanne logo depois da minha reunião com Haugen. Evald e Astrid: quero que chequem o local de trabalho de Susanne. Ela trabalhava em uma casa de repouso em Odinswalla, se a informação que recebi estiver correta.

— Sim, é isso mesmo — Evald Johannisen confirma. — Consegui localizar a gerente e conversei com ela por telefone ontem à noite; ela disse que estaria no trabalho hoje até as nove, no máximo.

— Ótimo. Temos que conversar com todas as pessoas que possam nos dizer algo sobre Susanne Smeed: colegas de trabalho, vizinhos e parentes. Quem fazia parte do seu círculo social? Ela tinha um amante? Interesses, discórdias, qualquer coisa que possa nos levar a um possível motivo. Cornelis, quero que você fique em contato com os peritos criminais e me mantenha informada sobre qualquer progresso que venha deles. Susanne devia ter um celular em casa, e provavelmente um laptop também.

Todos recebem suas tarefas com acenos de cabeça e fazendo anotações. Ninguém faz objeções, nem mesmo Evald Johannisen, mas uma expectativa silenciosa parece pairar sobre a sala. *Será que esqueci alguma coisa?*, Karen pensa, com um súbito estremecimento de pânico. *Algo que eu deveria dizer, ou que deveria fazer?*

Nesse momento, ela entende o que eles estão esperando.

— Eu sei que esta é uma situação única, não apenas para mim — ela diz, e olha para cada um deles. — Alguns de vocês talvez estejam se perguntando por que Viggo Haugen me escolheu para comandar essa investigação; eu mesma me fiz essa pergunta.

A cadeira de Evald Johannisen range de maneira intimidadora quando ele cruza as pernas e lentamente se reclina para trás. Ele olha para Karen com as sobrancelhas erguidas, como se estivesse interessado em ouvir o que ela tem a dizer.

— E...? — ele pergunta com fala arrastada. — Você tem uma explicação?

As palavras transformam a insegurança de Karen em irritação; ela estaria perdida se recuasse.

— Deve ser porque eu sou a inspetora-detetive com mais experiência aqui. É verdade que não tenho muito tempo de patrulhamento no meu currículo; sei que alguns de vocês têm mais experiência do que eu nessa área, mas nesse departamento eu sou a mais experiente na investigação de crimes graves, e acredito que os nossos treinamentos em campos diferentes complementam uns aos outros. Seja como for, espero contar com o apoio e a colaboração de vocês. Se não por mim, por Jounas.

Evald Johannisen olha para baixo, para o tampo da mesa, mas os outros acenam que sim com a cabeça.

— É claro — diz Astrid.

— E quanto ao Jounas? — Karl Björken pergunta. — Quem vai falar com ele?

— Eu mesma — Karen responde. — Vou conversar novamente com ele hoje, mais tarde, mas você e eu vamos primeiro falar com a filha dele. E os outros já sabem o que fazer, então podem começar. Vamos nos encontrar de novo aqui às quatro da tarde para fazer um balanço. E me liguem imediatamente se encontrarem alguma coisa interessante!

19

A ESCADARIA DO PRÉDIO NA RUA ASPVÄGEN, 48, CHEIRA A desinfetante, comida e vômito recentemente limpo. O chão de pedra cinza do saguão ainda está molhado depois dos esforços de limpeza da manhã.

Sigrid Smeed mora no sexto andar, de acordo com o letreiro grande que cobre boa parte de uma parede no andar térreo. Karl e Karen pegam o elevador. Karl Björken já havia falado com ela por telefone a fim de avisá-la de que lhe fariam uma visita. A porta do apartamento se abre antes que eles tenham a chance de tocar a campainha. A garota deve ter escutado o elevador chegar. Karen tem uma rápida visão de um rosto pálido antes que a jovem lhes dê as costas sem dizer uma palavra e desapareça dentro do apartamento. Karl e Karen trocam um olhar e entram, e ele fecha a porta. Depois, ambos seguem Sigrid até a sala de estar.

A sala é escura. Um sofá coberto por um pano com motivos orientais fica de costas para uma janela cujas cortinas fechadas bloqueiam o sol do outono. A única fonte de luz da sala é um raio de sol infiltrando-se por uma brecha de dez centímetros num ponto onde as cortinas de cor marrom não se tocam completamente. Estantes cheias de livros, CDs e uma impressionante quantidade de discos de vinil cobrem duas das paredes. Na terceira, há um pôster de uma exposição de Andy Warhol na Louisiana e um recorte de jornal emoldurado que parece conter uma resenha do Festival de Música de Frisel. Mais abaixo, duas caixas pretas de guitarra e uma pilha de jornais ao lado de um amplificador Marshall preto.

Sigrid se esparrama bem no meio do sofá, num claro sinal de que quer ser a única pessoa a se sentar nele. Um maço de cigarros e um isqueiro de plástico verde estão ao lado de uma caneca de chá azul lascada sobre a mesa de centro baixa, de madeira escura e manchada. Ainda há um líquido dentro da caneca, e o sanduíche próximo dele parece intocado.

Sem pedir permissão, Karen se senta em uma poltrona surrada e observa enquanto Karl acomoda desajeitadamente o corpo alto e magro num pufe baixo de couro marrom-claro. Ela contempla as partículas de pó flutuando no raio de sol, e então se volta para a garota de cabelos negros no sofá.

Seu rosto é pálido, enigmático, e seus lábios estão contraídos. Há um grosso piercing dourado em seu septo, e sinuosas tatuagens verdes e azuis representam criaturas parecidas com serpentes enrolando-se em seus dois braços cruzados. O cabelo, na altura do pescoço, está desgrenhado, como se ela tivesse acabado de acordar. A cor negra do seu cabelo não é real, e isso fica amplamente comprovado por seus olhos injetados, escondidos atrás de cílios loiros. Fissuras expostas na sua armadura rígida.

Nenhuma semelhança com a garotinha loira sorrindo nas fotografias na sala de Susanne Smeed, Karen observa. Quantos anos ela teria agora? Não muito mais do que dezoito ou dezenove, certo?

— Olá, Sigrid — Karen diz. — Como está se sentindo?

A garota apenas mexe os ombros, indiferente. Karen se prepara. Vai ser mais difícil do que imaginava.

— Quero começar dizendo que sinto muito. Compreendo que tudo isso deve ser bem difícil para você. Perder a mãe, em especial dessa maneira.

A única reação de Sigrid é olhar para o teto por alguns instantes, como se estivesse esperando paciente que seus visitantes fossem direto ao ponto. Karen tenta de novo:

— Como você deve imaginar, estamos fazendo tudo ao nosso alcance para descobrir quem matou a sua mãe, e é por isso que precisamos fazer algumas perguntas. Não vai demorar muit...

— O que é que vocês querem saber? — Sigrid a interrompe rudemente. — Só falem de uma vez a porra que querem, e depois saiam. Vou trabalhar hoje à noite e preciso dormir.

— Você está trabalhando? — Karl pergunta, surpreso.

— Por quê? — Sigrid retruca, voltando-se para ele. — Você não acha apropriado?

Ele não responde, mas olha para Karen, que volta à carga. O que restava de gentileza em sua voz desaparece quando ela se dirige mais uma vez à garota:

— Você trabalha em um bar com música ao vivo no centro da cidade, não é? Qual é o nome do bar?

— Lucius.

— Na Thybeckgate?

Nenhuma resposta.

— Tudo bem — Karen diz. — Você estava trabalhando lá no sábado à noite?

— Sim.

— Até que horas?

— Eu sempre trabalho até o estabelecimento fechar.

— E a que horas isso acontece? — Karen pergunta, paciente.

Sigrid está agora olhando com atenção para as unhas. Ela aparentemente descobriu alguma coisa interessante e a está arranhando com o polegar. Uma lasca do esmalte preto se desprende e cai no colo.

— Vamos lá — Karl intercede, irritado. — Podemos ir embora daqui mais rápido se não formos obrigados a arrancar de você cada uma das respostas. A que horas vocês fecham?

— À uma — Sigrid resmunga enquanto arranca com os dentes um pedaço da cutícula do seu dedo indicador direito.

— À uma — Karl repete, e toma nota.

— Mas no último sábado ficamos abertos até as três — Sigrid acrescenta, examinando o dedo para avaliar o resultado.

Mandou bem, Karl, Karen pensa. *Talvez você tenha conseguido quebrar o gelo.*

— Foi direto para casa depois do trabalho?

— Não. Fui pegar minha bicicleta antes — ela responde após uma breve pausa.

Karen sente uma grande vontade de levantar a voz, mas se controla. Hoje é Karl quem está bancando o tira malvado.

— Estava sozinha ou havia alguém com você? — ela pergunta, com o tom de voz mais neutro que consegue.

— Quer saber se eu estava transando com alguém, é isso? Acha que eu trago os clientes do trabalho para a minha casa como uma puta qualquer?

— Não, Sigrid — Karen diz, com paciência exagerada na voz. — Quero saber se havia um namorado com você. Ou talvez alguém esperando por você em casa.

Algo no semblante de Sigrid muda; um ligeiro estremecimento no canto da boca, como se ela estivesse lutando contra as lágrimas. Ela puxa as mangas da sua malha, esticando-as até cobrir as mãos, e fica em silêncio por um momento antes de se voltar para Karen e responder, com a voz firme novamente:

— Não, ninguém. Eu estava sozinha.

— Mas você não mora aqui sozinha, não é? — Karl diz, e faz um aceno com a cabeça na direção das caixas de guitarra. — São suas ou você tem um namorado?

Ela dá de ombros, e os dois aguardam.

— Eu não sei, saco — Sigrid responde após alguns momentos. — Não sei se ele está pensando em voltar, porra, não faço ideia. A gente brigou e ele foi embora. E desde então eu não o vi mais.

— Qual é o nome dele?

— Sam. Samuel Nesbö.

— E vocês dois normalmente moram aqui?

Dessa vez ela faz que sim com a cabeça, e esfrega rápido o nariz com a manga da malha.

90

— O que aconteceu? Pode nos contar?

— Eu disse, tivemos uma briga.

— No último sábado?

— Sim.

— Por que brigaram?

— E o que você tem com isso? Quer todos os detalhes? O que quer, que eu conte se as coisas vão bem na cama?

— Não, não ligamos a mínima para isso — Karen responde com calma. — Mas queremos saber por que vocês brigaram, e a que horas isso aconteceu.

— Ele ficou bravo quando me viu conversando com uns caras, uns holandeses. Tínhamos tocado, e no intervalo os caras vieram falar comigo. Não sei a que horas isso aconteceu. Duas horas, talvez.

— Tocaram? — Karl diz, surpreso. — Eu pensei que você trabalhasse atrás do balcão.

Sigrid revira os olhos e balança a cabeça, exibindo um sorriso cansado em resposta à infinita estupidez dele. Por um momento, Karen imagina que pode sentir a persistente presença da garotinha nas fotografias da sala de Susanne Smeed.

— Eu trabalho no balcão — diz Sigrid, e agora é ela quem usa um tom de voz ostensivamente paciente. — Mas também fazemos bicos, sabe? Afinal, as pessoas *podem* realizar mais de uma função, não podem? — A jovem faz uma pausa breve, e então prossegue. — Então, no último sábado, eu trabalhei no balcão até onze e meia, e depois tocamos até fechar. Nossa, dois trabalhos em uma só noite! Que bizarro, não é? Vocês me pegaram, podem me levar presa.

Karen sente os cantos da boca se esticarem; ela faz cara feia para reprimir o sorriso. Abaixa a cabeça por um instante, e depois volta a olhar nos olhos de Sigrid, encarando-a enquanto lhe faz a próxima pergunta.

— Então você está nos dizendo que teve uma briga com o Sam, e foi para casa sozinha depois que o bar fechou. Você foi direto para casa?

Karen vê os olhos de Sigrid se estreitarem e o lábio superior dela se curvar para cima, no que parece ser uma expressão de genuíno desprezo.

— Não, eu peguei um desvio para Langevik e fui matar a minha mãe primeiro — ela diz devagar, e ergue os cantos da boca num sorriso provocativamente triste.

De soslaio, Karen percebe que Karl está se preparando para voltar à briga.

— Fez isso mesmo? — ela diz com calma, tomando a frente do colega. — Foi até Langevik?

— E por que diabos eu faria isso?

— Bem, talvez você não quisesse ficar aqui sozinha. Quem sabe você estivesse angustiada e quisesse passar a noite na casa da sua mãe?

— Sabe a que distância fica a casa dela? De bicicleta eu levaria horas para chegar lá.

— Se você estivesse de bicicleta, mas talvez tenha conseguido uma carona. Eu suponho que havia muita gente tomando aquele caminho depois do Festival da Ostra. Não seria tão difícil encontrar alguém disposto a levá-la, eu aposto.

— Eu fui para casa — Sigrid diz simplesmente. — Além do mais, eu não fazia ideia de que ela estava em casa. Ela costumava desaparecer na época do Festival da Ostra. Acho que não suportava ficar perto de pessoas felizes.

Os ouvidos de Karen se aguçam. Essa informação é nova.

— Aonde ela ia normalmente?

A garota dá de ombros mais uma vez.

— Aos lugares de sempre, eu acho. Podia pegar a balsa para a Inglaterra ou para a Dinamarca. Ela costumava ir para Maiorca e para a Grécia e coisa do tipo, mas eu duvido que ela pudesse arcar com isso hoje em dia.

— Então você não sabia que a sua mãe ficaria em casa esse ano?

— Não, mas mesmo que soubesse eu não teria ido para lá. A minha mãe, veja bem, eu não ia querer ver a minha mãe nem pintada de ouro.

— Por quê? Você e a sua mãe não tinham um bom relacionamento? — Karl pergunta.

Sigrid o encara com desdém.

— *Você e sua mãe não tinham um bom relacionamento* — ela o imita em tom zombeteiro. — Não tínhamos relacionamento nenhum, e ponto final, se é o que você quer saber. Já fazia um ano que eu nem a via. Mal falava com ela.

— E por que isso acontecia? — Karen pergunta.

Sigrid se inclina para a frente e puxa um cigarro do maço em cima da mesa de centro. Sua mão delicada treme **ligeiramente** quando ela mantém a chama do isqueiro sob o cigarro e dá **uma tragada**.

— Ela era doida — Sigrid diz sucinta, e expele a fumaça do cigarro. — Aí está o porquê.

— Doida? Em que sentido?

— Amarga, sempre implicante. Odiava todo mundo. Pensava que podia me controlar. Eu já havia saído de casa fazia mais de dois anos, e mesmo assim ela achava que podia me controlar. Isso é suficiente?

— Dois anos? Você devia ser jovem demais quando se mudou. Sua mãe concordou com isso?

— Foi no dia em que fiz dezesseis. Não pedi permissão.

A jovem traga outra vez; sua voz agora mais relaxada. Já não há mais tanta insolência na sua postura.

— E antes de você se mudar? Depois do divórcio, você dividia o seu tempo entre o seu pai e a sua mãe ou ficou morando com a sua mãe? — Karen pergunta, e tenta se lembrar se o seu chefe já havia comentado algo sobre o assunto. *Não*, ela conclui, ele nunca falou sobre a filha no trabalho, pelo menos não na frente de Karen. Só a mencionou uma ou duas vezes, de passagem.

Sigrid dá mais uma tragada; dessa vez ela sopra pequenos círculos de fumaça e observa enquanto eles sobem na direção do teto.

— Dividia o meu tempo entre os dois, eu ia e voltava. Tinha que fazer as malas todo domingo. Era um inferno, se vocês querem saber.

— Era um inferno ter que ir e voltar? É isso que está dizendo?

— Não, estou querendo dizer que os dois eram chatos pra cacete. Eu fui provavelmente a única criança no mundo que não parava de pedir a Deus que os pais se separassem. Acho que pensei que as coisas fossem melhorar se os dois se separassem, mas tudo ficou pior; eles estavam sempre brigando e queriam que eu servisse como um tipo de pombo-correio. Eles não batem bem da cabeça, os dois — ela acrescenta, e amassa o cigarro com violência no descanso para copos da caneca de chá pela metade.

Ao perceber que tinha usado o tempo verbal incorreto para se referir a sua mãe, Sigrid parece subitamente confusa.

À medida que processam essa nova informação, Karen e Karl sentem um desconforto cada vez maior. Que o casamento de Jounas Smeed havia sido turbulento e que os atritos continuaram após o divórcio eram coisas que os dois prefeririam não saber. Sobretudo durante a investigação do homicídio da ex-esposa. E ouvir isso diretamente da filha de Jounas deixa ambos com a forte sensação de estarem bisbilhotando algo que não é da conta deles. É como cheirar a roupa íntima suja de alguém, Karen reflete.

— Uma última pergunta, Sigrid. Faz ideia de quem poderia querer ferir a sua mãe? Alguém que tivesse algum conflito com ela?

Sigrid olha para Karen com expressão resignada.

— Conflito? Além do meu pai, você quer dizer? Bom, vamos ver... Todas as pessoas que ela conhecia.

— Tem alguém em mente, alguém que se destaque por algum motivo particular?

— Eu não faço a menor ideia do que ela aprontava por aí, nem com quem ela passava o seu tempo. Como eu já disse, não tivemos praticamente nenhum contato nos últimos dois anos.

Ela fica em silêncio, e seus olhos lacrimejam.

— Tudo bem, Sigrid — Karen diz. — Já tomamos bastante o seu tempo por hoje, mas talvez precisemos conversar com você novamente. — Ela tira um cartão de visita do bolso da jaqueta. — Esse é o meu telefone. Se você se lembrar de alguma coisa, ligue para mim. Também pode me ligar se quiser apenas conversar — ela acrescenta, sem muita esperança de que a garota se interesse. Se precisasse abrir seu coração com alguém, Sigrid Smeed não iria procurar uma colega do seu pai. E tira, ainda por cima.

Ela coloca o cartão em cima da mesa e se levanta. Quando deixam o apartamento e Karl fecha a porta da frente, Sigrid ainda está sentada no sofá, imóvel.

Ela deveria trancar a porta, Karen pensa.

20

ELES TOMAM O ELEVADOR DE VOLTA PARA O ANDAR TÉRREO EM silêncio. Quando saem do prédio, percebem que três garotos de cerca de treze anos se afastam rápido do carro de Karen e fogem como ratos.

— Malditos moleques... Por que não estão na escola?! — Karl exclama furioso, olhando para as letras escritas no para-brisa com caneta hidrográfica preta: vão se foder, tiras.

— Eu gostaria de saber como eles conseguiram nos identificar, considerando que a gente nem está dirigindo uma viatura policial — Karen diz, irritada.

Karl ri com rancor enquanto tenta apagar o texto com a manga da sua jaqueta.

— Ah, qual é, esses fedelhos são capazes de reconhecer um policial a um quilômetro de distância. Deve ser genético.

— Pare de fazer isso, está arruinando a sua jaqueta. E modere esse preconceito, certo?

Ela abre a porta do carro e aciona os limpadores de para-brisa. Karl se senta no banco do passageiro; um leve cheiro de álcool se espalha pelo carro, e eles observam enquanto o líquido do limpador dissolve as letras pretas, que se transformam num lodo cinzento dançando no vidro.

— Eu exagerei — Karl diz depois de alguns instantes.

Karen concorda com um movimento de cabeça.

— Tem certeza de que quer conversar com o Jounas sozinha? Não seria mais fácil se fôssemos juntos?

— Obrigada pela oferta, mas acho que vai ser melhor se eu for sozinha também desta vez. O encontro que tive com ele ontem não rendeu muito, ele estava... em choque e não exatamente disposto a conversar.

Karl olha para ela indignado.

— Ele estava mamado, você quer dizer? Bem, eu com certeza não posso culpá-lo se andou tomando umas e outras a mais. Eu faria o mesmo se alguém tivesse espancado a minha ex-mulher até matá-la. Mesmo que ela não passasse de uma bruxa — ele acrescenta; e Karen se pergunta se Karl se referiu a sua própria ex-mulher ou a Susanne Smeed.

— É possível que ele não estivesse completamente sóbrio — ela responde sem se alongar no assunto. — De qualquer maneira, vou até lá mais uma vez sozinha antes de aumentarmos a pressão. Afinal de contas, também vai depender do que os outros encontrarem. Vamos esperar e ver em que ponto estaremos no fim do dia.

Ela deixa Karl Björken em Redehusgate, em frente à delegacia. Um carro da rádio pública está estacionado do outro lado da rua. Entre as portas traseiras abertas de uma van com o logotipo da emissora de televisão pública de Doggerland, a DTV, Karen avista um funcionário da empresa e o reconhece; é o fotógrafo que está sempre na companhia do repórter de televisão Jon Bergman. Ele está apoiando um tripé na van enquanto descarrega sua câmera. No momento em que Karl abre a porta do passageiro para sair do carro, Jon Bergman em pessoa aparece de detrás da van. Ele imediatamente localiza Karen atrás do volante, e começa a andar até ela.

— Dê o fora daqui, saia logo — Karen sibila com Karl. — E nem uma palavra para a mídia, entendeu bem?

No instante em que Karl fecha a porta do carro, ela pisa no acelerador rumo a Odinsgate. Pelo retrovisor vê Jon Bergman parado no meio da rua, desolado, acompanhando-a com os olhos por alguns segundos antes de se voltar e correr para a delegacia atrás de Karl.

A decisão de Viggo Haugen de dar uma coletiva de imprensa não estava aberta a discussão, mas quando Karen deu a ele e à promotora pública Dineke Vegen informações sobre o andamento da investigação depois da reunião pela manhã, Haugen se mostrou preocupado.

— Então você está me dizendo simplesmente que ninguém viu nem ouviu nada? E que você não tem ideia de quem fez isso?

— Sim, é isso mesmo. Até agora não encontramos nem testemunhas nem motivos, porém o crime é muito recente, esses são só os primeiros dias. Mal se passaram vinte horas desde que comparecemos à cena do crime.

— Mas o que é que eu vou dizer na coletiva de imprensa? — pergunta o chefe de polícia, olhando para Dineke Vegen, como se esperasse que ela o apoiasse em sua avaliação, mas a promotora o ignora e se limita a fazer anotações em seus papéis.

— Bem, acho que vocês devem dizer a eles tudo o que sabemos, exceto o modo como o crime foi cometido e a arma do crime, obviamente — Karen respondeu. — Quem morreu, onde aconteceu, que não podemos descartar homicídio, mas que não temos autorização para divulgar mais detalhes. Em resumo: o de sempre, o habitual — ela acrescentou, antes que pudesse ser capaz de segurar a própria língua.

Viggo Haugen olhou irritado para Karen, que, sem demora, tratou de tentar amenizar suas palavras.

— Mas eu concordo que pode ser uma boa ideia manter uma comunicação com a mídia já no começo da investigação. Isso abre uma porta para que o público nos traga informações valiosas.

Sabe como é, às vezes a minha língua é mais rápida que o meu cérebro, ela pensa, sorrindo para o chefe de modo conciliador.

E agora, ao ver Jon Bergman entrando na delegacia, Karen pondera que uma coletiva de imprensa nesse momento pode não ser bom, mas é no mínimo necessário. É evidente que toda a imprensa da cidade já sabe que o chefe do DIC tem uma relação muito próxima com a vítima, e eles têm que informar à mídia sobre as providências que estão sendo tomadas para manter Jounas Smeed afastado enquanto a investigação está em andamento. Por outro lado, apesar do que disse sobre dicas vindas do público, Karen sabe que são um tiro no escuro. A experiência mostra que qualquer pessoa com uma informação realmente valiosa em geral entra em contato sem ser encorajada pela mídia. De resto, a busca por informação vai ser uma constante no caso, e vai sobrecarregar as redes de telefonia locais e as delegacias de polícia do país. Tempo valioso será desperdiçado em sondagens com pessoas solitárias e com malucos sobre coisas que não têm nenhuma ligação com a morte de Susanne Smeed.

Karen vira à esquerda na Odinsgate, e então à direita na Slaktehusgate, na direção da praça Packartorget. Cerca de vinte pessoas estão espalhadas pelos degraus do Museu Nacional, com os rostos voltados para o sol. Ainda é cedo para almoçar, e Karen não está sentindo muita fome, mas se dá conta de que é melhor comer alguma coisa antes de seguir para Thingwalla. Ver Jounas Smeed já seria difícil mesmo nas circunstâncias mais favoráveis; com baixo nível de açúcar no sangue poderia ser um desastre.

Ela estaciona no quarteirão do mercado municipal. Uma vez lá dentro, ela passa depressa pelos estabelecimentos onde predominam os aromas de café moído na hora, de temperos e de pão, e continua na direção do lugar onde os pescados são vendidos, mais ao fundo. Karen para e observa os olhos bem abertos e as bocas escancaradas dos peixes. A imagem dos olhos mortos e vazios de Susanne Smeed lhe vem à lembrança; ela prossegue rumo à seção de comida para viagem.

Dez minutos mais tarde, Karen se senta nos degraus do museu com uma salada de salmão e uma garrafa de água mineral. Ela põe a mão sobre os olhos e olha para o outro lado da rua, onde animados vendedores de frutas e vegetais gritam para ser ouvidos, tentando superar a música clássica que sai dos alto-falantes da praça, um esforço da Câmara Municipal de Dunker para aumentar a disponibilidade de toda e qualquer forma de cultura na cidade.

Ela abre a garrafa de água mineral, toma um gole e começa a comer o salmão. Enquanto mastiga, seus pensamentos se voltam para o desafio que a aguarda. Aparecer novamente na casa de Jounas sem aviso é arriscado, mas o plano dela é desarmá-lo antes que ele possa se colocar em guarda. Ele não vai gostar. Por outro lado, não vai ser nenhuma surpresa para Jounas vê-la de volta tão cedo.

Ele na verdade deveria me agradecer por ainda não tê-lo levado para prestar depoimento na delegacia. Quando uma mulher é assassinada, segundo as estatísticas, em nove de cada dez casos o autor do crime é o marido ou o ex-marido. A questão é saber até que ponto Jounas estará disposto a colaborar desta vez. E até que ponto estará sóbrio.

21

AO PASSAR PELA PORTA GIRATÓRIA PARA ENTRAR NA DELEGACIA de polícia, Karl Björken escuta a voz bastante familiar de Jon Bergman logo atrás dele, chamando-o:

— Ei, Björken! Tem um minuto? Espere, é só um minuto!

Sem se voltar, Karl aperta o passo na direção dos elevadores, mas o jovem repórter do programa de notícias *Hoje no mundo,* da DTV, alcança-o antes mesmo que ele aperte o botão do elevador. Karl avalia que deveria ter ido pela escada, e olha para a recepção, onde um policial de plantão está tentando acalmar os jornalistas que esperam, impacientes, a impressão de seus crachás de visitante. Há manchas visíveis de transpiração debaixo dos braços do uniforme do policial, que se desdobra para manter a ordem no local; isso mostra que o sistema, como sempre, não está funcionando bem. Os jornalistas dizem insultos em voz alta, usando palavras relacionadas à burocracia e à incompetência da polícia.

Um segurança bloqueia a porta do auditório principal, com os braços abertos, fazendo o possível para evitar que um repórter criminal do *Kvellsposten* entre no recinto sem a devida permissão.

Karl olha para o relógio na parede da recepção: faltam três minutos para o meio-dia. Nesse exato instante, Viggo Haugen deve estar andando de um lado para o outro nos bastidores, nervoso, esperando o momento de entrar em cena, perguntando-se cheio de ansiedade por que o auditório ainda está vazio.

Se a coisa nem começou e já está ruim assim, Karl Björken se pergunta onde vai parar. Ele dá as costas para a confusão, bufando baixinho. É uma idiotice marcar uma coletiva de imprensa para o meio-dia, principalmente se não podem oferecer nenhuma migalha aos repórteres farejadores de escândalo para aplacar a fome deles em pleno horário de almoço. Na opinião de Karl, essa coletiva não vai ter nada de interessante a oferecer, pelo visto, nem em sentido figurado nem no literal. A única coisa que se compara à avareza de Viggo Haugen é o seu desespero pela atenção da mídia. Karl agradece aos céus por não ser obrigado a participar do inútil espetáculo.

— A ex-esposa de Jounas Smeed é a vítima do assassinato? Você pode pelo menos confirmar isso? Ah, vamos lá, já sabemos que é ela; só preciso de confirmação oficial.

Jon Bergman faz a pergunta sem perder de vista o seu fotógrafo, que está no meio da multidão barrada na recepção. Irritado, Karl aperta novamente o botão do elevador e olha para os mostradores sobre as portas. Um dos elevadores parece estar retido no quarto andar, enquanto o outro está subindo.

— O Smeed foi suspenso? Como familiar, ele tem que ser considerado um suspeito, não é? Ou vocês já sabem quem é o assassino?

Jon Bergman tenta se acercar mais de Karl para ter a atenção dele. Ele respira fundo e prossegue.

— Sabe que arma foi usada? Smeed deve ter uma arma de fogo, não é? Qual é, Björken, me dê alguma coisa... Qualquer coisa!

Karl escuta o dilúvio de perguntas sem prestar muita atenção. Aparentemente os detalhes não começaram a vazar para a imprensa, pelo menos não ainda. Por respeito a Jounas, seus colegas parecem ter mantido de fato a boca fechada. Aliviado, Karl nota que um dos elevadores enfim parece estar descendo.

— Absolutamente — Karl diz com um sorriso cínico quando ouve o "ding" das portas e elas se abrem.

— Quê? O que você quer dizer? — Jon Bergman parece perplexo.

— Ei, acho que a coletiva já vai começar lá. — Karl aponta na direção do auditório onde o segurança está dando passagem à horda de fotógrafos e jornalistas impacientes. — Melhor você se apressar, ou vai perder o evento — ele diz, e sorri para o repórter quando a porta do elevador se fecha entre os dois.

Enquanto o elevador sobe, Karl pega o celular e digita uma mensagem de texto para Karen. Ele aperta a tecla para enviar quando sai do elevador, no terceiro andar.

`Smeed vai receber visitantes logo, logo. Karl`

Evald Johannisen parece estar olhando fixo para a tela do computador, mas seu olhar distante faz Karl suspeitar de que seus pensamentos estão em lugar completamente diferente.

— Tudo bem, Evald? — ele diz, e dá um soco na lateral da mesa dele. — Sonhando acordado, é?

Johannisen leva um susto e, por um instante uma expressão de raiva extrema distorce suas feições, mas ele imediatamente se recompõe, sorri e se inclina para trás de modo casual, em sua cadeira de escritório.

— Vejam só quem está aqui... Perderam a pista ou ela deixou você de fora?

— Acredite ou não, recebi liberdade para investigar como quiser, pelo menos por agora. Você viu Loots? Pensei em falar com ele para saber se já recebeu mais informações dos peritos.

— Provavelmente fez uma pausa para um café, para variar. — Evald Johannisen sacode a cabeça na direção da cozinha. — Bem, bem, bem, e para onde foi a chefe então?

— Foi falar com o Smeed. Como ela disse esta manhã que faria.

— Sei, sei, pelo visto ela prefere vê-lo... em particular, digamos assim. Muita consideração da parte dela, e demonstra um incrível potencial de liderança, se quer saber.

Karl Björken observa o colega e faz uma rápida avaliação da situação. Johannisen está irritantemente insatisfeito, como sempre, mas o seu sarcasmo não costuma ser tão rude como agora. A nomeação de Karen Eiken Hornby como chefe interina do DIC claramente o atingiu de alguma maneira. Karl sente uma forte vontade de dizer algumas palavras sobre a inveja, mas muda de ideia.

Karl gosta de Eiken; apesar da sua falta de traquejo social e de uma ou duas idiossincrasias enervantes, ela sempre faz um bom trabalho. Por outro lado, ninguém quer se indispor com Johannisen. Virar o alvo da maledicência dele seria ainda pior do que ter que ouvi-lo dirigir insultos a outra pessoa. Além do mais, essa nova estrutura de poder é temporária, e quando se trata de políticas de escritório é sempre aconselhável ter cautela. Assim que Smeed esteja de volta, Karen vai ser empurrada para baixo na hierarquia outra vez, e a cotação de Johannisen voltará a subir. Assim, Karl escolhe simplesmente sorrir amarelo para Johannisen, e o colega que interprete isso da maneira que lhe aprouver.

— E você? — Karl pergunta, na tentativa de distraí-lo e mudar de assunto. — Você e Astrid não iam até o local de trabalho da Susanne Smeed hoje?

— Bom, a gente ia, mas não surgiu muita coisa nova. A gerente disse que estava totalmente devastada com o que aconteceu, mas as pessoas lá não parecem ter trabalhado muito de perto com a Susanne. Acho que vamos precisar procurar aqueles palhaços outra vez.

— Eiken e eu falamos apenas com a filha do Jounas, e essa conversa também não nos trouxe nada de muito proveitoso — Karl revela. — Foi impossível tirar alguma coisa de útil dela; ela parecia bastante irritada.

— É, eu sei, tatuagens, piercing no nariz e tudo o mais. — Johannisen faz uma careta, como se estivesse tentando tirar alguma coisa do meio dos dentes.

— Ah, então você a conhece? Eu tive a impressão de que ela não tem muito contato com o Jounas.

— E não tem mesmo, mas Erlandsen apontou para essa garota na rua algumas semanas atrás e me disse que era a menina do Smeed. Coitado do cara! Além de passar por tudo aquilo com a mulher dele, ainda tem uma filha que parece uma maldita drogada.

— Como assim, "tudo aquilo com a mulher dele"? Tudo aquilo o quê?

Evald Johannisen agora está enfiando o dedinho na boca, tentando obsessivamente retirar algo preso entre os dentes molares.

— Tá falando sério, Björken? Com certeza quase toda Doggerland sabe que Susanne Smeed tornou a vida do Jounas um inferno durante anos. E não somente a vida dele, se eu entendi as coisas direito; aparentemente ela se tornou um estorvo de diversas maneiras e em vários contextos. Não, não faltam no caso dela nem inimigos nem motivos. Você está mais por fora do que eu pensava, Charlie-boy.

Com asco, Karl Björken vê o colega limpar o dedo indicador nas calças; ele pode sentir sua irritação aumentando.

— Bem... — ele diz, balançando os ombros com indiferença, numa tentativa de diminuir o impacto da novidade dita por Johannisen. — Eu sabia que ela não era nenhuma Madre Teresa, é evidente, mas acho que você vai ter que ser mais específico se quiser que as fofocas das ruas produzam algo útil.

Evald Johannisen balança lentamente a cabeça e estala os lábios com um sorriso afetado.

— Regra número um para tiras: jamais subestime a fofoca das ruas. É nelas que você vai encontrar a verdade, em noventa por cento das vezes, mas tenho certeza de que a nossa preciosa detetive e o seu fiel escudeiro Charlie-boy serão mais do que capazes de desenterrar toda a sujeira do chefe e da família dele, em vez de esperarem que eu entregue a cabeça dele numa bandeja de prata.

Como de hábito, Evald Johannisen transmite seus comentários ofensivos com um largo sorriso no rosto, sempre pronto para voltar atrás e alegar, se necessário, que só estava brincando, mas Karl pode identificar agora um novo aspecto incisivo no tom de Johannisen, algo que ele não havia escutado até o presente momento. Como se ele estivesse dando um golpe baixo e soubesse disso.

— E tenho convicção de que você é profissional o suficiente para compartilhar tudo o que considere relevante para a investigação — Karl retruca. — Apesar de ser um babaca — acrescenta, e percebe que soa um pouco mais áspero do que ele pretendia.

— Caramba, acho que você não consegue aguentar um pouco de gozação saudável. Charlie-boy ficou ofendido?

Ele sorri mais uma vez, mas há também um elemento estranho cruzando seu semblante, transformando o sorriso num esgar de aflição.

— Pois você parece bem mais ofendido, Evald. Devia pelo menos dar uma chance para a Karen. Ela não pediu para ser promovida, e ninguém aqui está gostando de bisbilhotar os assuntos particulares do Smeed.

Evald Johannisen não responde, apenas fica parado no mesmo lugar, olhando para o vazio.

Ele parece cansado, Karl pondera, reparando nas olheiras do colega. Pálido e cansado. A amargura tem um preço, sem dúvida.

— Você sabe tão bem quanto eu que temos de tratar Jounas como qualquer outro suspeito em potencial até que esse caso seja resolvido — Karl continua. — E que faz parte do processo cavar fundo para ir atrás de cada motivo possível, e de cada detalhe por mais repulsivo que seja. Karen foi até lá para interrogá-lo no conforto da casa dele em vez de obrigá-lo a vir até aqui, e isso já é uma grande concessão.

— Isso é o que você diz... Mas eu não tenho mais tempo para discutir com você — Johannisen declara, olhando para o relógio. — Alguém aqui tem de se mexer para encontrar o assassino, para que a gente possa ter de volta o verdadeiro chefe desse departamento. Aliás, você também não tem um trabalho a fazer? Ou está aqui só para mostrar serviço para o matriarcado? Ai! Puta merda!

O rosto de Evald Johannisen se contorce, e ele agarra o antebraço esquerdo com a mão direita. Instantes depois, ele deixa escapar um gemido estranho e desaba sobre a mesa. Quando a cabeça do colega bate contra o teclado do computador, o barulho é tão forte que faz Karl dar um salto.

22

ELE ESTÁ DEITADO EM UMA DAS CADEIRAS RECLINÁVEIS AO REDOR da piscina. Seu corpo comprido está vestido com uma calça jeans e um suéter de lã de ovelha; um boné está posicionado sobre o rosto, cobrindo-lhe os olhos, e seus pés descalços pendem molemente na borda da cadeira. Karen ouve o seu ronco leve quando se aproxima, e se pergunta de que maneira deve acordá-lo. Ela tenta bater os pés no chão com mais força do que o necessário quando sobe os três degraus até o deque de madeira. Limpa a garganta, mas Jounas não mostra nenhuma reação. Ela respira fundo e caminha até a cadeira reclinável, e observa o homem dormindo nela. Ele agora não ressona mais, mas não há sinal de movimento a não ser uma profunda e tranquila respiração que faz seu estômago subir e descer devagar sob a lã de ovelha. Ela clareia a voz novamente, dessa vez um pouco mais alto.

— Você sempre se move assim, como um gato?

A voz inesperada saída de debaixo do boné pega Karen de surpresa. Jounas Smeed ainda está deitado, imóvel, mas agora ela vê um copo alto cheio de líquido gaseificado e uma fatia de limão no deque perto da cadeira.

Gin e tônica, ela pensa. *Que ótimo.*

Alguns momentos depois, uma mão se estende, dedos tateiam no ar até encontrarem o que procuram, e então se fecham em torno do copo. Em seguida, Jounas levanta o boné de beisebol, ergue o corpo apoiando-se no cotovelo e esvazia o copo com três longos goles.

— Relaxe, Eiken — ele diz ao ver a expressão resignada de Karen. — Só Perrier e limão, nada mais. O que você quer?

— Você sabe o que eu quero. Precisamos conversar.

— Putz... Não são as palavras que eu mais gosto de ouvir de uma mulher...

— Dispenso as piadinhas. Será que pode se sentar direito?

Para a surpresa de Karen, ele obedece logo e se senta devagar, esfrega os olhos com os punhos e arrota ruidosamente.

— Perdão. Bebida gaseificada — ele diz, e passa a mão no estômago.

— Podemos entrar? — ela pede, indicando a casa com a cabeça. — A coletiva de imprensa está quase no fim; os repórteres vão aparecer aqui a qualquer momento. Eu me sentiria melhor conversando lá dentro.

— Tudo bem, se temos que entrar, então vamos entrar. É importante que a gente se sinta bem — Jounas responde com fala arrastada e se levanta. Ele permanece imóvel por alguns instantes, espiando na direção da garagem, e Karen percebe que a sua advertência quanto à chegada iminente da imprensa havia surtido o efeito desejado. Agora é hora de pôr em prática o restante da sua estratégia.

Ela o segue até o interior da casa sem dizer uma palavra, e se senta no mesmo lugar da noite anterior. Jounas Smeed anda na direção da sala, mas para no meio do caminho.

— Quer uma xícara de café? — ele pergunta, indicando a cozinha.

— Eu quero saber até onde você vai com esse teatrinho — ela diz sem hesitar. — Porque já estou ficando bem cansada disso.

Ele fica espantado, mas não responde nada.

— E então? — ela continua, encarando-o sem desviar o olhar. — Quer que a gente tenha uma boa conversa sobre o que aconteceu? De que é que isso vai nos servir? Eu ficaria feliz em separar cinco minutos para suas insinuações e comentários desagradáveis. Ou então, veja só: que tal me dizer quanto tempo acha que vai precisar para se desintoxicar totalmente, para que a gente por fim comece a trabalhar?

— Cacete, o seu humor está péssimo.

— Você está surpreso? — ela diz, sempre o encarando com firmeza. — Eu venho até aqui para interrogá-lo, coisa que você sabe que eu tenho de fazer, e você faz de tudo para sabotar o trabalho. Mas tudo bem, vamos resolver logo isso para podermos seguir em frente. Quer que eu comece?

— Certo, Eiken, já é o suficiente...

A voz de Jounas de repente soa ameaçadora. Ou esse tom é um indício de insegurança que Karen acaba de detectar?

— Foi assim que aconteceu — Karen prossegue. — Bebemos demais e tomamos decisões ruins. Reconheço que só tenho vagas lembranças de como fomos parar no hotel, mas infelizmente eu me lembro da transa toda. Foi uma coisa estúpida e desnecessária, e definitivamente nada especial, então seria demais pedir que você deixasse isso para trás?

— Mas foi mesmo tão ruim assim? — ele responde com hesitação. — Porque me pareceu que você...

— Sim, foi muito ruim, já que você me perguntou — ela interrompe. — As partes de que eu me lembro foram incrivelmente entediantes. Isso nunca mais vai se repetir. E se você se recusar a parar de mencionar o assunto, suponho que vai ser pior para você do que para mim.

Ela repara que Jounas sente o golpe e fica sério; há apreensão nos olhos dele. Devagar, ele caminha até Karen e se senta na beirada da mesa de centro. A cabeça de Jounas fica consideravelmente acima da dela, e Karen se irrita consigo mesma por ter se sentado. Então ele faz um aceno positivo com a cabeça e sorri, como se estivesse esperando o que ela iria dizer a seguir.

— Está me ameaçando, Eiken? — ele diz, rindo nervoso. — É, eu sei como funciona, você agora vai alegar que não foi consensual também, não é? Que de alguma maneira eu a forcei a...

— Pare com isso! — ela reage, e se levanta tão de repente que Jounas é obrigado a se inclinar para trás para evitar uma colisão.

Karen se afasta dele e cruza os braços.

— Foi uma completa estupidez, mas infelizmente foi consensual. O que eu quero dizer é que eu não serei a única a ganhar se a gente deixar isso para trás.

— Ah, é mesmo?

— É, sim. Na minha opinião, não seria nada bom para a sua carreira se saísse em todos os jornais que o seu comportamento é lamentável. Que você vai para hotéis com suas subordinadas e transa bêbado com elas. Acho que isso vai afetar a sua credibilidade, mas é só a minha opinião, como eu já disse.

— Sua grande filha da pu... — Ele não termina a frase.

— Não, vamos lá — ela retruca. — Diga o que ia dizer! E depois de me xingar, vá em frente e me alegre com um pouco da sua conversinha infantil sobre feministas que são malcomidas e que só precisam de um macho de verdade na vida. Tenho certeza de que você vai se sentir melhor. Vamos lá, fale à vontade, não se detenha por minha causa. Afinal, já faz quase quatro anos que sou obrigada a escutar esse tipo de merda, mesmo.

— Eu tomaria mais cuidado se fosse você — Jounas responde, levantando-se devagar. — Não se esqueça de que vou voltar a ser o seu chefe no minuto em que essa farsa terminar.

— Eu sei, mas isso ainda vai levar tempo. Então, se não tiver nada a esconder, é melhor começar a cooperar. Quanto mais rápido concluirmos essa investigação, mais rápido você poderá voltar ao trabalho e tornar a minha vida um inferno. Certo?

Jounas Smeed havia caminhado até as janelas, e agora está contemplando o jardim. Embora Karen possa ver apenas as costas dele, ela sente que é hora de parar de falar, pois saiu vitoriosa. Apenas por enquanto, apenas nesse *round*, mas é o suficiente.

Por fim, ele se volta para ela e faz menção de falar, mas ela age mais rápido:

— Aquela oferta do café ainda está de pé?

Quinze minutos depois, ele coloca a xícara dela sobre a mesa de centro.

— Me fale sobre Susanne — ela diz.

— O que quer saber? — Ele mostra desânimo na voz, mas não hostilidade.

— Tudo, eu suponho. Comece com o seu casamento. Como vocês se conheceram?

Ele se inclina para trás e deixa escapar um suspiro profundo.

— A gente se conheceu em maio de 1998, no casamento da minha irmã Wenche. Elas eram colegas de classe no ensino médio e continuaram em contato depois.

— Então você já conhecia Susanne antes disso?

— Sim, claro, eu a vi algumas vezes com a Wenche, mas sou dois anos mais velho que a minha irmã e me mudei para o exterior cerca de um ano depois que elas terminaram a escola. Quando voltei, alguns anos depois, Wenche já havia conhecido o Dag, então as duas provavelmente estavam mais afastadas uma da outra e já não se viam com tanta frequência, mas sim, eu já a havia visto algumas vezes antes. Antes que ela afundasse as garras em mim.

Karen ignora o tom amargo.

106

— Então elas mantiveram contato depois da escola? — Karen pergunta.
— Wenche e Susanne, eu quero dizer. *Aliás, preciso falar com Wenche Smeed o mais rápido possível*, ela pensa, já planejando os próximos passos.

— Sim, um contato eventual. O suficiente para que ela fosse convidada para o casamento, de qualquer modo. Como eu mencionei, foi onde nos conhecemos propriamente.

— Como era a Susanne naquele tempo?

Jounas Smeed se remexe no assento, com gestos que parecem indicar que acha a pergunta supérflua.

— Era uma bela mulher, sem dúvida. Sexy demais, mas isso foi naquela época — ele acrescenta.

Karen reprime um suspiro.

— Parabéns, mas eu estava mais interessada em saber dela como pessoa.

— Naquele tempo? Alegre, extrovertida, não era chata.

A mulher ideal na concepção de Smeed, Karen avalia em pensamento. *Sexy, alegre e fácil de lidar. Aposto que logo vai me informar que ela era obediente e agradecida também.*

— Então vocês dois tinham um bom relacionamento? No início, eu quero dizer.

Jounas dá uma risadinha abafada. Uma curta e amarga risada de deboche.

— No início? Claro, podemos dizer que sim.

— O suficiente para se casarem, suponho.

— Sim, no outono seguinte. A mesma história de sempre.

— Susanne estava grávida?

Ele faz que sim com a cabeça.

— Sim, de algumas semanas. Ela não perdeu tempo, tenho que reconhecer.

— São necessários dois para isso acontecer, não é?

— É o que ela alegava.

Karen não dá prosseguimento ao assunto. Não está com a menor paciência para ouvi-lo opinar a respeito da grande responsabilidade que tem uma mulher de evitar uma gravidez indesejada.

— Sigrid é a sua única filha? — ela pergunta, mesmo já sabendo a resposta; quer manter a ideia de que é um interrogatório como outro qualquer.

— Sim — Jounas responde sucintamente. — Ela nasceu no fim de janeiro.

Karen dá uma espiada rápida em seu bloco de notas.

— Então ela devia ter uns oito anos na época do divórcio de vocês.

Jounas apenas balança os ombros, sem fazer nenhum comentário.

— Falamos com a Sigrid, e ela nos disse que morou com você e com Susanne até sair de casa.

Ele mais uma vez balança os ombros; Karen começa a achar que Jounas está imitando a linguagem corporal da filha. *Faça perguntas objetivas*, ela diz a si mesma, *ou não vai ter nenhuma resposta.*

— Sigrid disse que você e Susanne brigavam bastante. Por quais motivos vocês brigavam?

— Por quais motivos os casais sempre brigam? Você também tem um casamento fracassado no seu passado...

Por um instante, Karen sente que está afundando, tateando e arranhando em busca de algo em que se segurar, até enfim encontrar um apoio. Então ela volta à tona.

— Não estamos falando sobre mim — ela retruca, e escuta a própria pulsação em sua garganta, quase abafando as palavras, de tão intensa. — Apenas responda à pergunta, por favor.

Jounas dirige a ela um olhar resignado.

— A gente brigava por qualquer motivo — ele diz. — Por tudo, absolutamente tudo.

Karen observa Jounas. Os olhos abertos dele parecem paralisados na mesma posição. Ele balança a cabeça lentamente; a detetive espera até que ele volte a falar.

— Tudo era motivo para discussão: onde morar, para onde ir nas férias. Sigrid. Para que escola ela deveria ir, quais atividades ela deveria fazer. E dinheiro, claro. E o meu trabalho: brigávamos muito por causa do meu trabalho. Ou pela carreira que escolhi, para ser mais exato. — Ele faz uma pausa e parece refletir sobre o que acaba de dizer. Ele dá uma risada. — Bem, ser mulher de um tira não era o que Susanne tinha em mente quando se casou comigo. Claro que ela ficou puta da vida.

Karen já havia escutado algumas histórias sobre a família Smeed. Muitas pessoas devem ter ficado surpresas quando o filho de Axel Smeed se esquivou de seguir os passos do pai, e, em vez disso, embarcou numa carreira de agente da lei — muito menos lucrativa, além de incompatível, mas Karen não se lembra com clareza das fofocas que ouvira sobre o assunto. Ela havia se formado na academia no mesmo ano em que ele tinha entrado para a polícia. Os dois haviam crescido sem se conhecerem,

Jounas e ela. Ela foi criada na área rural, e ele na cidade de Dunker. Frequentaram escolas diferentes, círculos sociais diferentes, levaram vidas diferentes, ainda que tivessem a mesma idade. Ambos provavelmente foram à mesma festa algumas vezes, embora Karen não se lembre disso, e seus caminhos talvez tenham se cruzado em alguns bares menos rigorosos quanto ao limite de idade. A cidade era pequena o suficiente para garantir isso.

Embora Jounas Smeed não fosse uma pessoa conhecida nessa época, não havia morador da ilha que não soubesse quem era o pai dele. Axel Smeed e seu irmão Ragnar haviam aproveitado ao máximo a herança que o pai lhes deixara. Com os investimentos imobiliários de Axel e a firma de advocacia de Ragnar, os irmãos acabaram multiplicando a fortuna. A atuação política de Ragnar e seus dois mandatos no parlamento também tinham ajudado; todo obstáculo que não fosse possível remover por meio do uso hábil de lacunas jurídicas sempre poderia ser contornado por meio do uso igualmente hábil de conexões na esfera da justiça e da política. Segundo a crença popular, os Smeed eram donos de um terço de Heimö e da metade de Frisel. Karen ainda se lembra do que seu pai costumava dizer: "O que os Smeed não possuem hoje eles vão roubar amanhã". E se lembra de que seu pai parecia orgulhoso ao telefone quando contou a ela que o filho de Axel Smeed havia entrado para a academia de polícia.

— Pelo visto ele vai virar policial, assim como você, Karen. Até que não é tão mimado assim o garoto Smeed, afinal.

Mas por que Susanne se surpreenderia com a decisão de Jounas de se tornar policial? Isso não fazia sentido. Ele já devia ter se formado na academia na época em que os dois se conheceram. Será que ela não sabia disso?

Jounas esclareceu a questão antes mesmo que Karen lhe fizesse a pergunta.

— Eu só ingressei na corporação anos depois do ensino médio. Iniciei vários cursos na universidade e depois desisti; eu não sabia o que queria fazer. Eu provavelmente ingressei na academia mais para me rebelar contra o meu pai de alguma maneira. Tornar-me um policial não podia estar mais distante dos planos que ele tinha para mim.

— E funcionou?

— Acho que sim. O velho ameaçou me deserdar e tudo o mais, mas não foi nenhuma maravilha, eu não era exatamente apaixonado pelo que fazia. Gostei do treinamento, mas os primeiros anos no trabalho...

— Prendendo bêbados e cuidando de incidentes domésticos — Karen diz. — Não, essa também não foi a minha melhor fase na polícia.

— Pelo menos eu aguentei mais tempo que você: quase dois anos.

— Eu já fazia ideia.

— Mas então eu deixei a ilha.

Os olhos de Karen se arregalam. Disso ela não fazia ideia.

— O que você andou fazendo? — ela perguntou.

— Quer a versão resumida?

Karen faz que sim com a cabeça.

— Eu viajei pela América do Sul e depois fui para os Estados Unidos. Trabalhei sem registro em vários canteiros de obras e em bares na Califórnia, e passei os últimos seis meses em Nova York. Acho que foi lá que eu tive uma dessas epifanias e percebi que a possibilidade de viver para sempre com uma mão na frente e outra atrás não era assim tão atraente. Então pensei em voltar para casa e procurar me estabelecer de uma maneira ou de outra. Para ser sincero, eu estava cansado de ser um duro o tempo todo. Simples assim.

— E aí você decidiu se tornar policial. Que escolha interessante...

Os dois riem da ironia de Karen, num momento de mútua compreensão.

— Não, antes eu voltei rastejando até o papai. Prometi esquecer todos os meus planos antigos. Meus anos na academia de polícia nem mesmo foram mencionados. Aparentemente, meu pai ficou mais constrangido com a minha passagem rápida pela América do Sul e a minha louca aventura pelos EUA, mas deixei isso para trás e comecei a estudar Direito. Depois de algum tempo, eles me deixaram trabalhar na firma de advocacia do meu tio, com a promessa de que eu completaria os meus estudos e então ficaria à disposição do meu pai. Em outras palavras, puro nepotismo. E ele me deu um monte de grana e me comprou um apartamentão em Freyagate.

Jounas se levanta de repente e olha para Karen.

— Se você vai insistir em remexer nessa merda toda, vou precisar de um drinque forte. Acho que seria total perda de tempo lhe perguntar se você também quer um, não é?

— Sim, seria — ela responde sorrindo. — Me desculpe, mas não posso beber enquanto trabalho, e com meu chefe olhando.

Ela diz isso como uma demonstração estratégica de respeito. Sua intenção é enfatizar que está consciente de que a presente reversão de papéis é temporária. Jounas finalmente está começando a falar; Karen não quer que ele volte a se fechar.

— Boa, Eiken — ele diz.

Karen tem a impressão de vê-lo curvar o canto da boca para cima antes de sair da sala. Quando ele retorna, Karen olha com inveja para o seu copo vaporoso, no qual pequenas bolhas dançam em torno de dois cubos de gelo e uma fatia de limão; dessa vez é gim e tônica, sem dúvida. Ela quase consegue sentir o cheiro do junípero, e sente um amargor na boca quando Jounas toma um grande gole. Salada no almoço e agora isso. Quantas semanas dessa vida saudável ela havia prometido a si mesma mais uma vez?

— Continue — ela encoraja. — Você estava estudando Direito e trabalhando com o seu tio. Foi nessa época que conheceu Susanne?

— Bingo. Eu tive alguns anos de conformismo resignado no meu currículo, estava me aproximando rapidamente dos 30, e acho que estava meio vulnerável. Foi quando a Susanne cravou as garras no único filho de Axel Smeed.

— Então você foi simplesmente uma vítima trágica... Primeiro dos caprichos do seu pai e depois da Susanne?

Jounas olha sério para ela por cima do copo, mas logo volta a falar.

— Na verdade, acho que ela é que se considerava uma vítima — ele responde tranquilo. — Ela estava em busca de um advogado e encontrou um policial. Ficou terrivelmente desapontada, isso eu posso garantir.

— E de que maneira Susanne mostrou o seu desapontamento?

— Bom, é óbvio que ela fez um escândalo quando eu larguei a faculdade seis meses depois de nos casarmos. Fiquei infeliz por um bom tempo e, no final das contas, eu simplesmente não podia mais suportar.

Jounas Smeed toma um gole do seu drinque; Karen permanece em silêncio e espera que ele prossiga.

— Meu pai e Susanne se revezavam tentando me persuadir a reconsiderar. Durante algum tempo, eles ficaram juntos nesse esforço; mas quando o velho começou a ameaçar me deserdar de novo, ela se virou contra ele também. E então ele nos informou com frieza que ia colocar à venda o apartamento em Freyagate e que teríamos de nos mudar.

— Mas e o bebê que vocês estavam esperando? O seu pai era duro a esse ponto ou estava tentando assustar você?

— Bem, acho que ele era duro a esse ponto, sim, mas entendi a reação dele. Por que ele nos ajudaria financeiramente se eu me recusava a ceder às suas vontades? De qualquer maneira, eu não estava preparado para seguir adiante com o curso de direito só porque o meu pai ou a minha mulher queriam que eu seguisse. Além do mais, sempre suspeitei de que o meu tio ficou mais do que satisfeito por se ver livre de mim. Eu não levava o menor jeito para a coisa.

— Daí então você resolveu voltar para a polícia. E vestir novamente o seu uniforme...

— Sim, a verdade é que eu fiz isso mesmo. Trabalhei seis meses lá em Ravenby e mais uns dois aqui em Dunker, quando apareceu uma vaga para inspetor-chefe. As promoções não demoravam muito para acontecer naquela época; todo ano havia uma reorganização.

— Mas a Susanne não estava feliz?

— Você só pode estar brincando. Um ano depois do nosso casamento, ela teve de sair de um apartamento de cinco quartos em Freyagate para ir morar em um com dois quartos em Odinswalla. Como se isso não bastasse, eu destruí toda e qualquer esperança de uma carreira cheia de possibilidades como advogado e abri mão da minha posição de herdeiro do império do meu pai. Durante um ano inteiro, mal conversamos.

— Mas vocês ficaram casados por muito tempo depois disso, não é?

— Sim, pelo menos no papel. Às vezes, ficávamos bem. Eu continuei sendo promovido, e deixamos o apartamento de dois quartos e nos mudamos para uma casa em Sande. A nossa situação melhorou, em resumo. O problema é que nunca era o suficiente para a Susanne. Ela não conseguia superar o fato de ter perdido tantas coisas, e de que os meus pais nunca nos convidavam para a casa deles. Apesar disso, por algum motivo ela não queria se divorciar de jeito nenhum. E quanto a mim... Sei lá, eu achava que...

Era mais prático assim, Karen completa em pensamento.

— Eu achava que seria melhor se esperássemos para nos separar depois que a Sigrid estivesse um pouco mais velha. Porém, pensando bem, tenho minhas dúvidas de que tenha sido a decisão certa — ele diz com desânimo. — Todas aquelas brigas devem ter afetado demais a minha filha. Bem, você a conheceu — Jounas acrescenta, como se não fosse necessário dizer mais nada.

— Não há nada de errado com a Sigrid, pelo menos na minha opinião — Karen diz com cautela, consciente de que qualquer passo em falso pode prejudicar mais uma vez a comunicação entre os dois. — Ela parece meio revoltada, mas talvez seja uma reação natural.

— Meio revoltada, é? Será que estamos realmente falando da mesma pessoa, Eiken? Você viu aquele piercing no nariz dela? A garota mais parece um touro, se quer saber.

— Não, não quero, isso não me interessa. Eu gostaria mesmo é de saber mais sobre Susanne, e sobre o que aconteceu depois do divórcio.

— O que quer saber? Ela era uma vaca gananciosa e calculista. Já não é o suficiente?

Jounas termina de beber o seu gim com tônica, põe o copo na mesa com um pouco mais de força do que seria necessário e consulta o relógio. Karen o observa, mostrando-se tranquila; ainda restam muitas perguntas a fazer. Se os dois não puderem continuar essa conversa nesse momento, na casa dele, até que Karen tenha todas as respostas de que necessita, será preciso levá-lo até a delegacia; e ela prefere evitar isso ao máximo.

— Tudo bem — ela diz, encarando-o com firmeza. — O que chegou ao meu conhecimento é que o seu relacionamento com Susanne era... bastante ruim. E de acordo com Sigrid, o divórcio não melhorou as coisas. Posso perguntar o que os levava a brigar depois desse evento? Depois do divórcio, quero dizer.

— Dinheiro, é claro — ele responde sem hesitar. — Susanne só pensava em dinheiro. Só o que importava para ela era dinheiro.

Karen pensa na casa de Susanne, e a compara à casa de Jounas. Ela morava numa casa de dois quartos, estante de madeira laminada branca e sofá de tecido. Tudo limpo e organizado, mas a anos-luz dessa gigantesca mansão com direito a tapetes orientais, artigos valiosos de arte e piscina. Aparentemente, os olhares atentos que Karen lança pelo ambiente não passam despercebidos.

— Isso se chama acordo pré-nupcial — Jounas comenta seco. — Justo na medida do possível. Você sai com o que entrou. Nada mais.

— E ela ficou feliz por assinar esse acordo. É isso?

— Não, mas ela não tinha muita escolha, tinha? Nem eu também, se quiséssemos um lugar para morar. E isso era uma prioridade, com uma criança a caminho. Do início ao fim foi ideia do meu pai: sem acordo nupcial, nada de apartamento, nem de ajuda financeira, nem de trabalho. Claro que eu poderia ter rasgado esse acordo mais tarde, já que havia cortado os laços com meu velho, de qualquer maneira. Deus sabe o quanto a Susanne me amolou com relação a isso, mas... bom, eu acho que não estava disposto a fazer esse favor a ela. E isso provavelmente a deixava transtornada.

— E quando vocês se divorciaram...

— Ela não levou nada. Uma mixaria, nada muito além das poucas coisas que compramos durante o casamento, mas ela recebia dinheiro de mim todos os meses, um caminhão de dinheiro, diga-se de passagem. Contribuições voluntárias; eu não sou tão desalmado assim. Pelo menos enquanto compartilhamos a custódia da Sigrid. Na verdade, esse dinheiro deveria servir para que Sigrid tivesse um padrão de vida razoável na minha ausência, mas, idiota como eu sou, nunca procurei saber como Susanne realmente andava gastando o dinheiro.

— E como ela gastava?

Jounas bufa e abre os braços, fazendo os cubos de gelo tilintarem dentro do copo.

— Como posso saber? Pedicures, roupas, lipoaspiração e todo tipo de bobagem que as mulheres desejam. E viagens frequentes: Tailândia, Nova York, Espanha. Acho que até para a Turquia ela deu um jeito de ir.

Sem falar nos sapatos, Karen diz a si mesma.

— E quanto à casa de Susanne em Langevik, como foi que ela a conseguiu?

— Foi a casa onde ela morou na infância. A mãe dela morreu quando nos conhecemos, mas o pai morou lá até a época do divórcio, quando ele foi internado em um hospital. E muito convenientemente a casa ficou vazia, e Susanne só teve o trabalho de se mudar para lá.

Conveniente para vocês dois, Karen considera, impressionada com a capacidade que Jounas exibe de pronunciar cada palavra que diz a respeito de Susanne como uma acusação implícita ou explícita. A mulher está morta, mas nem assim ele consegue refrear o desprezo.

— Então o pai dela estava no hospital. Ele faleceu lá?

Jounas encolhe os ombros, como se o assunto não lhe interessasse.

— É, parece que ele costumava beber além da conta e, no final, o fígado não suportou, mas eu não sei quase nada sobre os pais da Susanne; ela nunca queria falar sobre eles. Provavelmente também não correspondiam às expectativas dela.

— Só mais uma pergunta antes de encerrarmos. Como você explica que suas impressões digitais tenham sido encontradas na casa de Susanne? De acordo com os peritos forenses, havia impressões recentes suas em diversos lugares da casa.

Por um momento, Karen teme que ele possa explodir. Ou implodir, o que parece mais provável, pois o rosto do seu chefe passa de branco a vermelho. Então ele cai na risada.

— Eiken, então você esperou todo esse tempo para dar essa dentada, é? Não precisa fazer tempestade em copo d'água; não espere que nada de excitante venha disso, porque vai sair frustrada.

— Apenas responda, por favor — ela diz devagar.

— Acharam as minhas impressões porque eu estive lá, é claro. Uma semana atrás, talvez um pouco menos.

— Mas como isso foi acontecer? Nada do que você me disse indica que queria vê-la.

— Fui até lá porque ela me chamou. Disse que tinha algo sério para conversar a respeito da Sigrid. Eu fiquei relutante, é evidente, mas ela insistiu, argumentando que deveríamos ser capazes de falar sobre a nossa filha sem brigar, e que havia descoberto uma coisa que a deixou preocupada. E ela realmente parecia preocupada, então...

Ele hesita.

— Então você foi até lá? — Karen diz com ceticismo.

— Fui — ele responde, aumentando o tom de voz. — Você não pode nem imaginar como é essa porra. Essa preocupação com filho não deixa a gente pensar em mais nada na vida.

Um zumbido se instala nos ouvidos de Karen; ela está em queda livre. O zumbido se torna um rugido, fazendo as palavras de Jounas soarem remotas e estranhas.

— Mas pode acreditar, Eiken, que pela Sigrid eu faria coisas bem piores do que ter uma conversa com uma vadia maluca. Porque ela era isso mesmo. No final das contas, tudo não passou de mais uma maluquice dela. Era só a chatice de sempre sobre a Sigrid trabalhar num bar em vez de continuar os estudos. E a Susanne também tinha reclamações a respeito do namorado da nossa filha, que ela aparentemente não aprovava. De acordo com ela, o rapaz estava metido em todo tipo de pilantragem: roubo, drogas e tudo o mais que viesse à cabeça de Susanne. De uma hora para a outra, era muito conveniente que eu fosse a porra de um policial. Ela praticamente exigiu que eu vigiasse o sujeito, e, como era de se esperar, perdeu as estribeiras quando eu me recusei.

Karen está ouvindo com a cabeça abaixada e os olhos fechados, enquanto o rugido devagar diminui e o som da voz de Jounas retorna.

— ... por isso eu fui embora de lá e desde então não tive mais nenhum contato com ela. E eu não a matei, embora não me faltassem motivos, e uma grande vontade também, muitas e muitas vezes.

Ela fica em silêncio por alguns momentos, dizendo a si mesma para não chorar, não ainda, não até que esteja fora da casa. Então ela respira fundo, lentamente, e se levanta, as pernas dormentes. Ela precisa ir embora antes que desmorone.

— Bem, então é isso — ela diz. — Acho que vou andando agora.

— Já vai? Assim, sem mais nem menos?

— Pois é. Eu entro em contato com você.

E Karen simplesmente se retira.

Pelo menos ele não está fingindo, Karen pondera, quinze minutos mais tarde, depois de limpar a maquiagem sob os olhos com guardanapos de papel e ligar o carro. *Ele não sabe nada sobre mim. Não é possível que tivesse a intenção de me dizer isso.*

Mas ele continua sendo um babaca filho da puta, ela pensa, lembrando-se do tom rancoroso que Jounas Smeed empregou para falar da ex-mulher. Será possível que Jounas a odeie a ponto de ir até a casa dela uma última vez para espancá-la até a morte? Karen não acredita que ele tenha feito isso; se fosse o caso, provavelmente ele teria o cuidado de disfarçar seus sentimentos com relação a Susanne. E Karen ainda não encontrou um motivo concreto. Pelo menos ainda não.

Infelizmente, sei bem onde esse filho da mãe estava ontem de manhã, ela pensa com tristeza, virando à direita na Valhallgate. Sem dúvida, Jounas Smeed tem algo incrivelmente raro: um álibi incontestável, pelo menos até as 7h20, mas e depois? Segundo a informação dada por ele mesmo, ele não deixou o hotel até as 9h30, mais de duas horas depois, convenientemente na maior ressaca, mas nisso ela acredita. Karen precisa encontrar algo que confirme as alegações de Jounas; caso contrário, será a única a lhe dar um álibi para parte desse tempo.

Jounas não falou com ninguém, exceto com um morador de rua na praia. *É*, ela reflete, *ele não poderia ter encontrado uma testemunha menos confiável, e provavelmente impossível de rastrear.* E justo na ocasião em que Karen escapou do hotel, não havia ninguém na recepção, o que não fortalecia nem enfraquecia as alegações dele. Seria uma sorte descobrir que, no momento em que Jounas saiu, havia alguém lá, mesmo que Jounas não tenha visto. Ela tem de verificar essa informação hoje mesmo. *Senhor, que alguém corrobore as alegações dele*, ela pensa. Se forem verdadeiras, Jounas pode ser descartado e ninguém mais precisará saber onde ele passou a noite. Ou com quem. Se ele deixou mesmo o hotel quando diz que deixou, simplesmente não pode ter matado Susanne. No entanto, uma voz irritante na cabeça de Karen a desafia: *Se ele deixou o hotel logo depois de mim, então teria tempo suficiente.*

Seus pensamentos são interrompidos quando ela para no sinal vermelho e seu celular toca, pegando-a de surpresa. Ela vasculha a bolsa com uma das mãos, sem tirar os olhos do semáforo. Karen espia a tela do celular e o nome que surge na tela é o de Karl Björken; ela pega o aparelho imediatamente.

— Oi, Karl. Novidades?

— Johannisen está fora de combate — ele diz entre os dentes. — Teve um ataque cardíaco.

23

KAREN OLHA PARA A ÚLTIMA PRATELEIRA NO SEU GALPÃO DE ferramentas com uma ponta de culpa.

A satisfação que sentiu depois de selar todas as sete janelas do térreo da casa principal foi substituída pelo abatimento. Ainda precisa fazer o mesmo nas janelas do primeiro andar; as correntes de ar vão deixar a casa muito fria nesse inverno, a menos que Karen faça os reparos necessários antes que seja tarde demais.

Karen olha de novo as prateleiras, o cavalete, as paredes e o chão, sem encontrar o que está procurando. Se não está aqui também, ela deve ter emprestado para alguém, mas para quem?

Com um grunhido irritado, Karen fecha a porta do galpão e gira o trinco de madeira. Atravessa lentamente o gramado e recolhe o ancinho jogado no chão.

Ela para, segurando o longo cabo de madeira, e olha ao redor da propriedade, observando cada estrutura com a expressão de uma mãe fitando um filho delinquente. Tanta ternura e amor — tantas preocupações.

Karen tinha tantas coisas para fazer. Os restos de telhas que haviam caído jazem amontoados debaixo da janela da cozinha, e ela sabe muito bem que quando uma telha cai a tendência é que outras acabem caindo também. Embora não possa enxergar de onde está, Karen sabe que a parede norte da casa de hóspedes se encontra em situação lamentável.

Caminhando devagar na direção da casa, ela tira alguns frutos da grande sorveira próxima da janela da cozinha e avalia a cor. Karen apoia o ancinho no tronco da árvore. O mais importante agora é lembrar para quem ela emprestou sua serra elétrica, se é que emprestou.

Ela passa rápido as botas no limpador de barro na entrada da casa antes de abrir a porta da frente e notar, com outro grunhido de irritação, que as dobradiças precisam de graxa.

Enquanto a cafeteira emite seus sons característicos, indicando que seu trabalho está quase terminado, Karen observa o aparelho compacto sobre a mesa da cozinha. Claro que ela não vai sair à caça da porcaria da serra esta noite. O fato é que já faz tempo que não vê a tal serra, que pode estar em qualquer lugar. Talvez seja melhor dar um pulo em Grenã amanhã, na volta do trabalho, e comprar uma nova. Não vai ser fácil, durante o frio, mas até instalar a portinha do gato ela vai ter que deixar a janela da cozinha entreaberta.

Eu deveria pelo menos abrir a caixa e estudar a instalação, ela considera. *Tirar agora as medidas do lugar exato em que vai ficar, e saber como instalar. Ou mesmo descer até o porão para procurar a droga da serra.*

Porém, é uma ideia tão desagradável que em vez de fazer isso ela avalia a possibilidade de telefonar para a mãe. Surpreendê-la com mais uma ligação além daquela que faz obrigatoriamente todo sábado pela manhã. Ser uma filha melhor do que vem sendo nos últimos...

De súbito, uma coisa ocorre a Karen, algo tão óbvio quanto incompreensível. Por que não tinha pensado nisso antes? Ela coloca a embalagem da portinha do gato depressa no chão, enche sua grande caneca de café e adiciona uma gota de leite, senta-se à mesa e pega o telefone.

— O que há de errado? Aconteceu alguma coisa?

A voz de Eleanor soa tão tensa quando ela atende a chamada, que Karen se enche de culpa. Receber uma ligação tão inesperada da filha provoca uma reação de medo em Eleanor.

— Não, não, está tudo bem — Karen garante. — Eu só queria perguntar se você... — Ela instintivamente se esquiva do real objetivo do seu telefonema, e tenta pensar em uma alternativa. Algo que levaria uma boa filha a telefonar para a mãe em busca de resposta. — ... Queria saber o que eu devo fazer com os frutos das roseiras-bravas.

Há alguns segundos de silêncio antes que Eleanor volte a falar.

— As roseiras? — ela responde desconfiada. — Você quer saber o que fazer com os frutos das roseiras?

— Pois é... Eu não consigo me lembrar se tenho que limpá-los primeiro ou fervê-los com as sementes e tudo.

— Está telefonando para a sua velha mãe para perguntar isso em vez de procurar na internet?

A voz do outro lado da linha demonstra tanto espanto irônico que, por um segundo, Karen se arrepende de ter telefonado. Horrorizada, ela percebe que está involuntariamente retomando o seu tom de voz de adolescente magoada.

— Tá bom, então *me desculpe* por telefonar, nossa...

Isso faz Eleanor Eiken — que está distante de afazeres domésticos desse tipo há muitos e muitos anos — rir vivamente. Então ela limpa a garganta e continua, com um tom de voz mais maternal:

— Você pode fazer as duas coisas, mas se não os limpar vai ter que filtrá-los depois, é claro. Use o coador chinois que está pendurado na porta da despensa. Aquele que não cabe nas gavetas.

— Entendi, obrigada, mas como vão as coisas por aí, de resto? Tudo bem com você e o... Harry? Novidades?

Karen agradece aos céus por ter conseguido se lembrar do nome dele. Não havia sido apresentada a ele ainda, mas é provavelmente apenas uma questão de tempo até que Eleanor apareça em sua porta na companhia do seu novo amigo. Não há dúvida de que sua mãe se apaixonou na velhice; Karen ouvia Eleanor falar de Harry Lampard desde o momento em que ele se mudou para perto dela em Costa del Sol, na Espanha, no ano anterior. Agora os dois parecem passar o tempo todo juntos.

— Desde sábado, você quer dizer? — Eleanor ri. — Não, na verdade não, mas por que você não me conta logo o motivo real de ter me telefonado? Você sabe: uma ovelha conhece o seu carneirinho...

Karen suspira e toma um gole de café.

— Está lembrada de Susanne Smeed?

— Susanne? Claro que me lembro dela. Não é uma pessoa agradável, se quer saber. Não me deixou saudade. Por que pergunta?

— Ela morreu poucos dias atrás.

Eleanor demora alguns instantes para voltar a falar.

— Não acredito nisso. Ela tinha a sua idade.

— Na verdade, era três anos mais nova que eu.

— Mas que coisa terrível... E eu aqui, falando mal da morta. Foi câncer? O pai dela morreu assim, eu acho. Ou... — Eleanor abaixa a voz. — Ou ela cometeu suicídio?

— Por que me pergunta isso?

— Bom, às vezes acontecem coisas desse tipo numa família. A mãe de Susanne era uma mulher bastante ansiosa, e havia rumores de que tinha se matado, mas essa não é uma informação de fonte segura. Os Lindgren nunca fizeram parte da comunidade de fato. Eram gente de fora, sabe como é.

Karen respira fundo.

— Susanne foi assassinada.

Eleanor Eiken não é uma pessoa com tendência ao drama, mas a notícia de Karen a deixa completamente pasma, e a mulher geme como se sentisse dor.

Há um ligeiro tremor na voz de Eleanor quando ela volta a falar:

— Foi o menino Smeed?

Karen não responde nada por alguns segundos. E então pergunta à mãe, com um tom de voz bem casual:

— Por que acha que pode ter sido ele?

— Bem, os dois eram como cão e gato. Todo mundo sabia disso, querendo ou não. Seu pai sempre dizia que não devia ser fácil viver com um Smeed, mas eu lhe digo uma coisa: ser casado com a menina Susanne também não devia ser mamão com açúcar. Havia algo de errado com aquela garota, não me importo de lhe dizer, embora ela esteja morta agora. Eu me arrisco a opinar que Jounas finalmente chegou ao seu limite.

— Eles estavam divorciados fazia quase dez anos.

— É, você está certa; que tolice a minha, mas quem fez isso, então? Vocês sabem?

Karen decide não repreender a mãe por ter fingido que se enganara.

— Ainda não, mas é só uma questão de tempo — ela responde, desejando ter mostrado um pouco mais de confiança na voz. — Estamos investigando a vida da Susanne no momento. Foi por isso que perguntei se você sabia de algo. Você costumava estar por dentro do que acontecia aqui na região.

— Ah, não, querida, eu jamais fui uma fofoqueira — Eleanor diz com recato.

120

— Eu só quis dizer que você morou aqui por muito tempo e conhecia bem os habitantes do lugar. Você deve ter conhecido os pais de Susanne.

— Certo. Bem, todos sabiam quem eles eram, é claro, mas não é o mesmo que conhecê-los. Eles eram diferentes. Eram estrangeiros, como você sabe, e... bem, você sabe como isso funciona.

— Estrangeiros? De onde eles eram?

— Da Suécia, imagine só. Se bem que a mãe de Susanne era a neta de Vetle Gråå; você se lembra dele, não? Não, claro que não, mas com certeza já ouviu falar; ele foi dono de muitas terras. Tanto de florestas quanto de pastoreio. Seja como for, o fato é que eles herdaram a propriedade do velho, então eu acho que eles pertenciam a esse lugar, de certo modo. Se não fosse assim, eles provavelmente não teriam sido aceitos, porque eu nunca soube como eles ganhavam a vida. Pescando ou criando ovelhas é que não era.

— Mas por que eles se mudaram para cá, afinal?

— Minha querida, veja, eles viveram na fazenda Lothorp nos primeiros anos, se não me falha a memória. Não apenas os Lindgren, mas aparentemente outras famílias também se mudaram para cá, em busca de uma nova vida, mas apenas os Lindgren permaneceram.

As palavras dela despertam em Karen lembranças da infância. Rumores sobre a seita Lothorp haviam sobrevivido entre as crianças de Langevik. Fascinada e aterrorizada na mesma medida, Karen havia escutado as histórias das crianças mais velhas sobre o que costumava acontecer naquele lugar: rituais secretos e sacrifícios de crianças a deuses pagãos. E a parte mais apavorante: todos os membros da seita estavam agora mortos e assombravam a cidade.

Como adulta, Karen está, acima de tudo, surpresa. Por que diabos Langevik atrairia pessoas que estivessem à procura de uma nova vida? Por que alguém se mudaria para cá voluntariamente?

— Mas isso tudo aconteceu quando ainda estávamos em Noorö — Eleanor diz. — Na época em que nos mudamos para Langevik, aqueles fazendeiros estranhos já haviam desistido fazia um longo tempo.

É claro, Karen pensa. Embora tenha sempre se considerado uma nativa de Langevik, a verdade não é exatamente essa. Ela havia passado os primeiros anos de vida na costa oeste de Noorö, a região fustigada pelos ventos, onde seu pai nascera. Karen não tem nenhuma lembrança daquele tempo; tudo o que sabe sobre essa época se baseia no que a mãe lhe dissera. Quando Walter Eiken, como filho mais velho, herdou a casa dos avós

121

em Langevik, sua mulher viu uma chance de enfim escapar da odiosa ilha para sempre. Eleanor Eiken, nascida Wood, não se importava de arruinar as mãos limpando peixe ou remendando, noite adentro, redes mastigadas, ainda que fosse filha de um médico de Ravenby, mas ela não conseguia se ajustar à hipócrita mistura de ilegalidade e religiosidade existente em Noorö. Eleanor não era uma criminosa, nem particularmente religiosa também, e não queria que sua filha fosse. Mudar-se para bem longe da família do marido melhoraria consideravelmente sua qualidade de vida. A distância seria benéfica sobretudo para sua relação com a sogra. Até mesmo o tempo, que com frequência era implacável na costa leste de Heimö, não era nada em comparação à costa noroeste de Noorö.

Eleanor havia comunicado ao marido todas essas considerações, com uma advertência: se ele insistisse em permanecer em Noorö, agora que finalmente tinham uma oportunidade de partir, era melhor que ele também começasse a procurar outra esposa. E assim — ou porque Walter Eiken levou a sério o ultimato da esposa, ou porque estava pronto para tentar algo novo — eles se mudaram para Langevik. Era 1972, e Karen tinha três anos. E a comunidade na fazenda Lothorp sobreviveu apenas nas histórias de fantasmas contadas pelas crianças da região.

Em outras palavras, eles haviam esquecido os primeiros anos da vida da família Lindgren em Langevik, mas não havia nada que a sua mãe pudesse lhe contar sobre Susanne?

Como se lesse os pensamentos da filha, Eleanor comenta:

— Para ser sincera, eu realmente já não me lembro mais de como Susanne era na infância. A vila era repleta de crianças, e não tínhamos tempo para prestar atenção nelas, mas os pais dela não eram bem vistos, e eu imagino que isso tenha sido um problema para Susanne. Tenho certeza de que você sabe mais sobre isso do que eu. Afinal de contas, vocês frequentaram a mesma escola.

— Ela era três anos mais nova que eu e morava do outro lado do vilarejo, então as lembranças que tenho dela são bastante vagas. E se avançarmos no tempo? O que você se recorda de Susanne como adulta?

— Não muita coisa, na verdade. Ela foi embora de casa ainda bem jovem e se casou com o rapaz da família Smeed. Eu não cheguei a vê-la durante esses anos, mas ouvi comentários, claro.

— O que as pessoas diziam?

— Que ela havia se casado para se dar bem, naturalmente. Inveja, na maioria das vezes, mas é como costumavam dizer quando eu era jovem: "Casar com gente rica pode acabar custando caro". Bem, talvez devêssemos prestar mais atenção a esses velhos ditados. — Eleanor dá uma risadinha. — Não que Harry seja assim *tão* rico, não é isso o que eu quero dizer. Bem, não que estejamos planejando nos casar também, a propósito...

Karen percebe que a mãe se entrega a uma tagarelice agitada e, no instante seguinte, cai num abrupto silêncio, como se de repente tivesse se dado conta de que seu tom de voz deslumbrado contrastava totalmente com o assunto em questão.

— E tantas coisas aconteceram na época em que ela se divorciou e se mudou... Já tínhamos os nossos próprios problemas para resolver. Bom, você sabe disso melhor do que qualquer um — Eleanor acrescenta.

Sim, Karen sabe bem demais.

24

QUANDO TODOS TOMAM SEUS LUGARES NA SALA DE CONFERÊNCIAS mais uma vez, o clima geral é sombrio.

Falando com a mulher de Johannisen por telefone na noite anterior, Karen foi informada de que não havia sido um ataque cardíaco, mas um caso grave de angina. Os médicos haviam recomendado repouso e medicação. Ele já está se sentindo relativamente bem, segundo a esposa. O caso é semelhante ao de Harald Steen, mas Johannisen deve ser pelo menos vinte anos mais novo.

Uma hora e meia antes, quando Karen deixou Viggo Haugen ciente sobre o caso grave de saúde e a licença médica de Johannisen, ele tratou de parecer ainda mais incomodado do que o habitual.

— Esse momento não poderia ser pior para que uma coisa dessas acontecesse, mas posso remanejar pessoal de outros locais.

— Obrigada, eu aceitaria se fosse necessário; mas, nas atuais circunstâncias, não seria muito útil ter um monte de gente correndo de um lado para o outro.

Ela havia se preparado para resistir às tentativas dele de convencê-la a expandir o grupo. Contudo, a resposta sossegada de Haugen a surpreendeu.

— Bem, você é a encarregada da investigação — ele disse. — Você decide, Eiken.

A explicação para isso veio quinze minutos depois, quando o diretor de mídia Johan Stolt apareceu no departamento procurando por ela. Aparentemente, a coletiva de imprensa tinha sido uma experiência decepcionante para todos os envolvidos. Depois da apresentação inicial dos fatos, num resumo rápido, e de uma porção de perguntas que Viggo não foi capaz de responder, não houve nenhum interesse dos jornalistas em conversar com o chefe de polícia. Como se não bastasse isso, eles se queixaram com exasperação a respeito de não haver nenhum agente envolvido diretamente no caso para falar com eles. Os representantes de várias agências de notícias acabaram deixando o auditório visivelmente insatisfeitos, queixando-se com veemência, arremessando seus crachás de visitante sobre o balcão da recepção. Um simples comunicado à imprensa teria sido mais útil.

— Karen, é melhor você começar a se preparar para ter algum nível de contato com a mídia — Johan Stolt dissera a ela, com ar resignado.

Ela havia olhado para Johan com expressão cética, não apenas porque a roupa que ele havia escolhido era um paletó de tweed quadriculado com duas fileiras de botões.

— Eu? Mas o Haugen foi bem claro quanto a isso, não deixou a menor dúvida de que eu não falaria com a imprensa em hipótese nenhuma.

— É, mas ele mudou de ideia. Eu é que vou ter que arcar com a maior parte desse problema, por isso vamos ficar em contato constante para decidirmos quais informações poderemos divulgar, mas, se marcarmos outra coletiva de imprensa, vamos precisar de você. Tem algum treinamento para lidar com a mídia?

Karen percebe que, por algum tempo, o chefe de polícia ia se afastar para lamber as feridas depois da sua caótica coletiva de imprensa. Mesmo assim, é um movimento temporário. *Ele vai me tirar do caso. Senão esclarecermos isso depressa, Viggo Haugen vai colocar outra pessoa para comandar essa investigação e fazer de mim um bode expiatório*, Karen conclui.

Ela para na porta da sala de conferências e olha ao redor da mesa onde a sua equipe e o diretor de mídia já a aguardam, sentados em seus lugares. Ela hesita por alguns instantes, e então caminha até a cadeira que havia escolhido no dia anterior e naquela manhã.

Minha investigação, minha responsabilidade, ela diz a si mesma, sentando-se à cabeceira da mesa.

— Estão todos aqui? — pergunta, correndo os olhos pelo grupo. — Cornelis, pode fechar a porta, por favor?

Cornelis Loots fecha a porta e depois se senta ao lado de Astrid Nielsen. Ambos observam Karen com toda a atenção, enquanto Karl Björken se ocupa com canecas e cafeteiras. Há um prato de sanduíches secos na mesa hoje, mais uma vez. Presunto cozido e pimentões dessa vez, ela repara, sentindo calafrios ao ver Karl despejar café aguado em sua caneca.

Karen rapidamente relata o que a esposa de Evald Johannisen lhe contou, e torce para não transparecer em seu rosto o alívio que está sentindo por não ter de lidar com ele durante o curso das investigações.

— É claro que vou ficar em contato com a esposa de Johannisen; ela prometeu me manter a par da situação, mas ele não vai ser operado até amanhã, a menos que aconteça algum imprevisto.

— Talvez devêssemos mandar flores — Astrid Nielsen sugere.

Droga, por que Karen não teve essa ideia antes?

— Ótima ideia. Essa vai ser a primeira tarefa do Björn Lange — Karen diz depressa e faz um aceno de cabeça para Cornelis, que toma nota, obediente. — Certifique-se de que ele compre algo de bom tamanho e traga um cartão que todos possamos assinar.

Então ela se volta para Johan Stolt. Eles haviam combinado que ele participaria da reunião de hoje, mas depois disso só compareceria se houvesse necessidade; por exemplo, se um grande avanço acontecesse.

— Algo sobre a coletiva de imprensa que você precise contar ao grupo? — ela pergunta.

— Nada de relevante. O chefe de polícia informou os pontos básicos, que eram praticamente tudo aquilo que deveríamos dizer. A imprensa nos fez as perguntas inevitáveis: como aconteceu o crime, que arma foi usada... Se Jounas Smeed é considerado um suspeito, se há outros suspeitos...

— E o que vocês responderam? — Karl Björken indaga.

Johan suspira resignado e sorri.

— Infelizmente, não pudemos falar dessas questões, por razões técnicas, claro, mas isso não vai impedir que os jornalistas procurem obter respostas por outros meios. Tentei contato com o Smeed o dia inteiro para saber se ele foi procurado por jornalistas, mas não consegui falar com ele. Talvez devêssemos avisar a filha também, se é que isso já não foi feito,

125

mas precisamos agir com cuidado lá fora — Stolt acrescenta. — Não podemos passar a impressão de que estamos tentando obstruir ou silenciar pessoas que não trabalham para a polícia.

— Já falei com o Jounas, e ele sabe o que está acontecendo — Karen diz. — Mas eu não avisei a filha dele sobre a mídia, embora a garota não pareça ser do tipo que fala muito. Eu não a vejo concedendo uma entrevista longa e cheia de detalhes.

— Ela pode precisar de dinheiro...

— Sim, e não podemos detê-la, mas talvez devêssemos avisá-la, para o próprio bem dela, assim ela não será apanhada de surpresa. Há sempre o risco de que vigiem o prédio dela, se estiverem desesperados o suficiente. Você se importaria de dar uma ligada para ela, Karl? Assim que terminarmos aqui, se possível?

Ele faz que sim com a cabeça.

— Certo, vamos então passar a outro assunto. Como Evald não está aqui, talvez você possa nos contar os detalhes da sua visita à... — Karen consulta suas anotações — ... Casa de Repouso Solgården — ela diz, e se volta para Astrid Nielsen.

Astrid Nielsen faz um relato seguro do encontro que ela e Evald Johannisen tiveram com a gerente do Solgården, Gunilla Moen, que lhes contou que Susanne Smeed havia trabalhado na Casa de Repouso por quatro anos como assistente administrativa, realizando tarefas tais como pagar salários e cuidar de faturas. Até onde Gunilla Moen sabia, Susanne tinha trabalhado como secretária para uma firma de arquitetura antes de trabalhar na Solgården, mas foi despedida quando a empresa se mudou para o Reino Unido. Porém, Gunilla Moen não tinha cem por cento de certeza disso, pois ela trabalhava na Solgården fazia pouco mais de um ano, e havia "herdado" Susanne Smeed, nas palavras dela.

— Evald e eu tivemos uma forte impressão de que Gunilla não gostava da Susanne, mas foi impossível extrair dela qualquer informação abertamente negativa — Astrid diz. — Mas ela ficou chocada ao tomar conhecimento do que aconteceu com a Susanne, claro, então foi difícil conseguir que nos dissesse algo de útil.

— Vocês falaram com mais alguém além de Gunilla Moen?

— Sim, conversamos com alguns dos cuidadores, mas eles não pareceram ter muito contato direto com Susanne. Pelo visto, ela era bem reservada; alguém até sugeriu que ela se achava "superior" aos outros funcionários e que rejeitava a ideia de socializar com os colegas. Por outro lado, nada sugeria que ela tivesse se socializado com Gunilla Moen ou com algum outro membro da administração.

Vamos ter que voltar a visitar essa casa de repouso, Karen pondera. Alguém com quem Susanne trabalhava deve ter algo a dizer sobre ela. Astrid lhes havia entregado todos os fatos; tudo, desde o histórico de trabalho até as licenças por motivo de saúde, mas as impressões de Johannisen sobre a visita ao lugar teriam sido valiosas. *Ele pode ser um cretino, mas também é um detetive experiente e uma raposa velha*, Karen considera, e agradece a Astrid. Em seguida, ela se volta para Cornelis Loots:

— Alguma coisa sobre os peritos forenses?

— Parece que Harald Steen tinha razão a respeito do carro. O motor de arranque estava em péssimo estado, então é bem possível que Harald e a cuidadora tenham mesmo ouvido o carro de Susanne Smeed.

— Tudo bem — Karl diz. — Então Susanne foi morta em algum momento entre cerca de oito e quinze da manhã, quando você, Karen, passou de carro e a viu, e poucos minutos antes das dez, quando o velho Steen ouviu o carro de Susanne saindo.

— Isso bate com a estimativa do Brodal — Karen confirma. — Mais alguma coisa?

Ela se volta mais uma vez para Cornelis Loots, que consulta rapidamente suas anotações antes de responder.

— Sim, há mais coisas na verdade. Não encontramos um computador, mas achamos uma embalagem e um recibo de *laptop*, um HP, comprado há pouco mais de três anos. Isso pode indicar que o criminoso o roubou, embora um computador de três anos já seja considerado velho nos dias de hoje.

— Talvez ele não tenha percebido que o aparelho era velho — Astrid sugere.

— Ainda não encontraram um celular?

— Não, mas havia um carregador da Samsung na mesa do corredor. E aqui está a melhor parte: por meio de triangulação, eles conseguiram localizar sinais do telefone de trabalho de Susanne Smeed num lugar ao norte de Moerbeck. Acabei de receber essa informação.

Cornelis olha a sua volta na mesa, esperançoso, mas só vê semblantes indiferentes.

— Você é de Noorö, não é? — Karl Björken pergunta a Cornelis.

— Sou... — ele admite com hesitação, como se a resposta pudesse colocá-lo numa encrenca.

— Há uma grande pedreira a um ou dois quilômetros ao norte de Moerbeck — Karen explica. — Uma pedreira funda e cheia de água — ela acrescenta.

— Além disso, mesmo que consigam pescar o aparelho antes que ele não sirva para mais nada, eu não sei se poderemos extrair alguma coisa dele — Karl observa.

— Mas podemos solicitar a lista de chamadas à operadora, certo? — Astrid diz.

Cornelis faz que sim com a cabeça.

— O promotor público já requisitou essa lista, e a TelAB está trabalhando nisso.

— Vamos ter que ficar no pé deles — Karen diz. — Alguém tem mais alguma coisa a acrescentar?

Todos balançam a cabeça indicando que não.

— Tudo bem, então vamos encerrar por aqui. Amanhã de manhã, às oito, vou ter uma pequena reunião com Viggo Haugen e Dineke Vegen, mas não deve levar mais de meia hora. Nos encontraremos novamente aqui amanhã às oito e meia. E me telefonem se aparecer alguma coisa antes disso.

25

A ESCURIDÃO É TOTAL; HÁ FARÓIS DE CARROS PASSANDO POR todos os lados no grande estacionamento em busca de vagas livres. A temperatura despencou ao longo do dia, e o calor quase de verão foi substituído por uma garoa fria e constante. Apanhados de surpresa, moradores da ilha que tinham passado o dia tiritando dentro de roupas leves inapropriadas correram para casa a fim de vasculhar seus sótãos e porões em busca de casacos e chapéus.

Para além das fileiras de carros se elevam os blocos de prédios do Shopping Grenå, que abriga dois hipermercados concorrentes, uma grande loja de utilidades domésticas e decoração, lojas de móveis, lojas de produtos agrícolas e grandes lojas de roupas. E ali dentro também se encontra

o motivo que trouxe Karen ao shopping nesse fim de tarde de estacionamento lotado.

Depois de duas vagarosas voltas no estacionamento, Karen finalmente vê um Nissan saindo de ré de uma vaga. Com uma habilidade que muito provavelmente o outro motorista vê como pura falta de cortesia, ela
manobra para chegar à vaga desejada, pisando no freio e dando marcha à
ré por quase cinco metros. Ao mesmo tempo temerosa e sedenta por sangue, Karen Eiken Hornby avança a passos largos na direção do prédio ilu-
minado mais distante.

Meia hora mais tarde, Karen está de volta ao seu carro. Ela levanta
uma caixa grande, coloca na carroceria da Ford Ranger e fecha a porta
com um estrondo. Tremendo de frio, ela entra no veículo e deixa escapar
um suspiro profundo. Voltar para casa vai ser uma tarefa complicada com
esse tempo. A visibilidade é quase zero. E assim que deixar a estrada, ela
não vai conseguir evitar os buracos.

Essa é toda a desculpa de que Karen precisa; ela estende a mão na direção do porta-luvas. A porta está dura; ela a atinge com a base da mão,
num golpe ágil, abre-a e percebe que ainda está lá, como ela se lembrava:
um maço fechado de cigarros, que ela se esqueceu de jogar fora. Foi na
sexta-feira que o comprou? Parecia que o tinha comprado há séculos.

Com uma pontada de culpa, que ela logo supera sem muito esforço,
Karen se inclina para trás no assento e inala a fumaça. Sentada ali, imóvel na escuridão por uns minutos, ela fica observando motoristas indo e
vindo com os faróis ligados à procura de um lugar para estacionar. Um
mendigo caminha pelas proximidades, tremendo de frio, oferecendo-se
para levar de volta os carrinhos de compras das pessoas em troca de algumas moedas, com as quais depois ele vai comprar mais cerveja. A maioria
dos clientes que tinha acabado de colocar as compras no carro parecia satisfeita por não ter que levar os carrinhos de volta.

Antes de deixar o estacionamento, ela vê pelo espelho retrovisor o
topo da grande caixa na carroceria do veículo. Viggo Haugen provavelmente vai ter um chilique quando a fatura chegar, mas Karen está disposta a encarar essa briga.

26

QUARENTA E CINCO MINUTOS DEPOIS, KAREN É RECEBIDA POR uma combinação familiar de entusiasmo, vozes baixas e um leve cheiro de mofo quando abre a porta do *Corvo e Lebre*. O único pub que resta em Langevik está menos cheio que o usual. Apenas cerca de vinte clientes estão sentados às mesas, mas o suporte principal do estabelecimento está no balcão, lado a lado como sempre; de acordo com a própria estimativa deles, são os três que garantem, como clientes regulares, a margem de lucro que mantém o *Corvo e Lebre* funcionando. As três costas familiares pertencem a Egil Jenssen, Jaap Kloes e Odd Marklund, cujos traseiros, agora volumosos, cobrem boa parte de seus banquinhos. Os três nasceram e cresceram na vila, e os três já estiveram envolvidos um dia com a indústria da pesca: Jenssen e Kloes como pescadores de bacalhau, e Marklund como gerente da fábrica Loke, onde ele supervisionava o trabalho de descascar e embalar camarões.

Karen hesita por um instante antes de ir até o balcão. No momento em que se senta ao lado dos homens idosos, sabe que vai ser forçada a ouvir todo tipo de reclamação: que a vila está ao deus-dará e que vai de mal a pior, que mais um estabelecimento comercial fechou, que os engomadinhos de Dunker invadiram a cidade; isso sem mencionar os habituais delírios de Marklund sobre o terrível golpe sofrido pela fábrica Loke e o fato cruel de que agora o camarão era enviado à Letônia, à Polônia e à Tunísia para ser descascado e colocado em conserva. Por outro lado, esses três cavalheiros resmungões representam uma fonte inesgotável de informações sobre tudo e sobre todos e, pela primeira vez, Karen vai recorrer à rede de fofocas da vila.

— Olá, Arild — ela diz, dando um tapa no balcão. — Novidades no cardápio de hoje?

Diante da caixa registradora, Arild Rasmussen olha para Karen com a cara amarrada. Ele certamente não aprecia alusões à escassa variedade do seu pub. Hoje em dia, os bares em Dunker servem todos os tipos de cerveja, mas isso não impressiona Rasmussen. O recente fenômeno da expansão explosiva das pequenas cervejarias e das microcervejarias locais pode sem dúvida ter sido ignorado completamente pelo *Corvo e Lebre*, mas os produtos oferecidos no pub refletem a demografia escandinava,

130

britânica e holandesa de Doggerland, e Rasmussen acredita que seja suficiente. Os clientes do *Corvo e Lebre* podem escolher entre Carlsberg, Heineken e Spitfire. Ou Bishop's Finger — quando a casa não tem Spitfire para vender. Os raros clientes que preferem vinho podem escolher entre vinho branco e vinho tinto. Essas opções são apresentadas por Arild Rasmussen de uma maneira tão ríspida e rápida que qualquer intenção de fazer perguntas inconvenientes sobre o país de origem ou safra do vinho é fatalmente eliminada pela raiz. Por outro lado, não vem muita gente ao *Corvo e Lebre* para beber vinho ou para comer, embora Arild Rasmussen seja perfeitamente capaz de providenciar um bom ensopado de cordeiro.

A receita do ensopado é de sua mulher, Reidun, conhecida por seu jeito próprio de combinar doces melodias sentimentais com blasfêmias maliciosas, e que podia ser ouvida da cozinha até oito anos atrás. Os Rasmussen brigaram sem parar durante os trinta e dois anos em que serviram ensopado de cordeiro e chope no *Corvo e Lebre*; algumas vezes as discussões eram tão ferozes que ataques verbais de "sua porca desgraçada" e "bode velho imprestável", por exemplo, ultrapassavam os limites da cozinha e chegavam aos ouvidos dos clientes, que ficavam se mexendo nervosos nos assentos, olhando para o relógio.

Ainda assim, os frequentadores recearam que Arild não conseguisse dar conta do seu negócio sozinho, depois que Reidun sofreu um derrame num adorável dia de maio. Será que o último pub na vila iria terminar da mesma maneira que o Âncora, o pub do cais, que havia sido fechado?

Depois do derrame de Reidun, o *Corvo e Lebre* ficou fechado por onze dias. Certa manhã, porém, Arild resolveu reabrir as portas e recomeçar de onde havia parado. O menu era menos ambicioso; além de ensopado de cordeiro, consistia principalmente de croquetes de peixe pré-cozidos com ervilha e purê de batata e hambúrgueres pré-cozidos com batata frita. Dizem que Reidun ainda grita ordens do seu quarto no apartamento em cima do *Corvo e Lebre*, onde ela e Arild moram, mas ninguém tem certeza disso.

De qualquer modo, as torneiras dos barris no *Corvo e Lebre* estão sempre limpas, e o preço de um chope ainda é um xelim mais barato que em Dunker.

Agora, Arild pega um copo de chope e fita Karen com as sobrancelhas erguidas.

— O de sempre? — ele pergunta, colocando a mão na torneira da Spitfire.

Karen faz um aceno positivo com a cabeça. Em vez de levar o copo até o seu lugar favorito nos fundos, perto da lareira, ela puxa um banquinho e pendura a bolsa em um dos ganchos sob o balcão. Arild Rasmussen coloca diante de Karen um descanso de copo e, em cima, o chope. Karen agradece com um largo sorriso. Há apenas duas maneiras de fazer Arild Rasmussen falar: bajulando-o ou fazendo-o beber uns copos.

— Nossa, você andou caprichando aqui — ela diz, apontando para as mesas, que estão decoradas com caminhos de mesa e suportes para velas aromáticas.

— Você percebeu, não é? — Rasmussen resmunga. — Comprei algumas coisas novas para o Festival da Ostra — ele acrescenta, tentando disfarçar um sorriso de satisfação.

— Parece mesmo legal, bem elegante e apropriado — Karen diz, inalando um pouco da espuma em seu copo.

Os três clientes regulares estão ouvindo a breve conversa deles com curiosidade mal disfarçada. Jaap Kloes se dirige a Karen:

— Ei, que honra, uma visita da polícia! Quero dizer, a versão da polícia com saias.

Karen nota que, como sempre, Kloes concentra vários insultos em uma frase, mas ela não se ofende; aqui as pessoas costumam se sentir melhores diminuindo os outros — é uma tradição. E quando você percebe o jogo, vê que realmente não existe muita malícia ali.

— Bem, na verdade eu sou inspetora-detetive já faz alguns anos — ela diz, sorrindo com pesar. — Mas compreendo que é difícil para você lidar com todas essas mudanças, velhote; primeiro as mulheres começam a votar e agora viram policiais e até mesmo detetives! Aonde é que esse mundo vai parar?

Kloes resmunga alguma coisa ininteligível e se volta rapidamente para o seu copo, enquanto os outros homens riem dele sem piedade.

— Eiken um, Kloes zero — Odd Marklund diz. — Você está em ótima forma esta noite, minha jovem Karen.

— Não se anime, eu não vou ficar por muito tempo — ela responde. — Só vim para um ou dois chopes e um pouco de fofoca. Vocês não se importariam de me ajudar, não é?

— Quer falar sobre a moça Smeed, é isso?

Karen faz que sim com a cabeça e bebe mais um gole. Então ela remove a espuma do lábio superior com as costas da mão.

— Bem, o que vocês podem me contar sobre Susanne? Quero saber tudo.

Cerca de meia hora mais tarde, os quatro homens no balcão tinham dado uma considerável contribuição ao caso. Os três clientes regulares e o proprietário do pub foram unânimes em suas declarações: Susanne era uma infeliz mal-humorada e amarga, com uma habilidade especial para aborrecer qualquer pessoa que estivesse perto dela. Embora Karen não esteja muito satisfeita com o tom condescendente e crítico nos relatos, ela tem de admitir que o quadro que eles pintaram confirma suas próprias impressões.

E talvez Susanne também tenha sido assim na infância e também na adolescência; Karen não tinha nada senão uma lembrança nebulosa e muito vaga da Susanne daquela época. Embora Karen e Susanne tenham crescido a apenas um ou dois quilômetros uma da outra, a distância entre as duas era enorme e, por algum motivo, não havia diminuído com a idade. Elas se conheciam por nome, se cumprimentavam e até trocavam algumas rápidas palavras quando, já adultas, se encontravam casualmente; mas não passava disso. Até aquela ocasião, quatro anos atrás.

Pouco tempo depois que Jounas foi nomeado chefe do DIC, Karen e Susanne acabaram se encontrando numa fila, em um viveiro de plantas, certo dia no começo de abril. A fila avançava centímetro por centímetro, a passos de tartaruga, e em tal situação é impossível não trocar ao menos algumas palavras. Com as mãos firmemente agarradas a um carrinho cheio de tilápias, Susanne respondia com monossílabos sempre que Karen tentava puxar assunto. E então, depois de um longo e embaraçoso silêncio, Susanne disse:

— Você deveria tomar cuidado, Karen. Jounas sempre persegue mulheres que... Bem, mulheres como você.

Então ela virou seu carrinho, disse que havia se esquecido de alguma coisa, pediu licença e se afastou caminhando por entre as prateleiras de mudas e terra para vasos. Karen pagou suas compras e voltou para casa com duas ameixeiras e uma perturbadora sensação de que sabia a que tipo de mulheres Susanne havia se referido.

Na opinião unânime dos homens que retrataram Susanne Smeed no *Corvo e Lebre* esta noite, Susanne era uma "coisinha linda", mas era também irascível, mal-humorada e amarga, e com o passar dos anos se tornou uma pária.

— Ela reclamava de absolutamente tudo — Jaap Kloes diz. — Dos ônibus lentos, das lombadas perto da escola, dos filhos dos vizinhos. E, de acordo com a minha patroa, ela não era diferente no trabalho; ninguém suportava ficar perto dela, nem os cuidadores nem o pessoal da administração. A única coisa que pode ser dita em defesa dela, acho, é que tratava todo mundo mal da mesma maneira. Aquela mulher era uma vadia bem desagradável, com o perdão da palavra.

— Veja, por exemplo, a merda que ela aprontou no caso dos moinhos de vento — Egil Jenssen acrescenta. — Todos obviamente fomos contra esses moinhos no começo, mas depois de algum tempo acabamos aceitando o fato de que nada poderia ser feito.

Sobretudo as pessoas regiamente indenizadas por suas terras e que receberam uma pequena fortuna, Karen pensa, mas não diz nada.

— Acho que a Susanne ficou furiosa quando construíram aquelas turbinas — Kloes continua. — A propriedade dela ficava bem ao lado, mas ela não podia deixar quieto de jeito nenhum! Reclamava sem parar, mandava cartas para os jornais e para a prefeitura. O que ela esperava? Que eles pusessem abaixo aquelas malditas coisas depois que foram construídas? Só porque a irritavam?

— Coisa trágica, na verdade. Uma mulher sozinha travando uma guerra contra proprietários de terras e uma empresa de energia; ela não tinha a menor chance — Odd Marklund diz, balançando a cabeça devagar.

Diferente de Jenssen e Kloes, Marklund mostra um resquício de piedade na voz quando fala sobre Susanne. Isso não é surpresa para Karen. Odd Marklund era um homem comprovadamente corajoso e que pensava no próximo; isso ficou evidente para Karen quando ela conquistou seu primeiro trabalho temporário limpando camarões na fábrica Loke, onde Odd era gerente. Diferente dos gerentes de turno fanáticos que descontavam do pagamento dos trabalhadores qualquer descuido, por menor que fosse, Odd Marklund tratava os funcionários com respeito e não tinha o hábito de puni-los por qualquer bagatela.

Por isso, Karen não se espantou quando soube que Marklund tinha sido demitido pela empresa de pesca, uma gigante do ramo, alguns anos depois. Investidores noruegueses haviam exigido que a fábrica de

Dogger sofresse modificações para se tornar mais eficiente; qualquer parte do processo que não fosse operada por uma máquina era uma ameaça às margens de lucro. Assim, aos 56 anos, Odd Marklund havia se tornado descartável.

Ele conhece muito bem o significado de lutar contra algo maior e infinitamente mais forte, Karen reflete. Quem poderia estar em melhor posição para se identificar com a inútil batalha de Susanne Smeed contra a empresa de energia eólica Pegasus?

E Susanne não havia sido a única a opor resistência; lutas igualmente inflamadas tinham sido uma constante nos últimos anos. Antes de se arrastar por longos anos e por fim se exaurir, foi extremamente encarniçado o debate que resultou na decisão do parlamento, vinte anos antes, de proteger a economia de Doggerland e assegurar o futuro crescimento das ilhas, permitindo uma forte expansão da energia eólica e a exportação de eletricidade para o norte da Europa.

Com o passar dos anos, toda a resistência, os protestos e os impedimentos se dissiparam porque os donos de terra mais poderosos viram suas contas bancárias crescerem quando receberam a compensação pelo uso da terra.

Susanne Smeed tinha sem dúvida uma opinião diferente, Karen conclui em pensamento, e com um aceno de cabeça indica a Arild Rasmussen que quer mais chope. Pelo visto, Susanne havia literalmente lutado contra os moinhos de vento. E, no entanto, julgando pelo que acabam de informar a Karen, ela nem mesmo era dona de terra nenhuma.

— Você então está me dizendo que ela estava em conflito com os proprietários de terra? Eu pensei que a família da Susanne fosse dona de terras que chegavam até a montanha.

— Sim, isso e muito mais. Eram donos da montanha inteira, mais uma parte considerável da floresta do outro lado — Arild responde. — E tudo isso teria sido dela se o pai não tivesse vendido. Per Lindgren acabou vendendo cada pedaço de terra que herdou da mulher, hectare por hectare.

Arild enxuga o lado de fora do copo com uma toalha verde e o coloca diante de Karen.

— Na verdade, ele começou a vender antes mesmo de herdar, quando a mulher dele ainda estava viva — Aril continua. — Acho que foi assim que eles fundaram a comunidade, ou sei lá como chamaram aquilo. De qualquer maneira, era uma gente bem estranha, morando na velha fazenda dos Gråå.

Karen se recorda do que a sua mãe lhe havia contado, e das histórias que ouvira quando criança sobre a fazenda Lothorp.

— Aqueles malucos só ficaram por cerca de um ano, e depois se dispersaram — Egil Jenssen comenta. — Mas os Lindgren permaneceram e venderam sua terra em vez de arranjar um trabalho honesto. Faziam pinturas que ninguém queria comprar, isso era tudo o que os Lindgren faziam, até o amargo fim. Deus sabe o que a mulher dele e a pequena Susanne tiveram de suportar. Eles não tinham renda e de algum modo precisavam pagar para ter comida e roupas; então foi por causa disso, eu suponho, que leiloaram os bens da família, até não restar mais nada.

— Eu mesmo comprei uma faixa de floresta, adjacente à minha propriedade. Deve ter sido em 1974, ou mais provavelmente 1975, se bem me lembro. Um excelente negócio, não posso negar.

Animado com as lembranças do passado e as fofocas, Jaap Kloes sorri com vontade, de orelha a orelha, ergue seu copo para brindar com os demais e saboreia sua bebida sem pressa, mas ávido, como um bebê mamando.

— Suecos doidos — Kloes continua, depois de colocar o copo na mesa e enxugar a boca. — Lembram quando eles compraram gansos? Achavam que os animais podiam ficar andando por aí livres, dia e noite. Pois as raposas pegaram todos, um por um, antes do pôr do sol, mas é como costumam dizer: você pode temperar com bretões, frísios e flamengos...

— ... a sopa de Dogger ainda vai feder a escandinavos — Karen completa, com um sorriso cansado.

Jaap Kloes ri, deliciado.

— Bom, acho que aquela comunidade tinha ingleses e holandeses — Egil Jenssen diz, e se volta para Karen. — É uma surpresa para mim que eles tenham permanecido durante todo esse tempo. O seu pai apostou cem xelins que a comunidade inteira iria desistir antes do primeiro inverno. Era um dinheirão na época.

— Meu pai? Como assim?

— Não só o seu pai. Eles fizeram uma lista de apostas lá no Âncora. Harald Steen foi o agenciador, e houve muita discussão a respeito da maneira como o dinheiro seria distribuído; e então os Lindgren ficaram e os outros foram embora. Em que ano isso aconteceu? Em 1969?

— Em 1970 — Kloe diz. — O mesmo ano que meu filho mais novo nasceu. Eu me lembro de quando eles chegaram com seus gorros de lã peruanos, com toda aquela conversa sobre agricultura orgânica e de viver do que a terra dava e outras baboseiras do tipo. Eles diziam que iriam compartilhar tudo.

— A sra. Lindgren quase deixou a minha mulher doida com os discursos sobre produtos livres de pesticidas, corantes à base de plantas e Deus sabe mais o quê — Jensen diz. — Provavelmente fumava um haxixezinho de vez em quando, também, eu aposto. Não, eu nunca entendi o que eles queriam aqui.

— Foi a onda verde — Odd Marklund opina. — Muita gente veio para cá durante esses anos. Foram para Frisel, muitos deles. Aquele papo de retorno à natureza ou coisa assim. Sei de fazendeiros da região que arrancaram uma boa grana desse pessoal; vendiam para eles um pedaço de terra de qualidade inferior colocando o preço lá em cima, e recompravam todo o lote depois por um preço baixo, quando a vida no campo se tornava difícil. Eles não conseguiam viver do que tentavam plantar.

— Bem, os Lindgren certamente não precisavam comprar terra. A esposa, Anne-Marie, acho que o nome dela era esse, herdou a propriedade do velho Grââ, que era o seu avô; então era tudo dela, ainda que ela nunca tenha colocado os pés na ilha antes de herdar a propriedade, até onde me lembro. Vetle Grââ... como era sovina aquele velho desgraçado. Você se lembra dele, Karen? Tão curvado que mais parecia uma foice, mas fazia ele mesmo a ronda em toda a propriedade até o dia em que morreu. Tinha dois filhos; um morreu de tanto beber, e o outro se casou com uma sueca, então não admira que o velho Grââ fosse tão mal-humorado — Jaap Kloes diz.

— E o pai da Anne-Marie? O que aconteceu com ele? — Karen pergunta.

— Não foi ele que caiu de um andaime num canteiro de obras em Malmö e morreu? — Odd Marklund diz, e recebe acenos de cabeça triunfantes.

— Isso. Aconteceu mesmo, apesar de todas aquelas leis impressionantes de segurança no trabalho que existem por lá. Depois disso, o velho Vetle não tinha tempo para os nossos irmãos no leste, embora fosse escandinavo.

Karen balança a cabeça, satisfeita. Claro que já tinha ouvido falar de Vetle Grââ. Sua mãe tinha razão quando disse que o nome de Vetle havia sobrevivido a ele, mas Karen nunca havia prestado atenção em nenhuma dessas histórias, não tinha interesse em saber quem era dono de que terra, ou quem havia passado a perna em quem na interminável série de heranças, leilões de emergência e negócios que seus pais discutiam na mesa da cozinha. Porém, todas as pessoas na vila, fossem jovens ou velhos, já tinham ouvido falar no quão extensas eram as propriedades do tal velho Gråå.

— Então a mãe de Susanne era neta de Vetle Gråå — Karen diz, com ar pensativo. — E você está me dizendo que a única coisa que restou para Susanne herdar foi a casa.

— Tudo o que restou da propriedade de Gråå foi a velha casa de pedra onde Susanne morava, a casa para a qual os Lindgren se mudaram depois que a comunidade se desmanchou. Foi quando eles venderam a fazenda em Lothorp e a terra em volta. E tudo mais que tenha sobrado, extensões de terra que se estendiam ininterruptamente até Kvattle e a floresta, foi vendido aos poucos por Per Lindgren ao longo dos anos; quando ele bateu as botas, já não restava nem um tufo de grama sequer.

— Aquela comunidade — Karen diz, especulando. — Qual o tamanho dela? Quero dizer, quantas pessoas viviam ali?

— Bom, eu nunca dei as caras por lá pra fazer uma contagem — Egil Jenssen responde. — Os Lindgren moravam lá, é claro, e outra família sueca. E uma moça dinamarquesa, pelo que me lembro. Acho que a minha esposa conversou com ela algumas vezes, e me disse que era uma pessoa perfeitamente razoável. Pelo menos bem mais do que o resto deles, minha mulher me disse.

— Eu acho que havia pessoas do Reino Unido também, ou talvez da Irlanda. De qualquer modo, eles costumavam falar em inglês uns com os outros; você devia escutá-los conversando quando vinham para a vila. Não tenho certeza absoluta, mas calculo que eram oito ou dez adultos, e crianças, é claro, mas não sei o nome de nenhum deles... — Odd Marklund se volta para seus companheiros de copo em busca de ajuda, mas eles balançam a cabeça numa negativa.

— As outras mulheres suecas eram uma beleza; disso eu me lembro — Jaap Kloes comenta. — A gente ficava fantasiando sobre as coisas que deviam acontecer lá entre eles quando as luzes se apagavam. Despertava um pouco a nossa curiosidade, sabe, toda aquela conversa sobre amor livre e suecos.

— Fale por si mesmo; eu certamente nunca tive tempo para ir bisbilhotar perto da fazenda Lothorp à noitinha — Arild Rasmussen retruca, e desaparece na cozinha com uma caixa plástica cheia de copos vazios.

Karen avalia os idosos decadentes. Estão falando sobre coisas que aconteceram quase quarenta anos atrás; deviam estar na casa dos trinta anos quando os Lindgren e os outros membros da comunidade chegaram. Provavelmente da mesma faixa etária dos amigos com quem ela conversava agora, mas de mundos bastante diferentes. Para um homem de trinta anos que já havia enfrentado todo tipo de dificuldade após quinze anos pescando no Mar do Norte, pessoas que estavam preparadas para abandonar suas vidas confortáveis a fim de cultivar vegetais numa ilha fustigada pelo vento, no meio do mar, só podiam ter perdido o juízo. Para pessoas que na infância só tiveram fogões a lenha e lâmpadas a querosene, uma existência sem as comodidades modernas não tinha apelo romântico. Não havia motivo aparente para alguém desistir voluntariamente de coisas que outros lutavam tão duro para conseguir. Naquela época, o fluxo migratório predominante tinha o sentido oposto — de Doggerland para outros lugares. Afinal, por que uma pessoa em sã consciência trocaria a moderna Suécia por Doggerland?

Karen não tinha dificuldade para entender por que os habitantes da ilha fantasiavam a respeito dos membros da comunidade. As esposas dos pescadores eram mulheres prematuramente envelhecidas; comparadas a elas, as jovens da comunidade deviam parecer exóticas, para dizer o mínimo. As mulheres da vila provavelmente não haviam demonstrado muito entusiasmo pela ideia de sexo livre nem pela liberdade de andar sem sutiã. Por outro lado, nem mesmo os babões provincianos do Âncora pareciam felizes com a presença dos recém-chegados. Apesar da sua curiosidade, eles pareciam sentir inveja dos membros da comunidade, e também prazer em vê-los sofrer. Mesmo assim, apesar dessa hostilidade, Per e Anne-Marie Lindgren permaneceram lá. A pergunta é: por quê? O que os fez perseverar dessa maneira?

Agora toda a família desapareceu, e ninguém parece chorar a falta de nenhum deles, Karen percebe, sentindo-se incomodada. Ninguém tem nada de bom a dizer deles, nem mesmo de Susanne, que cresceu em Langevik. Como deve ter sido para ela crescer na vila?

— Alguém sabe dizer como funcionava a comunidade? Eles a mantiveram por mais de um ano, no final das contas, vivendo juntos e compartilhando tudo, como vocês disseram. Havia rumores sobre desentendimentos ou brigas entre eles?

Kloes encolhe os ombros, como se tivesse perdido o interesse pelo assunto.

— Bom, eles acabaram se separando, então sem dúvida toda aquela história de amor livre e bobagens orgânicas deve ter sido demais até para eles — Jenssen responde. — Eu não acho que concordaria em compartilhar a minha mulher. Não que alguém a queira — ele acrescenta com uma risada, que em poucos instantes se transforma numa barulhenta crise de tosse.

Odd Marklund põe seu copo no balcão e olha para Karen.

— Naquela época, muita gente estava explorando maneiras diferentes de viver; alguns procuravam algo diferente, outros provavelmente fugiam de alguma coisa. Eles não são os únicos que fugiram para cá e também fugiram daqui ao longo dos anos. Não concorda, Karen?

Ele sabe, ela pensa, e olha para sua mão, pressionada no balcão, examinando as impressões digitais úmidas que deixa na madeira escura.

— Você está se sentindo bem, menina?

Odd Marklund observa-a com expressão de preocupação; ela abre um sorriso tranquilizador.

— Só estou um pouco zonza. Não como nada desde o almoço, então acho que já está mais do que na hora de ir para casa. — Ela se volta para Arild Rasmussen, que acaba de retornar da cozinha. — Uma última pergunta. Você disse algo sobre Susanne não ser mais dona da terra acima da casa dela, o terreno com os moinhos de vento, mas ela ainda estava em conflito com a empresa de energia?

— Bem, acho que esse era o problema. Ela não sabia que a terra havia sido vendida, pensava que ainda fosse a dona. Até que agrimensores e engenheiros apareceram sem ser convidados na terra que ela acreditava ser dela. Foi logo depois que ela se divorciou e se mudou para a casa, então acho que estava um pouco desnorteada. Então o pai dela morreu, e Susanne descobriu que tudo havia sido vendido já fazia um bom tempo.

— Não é de admirar que ela tenha se sentido enganada — Karen diz. — A terra que ela pensava ser dela já havia sido vendida, e agora estava sendo vendida novamente, e quarenta e duas turbinas de vento estavam sendo construídas na vizinhança dela.

— Nisso você está errada — Arild Rasmussen a interrompe. — O proprietário da terra nunca a vendeu. O safado astuto convenceu a Pegasus a assinar um acordo de arrendamento de cinquenta anos, com direito a compartilhamento de lucros e tudo o mais. Mais ou menos como fazer um bolo e comê-lo você mesmo. Só Deus sabe como ele conseguiu.

A voz de Rasmussen parece ao mesmo tempo cheia de admiração e de desprezo. Karen, por sua vez, sente-se bastante incomodada com a má sorte de Susanne Smeed.

— É, esse parece ter sido mesmo um bom negócio — Karen diz sem entusiasmo. — Mas e esse "safado astuto" que você mencionou? Por acaso você sabe quem é?

— É o garoto do Axel Smeed, o Jounas, é claro. Quem mais seria?

27

— **ESPERE, EU VOU AJUDAR VOCÊ!**

— Não precisa, pode deixar, mas agradeço muito se puder segurar a porta para mim.

Cornelis Loots faz o que lhe é pedido, caminhando depressa do elevador até a porta de vidro fosco que dá acesso ao DIC. Sentindo-se absolutamente inútil, ele fica observando enquanto a inspetora-detetive Karen Eiken Hornby passa de lado pela porta, arrastando os pés, com o rosto vermelho e ofegante devido ao peso da enorme caixa que ela está carregando.

— Que merda! — ela resmunga quando sua bolsa a tiracolo escorrega do ombro.

Para tentar ajudar, a única coisa que ocorre a Cornelis Loots é levantar a bolsa e segurá-la enquanto caminha ao lado da chefe, que se move com dificuldade transportando sua pesada carga, inclinada para trás, com os pés bem afastados. Quando ela se volta na direção da cozinha, Cornelis não aguenta mais e resolve agir. Juntos, eles abaixam a enorme caixa e a colocam no chão, sem fazer muito barulho. Agradecida, Karen sorri para Cornelis e esfrega as mãos macias.

— Sorte a minha que você está aqui; eu jamais teria conseguido abrir aquela porta sozinha. Você é bom em coisas técnicas, a propósito? Poderia me ajudar a montar isso antes que os outros cheguem?

Ela desliza a mão no ar num gesto teatral, indicando a caixa; só agora Cornelis se dá conta da imagem do produto no cartão de papel cuchê.

— Putz, isso é um monstro! — ele diz. — Quanto custa uma coisa dessas?

— Nem queira saber — Karen responde, balançando a cabeça. — Mas Haugen disse que nos forneceria todos os recursos de que precisássemos. Ele foi bem claro.

— Acho que ele não estava pensando exatamente na equipe de investigação quando disse isso...

— Não podemos levar adiante essa investigação com esse arremedo pavoroso de café como nosso único combustível. Essa é a minha opinião profissional.

Karen gesticula na direção da cafeteira marrom sobre o balcão. Alguém havia esquentado novamente o jarro de vidro sem lavá-lo; o cheiro azedo do café do dia anterior se espalha pela pequena cozinha.

Vinte minutos depois, Cornelis Loots coloca a chave de fenda no balcão e desdobra as mangas da sua camisa. Ele e Karen contemplam o resultado do trabalho em dupla. Com um misto de espanto e surpresa, ela o observa enquanto ele liga a máquina na tomada. Agora Karen não vai ter de chamar o porteiro, Kofs, e ouvi-lo reclamar que ele não era pago para fazer esse tipo de serviço. Ela dá um passo para a frente, limpa uma impressão digital do cromado reluzente da máquina e, com o dedo indicador, abaixa a haste inclinada da saída de vapor, fazendo-a se estender. *Essa compra vai dar o que falar*, ela pensa.

— Será que uma beleza dessas precisa de café especial?

A fatura deve chegar em trinta dias... Até lá, Smeed deve estar de volta. Karen deixa esse pensamento de lado e abre um sorriso para Cornelis. Então retira da bolsa dois pacotes de café de meio quilo cada. Grãos inteiros de café.

— Você liga esse monstro e eu vou dar um pulo na rua. Tenho uma reunião rápida com a Vegen e o Haugen. Começa em... — Ela consulta o relógio. — Começou faz dois minutos.

28

— ACHO QUE DEVERÍAMOS DESCARTAR O SMEED. NÃO VEJO MOTIVO para que ele não volte ao trabalho.

Viggo Haugen logo disfarça o ligeiro tremor na voz estufando o peito ao terminar a frase. Eles estão reunidos no escritório do promotor público, sentados no conjunto de poltronas numa das extremidades da sala.

Karen suspira discretamente e troca um rápido olhar com Dineke Vegen. Vegen não é boba. Uma curva no canto do seu lábio sinaliza que ela está bem consciente de que as coisas não são tão simples quanto o chefe de polícia quer fazer parecer; porém, as duas sobrancelhas erguidas revelam que ela vai deixar esse embate em particular nas mãos da inspetora-detetive Eiken. Ela ainda não vê razão para interferir e assumir a investigação.

— Eu entendo a sua preocupação — Karen responde, olhando diretamente nos olhos azuis de Haugen. — Claro que seria ótimo se pudéssemos liberar o Jounas nesse exato instante, mas restam ainda muitas perguntas sem resposta.

Viggo Haugen abre a boca para interrompê-la, mas volta a fechá-la quando Karen prossegue com falsa convicção.

— Como você, eu não consigo imaginar Jounas matando Susanne, mas isso não é o suficiente. Ele ainda não tem um álibi para o momento do assassinato, e infelizmente existem algumas circunstâncias que podem ser consideradas incriminadoras. Ele esteve na casa de Susanne seis dias antes do homicídio, segundo informações que ele mesmo forneceu; e o relacionamento entre os dois pode ser descrito como complicado, isso para dizer o mínimo.

— Mas que surpresa há nisso? Essa pista não se sustenta. Se todos os homens que têm um relacionamento "complicado" com suas ex-esposas fossem automaticamente considerados suspeitos... — Viggo Haugen simula aspas com os dedos no ar e vira as mãos com as palmas para cima.

— Karen tem razão. — A voz de Dineke Vegen põe fim à pequena performance dele.

Haugen se cala, com uma expressão de espanto estampada no semblante.

— Quando esse caso vier a público — a promotora prossegue —, podem ter certeza de que será esmiuçado por cada um dos jornalistas desse país; por isso, nada nesse processo pode sugerir que permitimos que a posição de Jounas influenciasse nas investigações. Pelo contrário: temos que nos assegurar de que analisaremos a fundo tudo o que possa ser usado contra ele.

Viggo Haugen pigarreia, tentando ganhar tempo para pensar numa resposta. Diferente de Karen, Dineke Vegen irradia o tipo de autoridade feminina que Viggo de fato respeita. Ela é mais educada e mais elegante, e menos... vadia rabugenta. Ele se volta para a promotora pública e sorri.

— Naturalmente eu não quis dizer que devamos...

— Isso é sobretudo para o bem do Jounas — Karen o interrompe. — A menos que Jounas esteja totalmente livre de qualquer suspeita, voltar vai ser um inferno para ele. E acredite, eu vou fazer tudo o que estiver ao meu alcance para descartá-lo como suspeito — ela acrescenta.

Viggo Haugen responde no mesmo instante, olhando de soslaio para Dineke Vegen.

— Eu sugiro que em vez disso você se concentre em descobrir o verdadeiro assassino. Acho que seria mais útil para Jounas.

— Foi o que eu quis dizer — Karen murmura, tranquila. — Eu não me expressei claramente.

— Bem, essa não é a primeira vez. Seja como for, já me disse o que tinha para dizer, e eu vou avisar o Jounas sobre o que aconteceu assim que terminarmos aqui.

Dineke Vegen ergue as sobrancelhas bem-cuidadas mais uma vez.

— Vou comunicar a ele que a licença continua, foi o que eu quis dizer. Só isso. Tudo bem, está decidido — ele anuncia, e se levanta.

Karen volta os olhos para Dineke Vegen mais uma vez, e recebe como resposta um pequeno e discreto sorriso.

29

LANGEVIK, MAIO DE 1970

— JAMAIS, NEM NOS MEUS SONHOS MAIS LOUCOS, EU IMAGINEI que a gente teria de aguentar esses tipos por aqui. O velho Gråå, coitado, iria se revirar no caixão se pudesse ver o que estão aprontando na fazenda dele.

A mulher no caixa da loja de ferragens bate nas teclas da máquina com firmeza, quase com raiva, registrando o preço de trezentos parafusos para madeira enquanto fala, e então olha para o cliente em busca de aprovação.

Anne-Marie Lindgren está de pé entre estantes cheias de latas de tinta, óleo para tratamento de madeira e querosene. Ela estava se agachando para pegar pincéis, mas se deteve no meio do movimento, e permaneceu curvada, como se estivesse envergonhada.

Será que eles sabem que ela está lá? Será que querem que ela escute alguma coisa ou simplesmente não a viram entrar na loja? Seu rosto fica vermelho; as palavras parecem atingi-la como tapas no rosto.

Ela ouve quando o cliente murmura algo em resposta, e então a voz da operadora de caixa ressoa pelo recinto outra vez.

— Você viu como eles são? A maioria se veste como vagabundos, cabelos longos, vestidos longos. São oitenta xelins. E as criancinhas deles também, eles têm um bando de filhos. Deus sabe como cuidam deles. E para que escola vão quando tiverem idade? Para a nossa escola na vila? Vão ficar junto com as nossas crianças? Gente assim devia ser proibida de procriar, se quer a minha opinião. Sim, eu sei que isso soa duro demais...

Aparentemente, o homem que está comprando os parafusos diz alguma coisa, porque a voz irada da mulher do caixa se abranda um pouco.

— É, o Arthur diz a mesma coisa — ela comenta, e suspira. — Seis meses no máximo, é o que ele diz. Vinte xelins de troco e o seu recibo, aqui. Bem, a vida na primavera e no verão é uma coisa, mas quando as tormentas do outono começarem a varrer tudo, eles vão desistir e voltar para casa, anote as minhas palavras. É o que o Arthur diz. Vamos ver.

O cliente diz mais algumas coisas em voz baixa, inaudível, e logo a caixa volta a falar.

— Concordo, é difícil dizer. Bem, vamos esperar que tudo termine bem. Obrigada e volte sempre!

Anne-Marie se endireita sem dizer nada, vira-se e caminha rápido para fora do estabelecimento. Sente os olhos deles em suas costas quando o sino da porta anuncia de maneira estridente que a porta foi aberta. *Eles provavelmente vão achar que eu roubei alguma coisa*, ela pensa. *Vão acrescentar mais acusações à lista, que já é bem longa. E vão vencer no final. Não vamos conseguir viver aqui; eu não vou ser capaz de suportar.*

Anne-Marie volta para casa a passos acelerados, consciente dos olhares de censura que recebe de todos por quem passa, e entra na casa principal, ofegante, piscando sem parar, com os olhos ardendo por causa das lágrimas. Ela não quer contar aos outros o que houve, não quer que eles ignorem tudo e lhe digam que está sendo sensível demais, que não tem que ligar para o que as outras pessoas pensam. Anne-Marie não quer preocupá-los; eles estão sempre preocupados demais com ela.

Per está sentado à mesa da cozinha com Theo, e Disa está de pé perto da fresa, tingindo lençóis em uma panela grande. Ela levanta uma parte do tecido com sua concha e avalia a cor amarela. O cheiro de feijão, cebola e temperos se espalha com o vapor que sobe de outra panela, embaçando as janelas da cozinha. Brandon está curvado no banco, com sua guitarra grudada ao peito, como sempre; Mette o ajuda a dedilhar as cordas. Em dado momento, Ingela desce as escadas com Orian nos braços.

— Olha! — ele grita, agarrando com seus dedinhos um longo cordão com conchas de mexilhão barulhentas amarrado em torno do pescoço. — Meu colar!

Ninguém ouviu Anne-Marie entrar, mas Per se volta instintivamente, como se pudesse sentir a presença dela. Seu sorriso se transforma num olhar de apreensão quando ele nota o rubor no rosto dela, e seus olhos chorosos; e momentos depois todos reparam. Eles fazem um grande alarde, armam uma confusão, levam-na até a mesa, puxam uma cadeira, dão-lhe uma caneca e a enchem com chá e mel. E Anne-Marie assegura a todos que só havia apanhado muito vento quando subia a colina, e a estrada da vila é íngreme demais; ela só está se sentindo estranhamente cansada, talvez alguma das crianças tivesse lhe passado um resfriado. Ela nota que Per a observa com olhos que não conseguem disfarçar a ardente esperança dele. A absurda, desesperada esperança de que ela esteja grávida.

Não, Anne-Marie não diz nada. Nada sobre os desaforos que escutou quando foi à vila comprar pincéis para as janelas. E nada sobre a sua súbita conclusão de que o idílio que reina nesse momento na fazenda Lothorp está com os dias contados. A ameaça é tão palpável; causa calafrios, como uma lufada de vento que a atinge e penetra na casa, um prenúncio de tempestade iminente. Ela não sabe dizer de que direção está vindo, não sabe quão próxima está, mas isso é bem pior do que uma fofoqueira estúpida tagarelando na loja de ferragens.

30

NO INSTANTE EM QUE PÕE A MÃO NA MAÇANETA DA PORTA, KAREN é dominada pela dúvida. Será que é mesmo uma boa ideia? E se eles acharem que ela está tentando agradar, que está tentando comprar popularidade com uma estúpida máquina de café?

Em vez de entrar, Karen fica no corredor por alguns segundos remoendo a questão. Talvez eles estejam certos. Afinal, isso não é mesmo um tipo de suborno? Um gesto desesperado para conseguir o apoio do grupo?

Pelo menos Evald Johannisen não está aqui, ela se lembra com alívio, endireitando os ombros. Karen estremece só de pensar nos comentários ácidos que Evald faria a respeito da atitude dela. E talvez os outros concordassem.

— Porra! — ela diz, em voz tão alta que o som ecoa por toda a escadaria.

E a maldita coisa ainda precisa ser paga; com certeza vão aparecer mais caras azedas daqui a trinta dias. *Vinte e nove*, Karen se corrige, e abre a porta. O cheiro de café a alcança.

A porta da sala de conferências no final do corredor está entreaberta; Karen ouve um fraco som de vozes vindo lá de dentro. Ela entra rapidamente na área de escritórios vazia, vai até sua mesa e tira uma pasta da gaveta de cima. Em seguida, com passos determinados, um pouco nervosos, ela prossegue em direção à sala de conferências e abre a porta.

Que filhos da mãe ingratos!, ela pensa, indignada.

E instantes depois ela afunda no assento, o rosto em chamas, enquanto a salva de palmas espontânea vai diminuindo e um prato cheio de pãezinhos de canela é colocado diante dela.

— Excelente iniciativa, Eiken — Karl diz. — Mas eu acho que eles vão abrir os portões do inferno em cima de você quando descobrirem.

— Eu dou um jeito quando chegar a hora — Karen responde, e dirige a ele um sorriso maroto enquanto afunda os dentes em uma das guloseimas gigantes. — Boum, vum-muj cumechar? — ela diz com a boca ainda cheia, e lambe alguns grãos de açúcar perolado presos em seu dedo indicador.

Ela faz um breve relato a respeito do que havia descoberto com os velhos no *Corvo e Lebre* e termina com as palavras:

— Por isso eu acho seguro presumir que muita gente não ia com a cara de Susanne Smeed, e que a última coisa que os habitantes locais desejavam era encontrá-la pela frente. E os chefes e colegas de trabalho dela parecem concordar com isso.

— Bem como a filha dela — Karl Björken acrescenta. — E o Jounas também não foi nada elogioso com relação a Susanne, não é?

— Isso mesmo. Até agora ninguém a descreveu de maneira positiva, muito pelo contrário. A questão aqui é saber se ela deixou alguém furioso o bastante para querer matá-la. É possível que estivesse envolvida em algum tipo de chantagem? Ela era rabugenta e desagradável, disso nós sabemos, mas... chantagem ou coisa do tipo? Alguém arrisca um palpite?

Todos ficam em silêncio, pensativos.

— Ela tinha um gênio bem ruim — diz Astrid Nielsen. — Pelo menos a julgar pelos depoimentos do chefe dela e dos vários colegas com quem o Johannisen e eu conversamos. Susanne Smeed parece ter sido o tipo de pessoa que repara nos erros dos outros e sente prazer em apontá-los. Era um pouco fofoqueira também.

— Cornelis e Astrid, quero que voltem para a Solgården hoje e descubram tudo o que puderem. Eu vou falar com Wenche Hellevik. Ela é irmã de Jounas, e uma das poucas amigas que Susanne parece ter tido — Karen acrescenta quando percebe os olhares interrogativos voltados para ela. — Talvez ela possa nos fornecer um quadro mais completo da situação, mas eu preciso que alguém vá comigo. Karl, você tem tempo?

Ele faz que sim com a cabeça, e Karen se volta para Cornelis Loots.

— Você tem algo a nos dizer sobre a investigação técnica ou tudo o mais que ficou sob a sua responsabilidade?

— Eu falei com o Larsen hoje de manhã; eles estão trabalhando no DNA e nas impressões digitais agora, e provavelmente terão o resultado antes do fim do dia. Bem, há também as impressões que já foram identificadas e que são de Jounas Smeed — Cornelis acrescenta, parecendo incomodado. — E ainda estamos aguardando informações do banco de Susanne e do navio de cruzeiro.

— Sei, e como está o andamento disso? Quanto você já conseguiu descobrir?

— Enviamos pedidos de averiguação para os países de origem de cada um dos passageiros, o que inclui todos os países da Escandinávia, os Estados Unidos, a Holanda e a Itália. E também a Alemanha, na verdade;

descobriu-se que um dos dinamarqueses tinha cidadania alemã — Cornelis Loots diz, lendo seus papéis.

— E...?

— Até agora não surgiu nenhum relato de crime grave, levando-se em conta aqueles punidos com no mínimo um ano de prisão. É claro que a escala de sentenças varia de país para país, mas a procura por alguém que já tenha sido encarcerado trouxe como resultado duas pessoas. Elas são... — Cornelis folheia seus papéis. — Um empresário sueco, Erik Björnlund, que passou dezoito meses atrás das grades por abuso de informação privilegiada, e um americano, Brett Close, que pegou seis anos por homicídio culposo; na verdade, um caso de condução sob influência de bebida alcoólica em que uma criança de três anos foi morta. Seja como for, Brett Close tem 72 anos e isso tudo aconteceu por volta dos anos 1970. Desde então ele está limpo como cristal, e, de acordo com o chefe de segurança do navio, ele e a mulher são profundamente religiosos. Episcopais, acho que ele disse.

— Bem, já vimos homens tementes a Deus cometerem crimes terríveis — Karen argumenta. — Não se esqueça daquele pastor em Noorö que matou a esposa e os quatro filhos para salvá-los de cometerem mais pecados. Apesar disso, eu concordo com você: Brett Close está longe de ser uma pista interessante. Mais alguma coisa?

— Não, isso é tudo o que temos até agora, mas ainda estamos esperando respostas de alguns lugares. Os italianos ainda não nos deram nenhum retorno. Vou entrar em contato com eles de novo depois da reunião.

Karen suspira. A chance de encontrar algo de significativo investigando o navio sempre foi bastante remota, e cada vez menos promissora, sem dúvida. Assim que Loots e Nielsen receberem retorno de todos os países, eles poderão abandonar essa linha de investigação e se dedicar a alguma outra.

A pergunta é: qual? As primeiras vinte e quatro horas de uma investigação são sempre cruciais; estatisticamente, as chances de resolver um caso pioram com o passar do tempo. Três dias já haviam transcorrido desde o homicídio, e eles ainda não tinham nem um suspeito nem um motivo claro. Oitenta por cento dos crimes envolvendo violência letal são, de acordo com os números, solucionados nos primeiros três dias.

Eles não sabem se estão lidando com um assassino frio ou com alguém que matou involuntariamente num impulso de fúria; de qualquer maneira, parece cada vez mais improvável que o caso seja solucionado em três dias e incluído na estatística de sucesso de oitenta por cento. Depois que todos fazem suas apresentações e considerações, sem que nada de substancial seja mostrado, e depois da habitual sessão de especulações quanto ao rumo provável de eventos e possíveis motivos e à distribuição de tarefas, Karen encerra a reunião e pede a Karl Björken que permaneça por perto. Ela diz a Karl que tem uma coisa a fazer agora pela manhã, e que eles se encontrarão no estacionamento à uma da tarde.

Vinte minutos depois, Karen passa pelas portas giratórias do Hotel Strand.

31

KAREN OLHA PARA O JOVEM RECEPCIONISTA E NÃO SE ESPANTA com o que vê. Truls Isaksen, um sujeito comum de cerca de 25 anos, recebe Karen com ar de polidez imprescindível e profunda superioridade, tão comum entre os jovens que trabalham na indústria de serviços. Seu cabelo preto está elegantemente puxado para trás num discreto rabo de cavalo, e pequenas fendas verticais no lóbulo das orelhas revelam que ele as enfeita com alguma coisa quando não está trabalhando.

Quando Karen se apresenta e diz ao recepcionista por que motivo está ali, o sorrisinho afetado dele se desmancha, e suas sobrancelhas descem e se posicionam numa altura mais confortável no rosto. É claro que o trabalho dele exige que trate os clientes do hotel com a devida cortesia, mas ninguém disse nada sobre puxar o saco da polícia.

Eles vão para a cozinha dos funcionários, atrás da recepção, e Truls, depois de encher uma xícara com café, pergunta a Karen se ela aceita café também. Ela responde que não. Enquanto dizima metade de um pacote de bolachas de chocolate, ele pega um maço de cigarros e começa a sacudi-lo impacientemente na mão. Ele parece supor que a conversa terminará tão rápido que ele poderá ir até o pequeno quintal para aproveitar o seu merecido cigarro. Karen pensa em sugerir que os dois saiam e continuem a conversa lá fora. E é provável que tivesse feito isso, se estivesse de bom humor, ou se Truls tivesse sido mais receptivo. Em vez disso, ela finge não perceber os cigarros que ele agora coloca na mesa diante dele, segurando um isqueiro vermelho de plástico.

Então a conversa tem início; Karen faz as perguntas sem deixar que ele a provoque ou a apresse, e as respostas de Truls Isaksen são cada vez mais sucintas e desinteressadas. Ela sente o seu humor piorar ainda mais.

Não, ele não sabe quando o cliente do quarto 507 deixou o hotel no domingo pela manhã; o quarto havia sido pago antecipadamente, e o cliente poderia ter largado a chave na recepção quando quisesse. O hotel não tem o hábito de espionar seus clientes. Não, em seu turno ele não fica o tempo todo plantado na recepção; ele tem direito a comer e a ir ao banheiro. E também tem, sim, direito a algumas paradas breves para fumar um cigarro quando o movimento está mais tranquilo. Além disso, há uma campainha que as pessoas podem tocar quando precisam de atendimento. E sim, ele deve ter sido o funcionário que registrou o cliente no quarto 507, já que supostamente era o único que estava trabalhando à meia-noite e meia. Não, ele não se lembra com clareza da pessoa em questão. Não, isso não é estranho, considerando que durante o Festival da Ostra há muita procura de última hora por quartos no hotel; Truls provavelmente atendeu meia dúzia de pessoas que apareceram de repente naquela noite de sábado. E não é segredo para ninguém o que elas vieram fazer ali.

— Homens e mulheres muito assanhados, escondendo-se perto do elevador, tentando não dar na vista — Truls Isaksen diz com ar de conhecedor entediado. — Isso na verdade acontece todo fim de semana, mas é pior durante o festival; pessoas de meia-idade bebem demais e saem loucas atrás de um pouco de ação.

Karen se debate por dentro enquanto ouve a descrição extremamente precisa do jovem. Por fora, ela não mostra nenhum sinal do que está pensando ou sentindo; a capacidade de manter o rosto impassível é uma habilidade que ela praticou durante inúmeros interrogatórios. Mesmo assim, o que Truls Isaksen diz em seguida a faz hesitar.

— Mas você já não esteve aqui? Eu acho que já a vi antes.

A súbita epifania do jovem recepcionista faz Karen fitá-lo com espanto. Como é possível que esse sujeito — que não viu nem ouviu nada, que não consegue se lembrar dos hóspedes nem dos horários e que provavelmente passou metade do seu turno cochilando — a reconheça entre todas as outras pessoas? E agora ele começa a olhar para Karen com um interesse que é tão inesperado quanto indesejável.

— Não foi você que saiu daqui se esgueirando no domingo bem cedinho? Ali por volta das sete? Eu estava voltando do banheiro e vi você escapulindo...

Karen o observa, com as sobrancelhas erguidas; talvez Truls interprete isso como surpresa ou indignação diante da sua incapacidade para distinguir entre agentes da lei e hóspedes de hotel. Ou talvez ele não dê a mínima. De um modo ou de outro, o lampejo de interesse nos olhos de Truls Isaksen se extingue e ele se inclina para trás com um longo suspiro, como se o esforço da lembrança tivesse sugado toda a energia dele. Suas palavras seguintes são um verdadeiro alívio para Karen:

— Seja como for, acho que era outra pessoa. Pensando bem, a mulher parecia mais uma bêbada idiota do que uma policial. Acho que ela tinha uma semelhança com você. Sem querer ofender, é óbvio.

Karen clareia a voz e sorri com frieza.

— Só mais uma pergunta, e depois vou embora e você vai poder fumar o seu cigarro em paz — ela avisa, indicando o maço com um gesto. — Você está me dizendo que, se um hóspede paga um quarto antecipadamente, não é possível saber com certeza quando ele deixa o hotel, e que ninguém na recepção registra o horário em que o cartão-chave é devolvido? Não há câmeras?

— Apenas no estacionamento. Se o carro do sujeito estiver...

Truls Isaksen se arrepende das palavras no instante em que saem da sua boca. Será que agora ela vai querer ver as gravações das câmeras de segurança também? Que merda, vai ser preciso falar com o gerente para resolver a questão.

— Infelizmente ele não estava de carro — Karen diz. — O carro dele não estava estacionado no hotel.

Ela se levanta e aperta a mão do recepcionista.

— Acho que já terminamos aqui. Obrigada pela sua atenção.

Truls Isaksen aperta a mão de Karen enquanto pega um cigarro com a outra mão. Então ele se vira e sai rapidamente da cozinha, descendo por um corredor que parece levar até a saída dos fundos. Pelo visto, ele não tem a menor intenção de acompanhar Karen até a saída. Ela o observa enquanto ele se afasta. A porta para o quintal permanece aberta por um segundo; Karen vê de relance uma mulher de pé no pequeno pátio pavimentado, dando baforadas num cigarro. Ela veste um uniforme de limpeza fino azul e sandálias ortopédicas, e visivelmente está com frio; ela parece esfregar o próprio corpo para se manter quente. Então a porta se fecha, e Karen se vira para tomar a direção do saguão. Nesse instante, ela escuta a voz de Truls Isaksen.

— Ei, você...

Ele está de pé na porta, cercado por uma fina nuvem de fumaça e com uma expressão de satisfação no rosto, acenando para Karen.

— Eu percebi que a Rosita pode saber de alguma coisa — ele diz.

— Rosita?

— Sim, ela fez a limpeza aqui no domingo pela manhã.

Então ele dá um passo para o lado, e uma vez mais Karen vê a mulher de uniforme azul.

32

TRINTA MINUTOS DEPOIS, KAREN TEM TODA A INFORMAÇÃO QUE poderia desejar e ainda mais. Rosita Alvarez faz um relato claro de suas tarefas diárias, e ressalta que mantém sempre anotações meticulosas do seu trabalho; assim ela pode saber quais quartos foram limpos ou se percebeu alguma coisa fora do comum, como toalhas roubadas ou a necessidade de uma limpeza extra. Karen a escuta atentamente, sem interrompê-la.

— As pessoas vomitam — Rosita diz sem hesitar. — Nem sempre no banheiro. Vomitam no chão mesmo, e não se dão ao trabalho de limpar depois. Um hóspede vomitou na banheira inteira, mas nessa ocasião eu fui até a gerente e pedi mais tempo para limpar. Só temos quinze minutos por quarto se eles estão saindo.

— Saindo?

— Sim, falo das pessoas que estão deixando o quarto, que vão embora. E temos os que vão permanecer no quarto por mais uma noite; só dispomos de sete minutos para limpar o quarto das pessoas que vão ficar.

Karen não pergunta se foi necessário tempo adicional para fazer a limpeza do quarto 507, e na verdade nem deseja saber. Apenas escuta, cada vez mais espantada, o relato de um dia normal de trabalho de uma faxineira de hotel. Rosita Alvarez fala sem rodeios de seus problemas: que precisa comunicar à gerência quando toalhas são roubadas, para evitar que ela mesma seja apontada como culpada; que roubos reais, imaginários ou inventados acontecem, e os principais suspeitos são sempre os faxineiros; e que tem de lidar com hóspedes abusados, insultos e a constante pressão do tempo, sem falar nas manchas estranhas que encontra nos lençóis. E ela diz a Karen que gosta muito de começar a trabalhar o mais cedo possível, assim pode voltar logo para casa, para o marido e o filho de treze anos em Moerbeck.

— Eu sempre começo a limpar no último andar e vou descendo. Na segunda rodada, faço o contrário: começo a limpar de baixo. E na terceira eu começo limpando a partir de cima novamente. Em geral, três ou quatro rodadas são suficientes.

— Sim, claro, obrigada — Karen diz e pega um cigarro do maço que Rosita estende a ela com um gesto de incentivo. — Então você precisa ficar voltando aos andares que já havia limpado?

— Sim. Sempre tem alguém dormindo; algumas pessoas tomam café da manhã em seus quartos, e algumas penduram os avisos nas portas para não serem perturbadas. Daí você tem que esperar.

— Será que você consegue se lembrar do que viu no domingo de manhã? Porque eu preciso saber quando o hóspede do 507 liberou o quarto.

— Isso é impossível — Rosita diz, e dá sua última tragada no cigarro, com vontade. — Temos cinquenta e um quartos; eu não consigo acompanhar todos. — Ela se inclina sobre uma mesa para jardim e apaga o cigarro num vaso de barro virado ao contrário, que serve como cinzeiro. O desapontamento de Karen é visível. — Mas eu posso dar uma olhada nos registros — Rosita acrescenta, olhando para Karen com um largo sorriso. — Eu sempre anoto os horários, assim consigo saber quais quartos eu já limpei. Já não sou mais tão jovem, afinal de contas — ela diz, dando uma batidinha na testa com os nós dos dedos. — Quando terminar o seu cigarro, venha comigo que vou lhe mostrar.

— Você guarda todos os seus registros? — Karen pergunta, apagando sem demora seu cigarro fumado pela metade e agradecendo aos céus em silêncio.

— Não para sempre, mas por um mês pelo menos. — Rosita segura a porta aberta. — Para o caso de haver alguma queixa dos hóspedes depois do serviço. Ou da gerência — ela diz com expressão séria enquanto tira com a mão algumas cinzas do seu uniforme.

Ah, se todos fossem como a Rosita, Karen diz para si mesma, aproximando-se do estacionamento em frente à delegacia de polícia, quinze minutos depois. Conforme o combinado, ela e Karl se encontrariam ali para irem juntos conversar com Wenche Hellevik, a irmã de Jounas. Ela consulta o seu relógio e vê que está sete minutos adiantada. Então se senta em uma máquina de jornais do lado de fora da loja da esquina, no cruzamento da Kirkegate e da Redehusgate, e fica olhando para a entrada da delegacia.

Karen pensa novamente na conversa que teve com Rosita Alvarez — a extraordinária faxineira do Hotel Strand — e sorri. Aquela mulher merecia uma medalha.

O aviso "não perturbe" estava na porta do quarto 507 quando Rosita checou o corredor do quinto andar naquela manhã, alguns minutos depois das 9h. Enquanto esperava, ela se manteve ocupada limpando os quartos 501 e 503, cujos hóspedes já haviam deixado o hotel. Quando terminou, meia hora depois, o aviso tinha sido retirado da porta do 507 e Rosita Alvarez limpou o quarto entre 9h35 e 9h50, de acordo com suas anotações.

Karen checa o tempo uma vez mais. A alegação do próprio Jounas de que havia deixado o hotel por volta de 9h30 parece bater. Teoricamente, é claro que ele poderia ter deixado o hotel logo depois que Rosita viu a placa "não perturbe" poucos minutos depois das 9h; havia ainda um intervalo de trinta minutos enquanto ela limpava os outros quartos. De acordo com Kneought Brodal, Susanne morreu, no mais tardar, às 10h e, mais provavelmente, antes das 9h30. *Digamos que Jounas tenha deixado o hotel logo depois das 9h*, ela pondera. Se isso aconteceu, ele sem dúvida teria sido capaz de chegar até Langevik antes das 10h e poderia ter matado Susanne dentro do espaço de tempo determinado por Brodal.

Mas primeiro ele precisaria caminhar até o estacionamento na prefeitura para pegar o seu carro; seriam mais cinco minutos no mínimo. Então restariam apenas quarenta e cinco minutos. Bem, a própria Karen já havia percorrido essa mesma distância em meia hora, uma ou duas vezes, quando estava realmente com pressa; mas para isso teve de ultrapassar sem piedade os limites de velocidade. Se ele corresse, então poderia ter feito a coisa toda; mas por que Jounas se sujeitaria a ser pego? Ele não tinha motivo para correr até lá.

Diabos, a conta não estava fechando.

O rosto de Karen se volta na direção do ameno sol de outono, e ela fecha os olhos. Ela está muito perto de poder descartar seu chefe como suspeito. Perto demais, mas não o bastante. Ainda existe uma possibilidade teórica. Os minutos e segundos indicam que ele pode ter tido tempo, mas e quanto ao motivo? O que teria desencadeado toda a ação? Talvez tenha acontecido alguma coisa no hotel, naquela manhã, depois que ela saiu. Uma ligação telefônica, uma mensagem de texto, um e-mail; alguma coisa que fez Jounas acordar e o deixou furioso? Ou assustado?

— Pegando um sol, hein? Vamos no seu carro ou no meu?

A voz de Karl a chama de volta à realidade. *No meu, claro*, ela pensa, mas refreia o impulso de falar. Karen sempre se sente desconfortável no banco do passageiro, mas hoje deixaria que Karl dirigisse.

— Por que não vamos no seu? — ela responde. — Eu preciso pensar.

33

A ESTRADA DE DUNKER A RAVENBY CRUZA A PLANÍCIE DE SÖRLAND. Quilômetros e quilômetros de campinas e de floresta decídua, entrecortados por vastos urzais. No extremo oeste, onde a estrada se volta para o norte, o horizonte se revela aos olhos; mesmo num ponto tão distante no interior, você pode sentir que o lado oeste da ilha se precipita repentinamente em direção ao mar. Hoje em dia, pouca gente ainda acredita na lenda do gigante Frendur que, num acesso de fúria, rasgou Heimö em duas partes com sua espada preservando a parte oriental e deixando afundar no Atlântico a parte ocidental, onde a sua mulher adúltera e o seu irmão desleal viviam juntos em pecado. Mas, de fato, assim como a Terra parece plana e o céu se assemelha a uma redoma de vidro azul num lindo dia de verão, a costa de Heimö parece ter sido forjada por um golpe de espada devastador desferido por alguém tomado de fúria incontrolável.

Karl dirige rápido, mas bem, e em pouco mais de uma hora eles já percorreram mais de cem quilômetros e entraram na rodovia 20, e agora seguem as placas de sinalização para Helleviksnäs. Karen nota que o tempo está começando a fechar de novo e se inclina para a frente a fim de espiar as nuvens cinzentas que se deslocam do oeste e se acumulam acima deles.

— É só uma coincidência? — Karl pergunta, olhando para o GPS. — Que o sobrenome deles seja Hellevik e eles morem em Helleviksnäs, quero dizer.

— Acho que não — Karen responde. — Pelo que me lembro, a família do marido de Wenche é bem grande; eles provavelmente já foram donos da vila um dia, mas acho que isso não chega a ser extraordinário.

— Aqui talvez não, mas em Frisel não existe a menor chance de isso acontecer. Lá ninguém possui nada além do seu próprio pedaço de terra. Quando possui.

— Bem... Vocês, friselianos, não são conhecidos exatamente pela sua ambição. Nem por trabalhar duro — ela acrescenta, olhando para Karl com expressão sarcástica.

Karl bufa, fingindo indignação. Ele já ouviu isso antes; quanto mais ao norte você vive no arquipélago de Dogger, mais você é considerado trabalhador e honesto. Os habitantes de Noorö, com sua herança predominantemente norueguesa e sueca, ainda são descritos como laboriosos, calados e religiosos, enquanto seus primos do sul, onde a população tem raízes sobretudo dinamarquesas e holandesas, são tidos como pessoas frívolas e que deixam suas redes na água por tempo demais. E Heimö se situa no meio, com sua mistura profana de heranças britânica, escandinava e da Europa Continental. As pessoas vieram para cá de diferentes partes do mundo, e por diferentes razões. Provavelmente é verdade que Heimö, há muito tempo, serviu como porto seguro para pessoas que por alguma razão se viram obrigadas a deixar sua terra natal, mas não nas dimensões que as histórias tentam mostrar. Contudo, embora ladrões, assassinos e outros criminosos jamais tenham sido tão numerosos quanto alguns declaram, a ilha principal, de acordo com os nativos de Noorö e de Frisel, é habitada em especial por pescadores ilegais, proprietários de terra, magnatas da indústria naval e outros da mesma laia, que enriquecem à custa dos outros e não se importam com isso. E Dunker, a capital, naturalmente é a pior.

Em outras palavras, Doggerland é escrava da mesma hierarquia de bodes expiatórios que existe na maioria dos outros países; trabalho duro no norte, indolência no sul e uma capital cheia de malandros e cretinos.

— Faz sentido — Karl Björken resmunga. — De jeito nenhum a filha de Axel Smeed se casaria com um sujeito que não tivesse muita grana. Se você nasce em berço de ouro, é óbvio que não vai se apaixonar por qualquer pobretão. Eu aposto que eles estão nadando em dinheiro.

— Bom, a gente sempre pode perguntar — Karen responde em tom irônico.

Mas eles só precisam atravessar os portões da propriedade dos Hellevik para saber que eles estão, sem a menor dúvida, nadando em dinheiro. A quadra de tênis à direita da entrada para carros tem um vestiário e duas fileiras de cadeiras altas, e a piscina em forma de rim mais adiante é a maior piscina particular que Karen já viu na vida. Eles continuam avançando na direção da impressionante mansão, e estacionam ao lado da fonte verde-acinzentada que decora a entrada para carros. Karl desliga o veículo e se inclina para a frente a fim de contemplar a fachada através do para-brisa.

— Você acha que podemos estacionar aqui? Ou deveríamos usar a entrada para empregados?

Antes que Karen possa responder, uma mulher alta aparece perto da casa, parando ao pé do magnífico lance de escadas que leva até a porta da frente. Ela traz em coleiras dois Yorkshire terriers agitados, tomados de excitação pela presença dos visitantes. Atrás deles, Karen vê o que parece ser um setter irlandês, igualmente animado, mas bem mais calmo. Ele se aproxima da dona trotando e se senta ao lado dela, que no mesmo instante coloca uma mão na sua cabeça marrom.

Karl e Karen abrem suas portas e descem do carro.

34

— SEJAM BEM-VINDOS! — WENCHE HELLEVIK EXCLAMA. — TUDO bem, tudo bem, aproximem-se!

Wenche não caminha na direção deles para cumprimentá-los, mas seu sorriso é caloroso; ela estende a mão, e Karl e Karen vão até ela o mais depressa que podem. A irmã de Jounas Smeed tem cabelos loiros platinados presos numa trança francesa tão austera quanto suas roupas: um casaco verde-escuro por cima de um pulôver branco com gola alta, uma saia xadrez verde justa terminando logo abaixo dos joelhos, brincos de pérolas discretos e unhas levemente rosadas em madrepérola. A única coisa que destoa em seu visual é o seu par de galochas molhadas, de dentro das quais as pernas dela se elevam como hastes de flor.

Eles trocam cumprimentos e se apresentam.

— Eu sabia que tinha escutado um carro. Acabamos de voltar de um passeio rápido e tivemos que nos limpar no vestíbulo. Posso oferecer uma xícara de café a vocês? Ou chá, quem sabe? Devem estar exaustos da viagem.

Wenche Hellevik conduz os policiais pelos amplos degraus de pedra até as portas de carvalho ricamente trabalhadas. Devido ao absoluto contraste entre o sol de outono lá fora e a penumbra dentro da casa, Karen precisa de alguns instantes para reparar que o saguão gigantesco está coberto com lençóis plásticos e papelão. Dois homens vestidos de branco estão em pé entre escadas, latas de tinta, massa corrida, rolos e pincéis. Eles estão discutindo alguma coisa com um terceiro, um homem alto como poucos, vestindo um terno azul. Todos os três parecem preocupados, e um deles está apontando para o teto.

— Peço desculpa pela bagunça; tivemos um vazamento em um dos banheiros do andar de cima, e vamos ter de reformar todo o saguão. Querido, a polícia está aqui, venha dar um alô antes de ir embora!

O homem alto conclui rapidamente a conversa com os pintores, e então se junta aos três, apertando a mão de Karen e em seguida a de Karl, com um sorriso gentil.

— Magnus Hellevik — ele se apresenta. — Minha mulher me disse, creio eu, que vocês estão aqui por causa de toda essa horrível história com Susanne.

— Sim, é isso mesmo. Precisamos conversar com o maior número possível de pessoas que a conheçam — Karen responde.

— Não sei se falar comigo vai ser útil; estou a sua disposição, é claro, mas terei que pedir que comecem comigo. Tenho um assunto urgente para resolver em Ravenby e já deveria ter saído faz tempo, mas estamos às voltas com alguns problemas aqui, como podem ver.

Magnus Hellevik gesticula na direção do material de pintura e das escadas, olhando ora para Karen, ora para Karl, como se estivesse se perguntando quem é o superior de quem, embora ambos tenham acabado de se apresentar.

— Você conhece bem Susanne? — Karen pergunta.

— Não, nem um pouco. Tivemos algum contato social, como família, enquanto ela e Jounas eram casados, mas não a vi mais desde que se separaram. E isso já faz muitos anos.

Karen faz que sim com a cabeça.

— Então não vamos mais tomar o seu tempo — ela diz com um sorriso. — Pelo menos não hoje. Viemos aqui principalmente para conversar com Wenche, mas entraremos em contato se tivermos mais perguntas para você.

Magnus Hellevik parece aliviado, e se despede com um sorriso e um rápido beijo no rosto de sua mulher.

— Vamos? — Wenche faz um gesto na direção de duas portas de correr à direita, antes de tomar a frente dos agentes e abrir as portas com um estrondo. — Podem se sentar; eu já volto. Vocês disseram chá ou café?

Alguns minutos depois, ela retorna com uma bandeja cheia: três xícaras, um pequeno bule de chá e um prato com muffins de limão. Ela se senta na ponta de um sofá cor de marfim e se volta para os dois policiais, que já haviam se instalado confortavelmente em poltronas de tecido requintado.

— Sirvam-se e depois me digam como posso ajudá-los. Querem leite?

Ela é bem diferente do irmão, Karen avalia. O mesmo nariz e a mesma compleição, talvez, mas as semelhanças param por aí, felizmente. *Até aqui não vi nenhum traço de amargura ou arrogância.* Ela olha para Karl e faz um aceno de cabeça para que ele prossiga.

— Você se importaria de nos contar como conheceu Susanne? Pelo que entendi, vocês frequentaram a escola juntas?

— Sim, frequentamos, mas só a partir do ensino médio. Susanne morou em Langevik e fez lá os primeiros nove anos de escola, mas o ensino médio era uma oportunidade de ouro para que ela se afastasse de casa.

— Ah, é? — Karen diz. — Então ela não se deslocava para Dunker, como todo mundo?

Por uma fração de segundo, Karen retrocede trinta anos no tempo e se vê no sacolejante ônibus amarelo que a havia levado para a escola todos os dias durante três anos. Ela se recorda da náusea constante que sentia porque repassava a lição de casa dentro do ônibus, ou por causa dos cigarros no ponto de ônibus.

— Não, e na verdade foi por isso que nos tornamos amigas — Wenche continua. — Papai tinha um prédio de apartamentos para alugar em Nygate e permitiu que eu morasse em um apartamento de um quarto, com a condição de que eu mesma pagasse o meu aluguel. Ele é muito exigente com coisas desse tipo.

Wenche bebe um gole de chá antes de prosseguir.

— Eu tinha uma bolsa de estudos e trabalhava nos fins de semana, mas ficou difícil pagar as contas, porque eu queria ir às festas e comprar roupas. Então, depois de um ou dois meses, coloquei um anúncio para encontrar uma colega de quarto. Susanne provavelmente foi a primeira pessoa a ver o anúncio, e eu imagino que ela o tenha arrancado em seguida. De qualquer maneira, ela entrou em contato comigo durante um intervalo naquele mesmo dia e... bem, ela se mudou poucos dias depois.

— E vocês se tornaram amigas. Vocês eram próximas?

Karl estende a mão para pegar um muffin, e Karen percebe que o olhar ressentido que havia no rosto dele quando chegaram àquela casa tinha agora se suavizado. Provavelmente aplacado pela informação de que o pai de Wenche não lhe pagava o aluguel, obrigando-a a trabalhar mais. Além disso, Wenche Hellevik parecia uma pessoa com os pés no chão, apesar da piscina e da quadra de tênis.

— Próximas? Acho que éramos próximas, sim. É muito fácil virar amigo íntimo quando você é jovem. Antes de desenvolver uma personalidade estável, se é que me entendem. Mais tarde, quando ficamos adultas, voltamos nossa atenção para todos os tipos de coisas, mas na adolescência eu acho que nosso mundo se resumia a garotos, roupas, música e professores injustos.

Karen faz um aceno positivo com a cabeça em sinal de concordância. Esses eram assuntos dos quais ela mesma vivia falando naquele ônibus sacolejante.

— E os jovens são bem conformistas, ainda que *pensem* que são incrivelmente radicais. A maioria só quer se integrar, se encaixar a qualquer custo, mas, respondendo a sua pergunta: sim, éramos tão próximas quanto duas adolescentes podem ser. Melhores amigas, acho que é assim que falam por aí.

— Pode nos contar como Susanne era? O que você achava dela como pessoa?

Os olhos de Wenche Hellevik parecem ausentes enquanto ela busca se lembrar.

— Ansiosa — ela diz depois de uma longa pausa. — Decente e prestativa, sempre ávida para ajudar e ser aceita. Inteligente, de fato, mas não particularmente interessada em estudar; parecia mais preocupada em desenvolver relacionamentos sociais.

— Ela era popular?

— Susanne era bem bonita; não tinha problemas para atrair garotos, mas não era tão estimada assim entre as meninas, e nunca mostrou muita disposição para fazer amizade com mulheres, exceto comigo. Por alguma razão, ela parecia me admirar de uma maneira especial; copiava as coisas que eu fazia, cortava o cabelo quando eu cortava, tingia o cabelo para ficar parecida comigo. Bem, eu sou loira natural, claro — Wenche Hellevik se corrige com rapidez —, mas vocês sabem o que eu quero dizer. Ela simplesmente me imitava, comprava roupas parecidas e coisas do tipo, na medida em que suas finanças permitiam.

— E como você se sentia em relação a isso?

Wenche Hellevik encolhe os ombros; Karen capta uma semelhança com Jounas e Sigrid nesse gesto.

— Eu provavelmente me irritava de tempos em tempos, mas não era nada de mais. Acho também que gostava um pouco da bajulação. Para ser sincera, eu tinha a sensação de que ela estava impressionada com a minha família, e com um pouquinho de vergonha do seu passado. Parecia que ela queria deixar a antiga vida para trás.

— Susanne contou alguma coisa a respeito da família dela?

— Muito pouco no início, mas com o passar do tempo eu tive a clara impressão de que a infância dela não foi muito feliz. Não que Susanne tivesse sido maltratada em casa, mas é que ela... como posso expressar... eu tive a sensação de que ela não respeitava os pais. Eles eram excêntricos, acho, e ser diferente deve ter sido muito difícil para ela na infância, especialmente num lugar pequeno como Langevik.

— Mesmo? E em que sentido eles eram excêntricos? — Karl pergunta.

Ele se esforça para parecer genuinamente surpreso, como se não tivesse a menor ideia desse detalhe, como se durante a viagem de carro Karen não lhe tivesse contado tudo o que havia ouvido de sua mãe e dos velhos do *Corvo e Lebre* a respeito da comunidade da fazenda Lothorp. Karen diz a si mesma para não se esquecer de pedir aos peritos forenses mais pressa na liberação do álbum de fotos que ela e Karl haviam encontrado no quarto de Susanne.

— Eles eram o que as pessoas chamavam de hippies, imagino — Wenche Hellevik diz, hesitante. — Os pais dela vieram da Suécia para cá, e se eu entendi bem o que Susanne me disse, eles moraram em algum tipo de comunidade durante seus primeiros anos na ilha.

— Ela contou a você alguma coisa sobre aqueles anos?

162

— Não, ela era pequena demais na época, não sei ao certo o que ela se lembrava dos tempos da comunidade, mas mais tarde aconteceram muitas outras coisas que foram difíceis para ela.

— Como o que, por exemplo?

— Por exemplo, nenhum dos pais dela tinha um emprego decente, e eu sei que Susanne considerava isso constrangedor. Os colegas dela na vila eram, em sua maioria, filhos de pescadores, navegadores e outros profissionais ditos respeitáveis, enquanto o pai da Susanne ficava em casa, pintando quadros.

Isso batia com o que Jaap Kloes e os outros disseram, Karen percebe. Se Susanne desejava tão ardentemente ser aceita pelos outros, não deve ter sido nada fácil para ela ser uma Lindgren.

— E a mãe dela morreu jovem demais — Wenche prossegue. — Eu não gosto de dizer isso, mas sei que a Susanne tinha vergonha da mãe.

— Vergonha? Por quê?

Talvez essa pergunta de Karl tenha soado inconveniente para Wenche Hellevik, porque ela responde de maneira fria e um tanto sarcástica:

— Infelizmente, não tenho nenhum escândalo suculento para vocês. Acho que era só porque a mãe de Susanne era o tipo de pessoa que atraía atenção e não dava a mínima para convenções; ela não se vestia como as outras mães, estava envolvida com ioga, práticas de cura e coisas assim. E Susanne provavelmente queria uma mãe que fosse como todas as outras, não uma mãe de quem as pessoas falavam. Enfim, isso é de verdade tudo o que eu sei.

Wenche sorri de maneira amável, mas a convicção em sua voz deixa claro que ela não tem mais nada a dizer sobre a infância de Susanne. Karen decide mudar de assunto.

— Pelo que eu soube, os Lindgren se sustentavam vendendo suas terras — Karen diz. — Aparentemente, eles haviam herdado uma extensa propriedade de um dos parentes da mãe de Susanne.

— Sim, eu estou a par disso, mas Susanne não sabia nada sobre esse assunto na época, tenho certeza. Ela provavelmente acreditava que viviam à custa das economias do velho Gråå, mas Gråå não tinha nada no banco, eu soube disso mais tarde; toda a riqueza que lhe pertencia estava empatada na terra.

Wenche faz uma pausa para beber um gole de chá antes de continuar.

— É óbvio que ela sabia que tinha raízes na ilha, e provavelmente que a sua mãe havia herdado do seu avô, que possuía uma vasta extensão de terra, mas só muito mais tarde Susanne descobriu que a herança foi vendida pedaço por pedaço para custear as despesas deles. A bem da verdade, não sei se Susanne tinha consciência desse fato até a ocasião da morte do pai dela. Só fiquei sabendo vários anos depois, quando o meu irmão mencionou o assunto enquanto me falava do seu divórcio.

— Então Jounas soube antes de Susanne...?

Wenche Hellevik parece incomodada.

— Acho que sim. Porque meu pai comprou grandes extensões de terra que eram propriedade dos Lindgren. Tenho vergonha de dizer que ele não pagou um preço justo por esses lotes. O pai da Susanne não era um homem de negócios, e na certa imaginou que pudesse confiar num parente por afinidade. E quando o meu pai morreu, Jounas herdou as terras.

— Jounas herdou, você disse? E quanto a você?

— A herança foi dividida; Jounas ficou com a maior parte das terras, e eu assumi o comando das empresas do papai. Como policial, Jounas não tem nem tempo nem inclinação para administrar os negócios, mas Magnus e eu temos.

Karen considera as implicações do que Wenche acaba de revelar. Isso significa que o velho Axel Smeed continuou comprando terra dos pais da sua nora enquanto Susanne e Jounas estavam casados — comprando sistematicamente a herança de Susanne para poder dá-la ao filho. Será que Jounas soube disso o tempo todo, ao contrário do que alegava Wenche? Ou Axel havia escondido isso do filho também?

Como se pudesse ler a mente de Karen, Wenche olha direto nos olhos dela, com firmeza.

— Meu pai era um homem difícil — ela diz. — Ele não suportava "artesãos, gente de Frisel e esse tipo de escória", nas palavras dele, e ele sempre acreditou que os filhos seguiriam seus passos e compartilhariam seus valores. Foi o Jounas que se rebelou, não eu. Foi duro para o papai quando seu único filho resolveu escolher a academia de polícia em vez de abraçar os negócios da família. E quando o Jounas se casou com a Susanne, com sua origem e família excêntrica, acho que o papai desistiu dele. E acabou transferindo todas as esperanças para a próxima geração. Magnus e eu nunca tivemos filhos; Sigrid é a única neta do meu pai.

— Então ele estava mais preocupado com a neta do que com o filho — Karen diz, pensativa.

— Exato. Acho que ele percebeu que a terra estaria mais segura nas mãos de Jounas que nas de Susanne, caso os dois se divorciassem. Meu pai dizia que Susanne era uma interesseira, filha de um zé-ninguém sueco que não entendia o valor do dinheiro. Acho que o papai acreditava que eles acabariam se divorciando, e se preparou para essa possibilidade. E ele tinha razão.

De fato, eles tinham um acordo pré-nupcial, Karen considera; Axel Smeed havia se certificado disso. Foi a condição que ele impôs para ajudar o filho e a nora grávida a arranjar moradia, de acordo com Jounas. Isso se encaixa com a reputação de Axel Smeed: implacável e disposto a tudo para fazer bons negócios. Ele não hesitou em agir pelas costas da nora, comprando a futura herança dela por uma ninharia e conservando-a para o seu decepcionante filho por segurança, para ter certeza de que acabaria caindo nas mãos de quem ele quisesse — nas mãos de Sigrid, sua única neta, sua herdeira.

Uma imagem de Sigrid sentada no sofá, irritada, tatuada e com piercings surge na mente de Karen. Está longe de ser a imagem de uma herdeira de toda a fortuna dos Smeed. *Provavelmente não é a neta dos sonhos de Axel Smeed*, Karen pensa. E estava também longe de ser a menina que Jounas e Susanne esperavam que fosse quando a inscreveram em lições de equitação e balé. Qual seria a sensação de ser uma decepção total?

— Você mantém contato com Sigrid? — Karen pergunta.

— Já faz um bom tempo que não a vejo. Ela cortou quase todos os laços com os pais quando saiu de casa. Cortou os laços com toda a família, na verdade.

— E por que isso aconteceu?

Wenche Hellevik hesita por alguns instantes.

— Às vezes não é fácil lidar com o meu irmão — ela diz por fim. — Ele pode ser insensível e inflexível; certamente era assim com a Susanne. E ela era amarga e combativa. Estavam sempre em conflito, sempre brigando, e usavam Sigrid como leva-e-traz, forçando-a a tomar partido. No final, a única saída que a garota encontrou foi distanciar-se dos dois, fugindo daquela situação toda.

Assim como a própria Susanne fez, Karen conclui. *As duas deixaram a casa dos pais assim que possível. Pelo menos elas tinham isso em comum.*

— Vamos pular um pouco essa parte e falar sobre uma outra coisa — Karl diz. — Você e Susanne permaneceram amigas?

— Sim e não — Wenche Hellevik responde com certo alívio na voz, como se estivesse feliz por mudar de assunto. — Não brigamos nem nada assim, mas eu fui estudar nos EUA e simplesmente perdemos contato. Nos

165

vimos algumas vezes, quando eu voltava nas férias, mas foi ficando cada vez mais óbvio que a gente estava se afastando uma da outra.

— Como foi isso?

— A educação superior sempre foi a minha meta, sempre fez parte da minha vida, enquanto Susanne foi trabalhar assim que deixou o ensino médio. Ela pegou a primeira coisa que apareceu diante dela, sem um objetivo real em vista, eu suponho. Ela até fez alguns trabalhos como modelo, já que era linda e alta.

— Verdade? — Karen diz, surpresa. — Modelo?

— Bem, não foram trabalhos muito marcantes, só algumas fotografias de moda e uns anúncios, eu acho. Não era possível viver disso, infelizmente, mas ela se agarrou a esse sonho; ela nunca se interessou em investir na própria educação, e talvez tenha sido por esse motivo, mas trabalhos de modelo não costumam aparecer com muita frequência em Doggerland, por isso Susanne teve que fazer várias outras coisas para conseguir pagar as contas.

— E você continuou a vê-la quando voltou dos EUA? — Karl indaga.

— Sim, de tempos em tempos, especialmente quando nenhuma de nós estava namorando. Houve um tempo, quando tínhamos pouco mais de vinte anos, em que frequentávamos vários clubes e íamos a festas. Era legal, claro, mas para ser honesta eu sempre senti que ela tinha muita vontade de ser vista, mais vontade do que eu. Então eu conheci o Magnus e me restou pouco tempo para a Susanne, e para os meus outros amigos também, já que eu estava apaixonada. Isso a deixou muito contrariada, pelo que me lembro.

— E como você percebeu essa contrariedade?

Mais uma vez, Wenche se mostra ausente, como se estivesse sendo transportada de volta no tempo.

— Em determinado momento, eu acho que a minha impressão sobre Susanne começou a mudar para valer — ela diz com ar contemplativo. — Sempre que nos encontrávamos eu acabava me sentindo incomodada com as atitudes dela, quase culpada; ela sempre dizia que eu tinha tudo e ela não tinha nada. Usando palavras duras, ela reclamava de que eu já não a considerava boa o suficiente para ser minha amiga. Além disso, àquela altura, seus bicos como modelo haviam quase desaparecido; Susanne provavelmente acreditava que todas as portas estavam se fechando para ela enquanto eu seguia em frente com a minha vida.

— Vocês pararam de se ver?

— Não. Eu me sentia um tanto culpada por permitir que Magnus monopolizasse o meu tempo, por isso a convidava para festas e, de vez em quando, a chamava para sair e beber uns drinques. Acho que eu estava empenhada em provar para a Susanne que não me considerava melhor do que ela. Um ano mais tarde, Magnus me pediu em casamento, e é claro que a convidamos para o evento. Jounas deve ter dito a vocês que conheceu Susanne no nosso casamento, não é?

— Sim — Karen responde. — Ele nos disse isso. E pelo visto ela acidentalmente ficou grávida com poucos meses de relacionamento.

Wenche de repente ri com vontade, bufando ao mesmo tempo, numa atitude que destoa da sua natureza contida e serena. Momentos depois, ela se levanta e passa as mãos na saia, alisando dobras invisíveis.

— Acidentalmente, é? — ela diz. — Não tenho muita certeza disso. — Wenche caminha até um aparador onde garrafas e decantadores de cristal para vinho disputam espaço. Ela se volta para Karen e Karl, com as sobrancelhas erguidas, oferecendo-lhes; eles balançam a cabeça numa negativa. — Tudo bem, mas eu estou precisando de uma boa bebida.

Ela despeja dois dedos do líquido de uma das garrafas e bebe um gole antes de voltar ao sofá cor de marfim. Quando se senta outra vez, seu sorriso caloroso volta a aparecer. Ela toma mais um rápido gole e coloca o copo na mesa de centro.

— Então você não acha que a gravidez de Susanne tenha sido um acidente? — Karen pergunta, retomando o assunto.

— Nem eu nem ninguém. Peço que me desculpem se pareço abalada, mas o fato é que aquilo foi um tipo de... bem, um tipo de violação, como se ela deliberadamente se intrometesse na nossa família sem ser chamada.

— Então você não acredita que ela e Jounas estivessem genuinamente apaixonados?

Wenche Hellevik dá de ombros mais uma vez e suspira.

— Jounas estava atraído por ela, naturalmente, mas eu duvido que concordasse em se casar com ela em qualquer outra circunstância. E quanto a Susanne, estou inclinada a concordar com o meu pai: acredito que ela estivesse atraída sobretudo pela fortuna e pelo *status* da minha família. Talvez tenha se apaixonado pelo Jounas, mas nunca houve química de fato entre os dois. Nenhuma faísca visível, nenhum beijo espontâneo, nem olhares amorosos. Ainda assim, de alguma maneira ela parecia satisfeita com a situação. Não perdia uma oportunidade de me dizer que viraríamos irmãs.

167

— E depois do casamento? Como você descreveria o casamento deles?

— Acho que foi um casamento relativamente harmonioso nos dois primeiros anos, em especial por causa da pequena Sigrid, que os dois amavam, é claro, mas quando o Jounas saiu da faculdade de direito e voltou para a polícia, tudo desmoronou. Papai ficou furioso; Susanne, meio histérica; e Jounas, irracional e arredio. Isso afetou todos nós, quase dividiu a família. As coisas não foram mais as mesmas depois disso. Nos víamos nas festas mais importantes e nos aniversários, é claro, mas nada além disso. Jounas e Susanne foram isolados do resto da família. Papai retirou todo o apoio financeiro, e eles tiveram de deixar o apartamento elegante de Freyagate. Acho que só os visitei uma vez no apartamento de dois quartos em Odinswalla. Nessa época, a Susanne havia se tornado uma pessoa completamente diferente.

— Em que sentido? — Karen indaga.

— Amarga, desapontada. Ela sempre teve essas tendências, mas agora era como se tivesse sido tomada por elas por completo, e se tornado deprimida como eu jamais havia visto antes. Eu quase senti pena dela. E para ser franca, Jounas se comportou como um verdadeiro cretino. Eu entendo que o meu irmão quisesse ser dono do próprio destino, que não quisesse que o meu pai controlasse seus passos, mas ele não pensou em mais ninguém, não consultou ninguém, nem mesmo a esposa. Por ironia, o comportamento do Jounas deixou claro que ele e o papai eram farinha do mesmo saco: absolutamente impiedosos e capazes de fazer qualquer coisa para conseguirem o que querem.

Trinta minutos mais tarde, já de volta ao carro, Karen e Karl estão calados, imersos em seus próprios pensamentos. Por fim, Karl quebra o silêncio:

— Você não acha... Quero dizer, até que ponto podemos ter certeza de que ele estava em casa quando Susanne foi morta?

— Não o suficiente.

— O que quer dizer com isso?

Karen respira fundo e solta o ar lentamente.

— Tudo bem — ela responde. — Mas quero que isso fique entre nós. Jounas passou a noite no Strand depois do Festival da Ostra.

Karl vira o rosto para ela de modo tão brusco que o carro dá uma súbita guinada.

— Caralho, Eiken! Por que não disse isso antes? Você disse à equipe que ele foi para casa.

— Eu sei exatamente o que eu disse, e você está certo. Ele foi mesmo para casa andando, mas só de manhã.

— Você mentiu para nós.

— Eu não contei toda a verdade, mas tomei muito cuidado para não mentir por completo.

— Ah, que bom, agora entendi. Não por completo. Muito decente mesmo da sua parte.

A voz de Karl transborda sarcasmo. Ela o olha de lado. Ele está atento à estrada, mas de cara fechada; um sinal claro de que está zangado.

— Ouça o que vou dizer, Karl. — Ela limpa a garganta. — Eu não quero contar para a equipe inteira que o nosso chefe passou a noite num hotel com uma mulher, mas eu chequei o horário em que ele foi embora. Ele teria no máximo quarenta e cinco minutos para ir a pé até a prefeitura, pegar o carro, dirigir até Langevik e matar Susanne. O quanto isso parece provável para você?

— Não muito.

Eles ficam sem conversar por mais alguns quilômetros. Novamente é Karl quem rompe o silêncio:

— Mas não é impossível — ele acrescenta.

35

KAREN ESTÁ ENCOSTADA À JANELA, OLHANDO PARA O ESTACIO-namento em frente, na diagonal. As grandes árvores do parque Holländar estão balançando ao sabor do vento, e cada vez mais folhas amarelas vão se juntando às castanhas no chão. São quase 19h e a escuridão é completa, mas a iluminação fornecida pelos postes de luz revela que a calçada está molhada com água da chuva.

— Não acredito nisso — Karen murmura, aproximando-se mais do vidro.

Nesse momento, um pequeno floco de neve aterrissa na janela e desliza para baixo, derretendo rapidamente. Sim, é inegável: chuva e neve. No início de outubro. Um mês antes do tempo, pelo menos, cedo demais até para os padrões de Doggerland.

Karen mal consegue avistar sua Ranger no lado direito do estacionamento. Então ela se dá conta de que é hora de começar a estacionar na garagem subterrânea da polícia. O desprazer de entrar num carro gelado vai ser logo superado pelo desprazer de passar pelo ambiente subterrâneo e suas lâmpadas fluorescentes. Sem mencionar que é grátis para funcionários.

Está ficando tarde, ela avalia, pensativa. *Eu devia ir para casa antes que o tempo piore ainda mais.*

Mas Karen permanece onde está. A estrada lamacenta é quase tão tentadora quanto sua casa escura e silenciosa. O que ela quer mesmo fazer é ir para o bar mais próximo, aproveitar o calor dos corpos de estranhos, ouvir o ruído das vozes deles e beber. Ela quer ficar na cidade e chegar ao trabalho mais cedo na manhã seguinte. Ou, num cenário mais gratificante, ter uma hora a mais de sono.

Não precisava realmente ir para casa, ela reflete. Tinha deixado uma abertura na janela da cozinha, e havia muita comida e água para o gato; ele ficaria bem por uma noite. Porém, ela de imediato percebe que não devia ter deixado a janela aberta num tempo desses, e que devia mesmo ir para casa e instalar a maldita portinha do gato. Ignorando uma pontada de culpa, Karen pega o celular e rola a lista de contatos à procura de um dos telefones que mais usa.

A voz que atende a chamada soa surpresa e feliz.

— Olá, meu amor! Então você está viva, Karen?

— Bem, eu não diria isso... Você ainda está na cidade?

— Estou no carro, quase chegando em casa. E você?

— Ainda no trabalho, mas estou pensando em encerrar o expediente por hoje, e esperava encontrar alguma companhia.

— Você deveria ter ligado mais cedo — Marike responde. — Eu não tenho a menor disposição para voltar dirigindo todo esse caminho com esse tempo. Eles estão falando em chuva gelada. Em outubro! Isso é uma loucura.

— Mesmo? Bem, isso me faz sentir ainda menos vontade de voltar para casa. Tudo bem para você se eu dormir lá no ateliê?

— Vá em frente. Você tem as chaves. Garanto que está quente e agradável. Os fornos estão ligados desde ontem; eu só os desliguei quando saí. E quanto a sábado?

São necessários dois segundos vasculhando a memória até que Karen encontre alguma coisa. Num momento de fraqueza, ela havia convidado alguns amigos para celebrar seu último aniversário antes dos cinquenta.

— Porra, eu tinha esquecido completamente.

— Você esqueceu, Karen?

— Tenho andado bastante ocupada. Você lê os jornais, não é?

— Você sabe que eu só leio a seção de artes, mas, falando sério, nem mesmo eu poderia deixar passar o caso daquela pobre mulher assassinada em Langevik. Você está participando desse caso?

— Não só participando, eu estou no comando das investigações.

Marike assovia.

— Perfeito. Vamos então ouvir todos os detalhes sórdidos no sábado.

Karen não responde de imediato.

— Não sei se vou ter tempo, para ser bem sincera — Karen diz, por fim. — E não há muita coisa para celebrar, mas no ano que vem...

— Então considere isso um velório. Você prometeu que prepararia umas coisas gostosas.

— Eu estava bêbada. Promessas feitas durante o Festival da Ostra não contam.

— Falando nisso, Kore disse que você se mandou depois que eu saí. Quem é o cara?

— Ninguém. Acabou não dando em nada.

Resposta um pouco rápida demais, um pouco séria demais para soar convincente.

— Sei, sei... Pra cima de mim...

— Seja como for, não estou no clima para falar disso.

— Então deve ser um daqueles seus idiotas de sempre. Já pensou em dormir com um sujeito de quem você realmente goste, só para variar? — Mas antes que Karen tenha tempo de responder, Marike acrescenta: — Espere, a minha saída está chegando, vou ter que desligar. A gente continua essa conversa outra hora, mas se você pretende mesmo mudar de ideia quanto ao sábado, acho melhor avisar Eirik e Kore; eles estão ansiosos por esse encontro.

Karen faz alguns cálculos rápidos: ela pode encontrar tempo para cozinhar mexilhões, e o vinho pode ser comprado na volta do trabalho. Se não acontecer alguma virada no caso, dá para ser feito. Além do mais, um pouco de companhia lhe faria bem.

— Você tem razão — ela diz. — Claro que vamos fazer a nossa reunião, mas não vou ter tempo para limpar, e você vai ter que trazer pão da cidade; Langevik não tem nenhuma padaria decente. E se algo acontecer e eu tiver de voltar ao trabalho, vocês vão ter que se virar sozinhos.

Quarenta e nove anos, ela pensa em voz alta depois de desligar o telefone. *Quando foi que isso aconteceu, cacete?*

36

VINTE MINUTOS DEPOIS, KAREN CAMINHA PELO BARULHENTO bar do restaurante Kloster e se senta numa mesa para dois. Após uma rápida olhada no quadro, ela acena para o garçom e pede bacalhau na manteiga e rabanetes.

— E meia garrafa de vinho tinto da casa — ela acrescenta.

Karen olha o lugar a sua volta. Ao longo do balcão, acima de uma barreira de corpos, braços se estendem para cima continuamente, tentando chamar a atenção do barman e fazer mais um pedido antes que a *happy hour* termine. O setor do restaurante, por outro lado, está bem menos cheio; Karen observa os outros clientes sob o pretexto de apreciar a decoração.

Logo o garçom põe na mesa o prato de Karen, junto com um pequeno jarro de cobre cheio de manteiga derretida. O vapor se desprende da batata recém-cozida. O bacalhau não poderia estar melhor; reluzente e salgado na medida certa, ele obediente se parte quando Karen o toca com o garfo. Ela sente a ardência do rabanete chegando aos olhos, e mastiga com grande satisfação. Karen ficou perfeitamente acostumada a comer sozinha ao longo dos anos; ela ignora os olhares — alguns fascinados, outros de piedade — que vêm do balcão do bar, cada vez mais barulhento.

Ela pensa em Karl. Ele ficou furioso depois de descobrir que Karen não havia sido totalmente sincera com relação ao paradeiro de Jounas na noite anterior ao crime. A raiva dele já arrefeceu, mas uma certa distância acabou surgindo entre os dois. Ele se dirigiu a Karen com um tom de voz frio pelo resto do dia, como uma pequena punição. E durante a reunião da tarde, ele se manteve estranhamente calado.

Karl Björken é seu confidente mais próximo no trabalho. É a Karl que ela recorre quando precisa conversar ou discutir ideias, ou quando quer um chope depois do trabalho. É bem verdade que Karl nunca fez abertamente objeções ao jargão machista que vem caracterizando o DIC nos últimos anos, mas também jamais o usou. *Se eu perder a confiança dele,* Karen reflete, *o trabalho vai virar um pesadelo.*

Em determinado momento, depois de já ter comido metade do seu bacalhau, Karen leva um susto. Ela vislumbra um rosto familiar próximo do balcão. Agitada, ela vira o rosto e tenta pensar em uma saída. Porém é tarde demais; ele já a viu. Jon Bergman caminha na direção dela com passos determinados e um grande sorriso. Em circunstâncias normais, ela teria ficado feliz por vê-lo; agora, ela teria que se livrar dele.

— Oi, Karen. Está sozinha? Posso me sentar?

— De jeito nenhum — ela retruca, enfática.

Jon já havia colocado a mão na cadeira diante de Karen para puxá-la, mas interrompe o movimento; no rosto, uma expressão de incredulidade. Ela coloca os talheres no prato e se inclina para trás na cadeira.

— Sabe que eu não posso falar com você no meio de uma investigação.

— Muito justo — ele responde. — Mas não pode me dizer nada? Vamos lá, qualquer coisa. Smeed ainda é um suspeito?

— Quem disse que ele era um suspeito?

— Bem, quando uma mulher é assassinada o suspeito geralmente é o marido ou o ex-marido. Desde que não haja nenhum outro criminoso, claro, mas será que não há?

Karen respira fundo.

— Entenda, Jon, eu não vou lhe passar nada, nenhuma informação, não existe a menor chance de que isso aconteça. Não vai arrancar nada de mim. Por favor, pode me deixar terminar o meu jantar em paz?

— Então existe alguma coisa para ser arrancada, afinal? É isso que está querendo dizer?

— Eu estou querendo dizer o seguinte: quero comer o meu bacalhau antes que esfrie, e quero comer sozinha e sossegada!

Jon Bergman ignora o gesto que ela faz na direção do prato, bebe um gole da sua cerveja e coloca o copo em cima da mesa.

— E pensar que um dia você já foi tão aberta e livre em suas opiniões.

— Talvez mais aberta do que deveria. — No instante em que diz isso, Karen se arrepende, pois sabe que Jon Bergman vai partir para o ataque.

— A-há! Então você está sendo controlada; pode liderar a investigação, mas não pode falar sobre ela. Foi por isso que o infeliz do Haugen fez aquela "coletiva de imprensa". — Jon Bergman usa os dedos para colocar aspas entre as palavras que quer enfatizar, um gesto que Karen odeia que as pessoas façam. Ela percebe então que seu bacalhau vai definitivamente esfriar. E faz um sinal para o garçom indicando que deseja pagar.

Jon Bergman é um repórter de televisão e não um jornalista, por isso Karen não corre o risco de que coloquem palavras na sua boca no jornal do dia seguinte; mas seu apetite se foi. Ela sabe que é só questão de tempo antes que ele desenterre os acontecimentos de mais de quatro anos atrás. Um breve, mas intenso caso de verão, umas duas semanas em que os dois mal saíram da cama, depois alguns meses de encontros esporádicos, antes que o romance acabasse. Uma pequena aventura, rápida e prazerosa; Karen quase nunca pensa nisso, já que ela e Jon circulam em meios diferentes e raras vezes se encontram nos dias de hoje. Isso dito, embora tudo tenha acontecido há muito tempo, a credibilidade dela seria severamente atingida se seu breve romance com Jon Bergman virasse assunto em toda a delegacia de polícia. Houve muitos vazamentos para a mídia naquela época; saber quem estava por trás dos vazamentos era uma questão que provocava constante especulação.

Tomar vinho na companhia de Jon Bergman durante uma investigação em andamento está fora de questão. *Se eu ceder um milímetro, ele nunca mais irá embora*, ela pondera. Karen se abaixa e tira a carteira da bolsa.

— Então tudo bem. Se você não vai embora, eu vou — ela diz. — Estou mesmo com pressa — ela acrescenta a fim de diminuir o impacto negativo de suas palavras.

— Mas que diabo, não precisa fazer isso... relaxe — Jon Bergman argumenta. — Custa me passar alguma coisa, por menor que seja? Pelos velhos tempos...

Sem responder, Karen entrega seu cartão ao garçom. O funcionário aperta alguns botões da maquininha, coloca-a na mesa diante de Karen e olha para o prato dela.

— Houve algum problema com o seu prato? Espero que não — ele diz, observando as sobras do bacalhau mergulhadas num lago de manteiga.

— Nada disso, a comida está ótima — Karen diz. — Vou ter de sair porque acabei perdendo a hora.

Ela se levanta e sorri para o garçom. Jon Bergman dá um passo para trás, sem tirar os olhos de Karen, que veste o casaco.

— Eu não tive a intenção de arruinar o seu jantar. Posso pelo menos convidar você para beber comigo no bar? Ou em outro lugar qualquer?

— Eu realmente não tenho tempo — ela responde.

Karen caminha para a saída a passos largos, com o repórter grudado nos seus calcanhares.

— Você tem o meu telefone — ele grita quando ela abre a porta. — Me ligue!

Ela para, vira-se para Bergman e sorri.

— Tudo bem, Jon, eu prometo que vou ligar. Se eu voltar a perder o juízo, você vai ser o primeiro para quem eu vou ligar, mas isso só vai acontecer depois que essa investigação estiver concluída.

37

O CALOR PERSISTENTE VINDO DOS FORNOS ENVOLVE KAREN NO instante em que ela passa pela porta. Por um momento, ela havia considerado a possibilidade de dirigir de volta para Langevik, depois de ter sua noitada interrompida de forma abrupta; mas então ela se deu conta de que tinha bebido quase todo o vinho. A culpa que sentiu por ter dirigido para casa, no domingo anterior, de ressaca e provavelmente ainda sob efeito do álcool, tecnicamente falando, ainda paira sobre ela como uma nuvem negra. É bem verdade que muitos habitantes da ilha costumam dirigir depois de ingerir quantidades consideráveis de álcool; as leis são ineficazes, as multas são baixas desde que não haja acidente e há pouca vigilância e controle nas estradas, mas Karen Eiken Hornby havia prometido a si mesma: nunca nada além de um copo. As chaves do ateliê de Marike no antigo porto de Dunker fazem parte dessa promessa.

Ela atira o casaco e a bolsa num banco na área da loja e vai até o aposento retangular nos fundos do imóvel, onde a preciosa argila de Marike é transformada em arte. A argila verde-azulada especial instigou a escultora a se mudar de Copenhague e comprar um lote de terra em Heimö. Uma terra pantanosa onde nada cresce e onde nada pode ser construído. Um lote que nem mesmo é bonito, mas que esconde debaixo da superfície toneladas do que Marike considera tão precioso quanto ouro.

Karen e Marike acabaram se conhecendo justamente por causa do lote de terra. O vendedor era Torbjörn, primo de Karen; ela o estava visitando num sábado pela manhã, há cerca de sete anos, quando uma mulher alta e de olhar muito determinado apareceu de repente no quintal de Torbjörn.

A mulher trazia consigo um mapa no qual havia circulado um lote de terra com caneta hidrográfica vermelha, e dizia, num dinamarquês praticamente incompreensível, que queria comprar o lote assinalado, *fosse qual fosse o preço*. Essas foram suas exatas palavras, "*fosse qual fosse o preço*"; e quando por fim foram decifradas, um brilho voraz se acendeu nos olhos de Torbjörn.

A negociação foi uma piada. Passado o primeiro impacto da surpresa por saber que havia alguém interessado no canto improdutivo de que ele era dono, Torbjörn enxergou uma boa oportunidade de encher os bolsos. E logo ficou bastante claro que a dinamarquesa interessada não sabia nada sobre os preços das propriedades em Doggerland, nem sobre as condições exigidas para a construção da casa que ela planejava erguer. Além disso, as dificuldades de comunicação, causadas sobretudo pelo incompreensível modo dinamarquês de calcular e pelo sistema cambial de Doggerland — igualmente incompreensível para os estrangeiros —, acabaram obrigando as partes a recorrer ao inglês, apesar da sua afinidade escandinava.

No começo, Karen apenas observava enquanto o primo explorava ao máximo a compradora do seu lote, mas a certa altura ela não conseguiu mais ficar quieta. Desafiando os olhares furiosos de Torbjörn, ela deixou claro para a dinamarquesa que o preço do lote era irrisório, e frisou que estava totalmente fora de questão construir qualquer coisa nele. Então sugeriu que fosse incluída na venda a faixa de terra adjacente com vista para o rio Portland, que tradicionalmente fazia parte do lote de terra em negociação; a dinamarquesa poderia construir sua casa lá e ter uma vista de fato decente, pelo menos em uma direção.

A interferência de Karen teve como consequência seis meses de relações estremecidas com o primo, mas rendeu uma amizade duradoura com Marike Estrup.

Agora, Karen ergue um canto do plástico que cobre uma das grandes cubas no ateliê e tira um pedaço de argila, rolando-o entre o polegar e o indicador, testando a plasticidade do material enquanto observa as esculturas prontas enfileiradas ao longo da parede de vidro. Ela havia testemunhado cada passo do laborioso processo: Marike, usando macacão, desenterrando argila no terreno atrás da sua casa, lavando-a várias vezes, deixando-a secar pacientemente e de vez em quando batendo nela de leve com seus braços fortes antes de levá-la para o ateliê em Dunker. No ateliê é que a transformação começa. Karen é fascinada pelo poder e pela determinação do processo criativo de Marike; formas começam a aparecer do nada, cores mudam sob o intenso calor. Ela vivenciou a excitação do momento em que os fornos eram abertos, viu a expressão ansiosa de Marike enquanto ela avaliava o resultado de seus esforços.

Mesmo assim, é difícil para Karen compreender o fato de que as esculturas exibidas em prestigiosas galerias espalhadas pelo mundo todo surgiram originalmente do pegajoso fragmento que ela está rolando entre os dedos.

Então a realidade cai sobre Karen, e ela se dá conta de que o homicídio de Susanne Smeed é o seu próprio fragmento de argila, que talvez nunca venha a tomar forma. A conversa com Wenche Hellevik acrescentou algumas cores à imagem de Susanne Smeed; crescer em Langevik não deve ter sido fácil para uma garota de uma família que se destacava como um pavão no meio de um bando de gaivotas. Isso pode explicar, pelo menos em parte, a desesperada necessidade que Susanne tinha de aceitação, de integração, de tentar entrar em uma família tão diferente daquela em que havia nascido. E então, quando tudo desmoronou, veio a amargura. A amargura causada pelo divórcio e por ter sido obrigada a voltar para a vila, apenas para descobrir que a terra que ela herdaria tinha sido vendida e agora pertencia ao homem que ela tanto odiava: Jounas Smeed. *Não seria nenhuma surpresa para mim se Susanne tivesse batido na cabeça dele com um atiçador*, Karen reflete, mas o contrário? Não, ela não consegue imaginar um motivo que o levasse a fazer tal coisa. Mesmo assim permanecia a possibilidade teórica, a exasperadora possibilidade matemática de que ele pudesse ter cometido o crime. E quem mais?

As considerações e relatos trazidos por Cornelis Loots e Astrid Nielsen na reunião do final da tarde foram admiravelmente claros e detalhados. Eles haviam conversado de novo com os colegas de trabalho mais próximos de Susanne, com os cuidadores, com o pessoal da limpeza e com a gerente da Solgården, Gunilla Moen. Cerca de metade dos entrevistados não tinha opinião nenhuma sobre Susanne Smeed, conheciam-na apenas por nome e tinham pouco ou nenhum contato pessoal com ela. A outra metade declarou em peso que Susanne — cuja função era cuidar de notas fiscais, elaborar contracheques e processar pedidos de licença — era meticulosa e bem-organizada, como exigia o trabalho, mas era desprovida de flexibilidade e de afabilidade no trato com as pessoas; nem mesmo para fins de caridade, para ajudar alguém em uma situação difícil, ela se dispunha a ultrapassar em um milímetro a esfera da sua estrita obrigação. Um pedido de licença que fosse parar na mesa de Susanne depois da data-limite nunca era aprovado, mesmo que os temporários estivessem esperando a admissão para cobrir os turnos. Adiantamentos salariais eram categoricamente negados, sem exceção. Ao mesmo tempo, ela tinha o hábito irritante de meter o nariz onde não era chamada; apontava defeitos nas outras pessoas e questionava informações sobre horas suplementares trabalhadas ou a necessidade de novas roupas de trabalho. Em resumo, Susanne Smeed era uma "cretina filha da puta", como disse um dos faxineiros.

Ninguém foi capaz de dizer a Nielsen e Loots nada sobre a vida privada de Susanne. Não ficou claro o porquê, de acordo com os dois agentes. Ao que tudo indicava, isso acontecia porque não havia nada de interessante para ser dito, ou porque ninguém na Solgården tinha interesse em descobrir o que Susanne fazia fora do trabalho. A maioria dos funcionários sabia que ela era divorciada e morava em Langevik; seus colegas mais antigos também sabiam que ela havia sido casada e que tinha uma filha. Alguns poucos estavam a par de que Susanne gostava de passar as férias no exterior, mas observaram que as viagens dela foram se tornando menos frequentes; agora já fazia um bom tempo desde que ela voltara bronzeada do Mediterrâneo ou da Tailândia.

— Acho que ela tinha problemas para pagar as contas, o que não seria de se espantar, tendo em vista os salários que pagam aqui — Gunilla Moen havia comentado com os agentes.

Mais algumas informações apareceram. Há cerca de um ano, Susanne tinha se candidatado ao cargo de subgerente, mas foi recusada, embora tivesse substituído Gunilla Moen na ocasião. De acordo com Moen, Susanne não conseguiu o cargo devido à sua incapacidade de cooperar e à sua falta de flexibilidade, relatada por vários de seus colegas. Desde então Susanne Smeed passou a se isolar: sempre almoçava sozinha, evitava qualquer reunião de funcionários que não fosse obrigatória, chegava pontualmente às oito da manhã e deixava a empresa às cinco. Nem um minuto a mais, nem um minuto a menos.

Na última primavera, porém, depois da decisão da gerência de proibir o uso dos telefones da empresa para fins particulares, Susanne abandonou o seu isolamento autoimposto e teve um inesperado acesso de raiva. Quatro pessoas viram quando Susanne gritou para Gunilla Moen que "tinha algumas coisas para dizer às pessoas sobre este lugar", e que eles deviam "tomar cuidado". Gunilla Moen e todos os demais alegaram que não faziam ideia do que Susanne estava falando. Alguns especularam que a explosão de Susanne tinha sido causada por problemas com álcool, outros achavam que se tratava simplesmente de uma "megera na menopausa".

Susanne jamais repetiu a atitude nem mencionou o assunto de novo, mas sua constrangedora explosão intensificou a tensão com seus colegas. Por fim, alguém deu queixa da situação classificando-a como questão de saúde e segurança, e Susanne foi intimada a comparecer ao RH da empresa Eira, a fim de discutir uma possível transferência para uma das oito outras casas de repouso da companhia. Susanne se recusou, recebeu uma advertência, mas permitiram que continuasse na Solgården.

Nos últimos meses, Susanne havia faltado várias vezes, o suficiente para levar Gunilla Moen a entrar em contato com o RH novamente, mas nenhuma providência foi tomada. Na segunda-feira anterior ao dia do seu assassinato, Susanne avisou que estava doente. Dessa vez, ela nem mesmo deu uma justificativa, apenas deixou uma mensagem na secretária eletrônica. E depois disso ela não voltou ao trabalho.

O departamento de informática da polícia havia concluído suas investigações sobre o computador de trabalho de Susanne; o relatório deles não trouxe nada de muito relevante. Ao mesmo tempo em que a Solgården decidiu proibir a utilização particular de seus telefones de trabalho, o uso para fins particulares do laptop de trabalho de Susanne também cessou completamente. E antes disso, o que mais havia nesse laptop eram e-mails relacionados a pedidos *on-line* de roupas e de produtos de beleza, algumas longas reclamações endereçadas à companhia de energia eólica, cobranças de multas por atraso de várias contas e e-mails esporádicos para a filha, muitas vezes sem resposta.

Havia uma exceção: um e-mail de natureza privada tinha sido recebido, mas nunca respondido. Alguém de nome Disa Brinckmann havia enviado um e-mail para susanne.smeed.@solgarden.dg no final de maio. Parecia ter sido escrito numa mistura de sueco com dinamarquês ou coisa do tipo. Karen exibiu a todos na mesa a cópia impressa do documento.

```
Querida Susanne!
    Você provavelmente não se lembra de mim; já faz muitos
anos que nos vimos pela última vez, você era muito pequena,
mas seus pais devem ter falado de mim. Moramos juntos em uma
comunidade em Langevik por alguns anos. Tenho algumas in-
formações que podem ser importantes para você, por isso gos-
taria que entrássemos em contato assim que possível.
    Atenciosamente,
    Disa Brinckmann
    Telefone: +46 40 682 33 26
```

O e-mail havia sido enviado de dbrinckmann@gmail.com, mas não obteve nenhuma resposta, pelo menos não pelo e-mail de trabalho de Susanne.

— Ela pode ter usado uma conta pessoal para responder, claro, se tivesse uma — Karl tinha sugerido. — Ou talvez ela tenha telefonado. O número do telefone já foi checado?

— Está registrado para um endereço em Malmö — Karen respondeu. — Fica no sul da Suécia — ela então acrescentou.

— Obrigado, mas sabemos onde fica Malmö.

— Eu tentei ligar — Karen prosseguiu, ignorando Karl, que continuava magoado. — Mas ninguém atendeu, e não havia correio de voz, por isso não pude deixar uma mensagem. Vamos continuar tentando, naturalmente, mas tendo em vista que Susanne era muito antissocial e que repudiava o modo de vida dos pais, eu não acredito que essa Disa Brinckmann tenha conseguido realmente entrar em contato com ela.

A reunião chegou ao fim com uma nota de resignação no ar. Um leve, mas inconfundível sopro de abatimento havia invadido a sala pela primeira vez, como gases que todos pudessem sentir, mas ninguém admitisse. Elevando a voz com uma convicção totalmente infundada, Karen tentou dissipar o clima de desânimo: Disa Brinckmann poderia lhes dar novas pistas que eles, é claro, investigariam a fim de saber se Susanne tinha, de fato, conhecimento de algo que pudesse prejudicar Gunilla Moen, a Solgården ou seus proprietários. Depois Karen frisou que ainda estavam no início, que a investigação nem havia passado do terceiro dia ainda, mas todos sabiam que três dias era exatamente o limite que não deveria ser ultrapassado sem algum avanço. Ninguém disse isso, e talvez fosse apenas a imaginação dela, mas ainda assim estava lá, implícito: "Se o Smeed estivesse aqui, já teríamos mais indícios com que trabalhar".

Karen coloca o pequeno pedaço de argila de volta em sua cuba e seca os dedos na calça jeans. Depois, vai até a pequena cozinha ao lado do ateliê e abre a geladeira. Marike nunca falha. Como era de se esperar, na prateleira de cima há apenas metade de um pedaço de queijo, duas bananas, uma caixa de leite com validade vencida, alguns rolos de filme plástico e um pote de azeitonas; mas na prateleira de baixo, alinhados perfeitamente, encontram-se os itens que dão sentido às azeitonas: três garrafas de gim e uma de vermute que, de acordo com Marike, são artigos de primeira necessidade. Karen abre o compartimento do freezer e tira uma taça de martíni.

Karen vai buscar a bolsa que havia deixado num banco da loja, volta para o ateliê e se senta no sofá com uma taça cheia até a borda. O primeiro gole traz consigo uma súbita necessidade de fumar, e ela percebe que dessa vez não vai conseguir quebrar a sua promessa, pois tinha dado seus últimos cigarros para um morador de rua no Shopping Grená. Por um longo momento, ela acalenta a ideia de sair novamente e caminhar até Varvsgate, onde fica a loja mais próxima; mas desiste da ideia depois de espiar pela janela. Em vez disso, abre sua bolsa e tira um saco plástico pesado, inclina-se para trás com as pernas cruzadas e coloca o saco no colo. Então abre o lacre da embalagem plástica e retira dela o grosso álbum de fotografias que ela e Karl haviam encontrado na cômoda de Susanne Smeed, e que tinha sido liberado pelos peritos.

38

EM SUA CASA, KAREN DEVIA TER TRÊS OU QUATRO ÁLBUNS DE fotografias de várias épocas; mas esse único álbum que está em suas mãos parece conter todas as fotografias de família dos Lindgren. Talvez as fotos mais importantes tenham sido reunidas em um só lugar antes que eles deixassem a Suécia. As mais antigas são retratos de estúdio de cor sépia, do século anterior, e provavelmente mostram os ancestrais de Anne-Marie ou os de Per. Karen lê os nomes suecos impecavelmente impressos sob cada fotografia ao lado do ano: Augusta e Gustav, 1901; Göta e Albin, 1904; em ambos os casos as mulheres estão usando vestidos pretos, seus cabelos estão presos num coque e elas estão posicionadas atrás dos maridos, que estão sentados em cadeiras de madeira, rígidos, ostentando seus trajes de domingo. Nome e ano, mas nada que explique quem são as pessoas nas fotos.

As páginas seguintes mostram amigos e parentes dos Lindgren através das sucessivas décadas do século XX; a cada década que se passa, os temas se tornam menos obviamente conectados a ocasiões especiais e ganham contornos mais despojados: um homem bem vestido e calçado, aparentemente de nome Rudolf, está acomodado em seu T-ford, cheio de orgulho; uma mulher sorridente, de seios grandes, usando um vestido floral da década de 1930 e sapatos brancos, num jardim, parece chamar-se Anna-Greta e a fotografia é de 1933. Outra fotografia, provavelmente tirada na mesma ocasião, mostra um jovem, Lars-Erik, usando uma boina, com um braço em volta da mesma mulher, na escadaria de uma casa amarela de madeira. Mãe e filho, Karen especula.

No ano seguinte, uma pessoa de nome Ulla está fazendo ginástica numa barra, e a próxima foto mostra os jovens Karl-Artur e Eskil, que em 1935, junto com algumas outras crianças sem nome, praticavam mergulho num cais. Duas páginas com várias fotos da Segunda Guerra Mundial mostram jovens de expressões sérias, vestindo uniformes. Numa estação de trem gélida, algumas mulheres na casa dos quarenta anos parecem sentir frio: uma delas está acenando para a câmera, enquanto as outras estão, ao que parece, servindo sopa a homens de uniforme numa fila organizada. Katrineholm 1943 — é o que se lê, escrito em letras cursivas, sob a fotografia.

Entre as imagens dos outros ancestrais há também uma fotografia muito pequena com um ambiente um tanto familiar: parece ter sido tirada em um galpão de pesca de Langevik, e mostra um casal de velhos sentado em cadeiras de madeira, consertando redes: Vetle e Alma Gråå, 1947.

Para o seu espanto, Karen se sente tocada. Várias das fotografias poderiam perfeitamente ter saído de seus próprios álbuns de família; a súbita percepção de conexão e da falta de sentido dessa existência passageira a emociona. Tantas mulheres, homens e crianças, com semblantes sérios ou alegres, que testemunharam a passagem de décadas, e agora provavelmente estão todos mortos. Geração após geração, lutando para sobreviver e perpetuar a raça humana — e talvez para obter um pouco de felicidade. Todos esses ancestrais cujas mágoas e alegrias agora só podem ser vislumbradas num punhado de fotografias desbotadas. Pessoas que um dia significaram tudo para outro alguém, e no entanto acabam esquecidas poucas gerações mais tarde.

E alguns de nós são esquecidos bem antes disso, Karen reflete, e esvazia seu copo.

A vontade de fumar retorna com força e, num súbito impulso, Karen se levanta, vai até a cozinha e abre o armário sobre o aparador. Marike ainda fuma às vezes. Assim como Karen, ela frequentemente se compromete a parar, mas desiste com facilidade quando as coisas ficam difíceis; durante o Festival da Ostra, Karen reparou que ela estava dando umas baforadas enquanto reclamava do esmalte descascado em sua unha.

Karen vasculha as prateleiras, tateia os lugares que os olhos não podem alcançar, e então, atrás de uma grande tigela de argila vermelha, seus dedos se deparam com uma forma familiar. Triunfante, embora sinta uma leve pontada de culpa, ela agarra e puxa para fora metade de um maço de Camels.

Depois de preparar mais um martíni, abrir duas janelas e vestir um casaco de lã, Karen afunda de novo no sofá e manda uma mensagem de texto para Marike, informando-a de que planeja acabar com seu estoque de cigarros de emergência. Então ela pega de novo o pesado álbum de fotos e volta a estudar as fotografias. Lars-Erik podia ser o pai de Per, ela calcula. É mais difícil dizer quais fotografias mostram parentes de Anne-Marie, se é que alguma mostra. Nem sobrenomes nem laços de parentesco são fornecidos; Karen vira as páginas com curiosidade cada vez menor, buscando algo em meio a uma infinidade de rostos anônimos e poses encenadas.

Agora o otimismo cauteloso dos anos do pós-guerra está surgindo diante dela. As fotografias ainda são em preto e branco; mas, na transição dos anos 1940 para os anos 1950, os temas começam a parecer mais modernos: crianças brincando em fontes no subúrbio, três garotas com cinturas finas e cabelos altos fazendo beicinho de maneira sedutora, um jovem com calça jeans e jaqueta de couro agachado ao lado de uma lambreta. "Per 1957", lê-se abaixo da lambreta. Um comunicado de falecimento: Anna Greta Lindgren, a mulher de seios grandes, aparentemente morreu em 1955, aos 74 anos, e a sua perda foi pranteada por "marido, filhos e netos". Mais duas fotos de estudantes: na primeira, uma garota com o cabelo impecavelmente preso e um sorriso tímido: Anne-Marie, 1959. Na fotografia ao lado dela está um jovem também elegante, com o cabelo loiro bem penteado e uma porção de cicatrizes testemunhando que as maçãs do seu rosto um dia haviam sido afetadas pela acne.

Karen acende outro cigarro, bebe um gole do seu martíni e vira a página mais uma vez. Está agora chegando aos anos 1960; as memórias dos Lindgren são representadas numa profusão de cores com aquele característico aspecto amarelado como um filme sobre as fotografias. A essa altura, as câmeras já são comuns; uma recém-descoberta espontaneidade traz vida às imagens, mas a qualidade é sofrível. Com frequência o foco está em alguma coisa na frente, atrás ou até ao lado do tema central, e braços e pernas sem corpo surgem das bordas. E nomes e datas não são mais vistos, possivelmente devido à mesma falta de cuidado. Não há dúvida, contudo, de que se trata dos anos 1960. Como é de se esperar, a maioria das pessoas mais velhas veste ainda roupas que eram modernas dez ou vinte anos antes, mas os ideais de moda da nova década são todos mais visíveis entre a geração mais jovem. E duas pessoas sempre aparecem nas fotografias: um casal que parece ter entre vinte e trinta anos. Karen os reconhece de suas fotos de formatura. Claramente apaixonados, Anne-Marie e Per posam em várias situações, ela de minissaia e ele de roupa justa, algumas vezes sozinhos, mas em geral junto a um grupo de amigos. Um membro do grupo está nitidamente ávido para imortalizar cada encontro: festas, jantares, férias. Há um número cada vez maior de mulheres grávidas e de crianças pequenas, depois. Um jovem casal segura um menininho pelas mãos para que ele se balance alegre entre os dois; uma jovem com cabelo longo amamenta o seu bebê sobre um cobertor na grama. Seu rosto está meio encoberto, mas mesmo assim vê-se claramente que ela está sorrindo.

Karen desvia o olhar do álbum e fecha os olhos. Ela havia sorrido desse modo distraído, delicioso? Naquela época, antes que a cólica, a gripe, a catapora e as infecções no ouvido contaminassem o sentimento de êxtase com uma ponta de ansiedade onipresente. Naquela época, antes que peças espalhadas de Lego machucassem os pés descalços, antes que os terríveis dois anos transformassem o ato de trocar de roupa numa batalha. Naquela época, antes que a casa se enchesse com o som das reclamações dela. A constante intimidação envolvendo luvas e cachecóis, lição de casa e televisão e pelo-amor-de-Deus-não-coma-os-cereais-direto-da-caixa e John-você-pode-ensiná-lo-a-levantar-a-tampa-da-privada-da-próxima-vez e veja-se-o-seu-cinto-de-segurança-está-mesmo-afivelado-você-sabe-que-ele--pode-se-soltar-no-segundo-em-que-você-não-estiver-olhando.

Teria ela contemplado o pequeno pacote em seus braços com um sorriso melancólico, quase triste, também, como se ela pudesse sentir o que estava por vir? O que ia acontecer realmente se baixasse a guarda por um maldito segundo que fosse? Se por um instante ela dissesse a si mesma para não se preocupar tanto?

De modo mecânico, sem de fato perceber as lágrimas escorrendo pelo rosto, Karen as enxuga com as costas da mão e estanca o muco com uma fungada rápida. Sua mão está tremendo um pouco quando ela ergue o isqueiro para acender mais um Camel; quando pega o seu copo, já recuperou o controle de novo. Agora já passou. *Ainda acontece com tanta frequência*, ela pensa, *mas dura menos tempo. Está melhorando.*

Karen respira fundo e então volta devagar a olhar para a coleção de fotografias de Susanne, virando a página e examinando as imagens com mais distanciamento. Ela repara por acaso que a moda, agora que o final dos anos 1960 havia engolido os Lindgren, aparentemente impõe o uso de calças boca-de-sino, camisas apertadas, vestidos tingidos e cabelo repartido no meio. Fotos e mais fotos de gente jovem rindo, tendo o céu azul como fundo.

Seria possível que algumas dessas pessoas tivessem vindo para Doggerland com os Lindgren? E seriam elas as mesmas pessoas que os velhos no *Corvo e Lebre* tinham descrito de maneira tão depreciativa? Ela vira a página depressa, e lá está: a fotografia que afinal conecta a vida de Per e Anne-Marie Lindgren na Suécia com sua nova existência numa comunidade nessas ilhas remotas.

A foto de um grupo na amurada de uma balsa de carros. Karen reconhece imediatamente o logotipo verde da companhia ao fundo: o peixe estilizado sobre uma linha ondulada ainda adorna os navios que trafegam na rota Dunker-Esbjerg.

Três mulheres, dois homens, três crianças. Uma menina de cerca de cinco anos está segurando a mão de uma das mulheres e sorrindo para a câmera. Outra das mulheres carrega um bebê num longo xale enrolado em torno do seu corpo; um dos homens está segurando um carrinho de bebê. A criança no carrinho parece ter cerca de um ano. O cabelo comprido deles esvoaça ao vento, e as saias das mulheres se emaranham em torno das pernas.

Eles devem ter pedido a algum passageiro que tirasse as fotos, Karen calcula, *ou havia mais uma pessoa no grupo*. Ela contempla os rostos entusiasmados e estremece. Alguns estariam de volta à Suécia menos de dois anos depois, e aqueles que ficaram em Langevik estão todos mortos agora.

Na página seguinte há só uma fotografia colada. Acima dela, alguém estampou letras e números de cinco centímetros com uma caneta hidrográfica laranja: Langevik, 1970. Desenhos coloridos de flores e símbolos de paz emolduram a fotografia, que retrata um grupo de oito adultos — quatro mulheres, quatro homens — espremidos em duas fileiras nos degraus de pedra de uma escadaria que conduz às portas duplas verdes da casa principal. Várias crianças estão sentadas na grama na frente dos degraus.

Os nomes deles estão nitidamente impressos sob a fotografia: pelo visto, Disa, Tomas, Ingela e Theo fazem parte da fileira de cima.

Karen inclina-se para a frente a fim de observar com atenção a mulher mais à esquerda. Disa Brinckmann. Então é essa a aparência dela. Ou melhor: essa era a aparência dela há quase cinquenta anos. Ela deve ter bem mais de setenta anos agora. Karen olha para as pessoas no degrau de baixo e lê os nomes: Per, Anne-Marie, Janet e Brandon.

Per e Anne-Marie Lindgren, pais de Susanne Smeed, ela pensa, olhando para os rostos sorridentes com um sentimento de desconforto. A foto foi tirada antes do nascimento de Susanne; felizmente, nem o pai nem a mãe tiveram de saber como a vida da filha chegou ao fim.

Os nomes na linha de baixo são Orian, Mette e Love. Orian parece ser um garoto de cerca de um ano. Mette, que parece ter uns cinco, está sentada com as pernas cruzadas, segurando Love nos braços; é impossível dizer se Love é menino ou menina.

As três mulheres, os dois homens e as três crianças parecem ser as mesmas pessoas da balsa; os outros rostos são novos. *Mas nenhum sobrenome, é claro*, Karen repara, desapontada.

186

As fotografias que aparecem em seguida não haviam sido coladas em momento nenhum, apenas encaixadas nas últimas páginas. Algumas imagens do porto de Langevik e algumas da fazenda Lothorp: a casa principal, as duas casas de hóspedes, dependências externas, o galinheiro e algo que pode ser uma plantação de batatas recém-escavada. Uma foto de um homem jovem sem camisa, de cabelo comprido e com óculos redondos, sentado no telhado, manejando um martelo. Karen o compara às pessoas da fotografia em grupo, e conclui que é provavelmente o homem chamado Brandon.

Ela passa para a próxima fotografia. A imagem ligeiramente embaçada mostra uma mulher, talvez um pouco mais velha que os outros, ao lado da fresa, em pé, mexendo alguma coisa numa grande panela. Seu longo cabelo loiro-acinzentado está contido numa trança compacta que desce por um dos ombros. Ela usa um vestido bem longo. Está olhando para a câmera com um sorriso embaraçado, sem soltar a colher de pau. Karen confere outra vez a fotografia do grupo: sim, essa é Disa.

Mais uma fotografia: uma mulher com cabelo colorido e uma barriga do tamanho de um balão por debaixo do vestido longo tingido, com as duas mãos nas costas; ela parece cansada. *Deve ser uma das mulheres da balsa, aquela que estava carregando um bebê num xale*, Karen diz a si mesma, e recorre mais uma vez à fotografia em grupo. Ingela: pelo menos uma das crianças deve ser dela, e agora, pelo visto, ela está grávida de novo. Não é de espantar que pareça cansada.

A última fotografia mostra duas mulheres sentadas na varanda. Mais de quarenta anos depois, Karen ainda consegue sentir a tensão. Anne-Marie sentada com a cabeça apoiada na mão, o rosto um pouco voltado para o lado, e Ingela com uma das mãos levantada, como se não quisesse que o fotógrafo tirasse uma foto sua.

Uma vida diferente, Karen reflete, *era provavelmente tudo o que todos eles queriam*. O que eles sem dúvida buscavam era o que todas as pessoas buscavam: uma vida melhor, coletividade e felicidade, por mais que idealizassem essas coisas. E eles haviam viajado uma distância muito longa, arriscando tudo para encontrar o que procuravam. Tiveram coragem e disposição para criar a existência que queriam. Mesmo assim, o sonho morreu depois de um ou dois anos apenas.

Algo ruim aconteceu lá na fazenda Lothorp, sem dúvida, Karen pondera. O que teria sido? De repente, chegar até Disa Brinckmann parece mais urgente do que nunca.

39

LANGEVIK, AGOSTO DE 1970

A CULPA COMPRIME O PEITO DE PER LINDGREN E SE IRRADIA para o estômago. Per se agacha e tenta respirar rápido para aliviar os espasmos. Após alguns momentos, ele se endireita e continua a andar sem enxugar as lágrimas que escorrem pelo rosto. Como ele pôde fazer uma coisa dessas? Como pôde, caralho?

Mas ele conhece a resposta: três meses de um verão repleto de jogos de sedução. A boca de Ingela, de lábios vermelhos e cheios, sorrindo com tanta vivacidade, tão diferente do sorriso triste de Anne-Marie. Ingela, que, com as mãos cheias de terra após lidar com a plantação de batatas, despeja sobre a cabeça e sobre as costas uma concha de água do barril perto do muro. Os olhos dele fixando-se nas curvas bem-feitas destacando-se sob o tecido molhado da sua blusa. A alegria descontraída de Ingela, tão diferente da constante ansiedade de Anne-Marie.

Os olhos de Ingela quando olham para ele. As mãos dela, que acariciam as costas de Per sempre que passa por ele, as coxas firmes contra as de Per debaixo da mesa, a língua dela lambendo de modo provocador o vinho do lábio superior enquanto encara Per fixamente.

E ele. Sempre buscando saber onde Ingela está. Seus olhos procuram os dela, querendo aprovação, e conseguindo o tempo todo. Logo ele, que poucas semanas antes havia bagunçado alegremente o cabelo de Anne-Marie quando ela o confrontou uma vez mais com suas acusações. "Por que está olhando assim para a Ingela? Acha que eu sou cega? Você dormiu com ela? A mulher do Tomas. A mulher do seu melhor amigo. Seja honesto: você dormiu?"

— Ah, Ammi — ele havia respondido com um riso surpreso, tão convincente que ele percebeu como seria fácil traí-la. Usando o apelido dela e uma voz tão suave, que fez a raiva se transformar em lágrimas. — Está com ciúme?

— Só quero que me diga a verdade — ela respondeu.

Em vez disso, ele negou as acusações de Anne-Marie e as virou contra ela própria:

— Não, não há nada entre mim e Ingela, é claro; você está imaginando coisas. — E mesmo que houvesse algo, Anne-Marie não tinha o direito de jogar isso na cara dele. Haviam concordado que não eram donos um do outro. Esse não é exatamente o tipo de valor burguês trivial que queriam superar na comunidade?

— Por que você simplesmente não me diz a verdade? — ela implorou de novo.

E Per a acusou de estar pressionando-o, sufocando-o, ou algo assim. No final ela cedeu, e desistiu, disse que acreditava nele, mas ele notou a ansiedade nos olhos dela e prometeu, jurou que pararia de olhar para os seios e os lábios de Ingela. Ela era a mulher do Tomas, pelo amor de Deus, a mulher do seu melhor amigo. E ele amava Anne-Marie. Amava de verdade.

Eu amo, Per repete para si mesmo, com os olhos voltados para o mar. *Eu a amo. Anne-Marie não pode descobrir jamais; eu a perderia. E também perderia Tomas.* Esse pensamento faz acender uma fúria irracional dentro dele. Por que ele está sendo julgado tão duramente? Brandon, aquele tarado filho da puta, com certeza também come Ingela com os olhos quando Janet não está prestando atenção. E só Deus sabe o que Brandon deve ter feito com a irmã de Theo quando ela apareceu para uma visita algumas semanas atrás.

E o próprio Tomas não havia sido o mais entusiástico defensor do amor livre, de não pertencer a outra pessoa, de amar sem limites? Ele não tinha aceitado Ingela de volta depois de uma separação de quase três anos, quando ela voltou rastejando, em busca de segurança? Não voltou a amá-la, mesmo depois que ela gerou um filho de outro homem? Não disse que todas as crianças são filhos de toda a comunidade? Que cuidaria dos filhos de Ingela como se fossem seus próprios filhos, alimentando-os, responsabilizando-se por eles, trocando suas fraldas e tudo o mais?

Todos concordaram que seria assim: vamos compartilhar tudo, bens, comida, bebida, trabalho, alegria e tristeza. Comunidade, liberdade e honestidade deveriam ser os princípios que norteariam a vida na fazenda. E amor. O resto se resolveria naturalmente.

O problema era que ninguém ali estava sendo honesto de verdade. Nem Brandon, que traía Janet, nem Theo, que escondia a melhor erva em seu colchão. Nem mesmo Anne-Marie, que dizia acreditar nele quando os olhos dela revelavam o contrário.

Mas ele era o pior entre todos. Como um covarde, um ladrão agindo na escuridão da noite, ele havia agarrado a oportunidade quando Tomas teve de voltar à Suécia.

Meu melhor amigo deixa a família na minha fazenda para ir enterrar a mãe, e eu vou lá e transo com a mulher dele, Per reflete, coberto de vergonha. E não foi apenas uma vez, ainda por cima; eles continuaram depois que Tomas voltou, comunicando-se por meio de risadinhas furtivas, saboreando o seu segredo, trocando olhares na mesa de jantar quando ninguém prestava atenção.

Mas será mesmo que ninguém reparou em nada?

Nunca mais, ele jura para si.

— Nunca mais — ele diz em voz alta.

Ninguém precisa saber que a criança que Ingela está esperando não é de Tomas. Também dessa vez.

— O filho é seu, Per — ela lhe havia dito. — Eu sei que é.

Per certamente não vai confessar nada, nem para Anne-Marie nem para Tomas. Por que ele precisa ser honesto quando ninguém mais é? E Ingela também não vai querer contar nada. Acabaria com Anne-Marie, e Ingela sabe disso.

E Tomas.

— Talvez ele não esteja disposto a perdoar tão rápido dessa vez — Per havia advertido Ingela. Foi bem claro quando disse a ela que, se contassem a Tomas e a Anne-Marie o que havia acontecido, tudo iria desmoronar. A fazenda, suas amizades, o relacionamento entre ele e Anne-Marie. Tudo acabaria destruído, tudo o que haviam tentado construir seria arruinado se contassem a verdade.

Por fim, Ingela prometeu ficar calada. Ela de fato prometeu.

O problema é que ela é tão terrivelmente... imprevisível.

Per dá meia-volta e começa a caminhar de volta para a fazenda. *Tenho que falar com ela de novo,* diz a si mesmo. *Agora, antes que seja tarde demais.*

40

— MAS QUEM É QUE VAI FAZER TRILHA NA ESPANHA, PORRA? É algum tipo de idiotice sueca? — Karen se inclina para trás na cadeira de rodinhas com tanta força que ela desliza e bate na mesa vazia de Johannisen.

Ninguém havia encontrado o endereço de Disa Brinckmann em Malmö, mas Astrid Nielsen descobriu que uma tal Mette Brinckmann-Grahn, filha de Disa Brinckmann, vive em Lomma, no subúrbio de Malmö, com seu filho Jesper, de 23 anos. E quando Karen telefona, o filho é quem atende.

O dialeto do sul da Suécia foi difícil de acompanhar, mas ela conseguiu entender que Jesper Grahn não sabia nada sobre a tentativa da avó de entrar em contato com uma mulher chamada Susanne Smeed em Doggerland. Na verdade, Jesper Grahn não parecia nem um pouco interessado nos assuntos da avó. Tudo o que disse de proveitoso foi que talvez ela estivesse na Espanha.

— Sei lá, ela está metida em uma dessas marchas para Jesus ou coisa do tipo — o jovem disse com forte sotaque. — Mas é melhor perguntarem para a minha mãe; ela vai chegar em casa daqui a uma hora.

E quando Karen conseguiu de fato falar com Mette Brinckmann-Grahn cerca de uma hora mais tarde, ela confirmou a informação do filho. Disa Brinckmann tinha viajado para Santiago de Compostela e voltaria provavelmente em dez ou doze dias.

— Minha mãe adora essas coisas espirituais. Acho que já é a terceira vez que ela faz essa trilha. Ela costuma voltar em duas semanas, no máximo três. Se eu não me engano, ela disse que tem ingressos para um show aqui em Malmö no próximo fim de semana, então deve estar em casa até lá.

— Entendi. Sua mãe tem celular? Não conseguimos encontrar um número.

— Ela tem, mas está registrado no meu nome porque sou eu que pago. Dei o celular a ela como presente de Natal. Está bem aqui, na minha cozinha. Eu dei uma carona para a minha mãe até o aeroporto e ela me pediu para ficar com o aparelho até a volta.

— Por quê?

— Ela não quis levá-lo para o local da peregrinação. Porque o sentido da coisa é o silêncio e a reflexão. Além disso, ela teve medo de perder o aparelho. Perguntei de que maneira eu a encontraria se algo acontecesse e eu tivesse de falar com ela, mas ela insistiu que o barulho de telefone tocando estragaria a experiência. No fim das contas, não havia motivo para insistir. Quer que lhe passe o número, de qualquer modo? Ela deve chegar logo em casa.

Esforçando-se para não revelar o desapontamento, Karen anotou o número do telefone e mudou de assunto.

— É verdade que você e a sua mãe viveram em uma comunidade no começo dos anos 1970?

Houve uma longa pausa, e quando Mette Brinckmann-Grahn finalmente respondeu, o tom da sua voz estava bem menos caloroso.

Ela vai se fechar agora, Karen avaliou.

— É verdade, sim, mas isso foi há mais de quarenta anos. Voltamos para casa antes de eu começar a frequentar a escola. Por que essa pergunta?

Karen explicou a Mette, de maneira resumida, que uma mulher de nome Susanne Smeed tinha sido encontrada morta, e que a polícia de Doggerland possuía indícios de que Disa tentara entrar em contato com Susanne alguns meses antes. Como parte da investigação, eles estavam simplesmente fazendo perguntas de rotina a todos que tiveram contato com Susanne nos últimos meses antes de sua morte.

— Você saberia dizer por que motivo a sua mãe queria falar com Susanne?

Dessa vez a resposta foi imediata:

— Não faço ideia.

Karen ficou em silêncio do outro lado da linha, esperando que Mette Brinckmann-Grahn se estendesse um pouco mais na resposta.

— Acho que ela quis ter contato com alguém daquela época, e imaginou que Susanne pudesse ajudá-la. A mamãe é um pouco... como posso dizer? De uma certa maneira, ela ainda não saiu dos anos 1970, mas você vai ter de perguntar isso a ela depois.

Elas encerraram a ligação, não sem antes Mette prometer que asseguraria que sua mãe faria contato com Karen assim que voltasse, ou até antes, se por acaso Disa telefonasse da Espanha.

Karen fecha os olhos e pensa nas palavras de Jesper Grahn. "Marcha para Jesus."

Ela dá uma risada. Bem, não deixa de ser uma definição válida. Karen já havia lido sobre as peregrinações a Santiago de Compostela e visto fotografias incríveis dos vários caminhos, mas nunca se sentiu tentada a participar. A pequena fé que ela tinha quando criança — a família do seu pai havia tentado algumas vezes, sem grande entusiasmo, trazê-la para a causa do Senhor durante as semanas de verão que ela havia passado com os primos em Noorö — murchou e morreu numa terça-feira de dezembro, onze anos atrás.

Peregrinações e pés doloridos e inchados não ocupam o topo da lista de preferências de Karen Eiken Hornby. E como, pelo amor de Deus, uma mulher que deve ter mais de setenta anos encontra energia para bater perna por trilhas empoeiradas na Espanha durante semanas a fio?

— E como, pelo amor de Deus, pode uma pessoa estar novamente de pé poucos dias depois de ter um ataque cardíaco? — ela resmunga, exasperada, olhando com raiva para a mesa de Johannisen antes de rolar a cadeira de volta para a sua própria mesa.

Evald Johannisen mandara avisar, através da sua mulher, que receberia alta amanhã e que estaria de volta ao trabalho em duas semanas, se tudo corresse bem.

— Angina — Karl a corrige. — Não foi ataque cardíaco. Meu pai também está sob tratamento com nitroglicerina e bloqueadores dos canais de cálcio...

— Certo, mas o seu pai é um dentista, não um detetive — ela retruca, irritada. — Johannisen devia encarar isso como uma deixa para se aposentar. Ele já estava longe da sua melhor forma antes de sofrer o colapso; como ele imagina que vai conseguir segurar a onda agora?

— A questão é saber como *você* vai segurar a onda. Você parece sob pressão, para dizer o mínimo — Karl afirma calmamente. — Já almoçou?

— Estou sem fome — ela responde, rejeitando a sugestão contida na pergunta. — E não é nenhuma surpresa que eu me sinta pressionada; não conseguimos chegar a lugar nenhum. Uma semana já se passou e a gente ainda não tem merda nenhuma.

— São cinco dias — Karl diz, levantando-se. — Muita coisa ainda pode acontecer, como você mesma disse na reunião da equipe ontem.

— Eu menti — ela retruca, mal-humorada.

— Sim, está claro para mim que você faz isso às vezes.

— Pensei que já tivéssemos superado isso — ela rebate com rispidez.

Karl provavelmente tem razão, ela pondera. Uma ligeira tontura sugere que sua glicose está baixando para seus tornozelos.

— Vamos com calma, Eiken.

— Me desculpe. É que ainda não chegamos a lugar nenhum, e isso está me deixando muito mal. Todas as pistas dão em nada. Alguém matou Susanne Smeed e não temos ideia de quem fez isso, nem por que fez.

— Bom, a mulher não era exatamente a Miss Simpatia. Não é impossível imaginar que alguém tenha tido um motivo.

— Eu também não sou a Miss Simpatia, mas você não vê ninguém tentando arrancar a minha cabeça a pauladas.

— Não ainda... — Karl responde com uma risadinha. — Aposto que o Johannisen gostaria de fazer isso. Eu também, às vezes.

— Eu sei que o Haugen vai me substituir no comando dessa investigação, a não ser que a gente apareça com alguma coisa que pelo menos lembre uma teoria. E rápido. Além disso, eu sinto que a equipe está esmorecendo.

— Bem, seja como for, eu estou com fome e vou direto para o Magasinet. Por que não vem também? Estão servindo lá um peixe espadilha muito bom...

Ela se levanta, suspirando, e pega a jaqueta deixada no encosto da cadeira.

Quinze minutos depois, os dois estão sentados numa mesa perto da janela. Já é quase uma e meia, e o pico de movimento para o almoço já passou. Karen toma um gole da sua cerveja e olha na direção do porto.

Os grandes navios de pesca estão agora atracados em Ravenby, mas as redes de arrasto pela popa e as redes de emalhar ainda estão amarradas ao lado das embarcações leves de alumínio dos pescadores de ostras. Um pouco mais além, um homem encurvado empurra um carrinho de supermercado, procurando por latas de bebida vazias. Karen o reconhece da manhã após o Festival da Ostra, quando ela estava apoiada na parede do calçadão e o viu cochilando na praia.

Desde que acordara na cama de um hotel ao lado do seu chefe, tantas coisas haviam acontecido que Karen nem pôde chafurdar no arrependimento e na vergonha abjeta. Agora, ao se lembrar disso, ela sente um calafrio de horror e rapidamente se volta para Karl.

— Mas que beleza. Era disso que eu estava falando — Karl diz, parecendo contente, quando a garçonete entrega a comida deles e uma cesta de pães.

O estômago de Karen reage quando o cheiro da comida a alcança; espadilhas fritas crocantes, manteiga de alho, limão e salsa. E pão fermentado fumegante. O alho é um elemento recente; as pessoas mais velhas ainda comem a sua espadilha com banha derretida, uma pitada de vinagre e cebolinha picada, quando está na época. Karen saboreia, deliciada, o momento em que seu garfo afunda na carne crocante do primeiro peixe, e sorri para Karl.

— Você estava certo — ela diz. — Eu estou com fome.

Eles comem em silêncio, até que Karl recolhe a manteiga derretida que resta em seu prato com um pedaço de pão. Ele toma alguns goles da sua cerveja, depois se inclina para trás e olha para Karen, arrotando discreto com a mão na frente da boca.

— Você acredita mesmo que o Jounas poderia ter feito isso? — ele diz.

— Acho que todos estão loucos para saber se você acredita que ele fez ou se você só quer torturá-lo.

— Torturá-lo? A decisão de afastar o Jounas não foi minha; até o Haugen concordou que isso tinha de ser feito.

— Eu sei — Karl responde calmamente. — Mas você tem interrogado o Smeed sem a presença de mais ninguém; é a única que pode de fato avaliar se ele disse a verdade a respeito do seu paradeiro no domingo passado. E se o meu julgamento estiver correto, você não acha que ele realmente tenha dito a verdade.

— Eu queria achar. Acredite, eu não pedi para estar nessa situação.

— Então você não tem vontade de se tornar chefe do DIC? Admita que a ideia não a desagrada, Eiken.

Ela o encara sem retribuir o sorriso.

— Eu não quero que seja desse jeito — Karen responde. — Ou o Jounas volta e faz da minha vida um inferno, ou não volta e eu fico sem a promoção, de qualquer maneira.

— Mas por que você não seria promovida? Por gastar dinheiro com máquinas de café escandalosamente caras?

— Porque se Jounas Smeed não voltar significa que estará preso, e que eu ajudei a prendê-lo. Os Smeed têm um monte de conexões nas altas rodas. Você sabe que o tio de Jounas é casado com a irmã do Haugen, certo?

— Está dizendo que foi por isso que ele conseguiu o emprego?

— Não só por isso. Jounas é um bom detetive. Arrogante e desagradável, mas bem esperto, você sabe disso. E os rapazes gostam dele. Se o Jounas pedisse, Johannisen lhe lamberia as botas.

— Tudo bem, vamos lá então: o que não está se encaixando? Me fale sobre os horários de novo.

— Eu cheguei no hotel onde o Jounas ficou, e eles confirmaram que ele não deixou o quarto antes de 9h05. Foi quando a faxineira notou que o aviso de "não perturbe" ainda estava na porta. — Ela bebe um gole de cerveja e prossegue. — O carro dele estava estacionado na prefeitura; Jounas não levaria mais de seis ou sete minutos para caminhar até lá. Isso daria a ele quarenta e cinco minutos para dirigir até Langevik e matar Susanne. De acordo com Brodal, ela foi assassinada no mais tardar às 10h, mas provavelmente mais cedo que isso. Como você sabe, ele não pode ser mais específico do que isso. Eu, pessoalmente, já dirigi de Dunker até Langevik em pouco menos de trinta minutos. Em geral, percorro essa distância em quarenta.

— Dez minutos, então. Essa é a nossa janela.

— É.

— O que diz o Haugen?

— Ele está irritado, mas felizmente a promotora Vegen é uma mulher astuta. Ela sabe que não podemos descartar o Smeed até que essa janela seja desvendada.

— E o que o Jounas tem a dizer sobre isso?

— Que ele deixou o hotel às 9h30 e caminhou direto para casa. Ninguém no hotel o viu sair, o que pode muito bem ser verdade. O sujeito que trabalha na recepção não é exatamente do tipo que permanece no seu posto.

— E antes das 9h? Você já considerou isso? De acordo com Brodal, o homicídio pode ter ocorrido por volta de 8h. E se Jounas deixou o hotel mais cedo, foi até Langevik e voltou? Se foi tão fácil como você diz passar despercebido pelo cara da recepção, então pode ter sido possível. Você já falou com a mulher que estava com ele?

Karen, que está levando o copo aos lábios, interrompe o movimento de maneira tão abrupta que a cerveja espirra para fora do copo e cai nas costas da sua mão. Ela faz uma tentativa desesperada de mascarar sua reação com uma tossida. Karl a observa com ceticismo, as sobrancelhas erguidas. Um instante depois, a ficha dele cai.

— Não pode ser — ele diz. — Não pode ser, caralho.

— O que você quer dizer? — Karen pergunta, colocando o copo de volta na mesa, evitando olhar para ele.

Sua voz está normal, mas o rosto está vermelho e ela sabe que Karl percebeu. Karl enxergou através dela num piscar de olhos. *Ele também é um detetive esperto*, ela pensa.

Agora ele a observa em silêncio; Karen se prepara para a inevitável chuva de sarcasmos. Ele não vai denunciá-la, o departamento inteiro não vai ficar sabendo, mas Karl sabe, e isso é o suficiente. Karen Eiken Hornby dormiu com o chefe.

Karl não a pressiona para que confesse, pois sabe bem que está certo.

— E quando você deixou o Strand? — ele diz apenas.

— Às 7h20 — ela responde baixinho.

— Bom, isso liquida com a minha teoria — Karl comenta. — Quer outro? — pergunta olhando para o copo de Karen. — Eu sem dúvida preciso de mais um.

Karen faz que sim com a cabeça, então ele acena para a garçonete e pede mais dois chopes.

— Tudo bem, então — ele diz, voltando-se mais uma vez para ela. — Arrependida?

— O que é que você acha?

— Nem vou perguntar como foi. Suas lembranças devem estar meio nebulosas, eu suponho.

— Bem, você sabe, o festival — ela diz, e tenta sorrir, mas não consegue. — Só me prometa, por favor, que você não vai...

— Ah, mas é óbvio que eu vou correndo contar tudo sobre vocês para o Haugen, vai ser a primeira coisa que vou fazer. Depois vou telefonar para o Jounas e perguntar se você é boa de cama. Quem você pensa que eu sou?

— Obrigada. Desculpe. — Karen tenta sorrir novamente; tudo o que consegue é contrair uma bochecha num rápido espasmo. Ela se concentra no chope que a garçonete acaba de colocar na mesa. Eles bebem em silêncio, até que Karl volta a falar.

— Veja, se eu tivesse ganhado cinco marcos por cada transa ruim que já tive na vida, eu seria um homem rico, mas, falando sério, Eiken, você e Smeed... Eu jamais teria imaginado. Você deve ter tido uma ressaca fantástica no último domingo. — Ao dizer isso, Karl parece ter outra epifania.

— E então o Haugen telefona para você e diz que a mulher do Smeed foi espancada até a morte.

— Ex-mulher — Karen o corrige.

Karl Björken se inclina para a frente com um prazer maldoso em seu sorriso sarcástico.

— Certo, certo. Então é por isso que você quis tanto interrogá-lo sozinha. Como eu sou ingênuo... Eu disse ao Johannisen: "Ela está sendo atenciosa".

197

Karen abaixa a cabeça e não diz nada.

— Deve ter sido horrível, hein, Eiken? Bem feito pra você.

Já são quase 15h quando eles voltam à delegacia. Karen concentra todos os seus esforços para manter sob controle seus intensos sentimentos de vergonha, entregando-se à tarefa de examinar os relatórios escritos enviados a ela no decorrer do dia. Chegaram informações de todos os países relevantes a respeito das fichas criminais dos passageiros do navio de turismo. Apenas um indivíduo havia sido acrescentado à lista de pessoas com sentença de prisão em seu passado. Um homem italiano culpado de exibir sua genitália repetidas vezes para crianças em escolas e *playgrounds*. Depois da sua mais recente prisão, ele cumpriu oito meses em regime aberto antes que lhe permitissem voltar à esposa e aos filhos em sua casa nos arredores de Palermo. Atualmente, porém, ele sofre de reumatismo severo e passa boa parte do seu tempo confinado a uma cadeira de rodas, de acordo com as anotações de Cornelis Loots.

Cerca de duas horas depois, Karen consulta o relógio e se dá conta de que a reunião da tarde vai começar dentro de seis minutos. Desanimada, ela se levanta e caminha até a máquina de café. Alguma coisa a incomoda enquanto ela espera a máquina despejar o café na xícara. Algo que está bem diante dela, mas que escapa quando ela tenta agarrá-la. Uma vaga sensação de que viu ou escutou algo, mas falhou porque não se aprofundou na questão. E essa coisa é provavelmente essencial.

41

— **ESTAMOS BASICAMENTE LIDANDO COM CINCO NÚMEROS DE** telefone que se repetem. A linha direta de Gunilla Moen, a linha direta do chefe de recursos humanos, a central telefônica da Solgården, o celular de Jounas Smeed e o celular de Sigrid Smeed. E com um punhado de ligações para e de vários vendedores e fornecedores também, é claro. E uma ligação registrada de um telefone na Suécia e três de um telefone pré-pago confidencial.

As grandes mãos cobertas de sardas de Cornelis Loots viram as folhas A4 grampeadas que detalham os últimos seis meses de ligações telefônicas do telefone de trabalho de Susanne Smeed e também para o mesmo telefone. Até Karl Björken foi forçado a admitir que a TelAB havia mostrado uma eficiência incomum quando os relatórios da empresa chegaram, algumas horas atrás.

Cornelis Loots coloca os papéis de lado na mesa e olha para seus colegas, que por sua vez o encaram também, ansiosos.

— E — ele recomeça sem pressa, como se gostasse de ser o centro das atenções para variar — esse chip pré-pago foi comprado na Suécia. Em Malmö, para ser exato.

— Sei. Por Disa Brinckmann, eu aposto — Karl diz, inclinando-se para trás na sua cadeira com um suspiro.

Karen havia se apossado da lista de telefonemas de Cornelis. Agora ela folheia suas próprias anotações, para e balança a cabeça.

— Hum, não é o telefone de Disa Brinckmann — ela diz. — Mas o número listado é dela. Então não resta dúvida de que ela falou com Susanne no final. Elas conversaram por quase uma hora em 21 de junho.

— Então quem diabos é a outra pessoa que ligou? Outra pessoa que também vive em Malmö? Quais são as chances de que isso aconteça? Que nada. O número desse pré-pago pertence também à Disa Brinckmann, aposto o que for.

— Como Susanne não tinha permissão para usar o seu telefone de trabalho para ligações particulares, ela deve ter um celular privado também — Astrid Nielsen argumenta. — Aposto que tem algo substancioso nesse celular.

— Concordo, deve ser mais do que um simples telefone álibi — Karl diz.

Karen olha para Karl com as sobrancelhas erguidas.

— Um "telefone álibi"?

— É, para manter as aparências no trabalho. Você não precisa usá-lo para nada a não ser para ver pornografia e aplicar trotes.

— Você tem um? Para manter as aparências, quero dizer?

— Claro que não; eu estou sempre em serviço — Karl responde, sorrindo. — O Estado vai ter de pagar pelas poucas chamadas particulares que eu faço.

— Bem, eu tenho um telefone particular e o uso — Astrid diz. — Temos um tipo de contrato familiar que nos permite ter várias linhas de telefone.

É claro, Karen conclui com um suspiro. *O sr. e a sra. Certinho sempre tomam as decisões corretas: fazem corrida, comem só coisas saudáveis e contratam planos de telefonia para a família. Provavelmente vão muito à igreja, também.* De repente, contudo, Karen tem a impressão de que Astrid está estranhamente abatida. Uma mecha de cabelo havia escapado do seu rabo de cavalo; ela o afasta do rosto com um gesto vagaroso.

— Seja como for, Susanne recebeu um total de três ligações de um telefone pré-pago para o seu telefone de trabalho — Cornelis Loots continua, paciente. — Duas ligações no final de junho. A primeira durou quase meia hora, e a segunda pouco mais de dois minutos. Depois disso nada aconteceu durante quase três meses, até que outra ligação foi realizada do mesmo número, mas essa parece ter caído direto no correio de voz. — Cornelis faz silêncio por um segundo a fim de causar suspense, e então avança. — Essa ligação foi feita no dia 27 de setembro às 10h15.

— Dia 27? Mas isso foi na última sexta!

A sala fica em total silêncio por exatamente quatro segundos. Alguém havia ligado para Susanne dois dias antes do assassinato dela. Quatro segundos de silêncio antes de Cornelis Loots clarear a garganta, preparando-se para falar mais uma vez.

— A TelAB também nos ajudou a identificar o lugar de onde a ligação foi feita, e parece que foi transmitida por uma antena na região central de Copenhague.

— Então não foi Disa Brinckmann, definitivamente. Ela foi para a Espanha no dia... — Karen folheia suas anotações. — No dia 27, na verdade. Não vejo como ela pode ter arranjado tempo para aparecer em Copenhague no mesmo dia em que voava para Bilbao.

Astrid Nielsen se manteve sentada em silêncio, mexendo no seu telefone. Agora ela estende a mão para pegar a jarra de água, enquanto aperta uma embalagem de paracetamol com a outra mão a fim de tirar um comprimido. *Ela parece mesmo cansada*, Karen pensa, e empurra a jarra para mais perto de Astrid. *Eu devia falar com ela, acho, perguntar como vão as coisas.* Astrid discretamente coloca a pílula na boca e a engole com dois rápidos goles de água.

— Mas haveria tempo suficiente — Astrid diz. — O trem de Malmö a Copenhague leva pouco mais de meia hora. E há muito mais voos do

Aeroporto Kastrup em Copenhague do que do Aeroporto de Malmö. Pode ter sido a maneira mais fácil de Disa chegar a Bilbao.

— Isso se ela estiver realmente na Espanha — Karl argumenta. — Em vez disso, ela pode ter vindo para cá. Temos todas as listas de passageiros do dia 27, não é? Talvez uma Disa Brinckmann tenha tomado um avião de Kastrup a Dunker.

Cornelis faz que sim com a cabeça e se levanta.

— Vou verificar isso agora mesmo.

A sala de conferências se enche de algo que Karen não sentia havia dias: esperança. Talvez eles enfim tenham encontrado uma pista verdadeiramente relevante.

Dezoito minutos depois, porém, a esperança se apagou por completo.

— Não havia nenhuma Disa Brinckmann em nenhum voo para Dunker no dia 27 — Cornelis Loots anuncia quando retorna à sala de conferências, com uma expressão no rosto que mais parece um pedido de desculpa.

— Ela pode ter vindo antes, vamos ter de checar mais algumas datas.

— Acho que não vai ser necessário — diz Cornelis Loots. — Foi confirmado que havia uma Disa Brinckmann no voo das 9h40 de Malmö a Bilbao no dia 27 de setembro.

O silêncio toma conta da sala mais uma vez.

— Então essa senhora estava comprovadamente viajando para a Espanha quando a ligação foi feita — Karl diz de maneira monótona, colocando em palavras o que todos eles já haviam concluído. — Tudo bem, não pode ter sido Disa Brinckmann, mas então quem diabos foi?

42

KAREN DEIXA A ESTRADA E TOMA A SAÍDA PARA O SHOPPING Grenå. Para o sábado, ela pretende fazer muitas compras. Mesmo que a comida que ela planeja preparar possa até ser simples, não serão poucas as opções de bebidas. Além disso, Karen precisa mesmo repor seus estoques.

Vinte minutos depois, ela está empurrando seu carrinho barulhento pelo asfalto irregular do estacionamento. Depois de colocar no carro duas caixas de vinho, duas de cerveja, duas garrafas de gim, uma garrafa de uísque e uma sacola contendo cebolas, alho, manteiga e creme de leite, Karen abocanha uma grande barra de chocolate que comprou no caixa e se prepara para levar o carrinho de volta.

Ela volta a pensar no seu planejamento: vai dar tempo de passar no porto para comprar os mexilhões na sexta-feira, e Marike tinha prometido que levaria pão quente da cidade; mas ela deveria provavelmente oferecer também algum tipo de sobremesa. Por que não pensou nisso antes? A ideia de entrar de novo no supermercado para comprar mais comida é desanimadora, para dizer o mínimo.

Um jovem usando um uniforme vermelho do Tema havia separado uma longa fileira de carrinhos de supermercado e começa a empurrá-los na direção da entrada. *Torta de maçã, é isso que vou fazer*, Karen diz a si mesma, *tenho uma tonelada de maçãs em casa*.

— Ei, quer levar este também? — ela diz ao funcionário.

O jovem para e se vira para ela, mas não parece apreciar a interrupção. Ele aceita o carrinho de Karen com má vontade, e o encaixa no final do conjunto. O funcionário precisa realmente se curvar e fazer um grande esforço para colocar de novo em movimento a longa fileira de carrinhos; os olhos de Karen se mantêm na figura encurvada, e sua mente continua às voltas com os planos para sábado. Uma torta clássica com canela, talvez, ou quem sabe uma tarte Tatin...

De repente ela para, fica rígida. Então pega o celular e começa a percorrer seus contatos.

Jounas Smeed atende o telefone depois de cinco toques.

— Ei, olá de novo, Eiken, em que posso ajudar desta vez?

Suas palavras são impecavelmente amigáveis, mas seu tom de voz revela que ele não está feliz por ter de falar com Karen. Ela ignora e vai direto ao ponto, sem nem se dar ao trabalho de cumprimentá-lo.

— Aquele homem que você encontrou no domingo de manhã. Ele pediu cigarros, você disse. Lembra-se de mais alguma coisa sobre ele?

— Ah, tenha dó, vai. Eu já disse que não. Tem ideia de quantos bêbados estão cambaleando aí pela cidade? Haugen me disse que a sua investigação praticamente não avançou em nada, mas será que você não consegue pensar em nada melhor para procurar?

— Você não consegue mesmo se lembrar de nada? — ela insiste com voz mansa. — Qualquer coisa. Tente.

— Além do cheiro forte de suor e de bebida velha, você quer dizer? Tenha dó, Karen... Você não é tão bonita assim para ser tapada *desse jeito*.

Ele ri de satisfação pelo seu duplo insulto, e ela luta contra uma enorme vontade de desligar o telefone. Seria bem fácil simplesmente esquecer a coisa toda. Porém, ela decide tentar mais uma vez, decerto não por causa de Jounas.

— Você disse que o encontrou no calçadão. Por acaso viu de que direção ele vinha?

— Como é que eu vou saber, cacete? Ele estava no final da rua, cambaleando, numa elevação sobre o desvio para a praia. Aonde você quer chegar?

Karen nota uma mudança na voz de Jounas; uma ligeira nota de curiosidade em meio a uma indiferença simulada. Ela hesita antes de responder, pois não quer lhe indicar nenhuma direção em particular. O menor movimento em falso aqui pode colocar tudo a perder.

— Bom... Viu se havia alguma coisa com ele?

Jounas Smeed bufa, exasperado, indicando que o interesse que pareceu surgir nele um instante atrás agora havia minguado rapidamente.

— Eu sei lá se havia alguma coisa com ele. Acho que ele tinha um desses grandes carrinhos de compras, que pode ter roubado de um supermercado, mas eu não pedi para ver o que tinha dentro. Francamente, Eiken...

Sem dizer mais uma palavra, ela encerra a ligação.

43

A SPINNHUSGATE PARECE DESERTA QUANDO KAREN VIRA DEVAGAR no Parque Municipal e continua até a Valhallagate na direção da garagem atrás do velho mercado central. Ela está ligeiramente inclinada sobre o volante, observando através da janela a monótona sincronia dos limpadores de para-brisa, que varrem do vidro as gotas de chuva a cada quatro segundos. Enquanto vai se aproximando da garagem, Karen avista o que estava procurando. Ela encosta rápido o carro, debruça-se sobre o banco do passageiro e abaixa a janela da porta. A mulher, que já estava passando por baixo da retranca amarela que bloqueia a saída, para ao escutar o som de um carro freando e se vira. Ela instintivamente mexe nos seios e franze os lábios de modo convidativo. No instante seguinte, ela percebe quem está no carro e cessa a encenação.

— E aí, Gro? — Karen grita para a mulher. — Que tal entrar aqui e se aquecer um pouco? Tem uma coisa que eu quero lhe perguntar.

Gro Aske hesita por um momento, e então caminha com passos vacilantes até o meio-fio em suas botas de salto alto. Depois se inclina e abre um sorriso torto, revelando que lhe falta um canino nos dentes superiores.

— Caramba, você fala igualzinho a um cliente. — O cabelo oxigenado da garota tem raízes pretas e está molhado de chuva; sua jaqueta de pele falsa, curta e branca, não parece ser a escolha mais adequada para o mau tempo. — Será que você não tem nada aí para beber? — Gro Aske diz esperançosa depois de entrar no veículo e soprar ar quente nas palmas das mãos. — Isso poderia me aquecer um pouco.

— Não, me desculpe — Karen responde. — Mas um cigarro eu posso oferecer, aceita? — ela acrescenta, e tira um maço do bolso da jaqueta.

Se você fizesse alguma ideia do que eu tenho lá atrás..., Karen pensa consigo mesma, lembrando-se das caixas de vinho, cerveja e uísque na carroceria. Ela engole em seco ao ouvir o chiado que sai dos pulmões de Gro Aske quando a garota dá a primeira tragada e deixa escapar um palavrão em voz baixa. Karen viu Gro perambular pelas ruas por quase dez anos e, ainda assim, só agora, cara a cara, percebe o quanto a outra mulher está maltratada: abatida, com os olhos fundos e a pele cinzenta. *Ela provavelmente não tem nem trinta anos*, Karen calcula, tentando não mostrar o quanto se sente perturbada.

— Não acha que já é hora de parar com isso? — Karen pergunta.

— Com o cigarro, você quer dizer? — Gro retruca com um sorriso sarcástico.

— Sabe o que eu quero dizer.

— E fazer o quê?

— Eu não sei, acordar sem ansiedade uma vez na vida, talvez. Parar de pensar em como vai pagar por essa merda. Talvez ver a sua filha de novo. Você provavelmente tem um lugar à sua espera em Lindvallen agora mesmo se fizesse a coisa certa.

— Eu sei. Penso nisso todas as manhãs, na verdade, logo depois da minha primeira dose; mas então, toda noite, lá estou eu em busca de mais. Bem, você sabe como é...

Eu sei?, Karen se pergunta.

O que ela de fato sabe sobre essas mulheres e meninas em suas saias obscenamente curtas e pernas congeladas, abaixando-se para conversar através de vidros de carros? O que sabe sobre as mães que não conseguem dormir, que são assombradas por horripilantes visões de antros de drogas e que vivem com medo, à espera do inevitável telefonema informando-as de que houve uma overdose fatal? O que ela sabe realmente sobre o que é preciso para colocar um fim nisso?

Será que sua incapacidade de recolocar a vida nos trilhos é de fato tão diferente da incapacidade de Gro, como Karen gosta de pensar?

Karen decide ir direto ao ponto:

— Preciso da sua ajuda — ela diz. — Você conhece a maioria dos moradores de rua dessa cidade, não é?

Gro faz biquinho para indicar que talvez conheça, e observa a extremidade acesa do seu cigarro sem responder.

— Há um sujeito que anda por aí empurrando um carrinho de compras grande — Karen prossegue.

— Tem um monte deles fazendo isso. O pessoal chama de carroça de mendigo.

Karen deixa escapar uma risada involuntária.

— Esse cara costuma vagar pelo calçadão, acho, pegando latas vazias.

Gro dá uma profunda tragada, retém a fumaça nos pulmões por alguns segundos e então a exala com uma baforada ruidosa.

— Eu não sou dedo-duro. Você sabe disso.

— Eu sei, e não estou tentando prendê-lo. Se eu quisesse fazer isso, não teria procurado você.

— Qual é o negócio então?

— Ele pode fornecer um álibi a uma pessoa, só isso. Eu prometo, Gro.

— E você não tem aí nada que se possa beber?

Karen coloca a mão na chave da ignição.

— Vai me ajudar ou não? Se não for, vou ter que continuar procurando.

Gro Aske dá mais uma tragada demorada, abre a porta e joga a guimba na calçada. Em seguida, fecha novamente a porta do carro.

— Você deve estar falando daquele cara novo — ela diz. — Leo Friis, acho. O cara anda sozinho, fica na dele a maior parte do tempo, mas às vezes fica andando no parque com outros velhotes. Se bem que eu duvido que ele apareça por lá com esse tempo.

Leo Friis. Esse nome não era estranho. Ele provavelmente já foi detido por embriaguez em público mais de uma vez.

— Que mais? Sabe onde eu posso encontrá-lo?

— É verdade mesmo que ele não fez nada?

— Eu juro. Pela minha mãe.

Karen balança de modo tentador o maço de cigarros na direção de Gro; a garota estende a mão gelada.

— Parece que o cara é amarradão em espaços fechados. Você já procurou no Porto Novo, debaixo das docas de carga?

44

A LIGAÇÃO CHEGA QUANDO KAREN ESTÁ SAINDO DA RODOVIA EM direção a Dunker. Ela desliga o noticiário das 8h do rádio e coloca o fone de ouvido.

Sua tentativa de localizar Leo Friis na noite anterior foi inútil. Depois de circular pelos armazéns e docas de carregamento por vinte minutos, avançando bem devagar e usando os faróis para vasculhar o lugar, ela desistiu. O velho porto com o enganoso nome de Porto Novo é pequeno para os padrões atuais, mas fazer buscas nele é difícil. Se Leo Friis estivesse enfurnado em um daqueles inúmeros esconderijos e fendas, na certa veria Karen muito antes que ela conseguisse avistá-lo. E se Leo, como qualquer outro morador de rua, fosse capaz de reconhecer um tira a um quilômetro de distância, ele dificilmente sairia do seu esconderijo.

Por outro lado, seu súbito impulso de ligar para o celular de Sara Inguldsen tinha rendido ótimos resultados. Sara disse que estava em casa no momento, pronta para ir para a cama, na verdade, mas ela e Björn entrariam em serviço a partir das 5h30 do dia seguinte. Claro que eles fariam isso com prazer, ficariam sim de olhos abertos em busca de um morador de rua empurrando um carrinho de compras na área do velho Porto Novo.

— Não o prenda — Karen avisa uma última vez antes de encerrar a ligação. — Mantenha distância dele e me informe onde ele está; eu vou falar com o homem.

E essa manhã, para surpresa de Karen, Sara Inguldsen telefonou para avisá-la de que tinham visto uma pessoa que se encaixava na descrição de Friis atravessando a elevação do cais na direção de Gammelgårdsvägen.

Karen leva seis minutos para localizá-lo. Leo Friis está se arrastando pela leve inclinação da Gammelgårdsvägen na direção do centro da cidade, os ombros encurvados sob um cobertor de lã cinza. Karen passa por ele e para o carro mais adiante na rua. Então desce do carro, pega um maço de cigarros e finge procurar alguma coisa na sua bolsa. *Ainda bem que não joguei isso fora*, ela pensa. *Talvez eu coloque os cigarros na lista de despesas de trabalho.*

— Perdão — ela diz quando Leo Friis se aproxima. — Você não teria um isqueiro?

Ele para e olha para os lados, confuso, como se quisesse ter certeza de que Karen está falando com ele.

— Ah, espere, aqui está — ela diz, meio embaraçada, porque bancar a atriz não é o seu forte. — Quer um?

Ela estende o maço na direção de Leo Friis, que parece hesitar. Ele está longe de ser o tipo de homem que as mulheres param na rua para oferecer cigarros, a menos que se trate de alguma armadilha.

— O que você quer? — ele diz sem delongas.

— Leo Friis?

— E quem diabos é você?

— Karen Eiken — ela diz, estendendo-lhe a mão.

Mas ele não aperta a mão dela. Dividido entre o forte impulso de ir embora e a necessidade de fumar, Leo não tira os olhos do maço de cigarros na mão de Karen. Ela tenta de novo.

— Eu sou uma detetive e... não, não fique assim, tenha calma. Você não fez nada de errado, só quero lhe fazer uma pergunta.

— Não tenho nada a dizer.

Leo Friis começa a se mover e a empurrar novamente o pesado carrinho; Karen espia o conteúdo: sacos plásticos cheios de latas e garrafas vazias, algo que parece ser um saco de dormir enrolado, um par de botas de inverno e uma porção de pacotes impossíveis de identificar.

— Nem mesmo se você puder ajudar a provar a inocência de uma pessoa? — ela diz.

Leo Friis não responde.

— Gostaria de comer alguma coisa? Um desjejum? Aquele café ali está aberto — ela convida, falando rapidamente, como uma operadora de telemarketing. — É por minha conta. Café e sanduíches. E cigarros depois. Vou lhe dar o maço inteiro.

Ela indica com a cabeça o café do outro lado da rua, e percebe que Leo Friis acompanha o seu olhar.

— Sério? Acha mesmo que vão me deixar entrar lá? Pode esquecer.

— Eles vão deixar você entrar se eu mandar.

Leo come com gosto, olhando o tempo todo para seu carrinho parado do lado de fora. Felizmente ele deixou o cobertor lá fora também, e Karen percebeu que antes de entrar ele passou os dedos no cabelo, como se quisesse se arrumar. Karen acomodou seu convidado numa mesa à janela e depois pediu um grande bule de café, um copo de leite, dois sanduíches de queijo e um com carneiro fatiado; a confiança que ela demonstrou ao fazer isso persuadiu a garota do caixa a evitar comentários. Karen nada pode fazer quanto aos olhares desconfiados da funcionária, mas Leo Friis parece não prestar atenção a isso, ou simplesmente não liga. Por sorte, não há muitos clientes no lugar, e os poucos que entram escolhem mesas o mais distantes possível do estranho casal perto da janela.

Ela deixa que Leo coma em silêncio, e o analisa por detrás da sua xícara de café. Vendo-o de longe, ela havia imaginado que tivesse uns sessenta anos, talvez mais. Agora, de perto, percebe que ele não deve ter muito mais do que quarenta. Suas mãos são calosas e têm uma coloração entre o vermelho e o roxo, resultado provavelmente de muitas noites dormindo ao relento. A barba esconde metade do seu rosto, mas não há tantas rugas na pele ao redor dos olhos. Um tênue odor de suor misturado com bolor chega até Karen sempre que Leo vira a cabeça para se certificar de que seus preciosos pertences ainda estão a salvo do lado de fora.

— Na manhã depois do Festival da Ostra — Karen diz finalmente, depois que ele devora o último pedaço do sanduíche de carneiro e bebe um grande gole de leite por cima. — Você dormiu na praia naquela noite, não foi?

— Por acaso isso é contra a lei?

— Não que eu saiba. Acho que você foi a pessoa que eu vi quando estava parada em frente ao Hotel Strand pouco depois das 7h, olhando para a praia. Estou certa?

Segurando sua xícara de café, Leo Friis olha para Karen por um instante. Ele toma um gole da bebida e faz um rápido aceno positivo com a cabeça.

— Não é impossível. Eu dormi por ali durante todo o verão. Esse frio miserável só apareceu faz uns dias.

— Sim, eu me lembro de que era uma manhã quente, e eu pensei comigo mesma que o homem na praia não iria se sentir muito bem quando acordasse. Para ser honesta, eu mesma não estava me sentindo grande coisa — Karen acrescenta.

Leo Friis não faz nenhum comentário sobre a relativa tranquilidade daquela manhã, nem sobre o fato de que a mulher diante dele na mesa está revelando, por algum motivo desconhecido, detalhes a respeito de como se sentia na ocasião.

— Seja como for, eu acredito que umas duas horas mais tarde você acordou e subiu a rampa para o calçadão. Eu gostaria de saber se foi isso o que aconteceu e, se foi, quero que me diga se encontrou alguém ali. Alguém de quem você tentou filar um cigarro.

Ele parece totalmente desconcertado. Olha fixo para o vazio, como se não tivesse escutado a pergunta. *Óbvio que isso é um tiro no escuro*, ela pensa, *na certa não vai dar em nada*. Como ela pôde ter imaginado, mesmo que apenas por um segundo, que um homem como Leo Friis, levando a vida que leva, seria capaz de se lembrar de onde esteve ou com quem falou quatro dias atrás? Já seria muita sorte se ele se lembrasse do que fez uma hora atrás.

— Quem sabe... — ele diz devagar.

— Encontrou ou não encontrou?

— Olhe, eu não estou completamente fora do ar. Não ainda. É, eu me lembro de ter papeado com um cara.

— E qual era a aparência dele, você se lembra?

— Não, era só um cara comum. Um cara qualquer de terno, andando por aí num horário estranho do dia; mas, apesar da roupa, ele parecia meio acabado. Ah, sim, com certeza. Não parecia muito melhor do que eu.

— Terno, você disse?

— Sim, mas não sei dizer a marca. Armaaani, talvez, ou Hugo Boss.

Leo Friis pronuncia os nomes com voz anasalada; Karen se surpreende que ele conheça algum estilista. Por outro lado, por que não? Algo lhe dizia que não fazia tanto tempo assim que Leo havia desaparecido no mundo. O seu vício ainda não havia feito um grande estrago.

— Certo — ela diz, sorrindo. — Vamos deixar de lado esse detalhe, então. Eu gostaria de saber se você se lembra do horário em que o viu. A que horas pode ter acontecido, você faz alguma ideia? Quero dizer, eu sei que você talvez não se lembre do horário exato, mas...

— Às 9h40 — ele dispara, interrompendo-a.

Karen olha para ele com expressão cética.

— Às 9h40? Tem certeza? Simples assim?

— Sim, tenho certeza. Simples assim. Pense um pouco, tira.

Algo na voz de Leo leva Karen a desistir de fazer a próxima pergunta e seguir a recomendação dele. Ela pensa um pouco na questão. O homem era morador de rua, havia caído de bêbado na praia e dormido lá mesmo, e acordou provavelmente suado e na maior ressaca; como uma pessoa nessa situação se lembraria com exatidão que horas eram? Um instante depois, a resposta surge para ela.

— A loja da esquina — ela diz. — Aos domingos eles abrem às 10h.

— Bingo! Quatro latas de cerveja e um maço pequeno de cigarros. Um pacote de salsichas também, na verdade. Eu estava bem rico naquela manhã; a praia estava coberta de vasilhames vazios, e tudo o que eu tinha de fazer era pegá-los. O problema foi que tudo ainda estava fechado quando eu acordei.

Leo pega o bule de café e enche sua xícara novamente antes de continuar.

— Eu fiquei de olho no relógio da torre da igreja enquanto estava enchendo meu carrinho. E quando aquele sujeito apareceu, eu me lembro de ter pensado que teria de esperar mais vinte minutos antes de poder comprar cigarros, mas eu queria tão desesperadamente fumar que teria arrancado um cigarro daquele cara se ele não tivesse me descolado um.

45

— **FANTÁSTICO! VOU LIGAR PARA O JOUNAS AGORA MESMO E** contar as novidades. Bom trabalho, Eiken, muito bom mesmo!

Viggo Haugen sorri feliz para Karen, e então faz menção de se levantar da poltrona em que está sentado no escritório da promotora pública Dineke Vegen, mas ele se detém no meio do movimento e volta a afundar no assento macio. Depois Haugen se volta de novo para Karen, inclinando ligeiramente a cabeça e sorrindo de modo consolador.

— Bem, acredito que agora Jounas Smeed poderá retomar suas obrigações imediatamente. Você fez um bom trabalho substituindo-o, Eiken, mas agora nada mais impede que Smeed assuma a investigação. Você sempre soube que a sua promoção era temporária, não é?

Karen olha para ele surpresa. Sem dúvida o trabalho dela como chefe interina do departamento havia se encerrado, mas ela jamais poderia imaginar que Smeed assumiria a investigação.

Dineke Vegen clareia a voz.

— Mais devagar com isso, Viggo — ela diz. — Claro que é bom saber que podemos descartar Jounas como suspeito, mas eu não acredito que seja apropriado permitir que ele se encarregue das investigações.

Viggo Haugen se inclina para a frente, pronto para replicar, mas a promotora faz um gesto para que ele se cale.

— Mesmo que Jounas não esteja mais sob suspeita, ele tem uma ligação pessoal muito próxima com a vítima. Me corrijam se eu estiver errada, mas o fato é que vocês ainda não têm um suspeito ou uma teoria a respeito de possíveis motivos, não é?

Karen faz que sim com a cabeça, com relutância. Infelizmente, Dineke Vegen não está enganada, e sabe disso muito bem. Viggo Haugen não deixa passar a oportunidade.

— Mas é exatamente por isso que precisamos do Smeed — ele diz, demonstrando irritação. — Sem ofensa, Eiken, mas a investigação já dura quase cinco dias e ainda não temos nenhum avanço.

— Não, Viggo, é exatamente por isso que Jounas *não deve* ter participação nenhuma no caso — Dineke Vegen explica paciente. — Temos que conduzir mais interrogatórios, ampliando o círculo. Não podemos esperar que ele interrogue os próprios parentes: a filha dele, por exemplo.

— A filha dele — Viggo Haugen diz com desdém. — Vocês já falaram com ela, não falaram? E com o namorado dela também, a menos que eu não tenha lido direito o relatório desta manhã.

— Sim, é isso mesmo. Karl Björken conseguiu localizar Samuel Nesbö na noite passada; o relato dele confirma o que Sigrid nos contou sobre a briga que os dois tiveram, mas não significa que um dos dois tenha um álibi para domingo de manhã, apenas mostra que ela não mentiu sobre o que aconteceu no sábado à noite. Ou então os dois estão mentindo — Karen acrescenta, e percebe com o canto do olho que Viggo Haugen está olhando para ela com raiva.

— Seja como for, não podemos eliminar a filha e o namorado — Dineke Vegen conclui.

Porém, Viggo Haugen se recusa a desistir.

— E que motivo eles teriam para cometer o crime? Susanne não tinha dinheiro para deixar. E aquela casa...

— Isso não tem relevância para o assunto em questão — a promotora o interrompe, usando agora um tom de voz duro. — Vou ser bem clara com você: Jounas não chegará nem perto desse caso, em hipótese nenhuma. Isso está fora de questão. Você sabe que eu prefiro não meter o nariz nas investigações da polícia, ainda que como promotora pública eu tenha absoluto direito de tomar a frente e assumi-las. Não vou hesitar em fazer isso desta vez, se for necessário.

— Não, as coisas felizmente não vão chegar a esse ponto. Costumamos resolver tudo de maneira honesta, olhos nos olhos, não é?

Cautelosa, Karen evita olhar para o chefe de polícia. Para um homem na posição dele, não é nada bom ser repreendido por um superior na presença de um empregado. Agindo de maneira muito pouco profissional, Haugen havia criado uma situação igualmente constrangedora para todos os três. *Ele vai descontar em mim*, ela avalia. *Mais cedo ou mais tarde.*

— Eu sugiro que Karen siga em frente com a equipe que ela reuniu, e que continue se reportando a nós dois. Jounas vai retomar seu trabalho como chefe do DIC, mas vai se manter bem longe desse caso em particular. Estamos entendidos?

Haugen tem razão em algumas coisas, Karen reflete em seu escritório, sentando-se pesadamente em sua cadeira. Seria melhor se outra pessoa se encarregasse das investigações. Não Smeed, claro, mas alguém que tivesse a motivação necessária. Karen, por sua vez, sente-se completamente exausta. Houve um tempo em que ela teria lidado com um caso desses como um terrier que acha um naco de carne. Um tempo em que suas ambições profissionais incluíam metas, tais como crescer na carreira, ser capaz de construir uma longa e bem-sucedida história na polícia. Ela já devia ter se acostumado.

O simples pensamento de Jounas Smeed chegando de novo para trabalhar é paralisante. A responsabilidade final pela investigação será toda de Karen; isso lhe permitirá ignorar Jounas totalmente e dar satisfações diretas aos chefes dele — o chefe de polícia e a promotora pública —, o que definitivamente não ajudará a diminuir a tensão entre ela e Jounas. A ausência dele havia fornecido um alívio temporário, uma pequena bolha de ar dentro da qual Karen podia respirar e até sentir um pouco de entusiasmo com relação ao seu trabalho. Agora, porém, a bolha tinha estourado. Como uma nuvem negra, o que aconteceu entre os dois no Strand vai sempre persegui-la. Qualquer respeito que Jounas tenha demonstrado por ela antes certamente desapareceria, mas o seu pior medo é que ele deixe a história vazar e os outros acabem descobrindo. Será mesmo que ela pode permanecer aqui com essa espada de Dâmocles pairando sobre a sua cabeça?

Não, definitivamente eu não sou a pessoa certa para conduzir essa investigação, ela conclui, desalentada. *Talvez a promotora seja capaz de inspirar a equipe e propor novas abordagens. Ou o Karl. Pelo menos ele ainda tem motivação de sobra.*

Enquanto Karen está perdida em pensamentos, Karl surge ao lado dela.

— O que eles disseram?

— Jounas vai voltar, mas não tomará parte nas investigações do caso de Susanne. Haugen ia ligar imediatamente para ele.

Karl faz que sim com a cabeça.

— Como era de se esperar, então, mas eu tenho de admitir que pensei que o Haugen fosse fazer de tudo para entregar o caso ao Jounas, agora que ele está oficialmente descartado como suspeito.

Karen hesita. É melhor contar a ele o que aconteceu ou deixar que Karl acredite que Viggo Haugen tomou uma decisão sensata por vontade própria?

— Não, vamos continuar como estávamos — ela responde. — Com a mesma equipe.

— Bom. Além disso, agora você pode esquecer aquela... — Ele olha em volta do escritório sem paredes antes de prosseguir, com voz mais baixa.

— Aquela história da noite no hotel, já que o Jounas tem um álibi, certo? Então por que você parece tão desanimada?

Ela gira devagar em sua cadeira e olha bem nos olhos de Karl Björken.

— Porque eu não sei o que fazer a partir de agora. Não tenho a mais vaga ideia.

Nesse momento, o telefone toca.

É Kneought Brodal. Ele informa a Karen que os resultados do DNA chegaram, e que confirmam que a falecida é, de fato, Susanne Smeed.

— Como a identidade da vítima foi agora verificada e não há dúvida quanto à causa da morte, vou liberar o corpo para que os parentes providenciem o enterro — ele diz num tom de voz frio e objetivo, que não revela que conhecia Susanne pessoalmente.

Os parentes, Karen pensa consigo mesma, imaginando Sigrid. Susanne não tinha outros parentes. Como Sigrid conseguiria dar conta de um funeral? Dificilmente haveria um velório; Karen duvida de que Sigrid ligue a mínima para a tradição, mas mesmo um funeral já é difícil de organizar. Felizmente, ela é esperta o suficiente para deixar o pai ajudá-la. Jounas podia ser um cretino, e claramente não sentia nada pela ex-mulher além de desprezo, mas faria o que fosse necessário se a sua filha pedisse. De qualquer modo, eles precisam agir rápido, se quiserem cumprir a regra dos sete dias: em Doggerland, uma pessoa morta deve estar enterrada dentro de uma semana. Em Frisel, o prazo é de cinco dias, embora as gerações mais jovens estejam adotando costumes mais escandinavos. Ou mais exatamente costumes noruegueses e dinamarqueses. Para eliminar o risco de que as coisas se degenerassem ao nível sueco, onde os mortos podem ficar congelados por até dois meses, a nova legislação foi introduzida recentemente. Quando os entes queridos de uma pessoa falecida são incapazes de realizar o funeral no prazo de sete dias, as autoridades agora têm a obrigação de agir e providenciar o enterro na ausência deles.

O funeral de Susanne provavelmente será no sábado, Karen calcula. *Eu terei de pedir ao Karl que compareça à cerimônia se eu não puder ir.* É claro que o assassino não vai aparecer no cemitério esgueirando-se furtivamente atrás de arbustos; isso só acontece na televisão. Mesmo assim, ir ao funeral pode ser importante. Talvez apareça por lá alguém que chame a atenção; algum velho amigo de Susanne que eles tenham deixado passar.

214

46

ÀS 15H40 DE SEXTA-FEIRA, O ÂNIMO DA EQUIPE DE INVESTIGAÇÃO é renovado.

Durante uma semana inteira, eles haviam escavado o chão como galgos ávidos na linha de largada, enquanto o tempo continuava passando implacavelmente. Pouco a pouco, porém, os latidos de excitação no ponto de partida foram minguando. Um a um, os momentos cruciais da investigação chegaram e se perderam: as primeiras vinte e quatro horas durante as quais noventa por cento dos criminosos desesperados e inábeis são, por via de regra, identificados; os três dias durante os quais criminosos um pouco mais astutos geralmente conseguem se manter um passo à frente da polícia. Agora, no sexto dia de investigação, a esperança de que DNA ou outra evidência técnica projetasse uma luz determinante sobre o caso havia também desaparecido. Ninguém espera mais que surja um novo e bombástico depoimento de alguma testemunha, como uma espécie de salvação — não mais. Nada do que foi descoberto nessa investigação parece conduzir a algum lugar. Exceto Disa Brinckmann, talvez. Eles haviam feito contato com a polícia espanhola, mas, a julgar pela recepção indiferente que seus colegas europeus lhes deram, é provável que Disa volte para casa antes que se deem ao trabalho de localizá-la. Mas como uma mulher de setenta anos poderia estar ligada ao assassinato? Disa não havia cometido o homicídio, disso ninguém duvidava; a esperança é que ela tenha algo a lhes dizer sobre Susanne. Algo que eles ainda não saibam.

A equipe está discutindo essa questão quando Cornelis Loots acena para Karen.

O roubo a uma casa de campo nos limites de Thorsvik, no norte de Heimö, tinha passado despercebido por todos. Cornelis acabou se deparando com esse fato por acaso, quando deu uma busca na base de dados interna por todos os crimes comunicados nas últimas três semanas. A casa, localizada a leste do porto da balsa, foi roubada no dia 21 de setembro, num sábado, uma semana antes do assassinato de Susanne Smeed; a polícia de Ravenby pouco depois reclassificou o incidente como tentativa de incêndio. Foi essa reclassificação que fez Cornelis prestar atenção ao fato.

O criminoso tentou colocar fogo na casa, mas a tentativa foi interrompida por um vizinho, que sentiu cheiro de fumaça e foi até o limite da propriedade para ver qual dos vizinhos idiotas estava brincando com fogo. Porém, em lugar do dono de uma casa de campo queimando detritos no seu jardim, ele viu um jovem saindo da casa do seu vizinho com uma mochila pendurada no ombro. O jovem olhava para trás, como se quisesse ter certeza de que o fogo que havia acabado de acender estava se alastrando.

O vizinho, um homem chamado Hadar Forrs, fez a coisa certa, ainda que com certa relutância. Em vez de seguir o sujeito que havia começado o incêndio — que, de acordo com Forrs, desapareceu numa motocicleta amarela —, ele ligou para os serviços de emergência e depois tratou de dar combate ao fogo, com a engenhosa ideia de quebrar uma janela e inserir uma mangueira nela, antes da chegada dos bombeiros.

O proprietário, David Sandler, tinha saído para ir ao centro da cidade de Thorsvik a fim de comprar manteiga e creme de leite quando o roubo aconteceu. Ele se ausentou por não mais de trinta minutos e, quando retornou, encontrou o chão da sua cozinha inundado e a sua casa tomada pelo cheiro forte que vinha das cortinas queimadas da cozinha; um cheiro que leva semanas para sair. Seu recém-adquirido laptop e o antigo Rolex do seu pai, que estavam na mesa de cabeceira, tinham desaparecido.

— Por outro lado, talvez tivessem arrebentado a cabeça dele com um atiçador se ele estivesse em casa — Karl Björken comenta, expressando em voz alta o que todos estão pensando.

A informação sobre o roubo parece dar à equipe inteira a sensação de que a sorte está mudando. Agora todos estão sentados eretos, os olhos fixos em Karen, prontos para tomar notas.

— Não queremos alimentar falsas esperanças, mas isso significa que teremos de nos concentrar agora em encontrar novas conexões possíveis. Vamos rever nos mínimos detalhes todos os roubos denunciados a partir de hoje e então recuar no tempo. Vou elaborar uma lista de termos de busca para ajudar a orientar o nosso trabalho.

Normalmente, passar a eles esse tipo de trabalho duro renderia resmungos e suspiros, mas dessa vez Karen nem bem encerra a reunião e todos já se levantam e correm para suas mesas a fim de acessar a base de dados.

Uma hora e trinta e cinco minutos depois, Astrid acena chamando os outros. A princípio, ninguém compreende o que chamou tanto a atenção dela. Mais um arrombamento com roubo, dessa vez em Noorö, ao norte do porto da balsa, entre os dias 17 e 20 de setembro; o proprietário estava fora, mas não houve tentativa de incendiar a casa. Entre os itens roubados havia dois laptops e uma — bastante inflacionada, provavelmente — coleção de joias em ouro. A polícia sabe bem que se rouba muito em Noorö. Há diversos casos de roubo, e poucos acabam sendo resolvidos. Também não há nada de especial nessa denúncia. Exceto por um pequeno detalhe.

Na lista de itens roubados, há uma moto Honda amarela, modelo CRF 1000L Africa Twin.

Mais uma vez, Karl Björken é a pessoa que verbaliza o óbvio:

— É o mesmo cara. Ele fugiu com a moto em Noorö e a usou para o roubo em Thorsvik. Há câmeras na balsa?

Como um gás invisível, impossível de conter, uma ideia começa a se alastrar entre os membros da equipe: talvez o assassinato de Susanne Smeed tenha sido simplesmente um roubo que deu errado. Talvez o sujeito que colocou fogo na casa em Thorsvik tenha feito a mesma coisa em Langevik uma semana depois. Talvez ele estude seus alvos, e dessa maneira acabou descobrindo que Susanne costumava sair da cidade durante o festival. Talvez ele a tenha matado por desespero, quando se deu conta de que ela estava em casa. Talvez eles agora saibam como e por que Susanne Smeed havia sido assassinada. Se for assim, é só uma questão de tempo até que apanhem o homem que fez isso.

Ninguém está mais convencido de que a maré virou para a equipe de investigação do que Viggo Haugen. Isso fica bastante claro quando ela sai do escritório dele meia hora depois.

— Que notícias maravilhosas — ele diz, dando um tapa na sua mesa.

A última coisa que Karen ouve antes de fechar a porta do escritório atrás de si é o ruído que Viggo faz ao pegar o telefone para ligar para alguém.

47

O AR-CONDICIONADO NA SALA DE CONFERÊNCIAS É DESLIGADO às 20h; Karen sente seus ombros relaxarem quando o zumbido do aparelho cessa. O uísque que ela havia surrupiado do escritório de Jounas Smeed é como uma pequena, mas extremamente eficaz, vingança em seu último dia como chefe interina do DIC. Na segunda-feira, Smeed retomará suas tarefas depois de uma semana de papo para o ar.

A qualquer instante, ela vai se levantar para pegar os dois sacos plásticos cheios de mexilhões que havia enfiado na geladeira da pequena cozinha. Karen havia novamente se esquecido de que convidara pessoas para irem a sua casa, e só se lembrou disso quando recebeu uma mensagem de texto de Eirik algumas horas atrás, perguntando-lhe se queria que eles levassem alguma coisa amanhã. "Não, nada. Só apareçam!", ela teclou em resposta, e em seguida saiu correndo como louca para chegar ao porto antes que os mercados encerrassem o expediente. Depois ela retornou ao escritório.

Não há mais ninguém no andar, apenas Karen; ela coloca os pés na mesa e examina a distância o grande quadro na parede. Fotografias de Susanne Smeed estão dispostas na parte superior do quadro. À esquerda, um retrato relativamente recente dela, cedido pela Eira Care Homes. Todos os funcionários da empresa têm de usar crachás com fotografia; por isso Gunilla Moen levou poucos minutos para fornecer aos investigadores uma cópia da foto. À direita da imagem de uma Susanne de expressão séria, olhando direto para a câmera, há uma seleção de fotografias mostrando-a espancada até a morte na sua cozinha, junto a fotografias da própria cozinha, tiradas de diferentes ângulos.

Debaixo das fotografias alinhadas com cuidado, Karl traçou uma linha do tempo vertical relacionando os poucos fatos que eles puderam confirmar.

```
Sexta-feira, 21 set. 16h30. Susanne deixa o seu local de
    trabalho, a Solgården.
Segunda-feira, 24 set. 7h45. Susanne telefona para o tra-
    balho para avisar que está doente.
```

218

Sexta-feira, 27 set. 7h15. Uma ligação de Copenhague é feita para o telefone de trabalho de Susanne.

Sábado, 28 set. Não há dados.

Domingo, 29 set. 8h30 – 10h. Possível intervalo de tempo durante o qual o homicídio ocorreu, segundo Kneought
Brodal.

Domingo, 29 set. Aprox. 9h45. Angela Novak chega à casa de Harald Steen.

Domingo, 29 set. Aprox. 9h55 – 10h. Harald e Angela ouvem
um carro afastando-se da casa de Susanne.

Domingo, 29 set. 11h49. Harald Steen liga para os serviços
de emergência.

Domingo, 29 set. 12h25. Sara Inguldsen e Björn Lange chegam ao local.

A fim de fazer as coisas de acordo com as regras, eles também lista-
ram os nomes de todas as pessoas que não tinham um relacionamento
apenas superficial com Susanne: Jounas Smeed, sua filha Sigrid e o namorado dela, Samuel Nesbö, Wenche e Magnus Hellevik, Gunilla Moen.
Há um ponto de interrogação diante do nome de Disa Brinckmann. Fora
isso, o quadro está vazio.

E agora, dois desses nomes podem ser riscados da lista de suspeitos.

Uma nova informação, trazida mais cedo nessa tarde por Karl Björken, revelava que Sigrid Smeed não havia sido totalmente honesta quando falou à polícia. Nesse caso, contudo, ela seria beneficiada se tivesse dito
a verdade.

Depois de bater com persistência nas portas dos apartamentos do
prédio onde mora Sigrid Smeed, em Gaarda, Karl finalmente conseguiu
falar com um — ainda bastante irritado — vizinho de porta, que havia acordado devido a uma confusão na escadaria pouco antes das 8h no domingo de manhã. Segundo esse vizinho, um homem na casa dos cinquenta
anos, cujo hálito fedia a álcool e peixe defumado, Samuel Nesbö havia chegado em casa nesse horário, e quando foi abrir a porta percebeu que estava trancada por dentro com corrente.

O namorado de Sigrid — que o vizinho reconheceu olhando através
do olho mágico da sua porta — tocou a campainha da porta com muita insistência antes de começar a chamar por Sigrid e então a gritar para que
lhe abrisse a porta.

Por fim, ela o deixou entrar, aparentemente porque depois disso os dois — de acordo com ele — passaram a discutir e a gritar um com o outro dentro do apartamento, até que o namorado foi embora furioso, cerca de uma hora depois.

— Acha que a coisa descambou para a agressão física? — Karl havia perguntado ao vizinho, tentando imaginar por que motivo ninguém tinha chamado a polícia. Por outro lado, ele sabia exatamente o porquê: distúrbios domésticos ocorriam o tempo todo em Gaarda, e as pessoas evitavam a todo custo acionar as autoridades.

— Isso eu não sei dizer, mas sei que ela estava viva quando o rapaz se foi, porque ela berrava com toda a força que tinha nos pulmões.

Karen jamais havia considerado a filha de Susanne uma suspeita provável, mas tanto ela quanto o namorado podiam ser definitivamente descartados. Havia agora dois caminhos nos quais apostar: a identificação positiva do motorista da Honda amarela e encontrar Disa Brinckmann. Talvez um deles levasse a alguma coisa, mas nada aconteceria antes que Smeed voltasse ao trabalho. *Uma semana sem nenhum avanço significativo; ele não vai me deixar esquecer isso*, ela pensa, aborrecida, olhando para a janela molhada de chuva. As pessoas já se cansaram de discutir a súbita mudança no tempo, do calor de fim de verão no Festival da Ostra até a prematura chegada de temperaturas congelantes e dessa garoa que nunca para. Os meteorologistas não têm palavra de consolo para oferecer: mais sistemas de baixa pressão estão enfileirados sobre o Atlântico, esperando impacientes para investir contra Doggerland e lançar a sua fúria sobre as ilhas.

Karen observa o caleidoscópio de tons cinza no vidro da janela enquanto repassa mentalmente o arquivo do caso. Como já o conhece de memória, não há motivo para consultar as pastas.

Em sua mente, ela abre a seção sobre a vida pessoal de Susanne, onde a palavra "conflito" é encontrada na descrição de praticamente todos os relacionamentos que ela teve: vários conflitos com Jounas, durante o casamento e depois também, sobretudo por questões de dinheiro e terra. Um conflito com a filha causado pelas intermináveis brigas de Susanne com Jounas e pelo desapontamento de Susanne por ver sua bailarina rodopiante transformar-se numa jovem com piercing no nariz e braços tatuados. Um conflito com o seu empregador a respeito do uso particular dos telefones de trabalho e de uma candidatura de emprego malsucedida. Um conflito com a companhia de energia eólica Pegasus a respeito de direitos de propriedade e de ruídos perturbadores vindos das turbinas eólicas construídas perto da sua casa. Um conflito com Wenche Hellevik desencadeado porque Susanne se sentiu desprezada e negligenciada.

Nenhum conflito dela com Samuel Nesbö foi descoberto, embora seja razoável supor que o relacionamento gélido de Sigrid com a mãe não alimentava em seu namorado nenhum sentimento bom com relação a Susanne. E ainda não se sabe se houve entre Susanne Smeed e Disa Brinckmann algum tipo de conflito.

Também estavam registrados vários conflitos de menor importância com colegas, companhias de ônibus e diversos fornecedores de produtos e serviços, todos os quais haviam feito Susanne infeliz por uma razão ou outra. Susanne Smeed parece ter tido problemas com praticamente todos com quem entrou em contato.

Até comigo, Karen considera, lembrando-se do seu estranho encontro com Susanne no viveiro de plantas. Susanne definitivamente não gostava de Karen Eiken Hornby, muito antes de ter algum motivo para isso. Ela jamais saberia o que havia acontecido no quarto 507 do Hotel Strand.

O desafio é saber se algum desses casos tinha sido grave o suficiente para que alguém quisesse matar Susanne. Teria ela tornado tão miserável a vida de alguém a ponto de fazer essa pessoa perder o controle? Ou será que ela sabia de algo que representava uma ameaça para alguém? Sem nenhuma evidência para fundamentar isso, Karen tem uma forte sensação de que Susanne era o tipo de pessoa capaz de descer baixo e jogar sujo. Será que Susanne havia se envolvido com chantagem e extorsão?

Por outro lado, Karen reflete, bebericando o seu uísque, *toda essa especulação é inútil, sem dúvida.* A julgar pela excitação na voz de Viggo Haugen algumas horas atrás, o assassinato de Susanne Smeed havia sido solucionado.

— Nem mesmo você pode negar que isso lança uma luz completamente nova sobre o caso — ele dissera. — Trata-se de uma explicação mais do que plausível para esse triste incidente.

Tudo bem então, que seja, Karen pensa consigo mesma e bebe outro gole. Seja como for, os assaltos de Noorö e de Thorsvik tinham sido cometidos muito provavelmente pelo mesmo sujeito. Por alguma razão, o criminoso resolveu correr o risco de tentar incendiar a segunda casa. Não é nenhum absurdo imaginar que ele fosse capaz de seguir com a sua onda de crimes em Langevik. Talvez Susanne o tivesse surpreendido, ou talvez ele quisesse tornar tudo ainda mais excitante para si. Primeiro, roubo, depois, incêndio criminoso e, por fim, homicídio. Um caso clássico de dessensibilização, comum em particular entre criminosos com tendência à psicopatia. Mas esse tipo de escalada geralmente levava muito mais do que uma semana.

— Até mais, tenha um bom fim de semana.

A voz vinda da porta faz Karen ter um grande sobressalto, quase derrubando o que resta de uísque em seu copo.

— Você ainda está aqui? Pensei que só eu estivesse — ela murmura, esfregando a mão em seu jeans.

— Eu não quis assustá-la — Astrid Nielsen responde, e começa a fechar o zíper da sua capa.

Ela parece mesmo bem cansada, Karen percebe mais uma vez, sentindo-se um pouco culpada. Seguir uma nova pista de arrombamento e roubo exige o exame cuidadoso de imagens de circuito interno de todas as travessias de barca, e a realização de uma ampla busca por qualquer crime que tenha conexão com os dois roubos. Astrid Nielsen havia recebido a tarefa de manter um registro exato dos resultados, contatando todas as delegacias locais para ter a certeza de que nada passasse despercebido.

— É essa carrasca aqui que está mantendo você longe do seu marido e de seus filhos a essa hora da noite de uma sexta-feira? Espero que não — Karen diz com um sorriso.

Astrid hesita por um momento, então parece tomar uma decisão.

— Não, não é sua culpa. As crianças estão com os meus pais, e Ingemar está... Bem, acho melhor contar a você de uma vez, vai acabar descobrindo de qualquer maneira. Ingemar e eu estamos nos divorciando.

Karen tira os pés de cima da mesa e se inclina para a frente.

— Entre, por favor — ela diz a Astrid. — Por que não se senta?

Astrid parece hesitar de novo, mas então desce devagar o zíper da sua capa. Ela se afunda numa cadeira sem dizer uma palavra; Karen pode ver seus lábios tremendo.

— Conte-me o que aconteceu — ela pede.

E durante os trinta minutos seguintes, Karen entende que Astrid Nielsen não é tão sufocantemente saudável quanto ela imaginava, nem seu marido é tão evangélico assim.

48

NEM TODOS OS ASSENTOS ESTÃO OCUPADOS, MAS AINDA ASSIM
Karen se surpreende com o número de pessoas que comparecem à Igreja de Langevik, nesta manhã de sábado, para o funeral de Susanne Smeed.

Sigrid e Jounas estão no banco da frente com Wenche e Magnus Hellevik. Em sinal de respeito pelos entes queridos, a fileira imediatamente atrás deles está vazia. Mais além, Karen avista Gunilla Moen e outra mulher, decerto uma das colegas de trabalho de Susanne na Solgården. Vários moradores da cidade estão presentes; até Harald Steen comparece, e também Odd Marklund, Jaap Kloes e Egil Jenssen e sua esposa. Quem está aqui para prestar seus respeitos e quem veio simplesmente por curiosidade mórbida é algo que ninguém sabe. Karen escolhe um lugar numa fileira mais ao fundo; nem Sigrid nem Jounas parecem tê-la visto. Wenche Hellevik, por outro lado, faz um aceno de reconhecimento e sorri discreta para ela.

Enquanto o sacerdote fala, Sigrid, sentada, mantém a cabeça curvada; Karen percebe que Jounas tenta dizer algo à filha, mas ela insiste em afastar a cabeça virando-a para o lado.

Os hinos habituais são cantados, e o sacerdote procura abreviar a cerimônia, dizendo apenas o que é absolutamente necessário, mas quando soa o baque da terra batendo na tampa do caixão, Karen ouve um soluço abafado vindo da frente. Sigrid havia desaparecido do campo de visão; Karen leva alguns segundos para perceber que a filha de Susanne está dobrada sobre os joelhos. Jounas Smeed mexe-se com desconforto em seu assento, e Wenche Hellevik põe a mão nas costas de Sigrid, mas a remove com rapidez.

Tudo chega ao fim em trinta minutos. Quando Karen — que está entre as últimas pessoas a deixarem o local — sai pelas portas da frente, percebe que Jounas e Sigrid já se encontram no estacionamento, enquanto Wenche e o marido conversam com o sacerdote na frente da igreja. Jounas e Sigrid estão claramente discutindo por algum motivo. Ele abre a porta do carro e parece tentar persuadi-la a entrar, mas ela balança a cabeça numa negativa. Jounas então aponta enfático para o carro, dessa vez com irritação, mas ela, obstinada, permanece onde está, com os braços cruzados. Instantes depois, ela se vira bruscamente e começa a andar na direção do cemitério, com Jounas gritando atrás dela.

Passado um momento, Jounas entra no carro e fecha a porta com toda a força; o som da batida é tão alto que todos se voltam para olhar. Wenche Hellevik olha na direção de Jounas com preocupação. Então, encerra rápido a conversa com o padre e segue em passo acelerado rumo ao estacionamento, com o marido em seu encalço.

Antes que possam alcançar Jounas, porém, ele faz o carro arrancar de repente, levantando jatos de cascalho, e vai embora.

Por alguns segundos, Wenche parece indecisa, olhando para o carro de Jounas e depois para sua sobrinha, que caminha na direção oposta, atravessando o cemitério. Então ela sacode a cabeça, exasperada, diz alguma coisa ao marido, e ambos entram no carro. Calmamente, sem gestos teatrais, Magnus Hellevik dá marcha à ré no seu Volvo azul-metálico e eles vão embora também.

A última coisa que Karen vê antes de entrar em seu próprio carro é a figura delgada de Sigrid desaparecendo atrás de um bosque de teixos.

49

O BARULHO DOS MEXILHÕES SENDO DESPEJADOS DO BALDE DIRETO na pia de metal faz Rufus bater em retirada rapidamente, da cozinha para o sofá da sala de estar. *Ele vai voltar*, Karen diz a si mesma enquanto coloca devagar — como um cirurgião antes de uma operação delicada — luvas de látex e examina as conchas pretas brilhantes. Depois pega a faca de abrir ostras e começa a trabalhar. Mais de cinco quilos de mexilhões precisam ser limpos para retirar a sujeira e as barbas deles; esse processo leva algum tempo, mas Karen ainda tem cerca de duas horas antes que seus convidados comecem a aparecer. Serão oito ou nove pessoas: Kore, Eirik e Marike, claro; Aylin não tinha certeza se conseguiria encontrar uma babá, mas acabou confirmando que ela e Bo compareceriam. Que pena, Karen pensa consigo mesma. Bo definitivamente não vai gostar muito quando perceber que vai passar a noite com um bando de mulheres e dois homens gays. Mais preocupada com Aylin e com o clima geral do que com a satisfação de Bo, Karen tomou a decisão de convidar também o seu primo Torbjörn e sua mulher Veronica. Isso deverá servir para melhorar o humor de Bo consideravelmente.

Se deseja ver a amiga, Karen não tem escolha senão convidar o marido dela também, e se certificar de que ele fique feliz.

O celular de Karen soa na mesa da cozinha; ela enxuga as mãos. É uma mensagem de texto de Astrid:

Cansada demais para ir até aí hoje. Passei a noite em claro e tenho muitas coisas para fazer, mas obrigada por me convidar e feliz aniversário!

A decisão espontânea de Karen de convidar a colega havia sido motivada por uma mistura de espanto e simpatia. A pequena Senhorita Certinha e seu marido perfeito do departamento de informática estão se divorciando, e a razão é infidelidade. Astrid contou a Karen que havia descoberto tudo por acaso. Uma carta aberta por engano, endereçada ao marido, uma espiada no extrato bancário que havia nela e a súbita tomada de consciência que fez o mundo parar e o corpo de Astrid se transformar em gelo. Duas refeições num restaurante e uma noite num hotel. Em Paris. Astrid tinha sido presenteada com uma prova incontestável de que Ingemar não havia ido para Londres com os rapazes para um jogo da Premier League naquele fim de semana.

Ele confessou imediatamente. A viagem para assistir ao futebol tinha sido uma mentira, mas as viagens anteriores, não. Ingemar enfatizou essa última parte com muita seriedade, como se isso fosse absolvê-lo de alguma maneira.

— Mas é sério isso que aconteceu entre ele e a outra mulher? — Karen perguntou, e se arrependeu no mesmo instante.

— Você acha que isso importa? Acha que devo esperar até que ele se canse de saciar seus desejos por aí e volte rastejando para o lar e para a família?

Não, Karen não achava, embora ao longo dos anos o conceito de fidelidade eterna parecia se tornar cada vez mais insustentável para ela. Será mesmo tão impossível assim esquecer e perdoar? Um pequeno deslize não é a pior coisa que pode acontecer a uma família. Um caminhão desgovernado na estrada, por outro lado, certamente é.

— Não, claro que não — Karen respondeu. — Há quanto tempo você sabe?

— Desde terça-feira à noite. O plano era que a mãe de Ingemar tomasse conta das crianças nesse fim de semana para que pudéssemos conversar, mas eu não quis. Reservei um quarto no Rival. Eu queria ter uma garrafa de bebida comigo para não precisar sair do quarto, mas acho que terei de ir ao bar do hotel. Na verdade, eu estou pensando em pegar alguém para me vingar.

Por um momento, Karen considerou a possibilidade de pegar a garrafa de uísque do escritório de Jounas e dá-la a Astrid, mas acabou concluindo que a ideia não era boa. Ficar sentada sozinha em um quarto de hotel era provavelmente a última coisa de que ela precisava. Não que o bar do hotel Rival fosse muito melhor, mas pelo menos não era tão solitário; pegar alguém ali sem dúvida não seria nada difícil.

Foi então que Karen falou de repente, sem pensar:

— Tudo bem, mas se você quiser adiar os planos de vingança, eu adoraria que você fosse a minha casa.

Astrid não disse nem sim nem não ao convite. Talvez resolvesse ir até a casa da irmã em Ravenby, embora ela fosse um saco. Karen disse a Astrid que as portas de sua casa estariam abertas para ela caso desejasse ir até lá.

Astrid provavelmente está certa em não vir, Karen pondera, batendo com cuidado num mexilhão aberto com a faca. Ela devia ter coisas mais importantes para fazer; pensar numa maneira de explicar as coisas para as crianças, por exemplo. E lidar com os pais de Ingemar em Noorö. Astrid disse que eles são extremamente religiosos. *Pelo visto, aliás, eu não estava de todo errada a respeito dessa família... Se bem que as visões ortodoxas deles a respeito da santidade do casamento sem dúvida pularam uma geração na família Nielsen.*

Karen se estica e olha para fora pela janela da cozinha. A garoa da manhã parou; pássaros em bandos aproveitam a chance para invadir a sorveira-brava. Dentro de mais ou menos uma hora já não restará um fruto na árvore para contar a história, mas a cena diante de seus olhos é uma boa compensação por passar todo o inverno sem geleia de sorva. Imóvel, Karen observa o corpinho sedoso das pequenas criaturas. Então a quietude é rompida por um ruído predatório que Rufus faz com a boca; ele havia pulado na bancada da cozinha, e agora está observando ansioso os pássaros.

— Ah, não, querido. Pegue um mexilhão em vez disso.

Juntos, os dois ficam observando o festim dos pássaros por algum tempo, até que Rufus se cansa e desce da bancada, e Karen volta a limpar os mexilhões. Embalada pelos sons rítmicos produzidos pelos movimentos de bater e raspar, a mente dela começa a divagar outra vez. Os convidados vão ter de comer na cozinha, se bem que acomodar nove pessoas ao redor da mesa não seria fácil. A varanda é coberta, claro, e a temperatura havia subido um pouco, mas ainda assim está frio demais para comerem lá fora. *Se eu tivesse convertido a casa de barcos, como todos fizeram, eu não teria esse problema*, Karen diz a si mesma. *Agora não há mais o que fazer, melhor aceitar. Vou providenciar isso na primavera, e estará pronto na época do verão.*

Seu devaneio é interrompido por uma buzina de carro. Então a passarada alça voo, e o carro de Marike passa pelo portão e para ao lado do carro de Karen na garagem. Karen abre a porta da frente sem tirar suas luvas de látex, e vê o grande traseiro de Marike enquanto ela se inclina sobre o banco de trás para pegar sacolas de compras e um buquê de flores. Quando enfim se vira, Marike tem um largo sorriso no rosto, e começa a cantar a canção de aniversário dos dinamarqueses.

Karen escuta pacientemente a performance meio desafinada, e então recebe as rosas amarelas e um abraço.

— Obrigada, eu adorei. Mas sem repetir o refrão desta vez? Não, não, já chega! — ela acrescenta rápido.

— Sua mal-agradecida miserável! Oi, meu amor!

Essa última parte é dirigida ao gato, que havia seguido Karen até a varanda e agora se esfregava nas botas de borracha de Marike. Então ela pega as pesadas sacolas que trouxe, passa por Karen e segue em direção à cozinha.

— Acabaram de sair do forno — Marike anuncia, retirando de uma sacola três grandes pães. — Bem, pelo menos foram assados esta manhã, de acordo com o cara da padaria, mas dê só uma olhada nisso. Também veio direto do forno.

Marike coloca com cuidado outra sacola sobre a mesa, e agora retira dela um grande prato de cerâmica em tons de azul e verde. As cores se misturam, e parecem ter múltiplas camadas; o denso revestimento de vidro cria um efeito tridimensional que transmite a impressão de que se está olhando para uma enseada rasa.

Karen fica sem fala. Sem dizer uma palavra, ela passa os braços em torno de Marike e a abraça por um longo tempo.

— Certo, certo, já chega agora. Você tem vinho aí?

50

UMA HORA E MEIA DEPOIS, KAREN EIKEN HORNBY ESTÁ DE PÉ em sua casa de barcos, apreciando a transformação. Um simples comentário sobre casas de barco convertidas em áreas de habitação havia sido o suficiente para estimular Marike a entrar em ação. Ela ligou para Kore e Eirik, que já estavam entrando no carro, mas não se importaram em passar antes no ateliê. Fez uma rápida busca pela casa e pelo galpão, enquanto Karen fritou cebolas, alho e cenouras, acrescentou vinho e creme, e por fim deixou um generoso pedaço de queijo de ovelha derreter na mistura. E enquanto Karen estava ocupada cortando maçãs e salteando-as em manteiga e açúcar, tirando a massa folhada da geladeira e cobrindo uma travessa refratária com papel vegetal, Marike, Kore e Eirik — que também já haviam chegado para o encontro — carregavam para a casa de barcos duas portas velhas, quatro cavaletes e dois lençóis. Eles conseguiram aumentar a temperatura do espaço em pelo menos dez graus, usando um aquecedor ligado a uma extensão elétrica conectada a uma tomada de três pinos na casa de hóspedes. Eles atravessaram a extensão por todo o caminho de cascalho e a fizeram chegar até a casa de barcos.

A mesa que montaram ao longo de uma parede certamente não é estável o suficiente para que se possa dançar sobre ela, e as pessoas que se sentarem com as costas voltadas para o grande barco a remo terão de tomar cuidado para não cair na água, mas o brilho quente das velas e lampiões que eles haviam encontrado camufla os arpões, pás, forcados, redes rasgadas, encerados amarelos e até a velha cama de ferro de duas peças enferrujada que o pai de Karen certo dia tinha trazido para casa, mas que sua mãe não permitira que entrasse na casa principal.

Cobertores foram colocados em cadeiras de jardim, em algumas das cadeiras da cozinha de Karen e em um banco que eles haviam achado no galpão. Dois lençóis brancos cobrem a mesa. Alguém — Karen suspeita que tenha sido Eirik — havia feito um trabalho decorativo usando arame, junípero e frutos da sorveira que os pássaros não tinham devorado. Os frutos foram espalhados ao longo da mesa, entre pratos e copos.

— Feliz aniversário! — Kore diz sorrindo quando Karen se depara com a surpresa. — Agora não parece tão ruim assim ser amiga de um casal de gays talentosos e de uma dinamarquesa maníaca, não é?

Algumas horas mais tarde, um clima de felicidade e animação reina na casa de barcos. *Essa é uma noite que eu nunca mais quero esquecer*, Karen pensa, observando cada uma das pessoas a sua volta na mesa. Kore está curvado ao lado dela, conversando com Marike; eles caem na gargalhada, provavelmente provocada por alguma coisa que estavam cochichando entre si.

Como Karen já previa, Bo e Torbjörn procuram a monótona companhia um do outro; o primo de Karen olha com atenção para algo que Bo parece estar traçando com o seu garfo na toalha de mesa. Torbjörn balança a cabeça, mostrando-se interessado, e pega uma das garrafas de vinho para encher seus copos.

Astrid não vai vir; espero que ela tenha escolhido fazer uma visita à irmã em vez de passar mais uma noite no bar do Rival, Karen pensa consigo mesma, e se levanta para começar a limpar a mesa. Dentro de instantes, ela irá fazer café e esquentar novamente a torta de maçã.

— Nem pensar, você não vai levantar um dedo — Kore diz, puxando-a de volta para a sua cadeira.

Karen então se volta para Veronica, que vinha observando os outros em silêncio. Agora ela olha nos olhos de Karen e ergue o seu copo.

— Coragem, Karen, só falta mais um ano para o grande dia! O tempo realmente voa. Eu já estou com medo, e olhe que ainda tenho vários anos até chegar lá.

— É... No ano que vem, a essa altura, eu não vou ter escolha a não ser me enfiar num buraco qualquer e morrer lá — Karen responde com um sorriso irônico, e bebe dois goles de vinho.

— Aliás — Veronica diz —, como anda a investigação do assassinato? Houve algum avanço? — Sem esperar por uma resposta, ela prossegue. — Ouvi dizer que Jounas Smeed volta ao trabalho na segunda-feira. Isso deve ser um alívio para você, não é?

— Onde foi que você ouviu isso?

Por um segundo, Veronica parece embaraçada.

— Bem... — ela diz com hesitação, como se considerasse qual parte da sua resposta poderia ser prejudicial. — Deve ter sido a Annika Haugen quem mencionou isso, acho eu. É a esposa do Viggo. Ela e eu somos amigas há muito tempo, como você sabe. Sim, deve ter sido ela quem me disse que Jounas retomaria o seu posto.

— Sim, Jounas vai voltar na segunda-feira — Karen afirma. — Mas é evidente que ele não vai se envolver na investigação do homicídio da ex-mulher. A equipe e eu continuaremos trabalhando no caso, como antes.

Veronica dá uma risadinha.

— Bem, na verdade eu espero que não seja como antes. Já não era tempo de vocês terem descoberto quem matou a pobre Susanne?

— Você a conhecia?

— Eu não diria isso, mas nos encontramos em várias ocasiões quando ela era casada com o Jounas.

— E nos últimos anos? Chegou a vê-la alguma vez depois que os dois se divorciaram?

Veronica parece surpresa.

— Não... — ela responde, como se fosse algo estranho para se perguntar. — Não, acho que não a vi recentemente. Eu a vi aqui e ali, claro, e talvez a gente tenha trocado algumas palavras, pelo menos a princípio, logo depois do divórcio, mas não nos últimos anos, mas eu nunca deixei de cumprimentá-la — Veronica acrescenta.

Nossa, como você é amável, Karen pensa. Nunca havia sido próxima do seu único primo por parte de mãe, ainda que ela tenha sempre morado relativamente perto de Torbjörn. Durante a infância e a juventude, eles costumavam se ver em encontros de família, casamentos e funerais e coisas do tipo, mas não mais do que isso.

Quando adulta, Karen fez algumas tentativas de estreitar os laços; apareceu para tomar um chá na casa deles, convidou Torbjörn e Veronica algumas vezes para ir a sua casa. E Karen fez de fato o seu melhor para ignorar a arrogante visão de mundo de Torbjörn, e seu desejo, ao que parece, insaciável de ganhar mais e mais dinheiro. Porque há algo de que ela gosta no seu primo brutalmente sincero, apesar de tudo. Ele também não é rancoroso; havia ficado algumas semanas sem falar com Karen depois que ela ajudou a recém-chegada Marike a comprar o seu terreno de argila por um preço justo, mas desde então não tocou mais no assunto nem agiu com ressentimento ou grosseria.

Porém, Veronica parece querer falar mais, talvez estimulada por algo na expressão de Karen.

— Eu certamente teria cumprimentado a Susanne no último sábado, também, mas acho que ela não me viu. E então... bem...

— Como assim? — Karen diz, colocando o seu copo de vinho na mesa. — Você viu Susanne?

— Sim, eu a vi um dia antes de a assassinarem — Veronica responde. — Pensei nisso quando soube do que aconteceu, quero dizer, pensei que foi a última vez que a vi. É mesmo assustador isso, você nunca sabe quando vai ver uma pessoa pela última vez.

— Exatamente quando e onde foi isso?

Veronica franze as sobrancelhas em sinal de desaprovação diante do tom exigente de Karen, mas responde sem fazer objeção:

— No estacionamento próximo ao terminal marítimo, no sábado de manhã. Alice havia chegado de Esbjerg de balsa, bem cedo, e quis que eu fosse buscá-la. Ela está estudando em Copenhague, como você sabe, mas quis vir para casa por causa do Festival da Ostra. E a mãe é obrigada a ir, é claro, mesmo que fossem 7h e que arruinasse o sono merecido de alguém que trabalha sessenta horas por semana.

Veronica diz a última parte em voz alta e olha direto para o marido, que parece não perceber nada e continua conversando com Bo.

— Você sabe se ela ia se encontrar com alguém, ou se ia voltar na mesma balsa? — Karen pergunta, mesmo quase certa de que conhece a resposta. É verdade que Susanne havia faltado ao trabalho com a justificativa de que estava doente, e podia muito bem ter usado isso como disfarce para viajar a algum lugar; mas o nome dela não havia sido encontrado em nenhuma das listas de passageiros que eles tinham checado.

— Não, eu não dei muita atenção — Veronica responde. — Eu só vi a cabeça dela de relance por cima do carro e percebi que ela devia ter estacionado apenas algumas vagas mais à frente, mas Susanne não usaria o estacionamento que não tem vigilância se tivesse ido para a Dinamarca. Como policial, você deve saber que as pessoas que cometem esse erro correm um grande risco de voltarem e perceberem que perderam algumas calotas.

Infelizmente ela tem razão. Desde que o estacionamento do terminal foi construído, o estacionamento gratuito no lado leste do píer é usado sobretudo para coleta e entrega, e por trabalhadores do porto, mas se Susanne não havia chegado de balsa, então deve ter ido até lá para se encontrar com alguém. Provavelmente com a mesma pessoa que tinha telefonado para ela às 7h15, a fim de lhe avisar que havia chegado.

— E você viu se havia alguém com ela?

Veronica hesita.

— Não tenho certeza. Quero dizer, eu não vi mais ninguém, mas me lembro de pensar que ela agia como se estivesse falando com alguém.

51

O SOM DAS GARRAFAS VAZIAS CAINDO DENTRO DO IGLU VERDE da estação de reciclagem fere os ouvidos de Karen; ela faz uma careta quando a última garrafa de vinho se choca contra a pilha de vidro. Karen não havia exagerado na bebida na noite passada, mas a festa só terminou de manhã. Na verdade, eles só foram para a cama às 3h30, e Eirik, uma pessoa definitivamente madrugadora, tratou de fazer todo o pessoal acordar às 9h30, com direito a desjejum e cheiro de café fresco.

Karen recusou as ofertas dos amigos para ajudá-la a limpar tudo; Marike, Eirik e Kore já haviam feito mais que o suficiente na noite passada, e nenhum deles parecia em condições para o trabalho. Além disso, ela estava ansiosa para ter a sua casa novamente só para si e desfrutar de mais algumas horas de sono.

— Vão para casa — ela tinha dito a seus amigos, todos de ressaca, na mesa do desjejum. — Peçam pizza e passem o dia no sofá; eu cuido da louça à noite.

Mas quando a última porta de carro se fechou, Karen voltou para a cozinha em vez de ir dormir, e começou a limpeza, sentindo-se surpreendentemente disposta. Terminou a louça em exatos trinta minutos, e a arrumação da casa de barcos levou cerca de mais meia hora. Ela deixou ali as mesas e as cadeiras de jardim, mas trouxe as cadeiras da cozinha de volta para casa. Depois de recolher os lençóis de Kore e Eirik da casa de hóspedes e colocá-los na máquina de lavar, ela juntou todas as garrafas vazias e uma pilha de jornais velhos, enfiou tudo em seu carro e dirigiu até o local de reciclagem no fim da estrada. Era assim que ainda se falava na vila: o fim da estrada. Para todas as outras pessoas era o começo da Langevik Road.

Agora Karen dobra o último saco de papel, enfia-o na abertura do lixo para papel e volta para o carro. O cansaço a invade outra vez, e ela sente seu corpo quente e pegajoso depois de carregar cadeiras e garrafas de um lado para o outro. *E essa maldita garoa*, ela pensa consigo mesma, olhando para o céu cinzento. Depois de uma breve trégua no dia anterior, a chuva havia recomeçado enquanto todos estavam na casa de barcos; quando tinham de ir até a casa principal para pegar café e mais vinho, eles eram obrigados a ir e a voltar correndo, e também precisavam se abaixar debaixo de uma lona para usar o banheiro.

Um chope no Corvo e Lebre cairia bem agora, ela diz a si mesma. Lá no bar ela também pode conseguir pôr as mãos num bom jornal; nessa época do ano, os velhos geralmente começam a chegar por volta do meio-dia com um exemplar do *Kvellsposten* debaixo dos braços. Do lado de fora, as coisas são sombrias e sinistras, mas lá dentro se encontram as duas coisas que encabeçam a lista de desejos de Karen no momento: luz e companhia.

Karen consulta o seu relógio: quase 13h30. Ela gira a chave na ignição, checa o espelho e faz a volta com o carro.

Oito minutos depois, ela diminui a velocidade, inclinando-se sobre o banco do passageiro para ver melhor. Uma súbita sensação de *déjà-vu* a invade por um instante, e ela não entende bem o que está vendo. Dessa vez, porém, a figura encurvada subindo pelo gramado não é Susanne Smeed. Há alguém na casa dela. Alguém que está trabalhando duro para carregar coisas para fora da casa e amontoá-las numa pilha no jardim.

Karen encosta o carro. Ela estava presente quando Karl ligou para a filha de Susanne para informá-la de que a investigação na cena do crime havia sido concluída e que a polícia não precisaria mais ter acesso à casa. Por algum motivo, porém, Karen não pensou que Sigrid pudesse ir até a casa da mãe. Por alguns minutos, ela observa a garota magra que agora está sentada nos degraus da frente, aparentemente incapaz de continuar carregando as coisas. Não parece haver ninguém com ela; Karen espera mais alguns minutos antes de levar a mão à alavanca de câmbio. Porém, ela tira a mão de novo; alguma coisa na desolada figura daquela garota não a deixa partir. Praguejando baixinho, Karen tira a chave da ignição e abre a porta do carro.

Descansando a cabeça nos braços, Sigrid não percebe que tem companhia até Karen ficar a um metro de distância dela. A jovem olha para cima e faz menção de se levantar, mas desiste logo.

— Oi, Sigrid. Sou eu, Karen.

Sigrid faz um aceno positivo com a cabeça, mas não diz nada. O rosto dela está pálido, e seus olhos, brilhantes. A dor da perda, Karen supõe. É o que parece. Sem pensar duas vezes, vai até a garota solitária e se senta ao lado dela. Sigrid vira lentamente a cabeça para encará-la, então tosse e vira a cabeça para o outro lado de novo. O som penetrante da tossida faz Karen perceber que o brilho nos olhos de Sigrid não foi causado apenas pelo choro. Sigrid está com febre.

— Minha querida, você está bem?

Pelo menos ela teve o bom senso de colocar uma capa de chuva, Karen constata, observando os longos cabelos molhados de Sigrid, grudados na testa e no rosto. Karen empurra com delicadeza os cabelos para trás, e põe a mão na testa da garota.

— Sigrid, você está doente. Não pode ficar sentada aqui fora.

Envolvendo firmemente o torso da jovem com um braço, Karen a coloca de pé e a conduz para dentro da casa pela porta aberta. Ela leva a garota até a sala de estar e a acomoda no sofá. *Isso vai ficar bem manchado*, Karen nota, vendo as gotas de água escorrendo pela capa de Sigrid e sendo absorvidas pelo estofado de tom claro.

— Há quanto tempo está com febre?

— Começou hoje, eu acho.

A voz dela está fraca, e não exibe nenhum traço da confiança que ela havia demonstrado quando Karen e Karl falaram com ela no seu apartamento em Gaarda.

— Tomou alguma coisa?

Sigrid tosse e balança a cabeça numa negativa.

— Espere aqui.

Com quatro passos, Karen sobe os lances de escada até o primeiro andar. Felizmente Susanne não guardava apenas pílulas para dormir no armário do banheiro.

Poucos minutos depois, diante de Karen, Sigrid coloca obediente um comprimido de Tylenol na boca e aceita o copo com água que Karen lhe oferece. Ela faz uma careta de dor quando engole o comprimido.

— Dor de garganta?

Sigrid faz que sim com a cabeça.

— Há quanto tempo você está aqui?

— Desde ontem. Eu ia tratar da... Eu tinha que cuidar de...

A voz lhe falta, e Sigrid não consegue terminar a frase. Em vez disso, ela se deita de lado com a cabeça sobre o descanso para o braço e os pés no chão, ainda usando suas galochas. Karen percebe que o cabelo úmido dela está molhando uma almofada cor-de-rosa.

Karen se senta em uma das poltronas que ficam na frente do sofá e olha para a lamentável figura. Sigrid deve ter vindo direto para a casa de Susanne depois do funeral; foi esse o caminho que tomou quando deixou Jounas no estacionamento e atravessou o cemitério. Karen avalia rápido as opções que tem. Não pode simplesmente deixar Sigrid aqui, pois a garota está doente demais para ficar sozinha, mas também não quer de jeito nenhum ficar na casa de Susanne tomando conta da sua pirralha problemática. Mesmo que não levasse em consideração que isso pareceria no mínimo estranho, seria falta de ética a responsável por uma investigação passar a noite na casa da vítima, estando ou não encerrado o trabalho da perícia. Telefonar para Jounas e lhe pedir para vir cuidar da filha não é uma boa ideia, por duas razões: Sigrid não parece querer o pai por perto, e Karen não suportaria ter de falar com ele. Ela não tem o telefone de Sam Nesbö, o namorado de Sigrid, e nem sabe se os dois ainda têm um relacionamento; e não conhece nenhum outro amigo da jovem. Karen é obrigada a descartar uma a uma todas as desculpas que lhe ocorrem: *Ajudo Sigrid a ir para a cama, e ela na certa vai ficar bem sozinha. Sempre posso aparecer amanhã para dar uma olhada nela; sim, ela está doente, mas não vai morrer por causa disso. Se por acaso eu não tivesse passado aqui por perto, ela teria que se virar sozinha de qualquer maneira.*

Que inferno, por que tinha parado?

Então Karen se levanta.

— Sigrid, você não pode ficar aqui, vai ter de voltar comigo para a minha casa.

A resposta da garota é abafada por um ataque de tosse, por isso Karen não consegue entender nada.

— Você acha que pode se levantar e caminhar comigo até o meu carro? Eu parei lá em cima, na estrada.

Para a surpresa de Karen, Sigrid lentamente se move até conseguir se sentar, e faz um aceno afirmativo com a cabeça.

— Eu vi a sua mochila no corredor. Tem mais alguma coisa que você queira levar?

Sigrid balança a cabeça negativamente, sem dizer uma palavra.

As chaves da casa estão em uma mesa no corredor. Depois de uma rápida verificação para se certificar de que o fogão e a máquina de café estão desligados, Karen apaga a luz e tranca a porta da frente depois que as duas saem. Ela olha ao redor do quintal. Uma pilha de roupas encontra-se largada no gramado barrento, junto com travesseiros, cortinas e lençóis com motivos florais. Perto da pilha há uma grande caixa de mudança, de papelão, ensopada de água da chuva. Dentro da caixa, Karen reconhece alguns dos objetos de decoração de Susanne: uma base para luminária e uma porção de molduras escapando da caixa, que está se abrindo toda. Ela considera por um instante a possibilidade de procurar uma lona para cobrir tudo; vizinhos abelhudos poderiam se sentir tentados a bisbilhotar na pilha de objetos. Porém, Karen desiste da ideia quando outro ataque de tosse faz Sigrid se dobrar. O mais importante agora é deixar a garota seca e colocá-la na cama.

Meia hora depois, Karen está de pé na porta do seu quarto de hóspedes, observando a jovem que dorme. O cabelo dela ainda está úmido; Karen tentou, mas só conseguiu secá-lo parcialmente, enquanto Sigrid tomava com relutância um pouco de sopa quente de rosa-mosqueta. Não houve tempo para mudar os lençóis; Sigrid vai dormir nos lençóis de Marike, pelo menos por uma noite. O termômetro havia marcado 39,8 ºC, depois de apenas algumas colheres de sopa de rosa-mosqueta e paracetamol no organismo dela. Karen vai precisar voltar para vê-la em algumas horas; mas, nesse momento, não há provavelmente mais nada que possa fazer. Ela fecha a porta do pequeno quarto com o mínimo de barulho possível, mas então muda de ideia e deixa uma fresta aberta antes de descer as escadas.

52

JÁ FAZ DUAS SEMANAS QUE O TEMPO SE ALTERNA ENTRE GAROA e aguaceiro. O solo está encharcado, e as estradas menores começam a ganhar uma coloração marrom, que se intensifica à medida que a lama sai dos buracos alagados e se espalha devagar. As pessoas se agasalham com feiosos, mas práticos, casacos e jaquetas, enrolando-se neles como se estivessem em casulos à prova de vento.

Está começando uma batalha de longos meses contra as intempéries, debaixo de postes de luz com iluminação instável, em áreas de lazer desertas e em parques vazios e silenciosos. Ventos fortes e granizo vão fustigar a terra, desde as cordilheiras de Noorö até as vastas charnecas de Frisel. Tempestades surgirão e sumirão, destruindo cercas e muros construídos com sacrifício, que inevitavelmente terão de ser consertados por homens com mãos calosas e geladas. Árvores vão se partir, navios não poderão sair dos portos e os pescadores, com um misto de impaciência e temor, vão esperar a próxima chance de sair para o mar.

Karen acerta o alarme do seu relógio para as seis, mas acorda trinta minutos antes que ele soe. O som de passos penetra nas camadas mais profundas do seu sono e finalmente atinge a sua consciência com uma agulhada de medo. Momentos depois, sons de tosse violenta chegam do aposento ao lado, e a memória dela começa a funcionar. É Sigrid. Karen se dirige apressada ao quarto de hóspedes, para na porta e olha para Sigrid, que está sentada na beirada da cama.

— Bom dia. Como está se sentindo?

— O que eu estou fazendo aqui? Essa é a sua casa?

— Sim, você está na minha casa, em Langevik, a pouco mais de um quilômetro da casa da sua mãe. Não se lembra de que eu a trouxe para cá ontem?

Sigrid balança a cabeça numa negativa, e faz uma careta de dor.

— Você estava muito doente. *Está* muito doente — Karen acrescenta, e franze as sobrancelhas quando outro acesso de tosse martiriza o corpo magro diante dela.

— Eu tenho uma vaga lembrança de estar em um carro — Sigrid responde com voz rouca depois que a tosse passa. — E de ter tomado sopa de rosa-mosqueta; eu odeio sopa de rosa-mosqueta.

— Tudo bem, então chega dessa sopa.

— Você tem algum analgésico? Minha cabeça está me matando.

— Provavelmente é a febre. Você mediu a sua temperatura esta manhã?

A garota faz outro aceno negativo com a cabeça, dessa vez mais gentil. Karen lhe aponta a mesa de cabeceira, onde estão os termômetros.

— Vá em frente. Vou buscar alguma coisa para você beber.

Pouco mais de uma hora depois, Karen deixa Sigrid devidamente acomodada na cama e entra no seu carro. A temperatura de Sigrid havia caído para 39,2 °C e cairia ainda mais por causa do Tylenol, junto com uma xícara de chá de ervas e um sanduíche no qual ela não tocou.

— Pode telefonar a qualquer hora que quiser — Karen a havia avisado, anotando o seu número de celular num pedaço de papel e deixando-o ao lado da xícara de chá. — A sua mochila está aqui, do lado da cama. Pegue o que quiser na cozinha, mas o mais importante é que você fique na cama e descanse.

Sigrid, porém, já havia caído no sono antes mesmo que Karen terminasse a frase.

Karen sai do elevador no terceiro andar da delegacia de Dunker exatamente às 7h20 — bem mais cedo do que o normal, mas nesta manhã é imperativo. Seu chefe deve aparecer provavelmente por volta das 9h, como de hábito; e ela quer recebê-lo com uma expressão de ligeira surpresa quando ele chegar. Embora ela também costume chegar por volta das 9h. Jounas Smeed está voltando para o trabalho depois de uma semana de afastamento.

Dois minutos depois, porém, ela deixa escapar um palavrão e joga a bolsa em cima da sua mesa.

53

JOUNAS SMEED JÁ ESTÁ EM SUA MESA. ATRAVÉS DA PORTA DE vidro, Karen vê que ele fez café e agora está observando alguma coisa na tela do computador, com um olhar de profunda concentração. Ao que parece, Jounas já está trabalhando faz algum tempo e não parece ter notado a chegada de Karen. Ainda xingando baixinho, ela pendura o casaco no gancho atrás da sua mesa.

Faça logo o que tem que fazer, ela diz a si mesma. *Ele não vai desaparecer como num passe de mágica, por mais que você queira.* Com um suspiro conformado, Karen se dirige ao escritório do seu chefe. Ela para por alguns segundos na porta, do lado de fora. Três rápidas pancadas no batente da porta, e alguns segundos de espera antes que Jounas Smeed, sem nenhuma pressa, se vire para ela e por fim tire os olhos da tela.

Jounas a recebe com o mesmo olhar ligeiramente surpreso que Karen planejava para ele, e então lhe faz um vago aceno com a cabeça. Karen interpreta isso como um convite para abrir a porta e entrar.

— Bom dia, Eiken. Puxe uma cadeira.

Ela faz isso enquanto fala.

— Bem-vindo de volta — ela diz.

Sem responder, ele gesticula na direção da sua tela.

— Você checou o sistema de informações?

— Esta manhã, você quer dizer? Não, eu acabei de chegar.

— Um sargento da polícia me telefonou por volta das cinco da manhã. A noite foi agitada.

Embora consciente de que poderia parecer pouco profissional, Karen na mesma hora reclamou da atitude do sargento, que entrou em contato com Smeed e não com ela:

— Telefonou para você? Por quê? Você só retornou oficialmente ao trabalho esta manhã.

Smeed dá uma risada e levanta as mãos.

— Vamos com calma, garota. Eu acho que ele ouviu dizer que eu voltaria, e deve ter pensado que fazia mais sentido falar comigo diretamente. Pense nisso como um descanso.

Um descanso, ela pensa, com raiva. *Estou acordada desde as 5h30, cuidando da sua filha doente; duvido que ela deixasse você fazer o mesmo.* Esse pensamento a animou um pouco.

— O que aconteceu? — ela pergunta.

— Duas jovens foram brutalmente atacadas e estupradas: uma no sábado à noite, numa área de arbustos próxima à passagem para pedestres do ponto de ônibus da região central de Moerbeck, e a outra ontem, numa área para bicicletas no subsolo de um prédio na Karpvägen, 122.

— Isso é horrível, mas ainda assim é um tanto estranho que o sargento tenha acordado você por causa de duas ocorrências de estupro.

Ao dizer isso, Karen entende por que o chefe do DIC foi contatado. Jounas Smeed percebe a expressão no rosto dela e faz que sim com a cabeça em sinal de confirmação.

— Homicídio — ele a corrige. — A garota no subsolo morreu ainda na ambulância em decorrência dos ferimentos. — Jounas se inclina para trás e pega uma caneca com o logotipo do Thingwalla Football Club. — Delícia — ele diz depois de tomar um gole de café. — Presumo que haja uma fatura a caminho, e que você quer que eu pague.

— Foi um bom investimento, na minha avaliação, mas se você concluir que não foi, eu sempre posso levar a máquina para casa e pagá-la eu mesma.

— Falando em avaliação — Jounas diz, sem fazer comentário nenhum a respeito da oferta dela. — Tivemos de repensar a alocação dos nossos recursos com base no que aconteceu em Moerbeck. Eu já reuni a equipe que quero nesse caso e os chamei. Cornelis Loots e Astrid Nielsen vão se juntar a mim; é sempre bom ter uma detetive mulher em casos como esses. De qualquer maneira, eu tenho certeza de que você vai entender a situação, e que vai aceitar o fato de que isso causará um impacto significativo na sua investigação, mas não temos saída a não ser compartilhar os recursos.

Então você não vai levar o Karl, Karen pensa consigo mesma, disfarçando a surpresa. Depois dela própria e de Evald Johannisen, Karl é o detetive mais experiente. *Só posso supor que você não quer ninguém que desafie suas opiniões. Principalmente agora que o Johannisen não está aqui para lamber suas botas.*

Em voz alta, ela comenta:

— Ainda bem que você me deixou o Karl. E como você acha que isso vai dar certo? A minha investigação mal começou.

— Veja, você teve uma semana. Sem querer ofender, mas seus resultados não foram exatamente maravilhosos... muito pelo contrário. E todos os recursos disponíveis foram colocados à sua disposição. Além disso, como eu já disse, estou certo de que você compreende que temos de rever as nossas prioridades. Em especial com Evald ausente, mas eu falei com o Evald, e fico feliz em informar que ele vai voltar em breve, e quando isso acontecer vamos ajustar as equipes de novo.

Se você empurrar o Johannisen para mim, eu me demito, Karen pensa consigo mesma.

— Tudo bem — ela responde sem hesitar. — Mas o que é que o Haugen acha disso tudo? Eu devo me reportar diretamente a ele e à Vegen, não a você.

— Isso você vai ter que perguntar a ele. Ele ia ligar para você mais tarde; pelo menos foi o que ele me disse quando falei com ele agora há pouco.

O telefonema de Viggo Haugen chega onze minutos depois. O chefe de polícia não diz nada que Karen já não esperasse, só o que ela já havia percebido; e é a coisa certa a se fazer, para dizer a verdade. Eles precisam redistribuir seus recursos e, dessa vez, a promotora Dineke Vegen e Viggo Haugen estavam de pleno acordo. Eles tinham de se concentrar em Moerbeck.

— Além do mais, você mesma disse que aqueles roubos parecem estar ligados ao assassinato de Susanne Smeed — Viggo Haugen acrescenta, provavelmente sem notar o tom de alívio na própria voz.

As críticas que os meios de comunicação vêm dirigindo à polícia pela ausência de avanços no caso de Susanne Smeed se intensificaram depois da caótica coletiva de imprensa de Haugen. Toda a informação passou a ser canalizada através do diretor de mídia, mas de nada adiantou: os ânimos não se acalmaram, e os veículos de imprensa estavam surrando Haugen sem dó. Agora toda a atenção será desviada, e dessa vez Jounas Smeed vai ser encarregado da investigação. Viggo Haugen pode relaxar.

— Eu disse que *pode haver* uma conexão — Karen observa —, mas não existe certeza com relação a isso. E mesmo que existisse, ainda teríamos um criminoso que não foi identificado e muito menos preso.

— Concordo, mas agora que conhecemos o curso dos acontecimentos, você vai ter de se concentrar nessa pista. Tenho certeza de que ele logo estará preso. Nem preciso dizer que você ainda tem acesso a qualquer recurso adicional de que necessitar, caso esteja pronta para realizar uma prisão. Ou se identificar um outro criminoso, eu suponho. De qualquer modo, se surgir uma nova pista no caso, você pode solicitar ajuda; mas, por enquanto, a ordem é estabelecer novas prioridades — Haugen diz, enfatizando cada sílaba.

Karen compreende a situação. Eles têm pouco pessoal, e priorizar os estupros é a decisão mais correta, principalmente porque é provável que o estuprador ataque de novo. A bem da verdade, Karen daria qualquer coisa para poder abandonar de vez o caso envolvendo Smeed, arrombamentos e roubos de motocicletas, e, em vez disso, dedicar todo o seu tempo para pegar o miserável que está aterrorizando a região de Moerbeck.

Karen e Björken participam das primeiras reuniões para tratar dos estupros. Todos no DIC sabem que precisam sempre estar a par das principais investigações. E ainda que nada indique essa direção nesse estágio inicial, conexões entre os casos jamais podem ser descartadas, e também não se pode descartar a possibilidade de que algumas pessoas que serão interrogadas por terem ligação com um caso possam ter informação sobre outro caso. O fluxo de informação interna nos círculos criminais é consideravelmente maior que o do sistema de informações, e mais rápido. A polícia sabe tirar vantagem disso, e o fez mais de uma vez.

As informações sobre os crimes deixam todos abalados. A sala fica em absoluto silêncio enquanto Kneought Brodal transmite os detalhes. Uma garrafa quebrada foi usada nos dois casos; o criminoso cortou as vítimas no rosto e no peito, e então inseriu as garrafas quebradas na vagina delas. Os restos ensanguentados de uma garrafa de 350 ml de Groth's Old Stone Selection foram encontrados na cena, onde uma pessoa que passeava com o seu cão se deparou com Sabrine Broe, perambulando sem rumo às quatro da manhã, sangrando e aterrorizada. Ela foi levada ao Thysted Hospital, traumatizada, porém viva.

Loa Marklund não teve tanta sorte. Às 7h30 do domingo de manhã, um vizinho dela da rua Karpvägen, 122, e o seu filho de oito anos, ambos carregando varas de pesca, pegaram o elevador até o subsolo do prédio. Eles iam pegar suas bicicletas para uma última pescaria no lago Svartsjön antes do final da temporada. Quando o pai, chocado, ligou para os serviços de emergência, já fazia mais de seis horas, segundo o legista, que alguém havia enfiado uma garrafa quebrada de Budweiser na vagina de Loa, girando-a para frente e para trás. Quando a ambulância apareceu, a garota ainda estava viva, apesar de ter sofrido uma catastrófica perda de sangue. E quando o veículo chegou ao Thysted Hospital, ela já estava morta.

— Esperma? — alguém pergunta em voz baixa; Kneought Brodal balança a cabeça numa negativa.

— A questão é saber se houve relação sexual de algum tipo. Há sinais de que o criminoso deixou as garrafas fazerem o trabalho por ele. Um doente filho da puta. E impotente também, pelo visto.

Karen observa os membros da sua equipe anterior enquanto os horríveis detalhes dos ataques de Moerbeck são revelados. Um silêncio paralisante toma conta da sala, assim como aconteceu quando foram exibidas pela primeira vez as fotos de Susanne, mas então o humor muda, como se algum espírito coletivo estivesse se erguendo devagar, arreganhando os dentes e soltando um rosnado penetrante. O instinto de caça deles está despertando de novo, mas dessa vez a vítima é diferente, e a atenção de todos está concentrada num jogo diferente. Felizmente, esse caso será resolvido mais rápido que o de Karen.

54

KAREN SEGURA O MOUSE E DÁ UMA PAUSA NA GRAVAÇÃO. ENTÃO se inclina para trás na cadeira e fecha os olhos. Mesmo assim, as imagens continuam passando diante dos olhos da mente dela; um fluxo aparentemente infinito de veículos subindo a bordo em uma imagem e saindo de cena na imagem seguinte.

A balsa de carros de Noorö até Thorsvik passa de dez em dez minutos entre as 6h e as 23h50, e de vinte em vinte minutos depois da meia-noite. Arrastando-se pelas águas, a embarcação amarela atravessa o braço de mar em seu trajeto de ida e de volta, com ou sem passageiros. Numa tentativa de baixar os preços do serviço, um número cada vez maior de pessoas têm sugerido com insistência uma solução com base na demanda, pelo menos à noite, mas se deparam com protestos estridentes; e até agora os habitantes de Noorö conseguiram afastar as ameaças de corte de empregos.

Embora o número de passageiros no horário noturno não justifique o tráfego frequente, o fluxo de carros em outros horários do dia é relativamente constante. Carros grandes, carros pequenos, carros brancos, carros escuros; a gravação é em preto e branco, e oferece apenas uma interminável escala de tons cinza. Volvo são a maioria, junto com BMW, Ford e utilitários de todas as marcas. O ônibus número 78 faz a travessia na balsa a cada trinta minutos, e há veículos privados, veículos comerciais, dois tratores, caminhões com o logotipo do matadouro Ravenby, veículos de transporte de pessoal da NoorOyl, vindos do porto mais ao norte, cheios de homens e mulheres exaustos saindo de turnos de três semanas em uma das plataformas de petróleo; há também bicicletas, vespas, um quadriciclo. E algumas motocicletas ocasionais. Infelizmente, nenhuma Honda CRF 1000L Africa Twin. Karen deixou uma cópia do modelo na sua mesa para fins de comparação.

Os olhos de Karen captam todos os que entram na balsa no Porto de Noorö e, depois de alguns segundos de avanço rápido na gravação, desembarcam em Thorsvik. Há duas câmeras na balsa, apontadas para direções opostas. As duas posições são mostradas lado a lado na tela; ela acompanha uma durante o embarque e então passa para a outra durante o desembarque, mas depois de duas divergências e uma vespa desaparecida, ela percebe que terá de examinar cada ângulo separadamente. Uma motocicleta pode ficar oculta com facilidade atrás de caminhões, de veículos pesados ou do ônibus.

O arrombamento e roubo em Noorö havia ocorrido em algum momento entre as 7h30 do dia 17 de setembro, uma terça-feira, e as 16h45 do dia 20 de setembro, sexta-feira. Três dias e meio, o equivalente a centenas de partidas de balsa nas quais um homem jovem numa motocicleta roubada pode ter sido flagrado por uma das câmeras do circuito interno a bordo.

Karen abre os olhos e espia à sua direita. Karl Björken, que está na mesa ao lado da dela, acaba de desligar o seu telefone, retira a tampa de uma caneta esferográfica e risca alguma coisa escrita num pedaço de papel, com uma expressão de desânimo. *Outra delegacia local que não tem nada a reportar*, Karen pensa consigo mesma.

— Quer trocar comigo? — ela diz. — Não aguento mais olhar para isso.

— Do que é que você está reclamando? — Björken diz com um sorriso irônico. — Você está conferindo o que, umas... cem partidas por dia?

— Cento e vinte e duas — ela responde com fala arrastada.

— Em que ponto você está?

— Acabei de checar o horário de 9h40 de 18 de setembro. Nenhuma Africa Twin nessa balsa também. A última motocicleta que vi entrar a bordo foi uma Kawasaki, às 7h20, e desde então não apareceu mais nem uma única maldita moto. E você, como está indo aí?

— O que você acha? Se, por um milagre, eu estivesse perto de encontrar alguma coisa você já saberia, porque eu não ia esperar nem um segundo para contar, mas eu estava pensando mesmo em voltar para casa logo. Arne e Frode estão com febre, e Sara se recusa a dormir em sua própria cama. Ingrid está ameaçando se divorciar de mim se eu não estiver em casa às 18h. "E eu *não vou* levar as crianças" — Karl diz, imitando a voz da esposa.

— Bom, então é melhor você correr — Karen comenta com um sorriso. — Aliás, a sua licença-paternidade vai demorar ainda?

— Começa no dia primeiro de novembro. E não, não tem nada a ver com a temporada de caça à marta.

Ah, então o Karl vai entrar em licença em menos de um mês. Certo, ela reflete, *mais uma razão para o Smeed não o colocar na sua equipe.*

— Acho melhor a gente resolver isso antes, então — Karl diz, e desliga o computador. — Senão vão acabar colocando o Johannisen para trabalhar com você. Não que isso não tenha um lado positivo; você provavelmente acabaria causando um ataque cardíaco de verdade nele.

— Ou eu é que acabaria infartando. Bem, só vou examinar o restante das partidas de quarta-feira, e depois vou embora também — ela diz, e se espreguiça.

Vinte e quatro minutos depois, bem no momento em que Karl Björken abre a porta da frente da sua casa geminada em Sande e é recebido pelo som de três crianças chorando, Karen, debruçada na frente da sua tela, de repente leva um susto e se inclina para trás, ereta na cadeira. Ela logo volta a gravação alguns segundos e assiste à sequência mais uma vez.

— Finalmente — ela diz devagar. — Aí está você.

55

SIGRID ESTÁ SENTADA NA COZINHA QUANDO KAREN CHEGA EM casa. Na mesa, diante dela, o gato está lambendo uma tigela com restos do que parece ter sido, um dia, iogurte misturado com muesli. *Mas em que armário ela encontrou isso?*, Karen questiona. *Faz anos que não tenho muesli.* De súbito, imagens do desjejum interrompido de Susanne Smeed se projetam em sua mente. Ela rápido sacode a cabeça para afastar o mal-estar.

— Então você está de pé — Karen diz. — Como está se sentindo?

Sigrid olha para ela com algo em sua expressão que poderia ser definido como sorriso. Karen está surpresa com a transformação; é a primeira vez que olha para Sigrid e não a vê rosnando ameaçadora ou caindo de febre.

— Melhor, obrigada. Tudo bem com isso? — ela pergunta, acenando com a cabeça na direção do prato.

— Você se refere ao iogurte ou ao Rufus? Não se preocupe — Karen acrescenta sorrindo. — Não importa se eu estou aqui ou não, ele geralmente faz o que quer. — Ela coloca a sacola na bancada da cozinha e observa Sigrid com o canto dos olhos pondo Rufus no chão com gentileza. — Eu trouxe comida indiana da cidade. Já deve ter esfriado agora, mas eu ia esquentá-la no micro-ondas. Você está satisfeita ou ainda tem lugar para um pouco de comida de verdade?

Karen apanha um prato no escorredor e retira com cuidado dois recipientes de alumínio de um saco de papel.

— Acho que estou satisfeita, mas obrigada mesmo assim — Sigrid responde.

A garota fica em silêncio por um momento, observando enquanto Karen despeja uma porção de curry indiano com frango num prato e o coloca dentro do micro-ondas.

— Acho melhor ir para casa — diz Sigrid, e começa a se levantar. — Ou pelo menos voltar para a casa da minha mãe.

— Como assim? Você precisa ficar aqui até melhorar. Falando nisso, tem checado a sua temperatura?

— Fiz isso meia hora atrás. Estava 38,6 ºC.

— Agora escute bem, Sigrid. Não sei que coisa é essa que você conseguiu contrair, mas é evidente que você tem algum tipo de infecção respiratória. Viu só? É disso que estou falando — ela acrescenta, enquanto outro estrondoso acesso de tosse faz o frágil corpo de Sigrid sacudir. — Quero que você saiba que é muito bem-vinda para ficar aqui até melhorar. Já ligou para o seu trabalho?

— Enviei uma mensagem hoje de manhã.

— E o seu namorado, o Sam?

— Meu ex — Sigrid corrige.

— Se vocês ainda estão rompidos, não entendo por que você tem tanta pressa em dar o fora daqui. — O bip do micro-ondas soa; Karen retira o prato. — Tem certeza? — ela pergunta à garota, indicando o prato com a cabeça.

— Tenho certeza.

Karen abre a porta da despensa e retira de dentro uma garrafa.

— Vou tomar um copo, mas você não vai beber de jeito nenhum.

— Eu já tenho dezoito anos.

— Que ótimo, significa que você vai poder tomar um copo quando melhorar. E então, vai ficar?

Dessa vez, o sorriso no rosto abatido de Sigrid é genuíno.

Cerca de uma hora mais tarde, Sigrid cai no sono no sofá, debaixo de um cobertor. Ela havia resolvido que permaneceria ali em vez de dormir na cama do quarto; parecia preferir ficar com Karen, que depois de jantar se acomoda numa poltrona com um jornal aberto na seção de palavras cruzadas. Karen abaixa o jornal e contempla a garota.

A mesma idade, ela pensa. Nascida no mesmo ano, embora ele fosse alguns meses mais jovem. Ele também teria 18 anos em dezembro. Circulando pelos bares, arranjando uma identidade falsa para comprar cerveja no pub. Ele provavelmente também responderia às perguntas dela de maneira sucinta, tentando ocultar os sorrisos que não quisesse compartilhar. Seu filho. Mathis.

Talvez ele acabasse conhecendo Sigrid em algum momento quando Karen e John o levassem para Doggerland em férias, em Dunker, numa noite de verão; quem sabe ele tivesse ido ao bar onde ela trabalha. E escutado a banda dela tocar.

Pare com isso.

Karen volta a atenção mais uma vez para as palavras cruzadas, mas não consegue deter os pensamentos. Talvez ela e John tivessem se

247

mudado para cá em algum momento quando fossem mais velhos, como haviam considerado algumas vezes. Embora ela duvidasse disso.

Karen adorava Londres; sua vida era lá, e só raramente ela sentia falta da ilha, em breves e fortes episódios de saudade, quando todo o seu ser ansiava por algo que faltava. O mar. Ele estava tão longe.

— Vamos para a costa — John havia sugerido certa vez, numa ocasião em que ela estava doente de saudade. — Fazemos as malas e vamos para a casa da minha irmã em Margate. E temos o oceano bem diante de nós.

— Margate? Ah, Jonh, qual é.

Karen nunca foi capaz de explicar tal sentimento, mas sempre passava. E ela realmente gostava de Londres. Karen adorava os pubs, as lojas de departamentos e os parques. Adorava a Universidade Metropolitana de Londres, onde havia estudado os horrores que as pessoas infligiam umas às outras. Karen amava John e amava Mathis. Sim, ela amava de verdade a cidade que lhe tinha dado um marido e um filho. A cidade que tinha dado a ela uma vida.

Mas isso não a impediu de ir embora de lá sem hesitar, num certo dia de dezembro, fazia quase onze anos.

Karen desiste das palavras cruzadas e coloca o jornal de lado. *É por isso que eu quero que ela fique?*, ela se pergunta, observando Sigrid no sofá. *Porque a trajetória dela continua onde a de Mathis parou? Porque ela me ajuda a imaginar um futuro para ele? Porque ela me ajuda a lembrar?*

56

Karen emitiu um alerta, via sistema interno de informações, no instante em que ela encontrou a sequência certa na gravação de vídeo da balsa de Noorö. As imagens do homem na partida da balsa no dia 18 de setembro, às 11h20, eram razoavelmente nítidas, e a placa da motocicleta batia com a da que havia sido roubada. O problema era que o capacete com visor ocultava o rosto da pessoa. Por alguma razão, o sujeito desceu da motocicleta, caminhou até a amurada da embarcação e se inclinou sobre ela, porém a tomada foi parcialmente bloqueada por uma van. Apesar de ter esquadrinhado as imagens quadro a quadro várias vezes, Karen não foi capaz de determinar se o homem estava vomitando no mar ou se apenas queria esticar as pernas e respirar um pouco de ar fresco. E ele ficou de capacete o tempo todo.

Comparando as dimensões físicas dele com pontos fixos na balsa, Karen conseguiu determinar que o sujeito tinha cerca de 1,77 m, parecia bem magro e desengonçado. Vestia uma calça jeans desbotada e uma jaqueta fina, mas essa descrição era vaga demais. Em razão disso, a motocicleta foi o ponto central do alerta interno. Claro que havia outras motos do mesmo modelo, mas a cor era incomum. O problema era que a cor não aparecia nas imagens do circuito interno, que eram em preto e branco, mas talvez a fotografia de uma Honda Africa Twin amarela postada junto com o alerta ajudasse seus colegas a fazer uma identificação. Ou não.

— Mais cedo ou mais tarde, esse cara vai cometer um erro, e aí vamos pegá-lo — Karl diz na manhã seguinte, soprando o seu café enquanto se inclina para olhar a tela do computador de Karen. — Caramba, como ele parece jovem! Quantos anos acha que ele tem, uns dezesseis, dezessete?

— Sim, ele parece mesmo ser bem jovem. Você acha que ele pode ser a pessoa que matou Susanne? Acha sinceramente, Charlie-boy?

Karl faz uma careta de reprovação, franzindo as sobrancelhas negras. Em parte, porque odeia aquele apelido e, em parte, porque duvida, assim como Karen, de que seja esse o assassino. Existe algum elemento na fúria com que Susanne foi morta que não se encaixa na teoria da invasão com roubo. A conexão pode parecer incontestável para Haugen e perfeitamente plausível para a promotora, mas Karl ainda não está nem um pouco convencido.

A ligação de um colega da delegacia de Grunder chega pouco depois do almoço, três minutos após Karen deixar uma mensagem irritada na secretária eletrônica da delegacia, pedindo para ser contatada imediatamente. A delegacia de Karen havia enviado mensagens a todas as delegacias locais, e todas, exceto três, tinham respondido para fornecer informações a respeito de pequenos crimes que poderiam estar ligados à investigação. Quando sua ligação não foi atendida em Grunder, onde a delegacia funciona vinte e quatro horas por dia, Karen ficou frustrada e irritada, e isso transpareceu em seu tom de voz — o que só faz confirmar a visão que os policiais locais tinham dos "mandões da delegacia central".

Quando a ligação chega, Karen se inclina para trás na cadeira e ouve com impaciência polidamente dissimulada as lamúrias do sargento Grant Hogan sobre falta de pessoal e necessidade de ir ao banheiro, e as inevitáveis queixas contra o sistema de informações e os relatos confusos a respeito de pequenos crimes cometidos no lado norte de Heimö durante os meses de verão. Determinada a não piorar o abismo que separa a polícia central da polícia local, Karen deixa escapar um "Hmm" nos momentos certos, enquanto sua mente divaga. Poucos instantes depois, porém, Grant Hogan diz algo que a faz ficar bem alerta e tirar os pés de cima da mesa. Ela acena para Karl Björken, e coloca o telefone na mesa entre os dois.

— Coloquei você no viva-voz agora, Grant, e o Karl Björken vai ouvi-lo também. Poderia repetir essa última parte, por favor?

Eles ouvem o sargento sem interrompê-lo; por meio de sinais, Karen pede a Karl que não interrompa o discurso tortuoso de Grant Hogan. E entre todas as informações insignificantes, algo se destaca e leva Karl Björken a se perguntar se Viggo Haugen não está certo pela primeira vez.

Uma casa foi parcialmente queimada em Ramsviken, no distrito policial de Grunder, a apenas três quilômetros ao norte de Langevik. O incidente havia acontecido dois dias antes do Festival da Ostra; o casal de proprietários da casa estava passando férias em Londres. Grant Hogan fala sem parar: "peças de teatro e compras", "aposentados recentemente", "laptops e joias sumiram", "localização distante com vistas maravilhosas", "preços das casas subindo", "o incêndio parece ter começado nas cortinas da cozinha", "ficaram chocados quando voltaram", "o seguro vai cobrir"... e, por fim, "sem testemunhas".

Karl e Karen olham um para o outro; o colega deles do outro lado da linha respira fundo para tomar fôlego antes de continuar.

— Na verdade, eu ia entrar em contato com vocês para falar sobre isso. Não sobre o fogo, mas eu estava falando com o chefe de uma das equipes de tiro. O nome dele é Yngve Lingvall; ele e eu nos conhecemos faz tempo. Eu mesmo já cacei um pouco, quando o trabalho permitia, é claro. Foi por isso que o Yngve me ligou no meio de uma caçada, senão não teria motivo para ligar.

— Ligou pra quê? — Karl tamborila com impaciência os dedos no tampo da mesa, para em seguida receber um olhar atravessado de Karen.

— Então: ontem, um dos caras que participavam da caçada descobriu uma motocicleta destruída numa ravina, três quilômetros ao sul daqui. Aparentemente, esse cara se interessa por motos e quis ficar com a motocicleta que encontrou, mas o Yngve achou que eles deviam nos chamar primeiro. Um homem bom o Yngve, viu. Daí eu fui até lá dar uma olhada, e eles estavam certos. Está numa pedreira perto de Kalvmotet, a uns três quilômetros a noroeste da delegacia aqui em Grunder, na verdade.

— De que cor é? — Karl pergunta. — A motocicleta, é claro — acrescenta, para ter certeza de que não vai ser obrigado a ouvir o homem falar da pintura da delegacia de polícia de Grunder.

— Ela é amarela, eu acho, mas está detonada e bem suja, claro. Eu mesmo não tenho muita familiaridade com motocicletas, mas o sujeito que a encontrou afirma que é uma Honda, modelo Africa Twin. Eu vi o alerta no sistema e já ia entrar em contato com vocês, só tive que dar uma passada no banheiro antes.

Karen gesticula para Karl pegar um café e deixa Grant Hogan tagarelar à vontade por algum tempo. Afinal de contas, seu colega havia demonstrado um certo grau de atenção, mesmo que depois tenha priorizado sua visita matinal ao banheiro. E agora Grant estava de antenas ligadas. Não houve um incêndio no caso de Langevik também? Pelo menos foi o que ele soube por meio do seu genro, que é bombeiro voluntário. Também ouviu dizer que havia sinais de arrombamento e roubo, embora estejam mantendo os detalhes em sigilo, aparentemente... No fim das contas, o mais importante, sem dúvida, é que eles façam tudo o que estiver ao alcance para prender o miserável que matou a esposa do Smeed. Mesmo que ela seja na verdade a ex-esposa dele. Eles haviam frequentado a academia de polícia na mesma época.

— Smeed e eu, quero dizer, não a esposa — Grant Hogan esclarece.

Karen encerra a ligação com um sentimento de resignação. Aceita em silêncio o café que Karl lhe entrega. Até ela precisa concordar que parece mais uma conexão do que apenas uma coincidência. Diversas ocorrências de roubo, cometidos enquanto os proprietários estavam fora. Será que havia acontecido a mesma coisa em Langevik? A ideia era invadir e roubar simplesmente, mas, então, tudo acaba dando errado de forma catastrófica? Um criminoso solitário interessado em roubar laptops e joias, itens que podem facilmente ser enfiados numa mochila. Karen já considerava essa possibilidade antes mesmo da conversa com Grant Hogan, e agora é obrigada a admitir, com relutância, que essa teoria parece de fato ter fundamento. Ela não precisa consultar um mapa para ver o padrão; os horários estão corretos e os locais onde os roubos aconteceram mostram que o criminoso se deslocou de Noorö descendo ao longo do litoral norte de Heimö, pelo porto da balsa em Thorsvik, durante uma farra de uma semana. Não é difícil imaginá-lo seguindo adiante até Langevik depois de se livrar da motocicleta.

— Vamos entrar em contato com a mídia e publicar um anúncio pedindo informações sobre qualquer um que estivesse pedindo carona na estrada para o sul, nas imediações de Grunder — Karen diz. — O sujeito não pode ter caminhado durante todo o trajeto. Porque não há nenhuma queixa de roubo de carro na área, não é?

— Não, eu acabei de checar.

— Mas por que ele foi escolher logo a casa de Susanne Smeed?

— Bem, por que não? — Karl responde, e assopra o café. — A filha de Susanne disse que a mãe costumava viajar durante o Festival da Ostra. Talvez o ladrão soubesse disso de alguma maneira, e tenha surtado ao descobrir que ela estava em casa no final das contas. Eu não sei que método ele usou para obter informações a respeito de seus alvos, mas há milhares de maneiras diferentes.

— Mas como ele pôde pensar que ela estava fora? De acordo com Harald Steen, havia fumaça saindo da chaminé — Karen argumenta.

— É verdade, mas ela já estava morta quando Steen viu a fumaça. Pode ter sido o assassino quem acendeu o fogão, não Susanne.

— E por que diabos ele faria uma coisa tão estúpida? Se a intenção fosse incendiar a casa, dificilmente ele teria perdido tempo acendendo um velho fogão a lenha. Se quisesse tocar fogo em tudo, teria sido mais rápido e mais fácil queimar as cortinas, como ele fez em Thorsvik.

Karl dá de ombros.

— De qualquer modo, o carro de Susanne estava na garagem. Isso já não bastaria para levar o sujeito a desconfiar que ela estivesse em casa?

— Não necessariamente — Karl retruca. — É comum as pessoas deixarem seus carros em casa quando saem em **férias**. Além disso, o carro pode ter sido decisivo na ação do meliante; ele claramente precisava de um novo meio de transporte. É possível que ele tenha invadido a casa apenas para procurar as chaves do carro.

— Esperando talvez que o morador da casa ainda estivesse dormindo. Um enorme risco, não acha? Ele não poderia saber quantas pessoas moravam na casa.

— A menos que já tivesse obtido essas informações, como eu disse.

Karen ouve os argumentos, analisando-os tanto separados quanto em conjunto. Ela ainda está longe de se convencer, mas parece que Karl decidiu defender a solução simples na qual Viggo Haugen e os outros apostam com tanto desespero.

— Não se esqueça de que Susanne ainda estava na mesa da cozinha — ela diz. — Você espera que eu acredite que o sujeito invadiu a casa dela tão silenciosamente que conseguiu surpreendê-la enquanto ela fazia o café da manhã? Que ele cruzou o pátio sem que ela o visse pela janela?

— Talvez ele tenha entrado pelos fundos. Eu calculo que ele quisesse evitar olhos curiosos; afinal, a janela de Harald Steen dá para a garagem.

— É verdade — ela admite. — Mas isso é difícil de engolir. Não acredito que uma pessoa que esteja tomando café na cozinha não perceba que há um ladrão invadindo a sua casa.

— O rádio estava ligado. E num volume alto, de acordo com Sören Larsen.

Karen balança a cabeça negativamente, sem dizer nada, e toma um gole de café. Ela na certa perceberia se alguém invadisse a sua casa, mesmo que o rádio estivesse ligado junto com a televisão.

Não perceberia?

— Pode ser que Susanne tenha deixado o cara entrar — Karl arrisca depois de uma longa pausa.

— E por que ela faria uma coisa dessas, meu Deus?

— Não sei, talvez ele tenha contado uma história convincente. Disse que era um técnico de TV a cabo e precisava fazer um reparo, ou coisa assim...

— Na manhã após o Festival da Ostra? Você pode fazer melhor que isso...

— Ou talvez ele tenha inventado uma emergência. Não seria a primeira vez que um ladrão usa esse velho truque para entrar na casa de alguém.

— Ah, Charlie-boy, me poupe. Estamos falando de Susanne Smeed. Se alguém é capaz de fechar a porta na cara de uma pessoa em dificuldades, esse alguém é Susanne.

— Mas talvez ele a tenha ameaçado com algum tipo de arma, conseguindo dessa maneira que Susanne o deixasse entrar — Karl insiste, ignorando o apelido e as objeções de Karen.

253

— E depois ela simplesmente se sentou na mesa da cozinha?

— Bem, de uma coisa eu sei... Eu faria o mesmo se alguém estivesse me ameaçando com uma arma — Karl responde. — Você não?

57

JÁ NÃO RESTA MAIS A MENOR DÚVIDA DE QUE O OUTONO FECHOU suas garras de aço nas Ilhas Dogger. As condições climáticas estão mais eloquentes do que nunca, soprando com força o seu discurso, anunciando que todos vão embarcar numa aventura infernal. A garoa deu lugar a violentas rajadas de vento que chegam do oeste varrendo tudo em seu caminho, anunciando o inverno iminente. Os meteorologistas emitiram um alerta: nas próximas vinte e quatro horas, ventos fortes são esperados ao longo do litoral.

No momento em que Karen sai da autoestrada na direção de Langevik, a tempestade chega com força total. A chuva cobre o para-brisa do carro, e os limpadores não são páreo para a inundação. Ela dirige devagar, com o rosto o mais perto possível do vidro, atracando-se com o volante sempre que o vento golpeia o carro. *Se a temperatura cair abaixo de zero esta noite, amanhã vai ser um inferno*, ela diz a si quando sente os pneus deslizarem na lama que desce pelas encostas íngremes.

Ela deveria ir direto para casa, antes que as pistas se tornassem totalmente intransitáveis. Sigrid está bem melhor, sem dúvida, mas longe ainda da recuperação total. Por outro lado, dar uma passada na casa de Harald Steen não lhe tomaria mais de meia hora. Karen teria de beber uma xícara de café, é claro, e perder algum tempo com conversa fiada antes de revelar o real motivo da sua visita. Trata-se de um tiro no escuro, na verdade. Quando ela viu Steen pela última vez, ele já mostrava sinais claros de demência. Harald conseguiu fornecer informações acuradas na ocasião — Angela Novak havia confirmado tudo o que ele lhes dissera —, mas ele levou um bom tempo para se lembrar de eventos ocorridos naquela mesma manhã. E agora Karen está prestes a pedir ao idoso que busque em sua memória lembranças de mais de quarenta anos atrás.

Muito a contragosto, Karen começava a admitir a si mesma que as teorias de Karl podiam perfeitamente se provar corretas, embora ainda houvesse detalhes que não pareciam fazer sentido. Os contornos de um contexto coerente tinham começado a surgir do emaranhado de coincidências. E coisas estranhas haviam inegavelmente acontecido: uma série de arrombamentos e roubos a casas, todos cometidos pelo mesmo criminoso, que por alguma razão passara do roubo para tentativa de incêndio e então para homicídio. Ou no mínimo homicídio culposo.

A peça mais recente do quebra-cabeça, fornecida por Grant Hogan em Grunder, pelo menos serviu para persuadir tanto o chefe de polícia quanto a promotora de que todos os recursos precisam ser concentrados na tarefa de localizar o homem na motocicleta. Haugen, que está sentindo a possibilidade de ter uma conclusão veloz para a investigação, provavelmente tiraria Karen do caso na mesma hora se soubesse aonde ela está indo agora, e por quê.

Uma nova rajada de vento empurra o carro, e ela sente os pneus escorregarem na lama. *Eu deveria sem dúvida ir direto para casa*, ela pensa, e entra no acesso para a garagem de Harald Steen.

— Sirva-se, querida. Não são feitos em casa, eu acho, mas não tenho mais nada para oferecer.

Os dois haviam se sentado na cozinha de Harald Steen, e Karen, sentindo-se um pouco culpada, deixa que o idoso lhe sirva café de uma garrafa térmica e um dos dois pãezinhos de canela que Angela Novak tinha colocado num prato e coberto com plástico-filme para que Harald os comesse à tarde.

— A julgar pela aparência disso, ela toma conta de você muito bem — Karen diz, dando uma mordida no pãozinho macio.

— É mesmo? Sim, ela faz um bom trabalho. De qualquer modo, ela é paga para isso. E paga regiamente, em comparação com o que eu costumava ganhar por um dia de trabalho. Quatrocentos e vinte marcos e quarenta xelins tinham de ser o suficiente para a nossa sobrevivência, quero dizer, a minha e a da minha esposa.

— Faz tempo que ela está com você? A Ângela?

— Ah, não mais do que um ano. Ou talvez dois, no máximo. É a porcaria do meu coração, não bate mais como deveria, eles dizem, e é por isso que eu sinto vertigem. Se não fosse por isso, eu me viraria bem sozinho, ainda que Harry tenha perdido toda a fé em mim. Foi ele quem insistiu para que eu aceitasse aquela mulher aqui. Entrou em contato com os serviços sociais sem falar comigo primeiro.

Karen seria capaz de apostar que o filho de Harald Steen já havia sido punido várias vezes por ter dado esse grave passo em falso. Ela tenta uma abordagem diferente.

— Bem, é como se você tivesse a sua própria governanta, Harald. E você certamente merece uma. Eu mesma não acharia ruim se tivesse alguém em casa cuidando das coisas para mim.

Karen abre o seu sorriso mais doce: ela precisa fazer o idoso relaxar e ficar de bom humor.

— É mesmo? Governanta...

Harald Steen disfarça um sorriso de satisfação por trás da sua xícara de café, e pensativamente bebe enquanto considera essa nova perspectiva.

— Bem, vamos então direto ao ponto. Com certeza uma policial feminina como você não veio até aqui apenas para tomar café, não é?

— Policial feminina. — Estremecendo, Karen ignora a frase e se curva para apanhar sua bolsa no chão. A possibilidade de conseguir algo com Harald é ínfima, então o melhor que tem a fazer é acelerar o processo.

— Na verdade, eu vim para fazer uma pergunta. Acredito que se existe alguém que pode me ajudar, esse alguém é você. — Karen espia rapidamente a fotografia que retirou da sua bolsa. Ano de 1970, mulheres e homens jovens sorrindo, enfileirados numa escada de pedra, e três crianças no gramado logo abaixo. Então ela vira a fotografia e a mostra para Harald Steen. — Sabe quem são essas pessoas, Harald?

Karen aguarda com paciência enquanto ele estende a mão devagar e pega um par de óculos de dentro de um estojo sobre a mesa, abre as hastes e o coloca no rosto. Sem pegar a fotografia, ele a estuda, com as sobrancelhas franzidas e dá uma risada curta: fraca, melancólica, seguida por um suspiro profundo.

— Ah, meu Deus do céu — ele diz. — Onde encontrou isso?

— No álbum de fotos de Susanne. Segundo as informações que tenho, as pessoas na foto viveram na comunidade que os pais dela fundaram aqui. O problema é que não há nomes completos, apenas os primeiros nomes. Eu os escrevi no verso.

Harald Steen continua a contemplar a fotografia, sem falar nem virar a foto; ele nem mesmo a tira da mesa. O rosto do idoso não mostra o menor sinal de reconhecimento, e Karen sente a frustração chegar.

Harald Steen de súbito empurra a fotografia, afastando-a, tira os óculos e se reclina na sua cadeira.

— E que utilidade esses nomes teriam para você, se me permite perguntar?

— Não muita, provavelmente — Karen responde com sinceridade. — Só estou tentando compreender um pouco da vida de Susanne e imaginei que poderia haver uma pequena chance de que ela mantivesse contato com algumas das pessoas que moravam aqui na época. Uma das crianças, talvez.

Harald Steen bufa de maneira debochada.

— Bem difícil de acreditar — ele diz. — Acho que ela não mantinha contato nem com a própria filha. Éramos vizinhos, mas mesmo assim ela mal me dirigia a palavra. Susanne era uma pessoa difícil, sabe? Tinha algo de errado com a cabeça dela, na minha opinião.

Harald Steen cutuca com o dedo indicador a lateral da sua cabeça, e Karen disfarça o seu desapontamento sorrindo novamente.

— Bem, foi um tiro no escuro, mas eu precisava tentar. Falei outro dia com Jaap Kloes, Egil Jensen e Odd Marklund no *Corvo e Lebre*, e nenhum deles conseguiu se recordar de nenhum nome, então você está em boa companhia, mas também, o que eu esperava? Já se passou quase meio século.

Harald Steen bufa de novo, mas dessa vez de pura indignação; e bufa com tanta força que uma gota de muco voa da sua narina e acerta a toalha de mesa de crochê.

— Kloes e Jensen! Eles não sabem de nada, como é que poderiam saber? Não saem daquele pub e só ficam se vangloriando, e não fizeram outra coisa a vida inteira. Se eles tiverem algum calo nas mãos, pode escrever aí, não foi trabalhando que conseguiram. Marklund é um sujeito decente, mas eu nunca entendi como ele consegue suportar aqueles dois palhaços. Eu estou em "boa companhia", você disse, como pode dizer uma coisa dessas? Você deveria se envergonhar.

Ele agarra a asa da xícara com força, e Karen repara que a mão dele treme ao levantá-la até seus lábios. *Só não tenha um ataque cardíaco*, ela pensa. *Não tenho tempo nem energia para lidar com isso. O que é que eu vim fazer aqui, meu Deus?*

Harald Steen então devolve a xícara à mesa batendo-a contra o pires.

— Pois bem — ele diz. — Você vai perguntar primeiro aos três, não consegue nada com eles e só então decide procurar o velho Steen. De repente eu me tornei útil.

Karen responde instintivamente, como uma garota de doze anos que levou uma bronca.

— Não, eu só fui tomar um chope e eles por acaso já estavam lá. Se não fosse assim eu teria procurado você em primeiro lugar, sem a menor dúvida — ela se justifica, esperando que suas palavras o acalmem.

Harald Steen se inclina para a frente sem retrucar e então pressiona a ponta amarelada do dedo no casal situado na borda do degrau superior na fotografia.

— Disa Brinckmann, Tomas e Ingela Ekman e Theo Rep — ele diz, movendo o dedo lentamente pela fileira de pessoas na imagem. Ele dirige o dedo indicador para o grupo de baixo e declara em voz alta: — Janet e Brandon Connor, Per e Anne-Marie Lindgren.

Depois de pronunciar o último nome, Harald se reclina na sua cadeira outra vez e empurra os óculos para a testa. Agora ele está com os braços cruzados e um sorriso no rosto que expressa irritação e triunfo ao mesmo tempo.

— Não me lembro dos nomes das crianças; você vai ter de me perdoar — ele murmura. — E nesse tempo a Susanne ainda nem existia. Ela nasceu no ano seguinte, se não me falha a memória.

Em silêncio, Karen olha com atenção para o idoso no outro lado da mesa. O velho Steen pode não se lembrar do que comeu no desjejum, mas ele tem certeza do que acabou de dizer. Como é possível que uma pessoa se lembre dos nomes de vizinhos distantes que teve por um curto espaço de tempo e há mais de quarenta anos? Ela mesma não seria capaz disso. A esperança de Karen era que Harald Steen conseguisse se lembrar de um dos muitos nomes, ou talvez de algo mais que pudesse indiretamente levá-la à informação que ela buscava. E agora ele acabava de lhe dar os nomes dos oito adultos na fotografia, sem hesitar um segundo.

— Como isso é possível? — ela diz, agora em voz alta.

Harald Steen olha tranquilo nos olhos dela e pega a sua xícara de café.

— Eu era a pessoa que estava segurando a câmera.

58

NORMALMENTE KAREN LEVARIA NO MÁXIMO DEZ MINUTOS PARA dirigir da casa de Harald Steen até a sua. Essa noite, porém, ela levou trinta e dois. Enquanto o carro se arrasta pela lama, Karen não para de pensar no que Steen acabara de lhe dizer.

— Eu sei que o pessoal da vila olhava com desconfiança para o pessoal jovem lá da fazenda Lothorp, mas eu garanto que não vi nada de ruim neles. E eu não era o único que passava por lá para dar uma espiada nas beldades.

Ao dizer isso, Harald piscou de modo conspirador, mas ainda demorou um pouco para a ficha de Karen cair e ela perceber que Harald se referia a mulheres com seios à mostra e fantasias provincianas a respeito da vida sexual dos suecos.

— Ficava espiando entre os arbustos? E o que o pessoal da comunidade achava disso?

— Não, minha jovem. Diferente dos outros, eu fui até lá e me apresentei. Eles ofereciam chá, porque não bebiam café. Sim, verdade seja dita, eles eram um pouco estranhos. Bem, daí eles perguntaram se eu me importaria de bater uma foto deles, e uma coisa levou à outra.

E então Harald Steen contou a Karen que tinha dado ao pessoal da comunidade alguns bons conselhos, compartilhando com eles o que sabia sobre a fazenda de Gråå, o que o solo de lá aceitaria e o que cuspiria fora. Depois disso ele ia à fazenda uma vez por semana para ajudá-los a cultivar alguns vegetais e a começar sua plantação de batatas. Uma espécie de amizade se desenvolveu entre eles; Steen era um pouco mais velho do que o resto deles, mas estava longe de ser um velho no início dos anos 1970.

O carro para completamente no leve declive ao norte do porto. Os pneus escorregam na lama, e Karen se dá conta de que terá de encontrar alguma coisa para colocar debaixo deles a fim de que tenham tração. Ela abre a porta com um suspiro e sai do carro. A chuva fustiga o seu rosto enquanto ela abaixa a tampa da carroceria e abre, com os dedos rígidos de frio, a caixa de plástico verde que mantém no bagageiro da sua Ranger. Ela demora um instante para escolher a ferramenta mais adequada para a ocasião, então pega um serrote. Lodo congelado se infiltra no solado de suas botas quando ela pisa na vala para chegar aos galhos de junípero do outro lado.

As palavras de Harald Steen ecoam em sua mente enquanto ela serra a dura madeira, xingando em voz alta.

— Não sei aonde os outros foram parar, mas Anne-Marie morreu em 1986, e Per viveu sozinho lá por anos, até que também morreu, no hospital. Nós nos encontrávamos ocasionalmente para jogar cartas nos primeiros anos, mas os deslocamentos ficaram cada vez mais difíceis para nós dois. A garrafa cobrou dele um preço, dizem, e isso faz sentido. Bem, e Brandon e Janet, que moram em Joms, claro.

— Você está falando de Joms, aqui em Heimö? Eles ainda vivem na ilha?

Karen não deixou de notar que a sua voz havia soado estridentemente ansiosa.

— Calma, jovem, assim vai acabar sofrendo um ataque cardíaco. Bem, eles ainda estavam lá no último verão, porque eu os encontrei no supermercado em Dunker depois de uma consulta no dentista. Caro como o diabo, isso foi, mas uma pessoa tem que ser capaz de mastigar o seu mingau.

Quando Karen finalmente abre a porta da frente da última casa de pedra cinza ao norte de Langevik e entra com as botas cobertas de lama cinzenta, sua mente está mergulhada num dilema: como chegar a Joms no dia seguinte se aquele dilúvio continuar durante a noite toda. Já seria difícil sair de Langevik, na verdade.

É por esse motivo que ela não percebe, a princípio, o cheiro que vem da cozinha. Só depois que desamarra as botas e tira as meias úmidas é que percebe que não vai ter de vasculhar o freezer para encontrar algo e enfiar no micro-ondas. Sigrid está encostada no balcão da cozinha com um coador na mão.

— É espaguete à bolonhesa, porque é realmente a única coisa que eu sei fazer. Coloquei a massa para ferver quando ouvi o carro, então deve estar pronto em dez minutos.

Karen sente um calor invadir todo o seu corpo, apesar da roupa molhada de chuva grudada nela.

— Pois um bom espaguete à bolonhesa me parece uma ideia excelente, você acertou em cheio! Só vou tomar um banho rápido. Aliás, como você está se sentindo? Parece bem melhor.

— Só um pouco cansada, mas quase sem febre, então acho que posso tomar um pouco de vinho. Quer que eu abra uma garrafa?

— Um copo! Isso é tudo o que você vai conseguir.

— Já decidiu o que vai fazer com a casa? — Karen pergunta depois que elas se sentam à mesa para comer, um pouco mais tarde. — É sua agora.

Sigrid dá de ombros. Karen está começando a se acostumar com isso.

— Vendê-la, eu acho. Se conseguir encontrar um comprador.

— Acho que isso não vai ser difícil. É uma bela casa, e Longevik se tornou popular nos últimos anos. Então você prefere continuar em Gaarda?

— Não, eu não posso ficar lá. Estamos alugando do irmão do Sam, então é dele. Ele me ligou hoje para me lembrar de que eu tenho de ir buscar as minhas coisas. Parece que ele está dormindo no sofá da casa de um amigo desde que saiu do apartamento, e eu é que devia ter saído. Vou dar uns telefonemas amanhã e ver o que eu consigo resolver.

— Então você não está considerando a possibilidade de se mudar para a casa da sua mãe? A *sua* casa? — Karen se corrige.

— Não daria certo. Como eu conseguiria chegar ao trabalho e voltar para casa sem um carro? E antes que você diga alguma coisa, não, eu não vou pedir dinheiro ao meu pai.

— Você não tem carteira de motorista?

— Tenho. O que eu não tenho é um carro, como acabei de dizer.

— Na verdade você tem, sim; o carro da sua mãe foi encontrado. Há algo de errado com a transmissão, aparentemente, mas podemos providenciar o conserto antes que você volte ao trabalho.

— Sério mesmo?

Sigrid sorri feliz, mas então volta a demonstrar incerteza. *Ela é desconfiada*, Karen pensa consigo mesma.

— Não sei se quero morar lá. Eu meio que senti uma energia ruim na última vez em que morei na casa. E agora não posso mais entrar na cozinha, mesmo que tenham limpado tudo. Você viu tudo, não viu?

Karen faz que sim com a cabeça, enquanto busca as palavras certas. Com o olhar, Sigrid revela o desejo de saber e ao mesmo tempo implora para não ter de ouvir. Então ela se levanta rápido e vai até a bancada da cozinha. Finge limpar alguma coisa, pigarreia e continua.

— Além do mais, todas aquelas coisas que ela comprava me dão vontade de vomitar — diz Sigrid. — Almofadas por toda parte, e pelo menos uns cem pares de sapatos.

Karen observa a garota magra. Testemunha os esforços que ela faz para controlar a voz, para controlar o insondável.

— Ficar triste é natural, Sigrid, deixe acontecer — ela diz.

— Ela espalhou um monte de coisas simplesmente por toda parte daquela casa. Sabia que ela montou uma academia de ginástica no quarto? E comprou uma máquina para vaporizar o rosto, e outra para massagear os pés, se é que serve para isso mesmo... Enfim... Eu não posso suportar viver no meio de todo aquele lixo.

Karen faz que sim com a cabeça e pensa nas pilhas de ornamentos que Sigrid havia jogado no gramado. Então era por isso que Sigrid tinha ido para a casa da mãe — porque sabia que Sam iria expulsá-la do apartamento. Provavelmente ela imaginou que precisaria ficar na casa durante algum tempo, pelo menos. *Ela é orgulhosa*, Karen reconhece. *Recusa-se a pedir o que quer que seja para o pai, que é rico e faria tudo por ela se simplesmente aceitasse a ajuda. Por que será que ela está tão zangada com ele? E por que estava tão zangada com a mãe?*

— Tenho uma ideia, vamos ver se concorda. Você fica aqui por algumas semanas enquanto trabalhamos para deixar a casa em ordem. Vamos nos livrar de tudo o que você não queira, repintar o lugar e deixá-lo com o aspecto que você desejar. Assim você vai ter tempo suficiente para decidir se vai querer morar lá ou se vai querer vender o imóvel e comprar algum outro.

Sigrid parece considerar a oferta.

— Só vou ter dinheiro para te pagar aluguel na semana que vem, depois que eu voltar ao trabalho.

— Esse jantar já equivale a uma semana de aluguel para mim.

Sigrid olha para Karen com desconfiança.

— Por que você está sendo tão legal? Minha mãe sempre disse coisas terríveis a seu respeito. Ela disse que você morava na Inglaterra, mas o seu marido te expulsou, e por esse motivo você teve que voltar.

— Ela disse mesmo isso?

Sigrid parece hesitar, mas então prossegue.

— Ela disse que você era o tipo de mulher que ia atrás dos maridos das outras mulheres, já que havia perdido o seu.

Com as mãos tremendo, Karen pega a garrafa e enche o seu copo.

— Em parte ela estava certa — Karen responde, reparando que sua voz soa completamente imperturbável.

Sigrid não diz nada, apenas avalia a resposta.

— Você tem um filho, não tem? — ela diz, por fim.

Karen projeta o corpo para trás, como se tivesse sido estapeada.

59

A CHUVA PAROU. A LUA PÁLIDA, ESPREITANDO POR UMA BRECHA nas nuvens, ilumina o quarto de Karen e faz a grande tília lá fora, perto da janela, lançar suas sombras pelas paredes.

Karen se dá conta de que o sono ainda vai demorar a chegar.

Essa noite, a verdade havia sido expulsa de dentro dela. Tudo o que ela havia guardado cuidadosamente dentro de si durante os longos anos de luto reprimido. Toda a verdade, que até agora apenas a sua mãe conhecia, tudo o que seus amigos mais próximos queriam saber, mas tinham aprendido que era melhor não perguntar. Karen deixara jorrar um rio de palavras, sem levar em consideração que sua interlocutora era uma jovem de dezoito anos, que estava horrorizada com a reação à sua pergunta simples.

Tudo se desencadeou quando dois policiais e um médico a procuraram para lhe dar as terríveis notícias, e então Karen Eiken Hornby teve a vida interrompida. Ela deixou de existir quando foi trespassada por palavras como "enorme colisão", "M25", "Waltham Abbey" e "um caminhão e cinco carros".

Tanto Mathis quanto John haviam morrido, eles informaram a Karen. Disseram que os dois não tinham sofrido, mas ela sabia que não era verdade.

Os policiais tinham sussurrado para as enfermeiras que a morte foi instantânea; o caminhão abriu o carro como se fosse uma lata de sardinhas. Quatro pessoas morreram e outra seis ficaram gravemente feridas.

Segundo o médico, havia sido um milagre que a mulher dentro do carro tivesse saído ilesa. Porém, o médico de imediato se corrigiu: fisicamente ilesa. A mulher não tinha dito uma palavra desde o momento em que havia sido retirada do carro.

O médico perguntou a Karen se eles poderiam ligar para alguém. Ela não respondeu. Allison e Keith devem ter sido avisados, pois ambos apareceram, pálidos, chocados, os olhos vermelhos.

Ela não se lembrava com clareza das primeiras vinte e quatro horas, só de fragmentos; choro e vozes abafadas. Valium. Sono. Olhar de preocupação sempre que ela acordava.

E então outro dia chegou. Uma manhã nova em folha havia nascido, como se nada tivesse acontecido. Como se o mundo não tivesse compreendido que tudo havia chegado ao fim.

Um dia novinho em folha. E o necrotério.

Dois cadáveres, dois soldados mortos com seus braços estirados ao longo dos corpos; um alto, outro baixo, debaixo de lençóis. A mãe de Karen deve ter sido chamada também. A mãe, que estava lá quando Karen se virou e deixou John e Mathis no frio revestido de azulejos. A mãe, que havia se sentado em silêncio no banco de trás do carro da polícia que as levou do necrotério para casa, e que durante o trajeto apertou a mão de Karen tão forte que a filha pôde sentir. A mãe, que pegou as chaves na bolsa de Karen, abriu a porta da casa e a levou para dentro. A mãe, que ficou ao lado dela o tempo todo durante a insuportável sequência de dias que se seguiu, sem deixá-la nem por um segundo.

A mãe, que abriu mão do seu próprio luto durante o dia e se entregou a ele à noite, quando pensava que Karen não podia ouvir seus passos na escada, andando da cozinha para a sala e de novo para a cozinha. Horas de choro e lamentação por tudo que ela também havia perdido. John, que ela havia aprendido a amar. E Mathis, o único filho da sua única filha. O luto da mãe de Karen não teve espaço, não teve lugar. E ainda assim ela continuou levando a vida, o que para Karen não era possível. Com mãos trêmulas e um inglês ruim, sua mãe cuidou de tudo.

Igreja. Caixões. Vazio.

Depois da tragédia, cada minuto passado na casa foi intolerável; era a casa deles todos, não dela. Sem eles não havia nada a não ser uma prisão de recordações. Londres. Uma lembrança em cada rua, todos os vizinhos buscando algo apropriado para dizer, todas as crianças que ela via, todas as músicas, todos os programas de televisão. Tudo a fazia se lembrar da vida que tinha vivido. Não havia caminho a seguir, tudo jazia em ruínas: nada amanhã, nada na semana seguinte, nem no próximo Natal, nem no próximo verão, nem dali a alguns anos. Mathis jamais envelheceria. Não havia vida; não havia nada mais a esperar.

Apenas em seu passado foi que Karen conseguiu vislumbrar um bloco de gelo em que se segurar. Ela tinha de ir para casa. Tinha de voltar para casa.

Pálida, Sigrid ficou em total silêncio enquanto as palavras saltavam da boca de Karen; toda a hedionda verdade sobre o dia em que a vida dela havia chegado ao fim. Karen havia atirado no colo de uma garota todas as coisas que havia jurado jamais dizer a ninguém.

— Me desculpe — Sigrid tinha dito. — Eu não tive a intenção de bisbilhotar, mas vi a fotografia no seu quarto quando estava procurando mais Tylenol.

Agora em seu quarto, depois de tudo, a mente de Karen não para. Ela prende a respiração e tenta ouvir sons no quarto de Sigrid, mas só consegue ouvir a própria pulsação. Volta a cabeça para a mesa de cabeceira e olha para a fotografia que estimulou Sigrid a fazer a pergunta. "Você tem um filho, não tem?"

John e Karen numa praia em Creta e, entre os dois, um Mathis bronzeado e sorridente, com a cabeça cheia de areia. John havia se recusado terminantemente a pedir a alguém para bater a foto; em vez disso, ele posicionou a câmera numa cadeira de praia e usou o *timer*. Após incontáveis tentativas fracassadas, ele conseguiu ajustar o foco para enquadrar os três e também voltar a tempo para a foto. Mathis rolou de rir das atitudes desastradas do pai, Karen riu das risadas infantis do filho, e Jonh riu dos dois.

No fim das contas, eles consideraram que a foto havia ficado boa, e então foram a um restaurante perto da praia para comer lula. O último verão que passaram juntos. A última fotografia que tiraram juntos.

Karen sente o corpo estranhamente pesado; seus braços e pernas pesam como chumbo sobre o colchão, mas sua mente trabalha rápido. Por que não havia guardado a fotografia, como faz normalmente sempre que tem companhia? E se Sigrid contar ao pai? E se Jounas contar a mais alguém? Será que a verdade agora vai acabar se espalhando ao redor dela como ondas de piedade? Será que ela vai ter de sorrir de modo consolador para todos que agora saberão e se sentirão compelidos a lhe dar os pêsames? E seus colegas vão falar dela pelas costas e fazer silêncio sempre que ela entrar na sala? E será que as outras pessoas vão falar do seu luto? Falar de John, de Mathis?

Havia trabalhado tão duro para esconder isso porque não conhecia outra maneira de tocar a vida. Um passado que não existia mais. E um presente. Nada no meio. Karen se isolou na casa que havia sido de sua mãe e agora era sua. Semanas com as cortinas fechadas e tigelas de sopa intocadas. Depois, semanas de caminhadas furiosas na calçada da praia, para cima e para baixo; horas contemplando o horizonte com o olhar perdido. Sem mencionar o constante chamado do despenhadeiro.

A certa altura, sua mãe resolveu interceder.

— Eu falei com Wilhelm Kaste — ela tinha dito a Karen. — Ele está contratando um sargento-detetive e prometeu que receberia você na quinta-feira. Eu a levo até lá.

Por alguma razão, Karen nem mesmo tentou protestar. E lá, no escritório de Wilhelm Kaste, o resto da sua vida começou.

— Sua mãe me contou o que aconteceu, e eu aproveito essa oportunidade para dizer que sinto muito pela sua perda, muito mesmo. Ninguém mais sabe disso, e não vou tocar nesse assunto de novo, a menos que você queira falar. Se você quiser esse emprego, ele é seu; não por sentir pena de você, não porque eu conheço a sua mãe desde que éramos crianças, mas porque você é a candidata mais qualificada. Aliás, qualificada até demais, eu diria, mas a vaga de sargento-detetive é a única que tenho no momento. Quer o emprego?

Karen aceitou, e no dia em que ela começou, Kaste a chamou para conversar em seu escritório.

— Várias pessoas terão acesso ao seu arquivo, Karen, por isso tomei a liberdade de mudar alguns detalhes. Esse é apenas o arquivo local, lembre-se, e é claro que oficiais de mais alta patente poderão acessar a informação correta se se esforçarem bastante, mas eu sinceramente duvido que alguém consiga. Tudo o que as pessoas daqui sabem é que você se divorciou depois de um breve casamento no Reino Unido. Sem filhos — ele acrescentou e clareou a garganta. — Sua mãe me disse que você quer que seja assim, mas preciso ouvir de você.

— Eu quero que seja assim — Karen confirmou.

E é assim que tem sido. Uma verdade dolorosa demais para ser comentada pelas pessoas, uma culpa tão esmagadora que teve de ser abafada para que Karen conseguisse prosseguir com sua vida.

A luz está acesa no quarto de hóspedes quando Karen bate de leve na porta. Sigrid está deitada na cama com a bolsa ao lado dela, toda vestida, os olhos inchados de tanto chorar. Ela se senta rapidamente quando Karen abre a porta.

— Vou embora amanhã mesmo, vai ser a primeira coisa que vou fazer — a garota diz.

Karen se senta na beira da cama e coloca a mão na de Sigrid.

— Não vá embora. A culpa não é sua, Sigrid.

— Eu não deveria ter perguntado. Se eu soubesse, jamais teria dito alguma coisa.

— Sigrid, a culpa não é sua — Karen repete. — Acontece que eu nunca contei nada sobre isso a ninguém. Essa foi a maneira que eu encontrei para sobreviver.

— Eu entendo. Você não precisa falar comigo sobre esse assunto.

— Mas eu falei. Despejei tudo sobre você. E sinto muitíssimo por ter feito isso.

As duas ficam sentadas em silêncio. Karen acaricia a mão de Sigrid com o polegar.

— Mas há uma coisa que não contei, Sigrid. — Karen engole em seco e então diz, elevando a voz: — A culpa foi minha. Eu estava dirigindo.

60

EMBORA A CHUVA TENHA PARADO HÁ OITO HORAS, AS ESTRADAS secundárias ainda estão em situação precária. O tráfego está fluindo novamente ao longo da Thorsbyleden, mas a estrada que passa sob o viaduto ferroviário em Västerport precisou ser fechada até que a água pudesse baixar.

Karen dirige com os olhos firmemente fixados na estrada, ouvindo pelo viva-voz o que o inspetor-chefe de polícia tem a dizer sobre as condições nas estradas esta manhã. De acordo com as informações dele, Karen poderá chegar a Joms sem problemas, contanto que seja cuidadosa e não tente dirigir nas partes alagadas da rodovia.

Cerca de trinta minutos mais tarde, ela encosta o carro no final da estrada asfaltada e se inclina para a frente. Através do vidro dianteiro, vê a casa e o estreito caminho de cascalho que sobe até ela. Karen desliga o motor, abre a porta e sai do veículo. A estrada, de fato, parece transitável ali, mas ela sente que o solo está bem molhado debaixo de suas galochas. É provável que a camada superior de cascalho ceda se ela tentar subir a colina de carro. *Não há necessidade de dar mais trabalho aos serviços de reboque esta manhã*, ela pensa, e começa subir a pé a íngreme colina.

Janet Connor parecia sonolenta quando atendeu ao telefone. Como se tivesse acabado de acordar, na verdade, embora garantisse a Karen que ela e Brandon já estivessem acordados. Claro que receberiam Karen na casa deles, embora Janet não imaginasse como ela e Brandon poderiam ser úteis.

Nesse momento, Janet abre a porta antes que Karen chegue à varanda.

— Olá, bem-vinda! — Janet diz, agora com uma voz mais desperta e animada. — Gostaria de um pouco de chá ou de café?

O corpo alto e esguio de Janet Connor está coberto por um longo quimono, o que lhe confere um aspecto imponente. Seu cabelo grisalho está preso com um fino lenço verde, que ela engenhosamente enrolou ao redor da cabeça; mas as meias de lã baratas em seus pés comprometem um pouco seu ar majestoso. Janet parece ter cerca de setenta anos; mas, apesar do cabelo grisalho, ela transmite jovialidade quando sorri para Karen da porta da sua casa.

Atrás de Janet, Karen consegue enxergar um homem da mesma idade. Ele parece um pouco ofegante, e seus gestos fazem crer que está ajustando a calça e fechando o zíper. Karen tenta não pensar nas coisas que talvez tenha interrompido quando subiu pelos degraus da frente.

— Qualquer um dos dois, obrigada — ela responde com um sorriso. — Karen Eiken Hornby — acrescenta, apertando a mão da outra. — Vocês foram muito gentis em me receber tão em cima da hora. Espero que eu não esteja perturbando a sua rotina matinal. — Karen se arrepende desse último comentário quando repara que Brandon e Janet Connor trocam um rápido olhar.

— De jeito nenhum! Vamos entrando!

A cozinha está quente como uma incubadora e cheira a cominho, óleo de linhaça e pão que acabou de sair do forno. Karen tira a jaqueta enquanto olha para Brandon com o canto dos olhos. Se tinha noções preconcebidas a respeito da aparência de um membro de comunidade dos anos 1970, ela pode agora confirmar tudo e mais um pouco. Assim como sua mulher, Brandon Connor é consideravelmente alto — tem mais de 1,90 m sem dúvida. Parece estar em boa forma, mas Karen repara que os ombros dele estão levemente encurvados quando ele pega leite e queijo dentro da geladeira. Sua calça fina e larga pode ser um pijama, mas algo diz a Karen que, assim como a sua camiseta com estampa desbotada do Frank Zappa, essa calça pode ser uma roupa normal para Brandon. Como Janet, ele está usando meias de lã; as dela, porém, são de lã cinza comum, provavelmente feitas na ilha, enquanto as de Brandon parecem ter sido feitas por uma mulher peruana louca por cores berrantes. Seu cabelo ralo está amarrado num rabo de cavalo, e seu queixo ostenta uma barba longa e estreita.

— Há nozes no pão — ele diz. — Você não é alérgica, é? — ele pergunta, pegando uma faca para cortar pão.

— Não que eu saiba — Karen responde. — Parece ótimo. Vocês mesmos fizeram o pão?

Uma expressão genuína de surpresa surge no rosto de Brandon.

— Sim... — ele diz hesitante. — Não gastamos o nosso dinheiro com as porcarias que vendem lá no Kvik. Você gasta?

— Às vezes — Karen admite. — Ou eu compro pão em alguma padaria — ela acrescenta, na tentativa de se redimir um pouco.

Depois de mais algum tempo falando sobre assar pão e sobre a qualidade das redes de supermercados da ilha, Karen direciona a conversa para o motivo da sua visita ao casal.

— Vocês já devem ter ouvido falar do assassinato em Langevik, eu suponho. E acredito que vocês saibam da sua ligação com Susanne Smeed — ela diz, fitando-os com olhar interrogativo.

— Claro — Brandon responde. — Deve ser quase impossível não ficar sabendo de um crime desses, mas não lemos os jornais vespertinos, e os jornais da manhã só publicam o nome da vítima dias depois do fato. Por isso demorou algum tempo até que a gente percebesse que era a garota deles. A filha de Per e Anne-Marie, quero dizer.

— Sim, é isso mesmo. Susanne Smeed era uma Lindgren. E como vocês certamente já devem ter notado, essa é a razão que me traz aqui. É correto afirmar que vocês moraram com Per e Anne-Marie Lindgren, e com mais alguns outros, em uma comunidade durante um determinado período de tempo no início dos anos 1970?

— É correto, nós moramos. De março de 1970 até o final de fevereiro de 1971, para ser exato. Quase um ano inteiro.

— Vocês vivem na ilha desde então?

— Não o tempo todo. Nós nos mudamos para Copenhague no início (todo mundo voltou na época), mas só ficamos uns dois meses antes de nos mudarmos para a Suécia. Vivemos em outra comunidade lá, em Huddinge, nos arredores de Estocolmo, por alguns anos. Só voltamos para cá em... Quando foi, você se lembra? — Brandon pergunta à esposa.

— Maio de 1976 — ela diz. — Desde então não nos mudamos mais.

— Vocês mantiveram contato com Per e Anne-Marie depois que voltaram para cá? Ou com mais alguém da fazenda Lothorp?

— Só com o Theo Rep. Contato regular só mantivemos com ele. Todo o pessoal se espalhou, e sem celular nem Facebook não era fácil. Fomos nos encontrar com Per e Anne-Marie em Dunker, é claro, depois que voltamos.

— Mas vocês não socializaram?

— Tive a impressão de que eles não quiseram. Ou ela não quis, pelo menos — Janet diz. — Anne-Marie era um pouco... como vou explicar? Frágil, talvez.

— Não venha com essa conversa fiada. A mulher era estranha, isso sim — Brandon se pronuncia bruscamente. Janet se vira para ele com um olhar de advertência.

— Por que você a considerava estranha?

— Peço desculpa — Janet diz —, mas eu não entendo o que tudo isso tem a ver com o homicídio de Susanne. Anne-Marie e Per já morreram há anos.

Karen hesita por um momento. Por fim, decide contar a eles a verdade.

— Para ser honesta, não existe uma resposta simples para isso. O fato é que estamos tentando elaborar um panorama da vida de Susanne e entender que tipo de pessoa ela era. É como um quebra-cabeça, cuja primeira peça parece estar localizada na fazenda Lothorp. O que vocês podem me contar sobre o tempo que passaram lá? Aliás, como foram parar lá?

O sr. e a sra. Connor trocam olhares mais uma vez, como se tentassem chegar a algum tipo de acordo tácito.

— Bem — Brandon diz afinal. — Eu suponho que tudo começou quando decidi que o Tio Sam podia passar sem a minha ajuda no Vietnã.

— Brandon foi um desertor — Janet explica.

— Ah, então você é americano? — Karen diz, surpresa. Por alguma razão, ela havia presumido que Brandon e Janet fossem do Reino Unido.

270

Os dois falavam doggeriano fluente, e não era difícil confundir o sotaque americano com o britânico. — E você? — ela se dirige a Janet. — Onde foi que cresceu?

— Southampton — ela responde. — Nós nos conhecemos na Ilha de Wight em 31 de agosto de 1969. Eu estava lá totalmente contra a vontade dos meus pais.

— Eu estava lá ilegalmente, havia chegado de Amsterdã num barco particular, com Theo e um bando de hippies. Já que eu tinha perdido o Festival de Woodstock algumas semanas antes, por motivos óbvios, decidimos ir ao Festival da Ilha de Wight. Não foi tão épico quanto Woodstock, mas consegui ver Dylan e conheci a Janet, então não posso reclamar.

Brandon pega o bule de chá e gesticula oferecendo-o a Karen, mas ela faz que não com a cabeça. Ela se sente dividida; por um lado quer passar o dia inteiro ali, comendo pão com nozes e ouvindo as histórias de um passado em que ela própria ainda usava fralda. Por outro lado, tem de continuar agindo de modo objetivo e seguir com o seu trabalho.

— E então vocês vieram para cá no ano seguinte.

— Sim. Theo havia conhecido Disa em algum lugar, não me lembro onde, e ela já conhecia Tomas e Ingela. Acho que eles se conheceram quando Disa estava estudando obstetrícia em Copenhague. Tomas era metade dinamarquês por parte de mãe. E ele e Per eram amigos de infância. Bem, seja como for, dizia-se que Anne-Marie havia herdado uma propriedade em Doggerland e que eles pensavam em começar uma comunidade.

— E estou certa em acreditar que havia crianças no lugar também? Desde o início, quero dizer.

— Sim, Ingela tinha dois garotos com dois anos de diferença, Orian e Love. E Disa tinha uma menina de cinco, acho. O nome dela era Mette.

— Vocês têm filhos?

— Sim, um filho, mas o tivemos bem mais tarde. Dylan é corretor de ações em Londres — Brandon comenta com um olhar decepcionado, que trai seu desejo de que o filho tivesse seguido uma carreira diferente. — A gente fez o que pôde — ele acrescenta com um sorriso torto.

— E Susanne só nasceu no ano seguinte?

— Sim, mas isso foi depois que nos mudamos, então não sabemos nada sobre aquilo tudo.

Karen arregala os olhos.

— Aquilo tudo? — pergunta.

Janet põe a mão no braço do marido.

271

— O que Brandon quer dizer é que as coisas ficaram ruins na fazenda e sentimos que era hora de partir. Ouvimos dizer que muitas coisas excitantes estavam acontecendo em Copenhague, e então resolvemos ir para lá.

Janet está falando rápido; Karen tenta acompanhá-la enquanto ela explica que em Copenhague eles haviam se juntado aos invasores da antiga área militar de Christiania, mas que só ficaram alguns poucos meses antes de decidirem ir para a Suécia. E Karen nota que a mulher mostra certa resistência ao perceber que ela pretende manter o foco na fazenda Lothorp.

— As coisas ficaram ruins, você disse? E por quê?

Janet se levanta, mostrando irritação.

— Isso é particular — ela diz. — Realmente não vejo como isso pode ser relevante.

— É bem provável que você tenha razão, mas eu mesma gostaria de decidir se é relevante ou não, se não se importa — Karen responde sem hesitar. — Isso aconteceu há quase cinquenta anos, e todos os Lindgren faleceram, por isso nada do que vocês me disserem poderá ferir nenhum deles.

— Ele era infiel — Brandon diz de maneira sucinta. — Per e Ingela tiveram um caso enquanto Tomas estava fora. Per ficou devastado e Anne-Marie perdeu o juízo.

Janet Connor, que havia voltado para a mesa com um bule de chá cheio, senta-se e solta um suspiro pesado.

— Ela não perdeu o juízo, Brandon. Ela caiu num estado de profunda depressão, como provavelmente definiriam nos dias de hoje. Não é de se espantar, na verdade; a fazenda Lothorp pertencia a Anne-Marie, e ela na certa se sentiu usada e traída por todos nós.

— Quando isso aconteceu?

— No final daquele verão, no mesmo ano em que nos mudamos. Foi maravilhoso até então, mas tudo mudou quando Anne-Marie adoeceu.

Agosto, talvez setembro de 1970, deve ter acontecido enquanto Anne-Marie estava grávida de Susanne, Karen calcula. *Que mulher suportaria descobrir que o marido a está traindo quando ela está grávida? Isso pode fazer qualquer mulher perder o juízo. Especialmente se ela tem de compartilhar uma casa com a outra mulher. Uma casa que pertence a ela.*

— É como disse o Brandon: as coisas ficaram ruins, e nenhum de nós sabia como lidar com a depressão de Anne-Marie ou com as tentativas desesperadas do Per para fazê-la melhorar. Além do mais, tenho certeza de que muitos sentiram que isso não era tão horrível assim, no fim das contas. Muita gente via a infidelidade como uma invenção burguesa.

— Como Tomas e Ingela reagiram?

— Ingela sempre teve uma maneira claramente descomplicada de viver a vida. Bem, acho que todos chegamos à fazenda com expectativas ingênuas de compartilhar todas as coisas e de nos libertar das convenções burguesas, mas quando a hora chegou, ninguém foi capaz de lidar com isso. Nem mesmo Ingela. O fato de Anne-Marie ter adoecido a afetou, mas ela não considerava que pudesse ter feito algo de errado; nem ela nem Per.

— Acho que o Tomas lidou melhor com a situação, embora Per fosse seu melhor amigo — Brandon diz. — Ele era realmente a única pessoa ali que praticava o que pregava. Viva e deixe viver, o que é meu é seu... sabe como é. Ele e Ingela eram os hippies mais radicais, se entende o que digo. Eles estavam envolvidos de verdade, enquanto nós... bem...

Brandon não termina a frase. Ele estende a mão e pega sua xícara de chá.

— Eles permaneceram mais tempo que o restante de nós, certamente — Janet prossegue de onde o marido parou. — Acho que ficaram por mais alguns meses antes de tomarem a decisão de se mudar para a Suécia. Eles e Disa, mas desde então não tivemos contato com eles, com nenhum deles.

— Nem com Per e com Anne-Marie, mesmo com todos vocês vivendo em Heimö?

— Como já disse, nos encontramos algumas vezes em Dunker, e tenho certeza de que em algum momento falamos sobre visitar Langevik, mas isso nunca aconteceu. Você deve ter percebido que as nossas lembranças desse tempo não são das mais felizes.

— Vocês sabem o que aconteceu com Ingela e Tomas depois que eles se mudaram?

— Os dois se separaram. Ela continuou na onda hippie, mas ele tomou um rumo completamente diferente. Passou a vestir terno e gravata e acabou assumindo a empresa do pai. E assim, sem mais nem menos, Tomas Ekman, hippie convicto, tornou-se um capitalista linha-dura. Infelizmente ele morreu poucos meses atrás.

— Morreu? Como soube disso? Pensei que vocês tivessem dito que não mantinham contato.

— Nosso filho Dylan nos contou quando veio para casa no verão passado. Ele tomou conhecimento disso no trabalho. Tomas pelo visto era famoso no mundo dos negócios, e o Dylan obviamente sabe que nos conhecemos desde a juventude. Ele achava Tomas Ekman bem mais impressionante que o seu velho pai aqui — Brandon diz com um sorriso conformado. — Algumas vezes o fruto cai longe da árvore.

— E quanto a Ingela, ela ainda está viva?

— Não faço ideia — Janet responde. — Como disse, não mantemos contato.

— E Disa?

— Sinto muito, mas para nós tudo isso é página virada.

E para deixar claro que não tinham nada mais a dizer, Janet se levanta e começa a tirar a mesa.

Vou ter que desistir disso, Karen pondera meia hora depois, quando entra na rodovia rumo à delegacia de Dunker. *É hora de deixar para lá essa velha comunidade hippie e começar a me concentrar na conexão com os roubos.*

Um tênue raio de sol conseguiu atravessar o céu nublado, e a estrada já está seca em alguns pontos. Karen consulta o seu relógio, pisa no acelerador e faz um grande esforço para abandonar a sensação de que Brandon e Janet Connor não lhe contaram toda a verdade.

61

KAREN ARRUMA SUA PILHA DE DOCUMENTOS, INCLINA-SE PARA a frente e liga o gravador.

— Interrogatório de Linus Kvanne relacionado à suspeita de invasão e roubo, incêndio criminoso e homicídio doloso ou, como alternativa, homicídio culposo. Além de Linus Kvanne, também estão presentes o advogado Gary Brataas e os inspetores-detetives Karl Björken e Karen Eiken Hornby.

— Eu não matei ninguém, caralho! Não vou ser preso por uma coisa que não fiz.

A voz dele é inesperadamente grave, em absoluto contraste com sua constituição física de adolescente magro. Karen pensa nas imagens feitas pela câmera do circuito interno de segurança da balsa; tanto ela quanto Karl acharam que ele tivesse uns dezesseis, dezessete anos, mas Linus Kvanne na verdade tinha 24 e havia cumprido três sentenças na Penitenciária Kabare. A primeira por homicídio culposo.

O incidente no qual Lars Hayden, um viciado em drogas de 28 anos conhecido da polícia, tinha perdido a vida seis anos antes havia sido descrito como um ato de heroísmo pelo advogado de Linus Kvanne. Uma festa de véspera de Ano-Novo saiu de controle e acabou mal quando Kvanne encontrou a sua namorada na época em um dos quartos. Hayden estava deitado em cima da garota com as calças abaixadas e uma faca pressionada contra a garganta dela. O tribunal entendeu que a primeira facada desferida por Linus Kvanne em Lars Hayden podia ser considerada legítima defesa, já que ele estava tentando desarmar Hayden. As quatro facadas seguintes foram vistas como "uso de força excessiva", mas a juventude de Kvanne e a falta de delitos anteriores foram consideradas circunstâncias atenuantes. Após cumprir cinco dos nove meses da sentença que recebera, Kvanne foi solto por bom comportamento. Uma junta de liberdade condicional avaliou que o risco de reincidência era baixo.

Desde então Linus não parou mais de se envolver em encrenca: havia passado uma breve temporada na cadeia por posse de drogas e mais uma por roubo de quantidade significativa de cobre. Sua mais recente passagem pela Kabare havia terminado apenas em julho.

Ele parece relaxado, sentado de modo negligente em sua cadeira, com um pé casualmente apoiado no joelho da outra perna.

Gary Brataas coloca uma mão solidária no braço de seu cliente.

— Claro que você não matou. Vamos apenas ouvir com calma o que a polícia tem a dizer. Mal posso esperar para saber — ele diz, e sorri com o canto da boca.

— Então vamos lá, Linus — Karen continua. — Você foi preso hoje às 10h45 no seu apartamento na Tallvägen, em Lemdal. Na ocasião, seu apartamento foi revistado e, além de uma considerável quantidade de narcóticos, a polícia encontrou vários itens roubados em diversas invasões de casas em Noorö e Heimö. Você pode explicar isso?

Linus Kvanne finge bocejar, espreguiça-se e cruza as mãos atrás da cabeça.

— Uma explicação? Quer que explique por que os tiras arrebentaram a minha porta e invadiram a minha casa enquanto eu estava dormindo, é isso? Não sei explicar isso.

Karen troca um rápido olhar com Karl. Ele faz uma careta, inflando as bochechas e erguendo as sobrancelhas com ar de ceticismo, e então deixa o ar escapar num suspiro que ilustra o que os dois estão pensando: *Esse safado não é fácil. Isso vai levar um tempo.*

Karen repete a pergunta, ignorando as tentativas de Kvanne de irritá-la.

— De novo: como você explica os itens roubados encontrados na sua sala e debaixo da sua cama?

Linus Kvanne dá de ombros e sorri tão largo que o tabaco de mascar debaixo do seu lábio superior ameaça cair da boca.

— Bom — ele responde. — Acho que alguém plantou essas coisas lá. Parece ser a explicação mais provável, não?

— E quem teria feito isso, você faz ideia?

Dessa vez Linus Kvanne ri e estende as mãos.

— Sei lá. Um monte de gente entra e sai. A minha casa está aberta a todos.

— Sabe o que eu acho? — Karen diz com calma. — Acho que você roubou aquelas coisas numa série de arrombamentos. Acho que em Noorö você roubou também uma motocicleta modelo Africa Twin, e que a usou para ir a Thorsvik e de lá para Grunder.

— Tem certeza, coração?

— E depois do arrombamento em Grunder você se livrou da motocicleta, quem sabe deliberadamente, porque teve medo de que pudesse haver um alerta para ela; ou quem sabe você tenha batido a moto. Qual das alternativas é a verdadeira?

Linus Kvanne balança a cabeça devagar, e olha na direção de Karl Björken na tentativa de conquistar alguma simpatia masculina.

— Não faço ideia do que ela tá falando. Você tem alguma coisa a dizer antes que eu dê o fora daqui?

— Sinto muito, garoto — Karl responde com descaso. — Temos imagens suas com a moto na balsa saindo de Noorö. Também sabemos que você estava se gabando disso no The Cave na noite passada.

Kvanne abaixa depressa os braços e se inclina para a frente na mesa.

— Quem foi que disse isso?

— O meu cliente não é obrigado a...

— Que burrice ficar se gabando dos seus crimes — Karen diz, interrompendo Gary Brataas. — Em especial quando você está bêbado e num lugar público e cheio de gente. Acabaram dedurando você? Pois é, correu o risco e se deu mal. Apesar disso — ela acrescenta —, talvez você seja mesmo um cara burrinho, Linus. Você é, não é?

Linus estica a cabeça para a frente bruscamente, até posicionar seu rosto a centímetros do de Karen.

— Puta vagabunda!

Se ele tivesse escolhido palavras diferentes, ela não precisaria lidar com aquelas gotas de saliva. Sem demonstrar sua revolta, Karen espera até que Linus Kvanne se afaste e volte a se encostar na sua cadeira, e então remove a saliva que respingou em seu lábio inferior e em seu queixo.

A voz de Karen está completamente tranquila quando ela prossegue com o interrogatório:

— Foi por isso que você decidiu tocar fogo nas casas? Ficou aflito, com medo de ter deixado pistas para trás, mesmo usando luvas? Um fio de cabelo, uma partícula de pele que os peritos pudessem usar para ligar você à cena do crime? Puxa, que ótima decisão você tomou, boa mesmo.

Karen se volta para Karl, que faz um aceno positivo com a cabeça, com ar pensativo.

— Sujeito esperto — Karl concorda. — Pena que antes de escapulir ele não tenha ficado tempo suficiente para se certificar de que o fogo se firmaria. Teve tanto trabalho para nada, porque agora os peritos forenses têm todo o tempo do mundo para vasculhar as casas em busca do seu DNA. Vão fazer a festa, porque agora sabemos o que estamos procurando.

Karen faz que sim com a cabeça enquanto observa Linus Kvanne, que agora está tamborilando nos descansos de braço da sua cadeira. Seu sorriso desapareceu, dando lugar a uma expressão séria e tensa; sua língua percorre o lábio superior de um lado a outro para extrair um pouco mais de nicotina.

— Mas por que ele deu um passo além dessa vez? Essa é a questão — Karen continua, sem tirar os olhos de Kvanne.

— Foi muita estupidez — Karl acrescenta. — Você sabe, jamais teríamos recursos para enviar um monte de peritos à cena se fosse apenas um arrombamento comum, mas agora que envolve assassinato, a história muda de figura. Ouvi dizer que as três casas estão infestadas de peritos nesse momento.

Gary Brataas resolve interromper, recusando-se a ficar em silêncio por mais tempo.

277

— Se tiver alguma evidência contra o meu cliente ligada a essas alegações de assassinato ou homicídio involuntário, sugiro que pare com o teatro e comece a me mostrar.

— Esse interrogatório foi um grande sucesso — Karl diz vinte minutos mais tarde, no elevador, a caminho do DIC.

Ele parece cansado, Karen pensa, vendo-o afundar as mãos nos bolsos das calças.

— Não me leve a mal, mas se estivéssemos investigando apenas uma série de arrombamentos e roubos e nada mais, o interrogatório teria sido um sucesso estrondoso.

Contrariando o conselho do seu advogado, Linus Kvanne acabou confessando quatro invasões com roubos: uma em Noorö, outra nos arredores de Thorsvik, outra ainda em uma casa de campo em Haven — essa sem registro de denúncia — e a última em Grunder, mas ao longo do interrogatório o meliante negou com veemência ter envolvimento no homicídio de Susanne Smeed.

— Nunca nem estive em Langevik, porra — Kvanne tinha afirmado.

E eles acreditam no sujeito; esse é o problema.

62

— **QUER IR LÁ FORA PARA FUMAR?**

Kore levanta um maço de cigarros e balança a cabeça na direção da porta. Karen o segue.

— Eirik me mataria se soubesse — ele diz alguns minutos depois com voz abafada, e então exala a fumaça com um gemido de satisfação. — Não seria surpresa para mim se ele pudesse farejar a fumaça lá da Alemanha — ele acrescenta, e dá outra tragada.

Karen e Kore haviam se sentado em uma mesa no setor externo do Bar e Restaurante Repet, onde um espantoso número de almas intrépidas está desafiando o frio do outono com a ajuda de aquecedores e cobertores. Kore não ligaria de ficar fora a noite toda; Eirik está participando de alguma feira de floricultura em Frankfurt, e seu namorado está aproveitando a oportunidade para consumir cerveja e cigarros à vontade.

Eles formam um casal estranho, Karen pensa consigo mesma, observando o anel de caveira de prata na mão tatuada do amigo. Ela já sabia que o seu velho amigo de escola Eirik era gay muito antes daquela noite, vinte e dois anos atrás, em que ele finalmente revelou seu segredo, depois de fazê-la jurar que não contaria a ninguém. Ninguém mais poderia saber, pois se o pai soubesse ele estaria perdido.

E quando Eirik por fim saiu do armário, foi muito mais uma expressão de raiva e frustração do que de confiança. Naquele dia em dezembro, havia quase onze anos, quando uma ligação da mãe de Karen destruiu todos os muros que Eirik havia erguido em torno de si. John estava morto. Mathis estava morto. A vida de Karen tinha sido interrompida. Naquele dia, Eirik From foi dominado por uma súbita revelação acerca da fragilidade da vida. Naquele dia, Eirik desmoronou e gritou para o pai e para o mundo inteiro que eles podiam ir para o inferno. E que ele desistisse de esperar dele um maldito neto nessa vida.

Ele estava lá quando Karen se mudou de volta para casa. Através de densas camadas de luto, as vozes ansiosas da sua mãe e de Eirik flutuavam da cozinha até o quarto de Karen. Ela havia escutado as tentativas desajeitadas de Eirik de consolar a sua mãe, e também havia escutado o amigo explodindo em lágrimas, recompondo-se e tentando de novo. E de novo. E na ocasião ela se satisfez com o pensamento de que era bom que a sua mãe e Eirik tivessem um ao outro, pelo menos. Agora que Karen não existia mais.

Somente vários meses depois, quando Karen enfim saiu do seu quarto, trespassada pelo luto, foi que percebeu algo diferente no amigo. A transformação dele tinha começado.

Desde então, Eirik faz jus ao verdadeiro gay que sempre foi: é bem-vestido, vive todo arrumado e é ligeiramente efeminado nas maneiras e no modo de falar. O fato de que também é um floricultor experiente, dono de uma cadeia de floriculturas com lojas no país inteiro, serve apenas para reforçar o estereótipo. Eirik definitivamente havia saído do armário. Então Kore apareceu.

Kore era o oposto de Eirik. Dois homens não poderiam ser mais diferentes em aparência, temperamento, interesses, círculos sociais. Kore, um produtor musical ostentando um corte de cabelo moicano preto, com braços tatuados e brincos de ouro nas orelhas. E Eirik, um florista que gostava de usar camisas recém-passadas e reluzentes sapatos de couro. Se Eirik era a tese, Kore era a antítese. Ou talvez fosse o contrário. Seis anos depois de se conhecerem, os dois ainda estavam juntos.

— O último maço para mim — Kore diz, levantando o seu cigarro. — Vou buscar o Eirik amanhã no aeroporto às oito e meia da manhã, e ele é pior que um sabujo. Ei, o que o...

Karen toma um susto quando Kore assobia de repente, bem alto. O som reverbera entre as paredes de vidro, mas não parece forte o suficiente para atravessar a incubadora em que eles estão. Kore pula e faz acenos vigorosos no ar com a mão sem o cigarro.

— Ei, Friis, caramba, venha cá!

Nos momentos seguintes, Kore escapuliu da área externa do restaurante, correu pela rua e pôs o braço em torno de um homem. Karen observa enquanto eles trocam algumas palavras. Então, Kore aponta na direção da mesa onde Karen ainda está sentada, e o homem se volta para ela. Karen o reconhece na hora. É Leo Friis, que agora, visivelmente hesitante, se permite ser conduzido na direção do Repet por Kore. Dessa vez, ele não tem nenhum carrinho de compras com ele, e o cobertor cinza não está à vista. Entretanto, ele ainda parece imundo, e Karen nota a incerteza em seus olhos quando ele se depara com o restaurante. O barulho dentro do restaurante faz Leo estacar.

— Tudo bem, estamos aqui fora — Kore diz a fim de tranquilizá-lo, e consegue arrastá-lo para a área de atendimento externa. — Essa é Karen. Karen, este é o homem, o mito, a lenda, Leo Friis.

Os olhares dos dois se cruzam por um momento. Karen tenta pensar rápido; deve dizer a Kore que já se conheciam ou seria melhor fingir que eram estranhos? Ela decide deixar as coisas seguirem seu rumo naturalmente, e estende a mão para Leo.

— Oi, Leo. Sente-se.

Leo aperta a mão dela e faz um leve aceno com a cabeça.

— Oi, Karen.

Nada no cumprimento deles sugere que já se conhecem. Kore não parece se importar nem um pouco com a aparência esfarrapada do amigo. Uma dúvida surge na mente de Karen: será que Kore sabe que Leo é morador de rua e passa as noites nas docas de carga e descarga no Porto Novo? Ao mesmo tempo, Kore parece um pouco mais animado que de costume.

— Quer pedir alguma coisa, Leo? É por minha conta — ele diz, e acena para uma garçonete. — E para você, Karen? O mesmo de novo?

Depois de fazer os pedidos, ele se volta para Leo.

— Ei, Leo, é muito bom ver você! Há quanto tempo voltou para cá?

— Desde o começo do verão. Lá pela metade de março, acho.

— Mas que história é essa de voltar para casa e passar o verão inteiro sem entrar em contato? O que você tem feito? Como anda a vida?

— Talvez isso funcione melhor se você fizer uma pergunta de cada vez — Karen diz com calma, e abre espaço na mesa para a pesada bandeja que a garçonete traz.

Leo olha ostensivamente para ela.

— Desculpe, estou falando como a minha mãe — Kore diz. — É que estou muito feliz por ver você — ele acrescenta, e levanta o copo. — Saúde, pessoal!

— Saúde — Karen e Leo dizem em uníssono.

Eles erguem os copos na altura dos olhos e depois os abaixam novamente, e bebem ao mesmo tempo.

— Karen e eu na verdade já nos encontramos antes — Leo diz depois de colocar seu copo na mesa e enxugar a espuma da barba com as costas da mão. — Tomamos um café da manhã juntos.

Os olhos de Kore se movem de um para o outro, e ele passa da tagarelice inquieta ao total silêncio.

— Vocês dois? Sério, vocês se *conhecem*? — ele pergunta, cético.

— Sim, nos encontramos uma vez. Interroguei o Leo como testemunha ligada a um caso em que estou trabalhando.

Kore arregala os olhos de um modo que sugere a Karen que ele está longe de ser tão despreocupado com o amigo como quer fazer parecer.

— Mas você está trabalhando no caso do homicídio em Langevik, não é? Jesus, você *viu* alguma coisa, Leo?

Karen ergue as mãos num gesto de advertência quando a voz de Kore faz as pessoas da mesa ao lado se virarem para eles.

— Quem dera — Karen responde por Leo. — Não, mas o Leo forneceu a uma pessoa um álibi para a ocasião do assassinato.

— Isso é muito empolgante. Para quem? — A preocupação de Kore foi substituída por genuína curiosidade.

— Ah, era só o que faltava. Acha mesmo que vou responder isso? Mas ele nos deu informações valiosas e nos poupou um bocado de trabalho.

Ela sorri para Leo, que ergue o copo novamente e bebe. Ele não retribui o sorriso, mas a tensão que se notava nos olhos e na linguagem corporal dele diminuiu. Kore parece mais calmo também, quando se volta para Leo, agora usando um tom de voz normal, quase afável.

— Sei que você passou por momentos difíceis antes de desistir. Você sabe como as pessoas falam, mas não ouvi falar de você por um ano. Cheguei a pensar que você tivesse desaparecido da face da Terra.

Pela primeira vez, um esboço de sorriso surge por trás da barba de Leo.

— Foi o que eu fiz. Até que você me encontrou de novo.

— Sério? — Kore olha para as mesas ao redor deles e se inclina para a frente. — Ninguém reconhece mais você — ele diz baixinho. — E para ser sincero, não é para menos, com esse seu aspecto. Sem ofensa, mas você parece um saco de bosta.

Dessa vez Leo ri. Uma risada contida, de canto de boca. Uma risada que mostra que ele está consciente da própria deterioração e aceita isso.

Karen sente um nó na boca do estômago quando começa a se dar conta de quem Leo Friis realmente é.

63

SIGRID DIRIGE DE FORMA IRRITANTEMENTE LENTA E CUIDADOSA. *O que você esperava?*, Karen questiona, e se reclina no banco do passageiro. Uma motorista inexperiente com uma policial sentada ao lado dela, num carro que já viu dias melhores. Pelo menos a oficina havia consertado a ignição; quando Sigrid apanhou Karen na praça Repslagar há dez minutos, o carro não parecia pior do que qualquer outro Toyota da mesma idade.

— Você conseguiu tirar tudo do apartamento? — Karen pergunta, ajustando o cinto de segurança, que está cortando a sua garganta.

— Sim, tudo o que eu quero manter comigo — diz Sigrid, meneando a cabeça na direção do banco de trás, onde sacolas de papel cheias de roupas disputam espaço com dois sacos de lona azuis. — Tem mais na mala do carro — a garota acrescenta, checando o espelho retrovisor antes de dar seta. — Você teve um bom dia? Pelo visto teve, sim. Quanto foi que você bebeu?

Karen vira a cabeça lentamente e observa Sigrid com um sorriso zombeteiro.

— Três chopes, mamãe — ela responde. — E foi muito legal da sua parte vir me buscar.

— Ah, ele era bem bonito. O cara de jaqueta de couro, quero dizer — Sigrid comenta, tentando parecer espontânea, mas sem sucesso.

— Ele é. E o namorado dele é também — Karen responde. — E legal.

— Merda. Que pena.

— Eirik e eu somos amigos desde a escola; conheci o Kore por meio dele.

— E quanto ao outro cara? Já faz uns cem anos que o conhece, também?

— Não, eu não o conheço realmente, mas parece que Kore e ele são velhos amigos.

— Ele parecia um pouco... em farrapos. Meio imundo.

Karen não responde.

— Você conhece o grupo The Clamp? — Karen indaga depois de alguns instantes.

Sigrid olha para ela surpresa.

— Claro que conheço, sei quem eles são. Ou melhor, quem eles eram. Por quê?

— É que falamos sobre eles agora há pouco, só isso. Parece que eles eram muito famosos.

— Com certeza, mas eles se separaram há vários anos. Uma coisa trágica, segundo algumas pessoas, mas não sei. Você tem que parar enquanto é tempo.

Intrigada com a sabedoria contida na resposta de Sigrid, Karen sorri para ela com doçura.

— Mas como se pode saber o tempo certo para parar?

— Você nunca sabe até que seja tarde demais; é aí que você percebe que deveria ter parado antes. Enfim... Eles eram até legais, mas não exatamente a minha praia.

— E qual é exatamente a sua praia? Hip hop? Garotos vestidos como criancinhas, usando joias do tamanho do mundo...?

Sigrid faz uma careta de desgosto.

— Sem essa... Quantos anos você tem, cento e vinte? — Instantes depois, Sigrid anuncia de repente, com energia: — A minha praia é a busca sem fim. Mais ou menos uma mistura de rap e jazz e música africana, mas vai muito além, é muito mais que isso. Arte e teatro e... bem, tudo. Tipo, não há limites.

— Busca sem fim?

— Sim. É todo um conceito. Esse é o ponto: não se limitar nem esperar que algo venha até você. Tudo acontece agora. Entendeu?

Karen não entendeu.

Elas ficam em silêncio enquanto o carro segue rodando sobre o asfalto, quilômetro após quilômetro. Karen fecha os olhos e deixa a mente divagar. É bom ter companhia, simplesmente ficar sentado do lado de alguém em silêncio. Também é bom não ficar sozinha na casa — pelo menos por algum tempo. Karen havia prometido à garota que ela poderia continuar no quarto de hóspedes durante a reforma da casa que ela acabara de herdar.

As duas haviam combinado não falar sobre a investigação. Sigrid não perguntaria, Karen não diria mais do que Sigrid pudesse ler nos jornais.

Mas não deixa de ser estranho que ela nunca pergunte nada, Karen reflete. Ela não se importa em saber quem matou a mãe? Ou ela é simplesmente a filha obediente de um detetive, treinada para não fazer perguntas? E o que a deixou tão implacavelmente furiosa com os pais? Porém, Karen não vai perguntar; se Sigrid quiser conversar sobre o assunto, ela própria vai ter de tomar a iniciativa.

Seus pensamentos se voltam aos poucos para Kore. E para Leo Friis. Ela os deixou no restaurante quando Sigrid buzinou do outro lado da rua. Elas haviam combinado que Sigrid pegaria Karen por volta das 21h, e a garota buzinou tão pontualmente que Karen teve a impressão de que ela já os estava observando de dentro do carro havia algum tempo antes de deixar que notassem a sua presença.

Karen não teve chance de falar com Kore sozinha. Tinha mil perguntas para lhe fazer a respeito de Leo Friis, mas, diferente de Kore, ela não queria parecer curiosa demais. Karen havia deduzido que ele tinha sido o guitarrista no The Clamp. Ela se lembrava vagamente de algumas das músicas da banda, mas por alguma razão sempre acreditou que eles eram ingleses ou americanos. Eles haviam sido populares durante um tempo na vida de Karen em que ela precisava reunir todas as suas forças apenas para conseguir sair da cama pela manhã.

Com o passar dos anos, Karen acabou compreendendo que, por alguma razão, Doggerland, ou pelo menos Dunker, tinha se tornado um tipo de motor para a indústria da música, o lar de incontáveis compositores e produtores musicais de sucesso, mas nunca se dera conta disso.

Seis anos antes, checando a coleção de música de Karen, Kore havia descoberto com desânimo que grande parte não despertaria o interesse nem de colecionadores de discos de vinil. Então ele a inundou com *playlists*. As odiosas herdeiras das pretensiosas coletâneas em fitas cassete.

"Você precisa ouvir essa música!" Essa frase ainda faz Karen colocar instintivamente as mãos nos ouvidos.

Ela não ouve as *playlists* de Kore com muita frequência. Na verdade, busca o silêncio na maior parte do tempo. Mas as festas na kgb, a produtora de Kore, costumam ser divertidas. Por meio dele, Karen conheceu artistas cujos autógrafos a maioria das pessoas adoraria ter. Leo Friis não é um deles, sem dúvida. Por outro lado, a aparência de Leo provavelmente era bem diferente alguns anos atrás. Pelo menos levando-se em conta que ninguém parece reconhecer a estrela do rock escondida dentro do mendigo barbudo.

Será que ele vai sair da área externa aquecida do Repet para uma daquelas docas de carregamento esta noite?, Karen se pergunta. Quanto tempo ele vai conseguir aguentar dormindo ao relento? A temperatura ainda está oscilando em torno de zero, mas é questão de dias antes que o frio mate tudo o que ainda estiver vivo em seu jardim. E provavelmente algumas das pobres almas que dormem sob as estrelas em vez de dormirem em um dos abrigos.

— Ele fica na dele — Gro Aske tinha dito a Karen. — Ele se amarra em espaços confinados.

Será que ele é viciado em alguma coisa ou simplesmente teve um colapso nervoso?, Karen especula, mas é arrancada da sua desconexa fantasia quando Sigrid sai da estrada principal e o primeiro buraco na Langeviksvej faz o carro sacudir.

— Você não vai contar ao meu pai que estou morando com você, vai?

Karen se endireita no assento e lança um rápido olhar na direção de Sigrid.

— Não, não vou contar se você não quiser. Você é adulta, mas na minha opinião seria bom para você falar com ele. Principalmente agora que a sua mãe...

— Você quer falar com ele? — Sigrid a interrompe. — Você se sente bem falando com uma pessoa como o meu pai?

A voz dela soa dura e insolente, e Karen se lembra do seu primeiro interrogatório com Sigrid em Gaarda. A comunicação que haviam desenvolvido nos últimos dias ainda é frágil, e são grandes as chances de que um muro se erga entre elas bem rápido. Sigrid sem dúvida já está preparando a argamassa para assentar os tijolos.

— Não — Karen responde com franqueza. — Não me sinto.

Mas Karen vai ter de falar. No dia seguinte. A ordem havia chegado um pouco antes de Karen sair do trabalho: reunião no escritório da promotora no dia seguinte pela manhã, às 9h. O chefe de polícia Viggo Haugen tinha enviado esse aviso para Jounas Smeed e para ela.

Ela sabe exatamente o que vai ser tratado nessa reunião.

64

— ONTEM À NOITE VI VOCÊ NO REPET.

A reunião com Viggo Haugen havia terminado. As coisas que precisavam ser ditas foram ditas, e nada além disso. Jounas e Karen tomaram o elevador até o subsolo e atravessaram a galeria sob a Redehusgate para não precisarem correr pelo estacionamento debaixo de chuva. Agora eles estão de pé na garagem da delegacia de polícia, esperando o elevador que os levará até o DIC.

Karen não responde, e Jounas Smeed continua:

— Eu estava passando por ali e vi você na área externa, na companhia de gente meio suspeita, se não se importa que eu diga.

Ainda sem responder, ela aperta com irritação o botão do elevador, que já está aceso.

— Bem, suponho que seus amigos gays sejam ótimos, mas o outro cara estava um caco — Jounas prossegue despreocupadamente. — Falando sério, ele me lembra aqueles sujeitos que ficam perambulando atrás do mercado municipal. Na verdade, acho que quase o reconheci.

— Pois devia ter reconhecido.

Jounas Smeed parece desconcertado, e Karen decide não contar a ele que Leo é o morador de rua que lhe fornecera um álibi.

— É que você tem um olho tão bom para avaliar as pessoas — ela diz, usando uma voz melosa. — Pode determinar o caráter de uma pessoa imediatamente.

— Tenha dó, Eiken. Você é uma agente da lei; acha mesmo apropriado ficar andando pela cidade com pessoas como ele?

— O que eu posso dizer? Tenho feito umas escolhas ruins. Desde o Festival da Ostra, sabe?

Jounas Smeed fica calado por alguns instantes, segurando a respiração. Então ele deixa o ar escapar num forte suspiro, e estala a língua de modo reprovador.

— Karen, Karen. Sempre tão zangada. Sempre na defensiva. Isso está começando a virar um problema.

— Talvez eu tenha as minhas razões.

Por fim, o elevador chega. Karen entra nele, e em silêncio observa as reluzentes portas de aço se fechando.

— Compreendo que esteja desapontada porque eles suspenderam a investigação, mas você não pode me culpar por isso. No final das contas, é a decisão da promotora, e ela e Haugen concordam; temos o nosso cara, ele foi preso.

— Temos *um* cara, que confessou quatro arrombamentos e duas tentativas de incêndio criminoso. Não é a pessoa que matou Susanne.

— E como você pode estar tão certa disso?

— Bem, nunca saberemos agora, não é?

A mensagem era clara: o assassinato de Susanne Smeed havia sido considerado resolvido. Estavam encerradas todas as tentativas de encontrar mais motivos e criminosos.

— Não, suponho que não — Smeed retruca. — Por outro lado, você não elaborou uma única teoria concreta com o tempo que teve para trabalhar.

— Uma semana inteira, você quer dizer?

— Apesar de tudo, pelo menos prendemos o Kvanne, e não foi graças a você, diga-se de passagem. Se não fosse aquela denúncia, ele provavelmente já teria invadido mais algumas casas e tocado fogo nelas. Talvez até tivesse matado outro pobre infeliz, azarado o suficiente para estar em casa no momento da invasão.

O elevador chega ao destino, e eles saltam. Quando Karen estende a mão para abrir a porta de vidro com o logotipo da polícia e letras gastas anunciando o andar do CID, Jounas Smeed põe a mão no batente e não deixa que ela passe.

— Você sabe o que foi combinado, Eiken — ele diz. — Björken está no caso de Moerbeck por mais umas semanas antes de ir para casa trocar fraldas. Você vai interromper toda a atividade relacionada ao caso de Langevik, e se concentrar na elaboração do relatório final sobre o Kvanne. E você vai guardar seus pensamentos para si mesma aqui dentro. Nem uma palavra.

65

KAREN EIKEN HORNBY REALMENTE GUARDOU SEUS PENSAMENTOS para si. Durante dois dias inteiros, ela resistiu à tentação de falar o que pensava. Ela não disse uma palavra de crítica sobre a decisão.

— A promotora acha mesmo que pode manter as acusações? — Karl havia perguntado.

— Parece que sim.

Ou talvez ela não ligue a mínima, Karen pensou. Outros casos estavam se acumulando: assaltos, drogas, prostituição. E Moerbeck. Apesar dos esforços conjuntos, nenhum suspeito tinha sido preso. Muito pelo contrário, na verdade: o número de mulheres agredidas e estupradas agora passara de duas para três. O ataque mais recente havia acontecido nas primeiras horas do dia anterior. Ainda havia apenas uma vítima fatal, mas a última, uma mulher de 27 anos, mãe de dois filhos, atacada a caminho de casa após cumprir seu turno da noite no Hospital Thysted, estava agora internada na uti desse hospital, no mesmo departamento onde havia trabalhado algumas horas antes.

Sentindo dor de garganta e com um pouco de febre, Greta Hansen havia encerrado o seu expediente mais cedo, às 4h30. A enfermeira-chefe a mandara para casa — na rua Atlasvägen, em Odinswalla — de táxi. Irritado por ter que transportar uma cliente visivelmente doente em seu último dia de trabalho antes de partir daquele fim de mundo chuvoso para três merecidas semanas de férias na Tailândia, o motorista do táxi saiu cantando pneu assim que Greta saltou do seu veículo e fechou a porta. O marido dela, Finn Hansen, editor no jornal *Nya Dagbladet*, dormia de modo profundo no apartamento recém-reformado e lindamente decorado do casal, alheio ao fato de que, naquele momento, numa área de arbustos ao lado do seu prédio, um homem enfiava uma garrafa quebrada na sua esposa Greta.

A mídia estava em polvorosa com a notícia de que o agressor havia se arriscado a sair da socialmente desfavorecida região de Moerbeck e expandir o seu território de caça para Odinswalla, bairro de classe média.

Na coletiva de imprensa do dia anterior, a polícia foi simplesmente crucificada. Os tão prometidos policiais uniformizados e à paisana haviam sido colocados nas ruas, sim, mas posicionados nos lugares errados. A polícia havia considerado a possibilidade de que o criminoso mudasse o seu território de ataque? Como esperar que a polícia pudesse garantir a segurança pública? O que eles tinham a dizer às mulheres apavoradas da cidade? Haugen podia dizer que estava satisfeito com os esforços da polícia até o momento? Será que pensava em se demitir? E o Ministro de Assuntos Internos, o que tinha a dizer? E como se não bastasse tudo isso, há o temor constante de que volte a acontecer. Talvez hoje à noite.

A notícia de que uma prisão havia sido finalmente efetuada no caso Langevik mal ganha as páginas dos jornais, mas qualquer indício de que possam ter pegado o homem errado provocaria uma tempestade na mídia. Simplesmente é mais conveniente culpar Linus Kvanne. Além disso, a dura realidade é que nem a Autoridade Policial nem o Ministério Público têm recursos para lidar com mais de um caso importante de cada vez.

A verdade é que Haugen provavelmente enxergou no caso Moerbeck uma boa oportunidade para se redimir. Era exatamente o que eles precisavam: um caso definido, um investigador competente no comando das ações e trabalho policial à moda antiga. Logo a ordem seria restaurada.

Acho que agora ele já não está mais tão confiante assim, Karen pensa consigo mesma.

Mas não diz nada. Karen Eiken Hornby é bem versada na arte de guardar os próprios pensamentos para si mesma.

Duas horas mais tarde, Karen lança um olhar furtivo para o escritório do seu chefe antes de pegar o celular.

— Não, a mamãe ainda não voltou — Mette Brinckmann diz a ela, agora com uma nota de irritação na voz. — Quantas vezes vocês vão perguntar isso?

— E você ainda não tem nenhuma notícia sobre ela?

Mette Brinckmann deixa escapar um gemido.

— Como eu já disse, ela telefonou de Bilbao antes de ontem e disse que voltaria assim que encontrasse um voo barato, mas acontece que já expliquei isso tudo à sua colega.

Karen não entende a última parte do comentário de Mette, e culpa o seu sueco insuficiente.

— O que você quer dizer com isso? Para quem foi que você explicou?

— Para a outra policial que telefonou esta manhã. O celular da minha mãe estava tocando e tocando e, no fim das contas, resolvi atender; parecia ser importante, mas ela apenas me fez as mesmas perguntas que você. Queria entrar em contato com a minha mãe e saber quando ela voltaria. Vocês da polícia não costumam se comunicar uns com os outros?

Por uma fração de segundos, o mundo parece girar. Uma colega mulher? Astrid Nielsen teria tentado entrar em contato com Disa sem avisar Karen? Não, ela tinha sido transferida para o caso de Smeed e não lhe restava tempo para mais nada. E Astrid sem sombra de dúvida teria informado Karen se por algum motivo desconhecido tivesse feito uma coisa dessas.

— Essa outra mulher com quem você falou... Ela realmente disse que trabalhava para a polícia? Disse de forma explícita?

Mette fica em silêncio por alguns momentos e, quando responde, sua voz transmite uma surpresa genuína:

— Não... Agora que você mencionou, talvez ela não tenha dito, mas ela se apresentou, falou de um modo bem formal. E tinha muitas semelhanças com você.

— Comigo? Como assim?

— Bem, ela tinha um sotaque parecido com o seu algumas vezes. E fez as mesmas perguntas, como eu já disse. Acabei supondo que ela trabalhava para a polícia.

Mette Brinckmann se cala novamente, mas logo volta a falar.

— Pensando bem agora, ela pode ser inglesa. Ou americana, talvez. Isso também faz mais sentido, por causa do nome dela: Anne Crosby, foi o que ela disse.

— Anne Crosby. Você tem certeza disso?

— Claro. Tenho essa informação anotada aqui, junto com o telefone dela e tudo o mais. Prometi que ligaria assim que tivesse notícias da minha mãe.

Karen fecha os olhos antes de fazer a próxima pergunta.

— E você fez isso? Ligou para Anne Crosby e contou a ela que a sua mãe está voltando para casa?

— Sim, claro! Pensei em ligar para você também, mas então considerei que uma ligação para a polícia seria suficiente. Imaginei que essa Anne Crosby avisaria você que a mamãe ia voltar. Pedi a ela que fizesse isso.

Subitamente, Mette Brinckmann começa a compreender o seu erro.

— Bem, pensei... eu supus que... Ah, seja como for, não faz mal — ela acrescenta num tom desafiador. — A mamãe ainda não voltou mesmo.

66

MAS QUEM DIABOS É ESSA ANNE CROSBY?, KAREN SE PERGUNTA, desistindo da ligação depois de deixar o telefone tocar oito vezes, e largando-o por fim em sua mesa.

Muito gentilmente e sem protestar, Mette Brinckmann havia passado para Karen o número do telefone de Anne Crosby, dígito por dígito, em sueco e também em inglês para que não houvesse enganos. Assim que encerrou a conversa com Mette, Karen ligou para o número da tal Anne. Dez toques; ninguém atendeu, não caiu no correio de voz. Cinco minutos depois, outra tentativa e mais oito toques sem resultado.

Karen mexe no mouse do computador e observa enquanto o maçante movimento contínuo na tela do computador é substituído pelo logotipo da polícia de Dogger. Ela só precisa realizar duas buscas rápidas para comprovar que não há ninguém com o nome de Anne Crosby na República de Dogger, mas que o número de mulheres chamadas Anne Crosby no mundo todo é aparentemente infinito. Faz então uma terceira busca, dessa vez pelo número do telefone. Nenhum toque. *Provavelmente um chip pré-pago*, ela pensa, frustrada.

Então se levanta para chamar Karl Björken, mas muda de ideia e afunda de volta na cadeira. Depressa, e com a estranha sensação de que o seu chefe a está observando, ela abre o arquivo do caso de Susanne Smeed, encontra o resumo da investigação técnica elaborada por Cornelis Loots e desce até a página do laudo do departamento de informática. Cerca de um minuto depois, ela está virando a cabeça para um lado e para outro, alternando sua atenção entre a tela do computador e o celular.

Mais uma tentativa de telefonar, e outros oito toques sem resultado. Irritada, ela liga para o telefone dos Connor, e é recebida pela voz de Brandon Connor depois de quatro toques:

— Janet e eu temos coisas melhores para fazer do que atender o telefone nesse momento. Deixe uma mensagem e retornaremos a sua chamada.

Karen segue a orientação.

Ela olha na direção de Smeed; ele está falando ao telefone com alguém, e a julgar pela sua expressão as notícias não são boas.

Smeed e Haugen que se fodam, ela pensa, então pega a sua jaqueta e vai até Karl Björken.

— Quer almoçar? Eu pago.

Quinze minutos depois, Karl posiciona a faca sobre a batata que ele espetou com o garfo e remove a fina pele com a ajuda do seu polegar. Eles se encontram agora em um dos mais finos restaurantes de Dunker, em Norrebro. Mais de um quilômetro de reconfortante distância da delegacia. Karen sabe, porém, que esse almoço vai abrir um buraco em sua carteira.

— As últimas algas marinhas castanhas do ano — Karl diz, admirando com reverência a iguaria de aspecto desinteressante. — Caras, mas valem cada xelim, na minha opinião.

— As primeiras do ano são melhores — Karen diz, tirando a jaqueta. — De qualquer maneira, já não são tão gostosas quanto eram antes. Hoje em dia é tudo industrializado; caminhões gigantescos cheios de um mingau de alga verde que eles espalham nos campos. Queria que você tivesse a chance de provar as que o meu avô cultivava em Noorö. Nada mais do que algas verdes cultivadas nas fendas das rochas.

— Qualquer alga é melhor do que nenhuma — Karl diz, espetando outra batata na tigela e colocando-a ao lado de um generoso pedaço de linguado, do tamanho de um dedo. — Você não pode me censurar por aproveitar a oportunidade quando outra pessoa está pagando a conta. Aliás, posso perguntar o motivo da súbita generosidade? Você deu sorte nas corridas de cavalo ou coisa parecida?

— Imaginei que seria a maneira mais rápida de ter a sua atenção — ela responde. — Você não é do tipo que recusa uma boa refeição totalmente gratuita, certo?

Karl sorri de maneira presunçosa e enfia na boca metade de uma batata junto com um bom pedaço de linguado com manteiga derretida.

— Smeed não ia ficar muito contente se soubesse que tive um longo almoço — ele diz enquanto mastiga. — Eu deveria estar trabalhando no caso dele, não sentado aqui com você. Eu estava estudando a merda do material desse caso quando você chegou para me arrastar de lá. É um material bem indigesto, pode acreditar.

— Bom, então você precisa mesmo de uma pausa. Um almoço agradável, dois colegas conversando tranquilos. O que o chefe poderia ver de errado nisso?

— Sem essa, Eiken. Você está atrás de alguma coisa, senão jamais me pagaria um almoço. Vamos lá, diga o que tem em mente.

Karen olha rapidamente em volta do restaurante cheio e se inclina para a frente.

— Eu liguei para Mette Brinckmann de novo — ela diz.

— Mas não era em Kvanne que você devia se concentrar? Você sabe, guardar seus pensamentos para você mesma e não causar problemas.

Karen prossegue sem comentar a resposta:

— Só quis checar se Mette tinha notícias da mãe. Disa avisou a ela que voltaria esta semana.

— Certo. Então ela teve? Notícias da mãe, quero dizer?

— Sim, pelo visto ela finalmente está voltando para casa, mas Mette me disse que eu não era a única pessoa tentando entrar em contato com Disa Brinckmann.

— Bem, talvez a Autoridade Policial de Dogger não seja o único ponto de contato com o mundo.

Karen ignora o sarcasmo de Karl.

— Aparentemente, outra mulher telefonou para tratar do mesmo assunto. Ela se apresentou como Anne Crosby e deixou o telefone. A filha de

Disa teve a impressão de que a mulher trabalhava para a polícia de Dogger. A tal de Anne não afirmou que trabalhava, mas parece que também não corrigiu o engano de Mette. Mette Brinckmann disse que já estava aborrecida por ter de explicar a mesma coisa para vários policiais.

— Sua comida está esfriando — Karl diz, indicando com a cabeça as costeletas de carneiro intactas no prato dela.

Obediente, Karen corta um pedaço e coloca na boca, mastiga e espera que Karl lhe devolva a bola que tinha acabado de passar a ele.

— Tudo bem — ele diz depois de algum tempo. — Anne Crosby é o nome? E quem é essa?

— Pois então, é o que eu gostaria de saber. Tentei ligar para o número dessa pessoa, mas ninguém atende.

— Emocionante. De verdade. Uma mulher que não conhecemos ligou para alguém que provavelmente não tem nada a ver com a investigação.

Enquanto bebe um gole de cerveja, Karl Björken lança um olhar cético para Karen através do copo. Sem tirar os olhos dos dele, Karen se inclina para o lado, remexe na sua bolsa, que está no chão, e retira de dentro dela um pedaço de papel. Sem dizer nada, desdobra o papel e o coloca ao lado do prato de Karl.

— Bem — ele diz, depois de correr os olhos pela informação contida no papel. — Não faz diferença no caso do Smeed, mas, você tem de reconhecer, Cornelis Loots é meticuloso. Espero que ele seja tão eficiente assim com o material de Moerbeck. Vamos precisar disso se quisermos prender aquele desgraçado.

Karl volta a atenção para o seu prato novamente.

Sem uma palavra, Karen coloca o celular no outro lado do prato dele. A tela mostra o último número digitado.

Quatro segundos depois, Karl Björken para de mastigar. Ele então se reclina para trás na cadeira e olha para Karen.

— Jesus Cristo! — ele diz. — Então o mistério do telefone pré-pago desconhecido foi resolvido. O que você vai fazer agora?

— Não sei, mas preciso seguir essa pista de alguma maneira. Primeiro essa Anne Crosby liga para a Susanne duas vezes em junho, e de novo em 27 de setembro. Apenas dois dias antes de ela ser morta. E agora ela está tentando contato com Disa Brinckmann. As tentativas de contatar duas pessoas ligadas ao caso não podem ser apenas coincidência.

— Ou talvez seja exatamente isso — Karl argumenta com naturalidade. — Talvez seja mesmo pura coincidência.

Karen olha com descrença para o colega.

— Ou, mais especificamente — ele acrescenta —, Disa Brinckmann não está de fato ligada ao caso. É apenas um nome que apareceu no decorrer das investigações.

— Um nome que apareceu durante o mapeamento do histórico da vítima.

— Porque a pessoa que procurou Susanne e também Disa tem, muito provavelmente, uma participação insignificante nisso tudo. Essa Anne Crosby na certa apenas conhece as duas. Todos os casos são cheios de coincidências que não levam a nada.

— Se isso for verdade, então é uma coincidência e tanto. Afinal, Disa e Susanne não se conheciam. Susanne mal havia nascido quando Disa saiu da ilha.

— Correto, mas Disa conhecia os pais de Susanne. Essa Anne Crosby provavelmente está ligada à comunidade de uma maneira ou de outra; talvez conhecesse um dos membros, ou talvez até tenha vivido lá por algum tempo, quem pode saber? Muitas pessoas devem ter chegado e partido. Já perguntou sobre essa pessoa a Brandon e Janet Connor?

— Ainda não, mas deixei uma mensagem na secretária deles. Agora estou pensando em enviar uma mensagem de texto para Anne Crosby. Pedir que entre em contato comigo.

— Bem, por que não? Afinal, pelo visto, a filha de Disa já informou a essa mulher que a polícia estava tentando encontrar Disa. E sou obrigado a reconhecer que é meio estranho que Anne Crosby não tenha deixado claro imediatamente que não é da polícia. Por outro lado, talvez ela não tivesse ideia do que Mette estava falando; o dialeto do sul da Suécia é incompreensível.

— Então acha que é uma boa ideia mandar uma mensagem para ela? Porque recebi ordens expressas para me concentrar em Kvanne.

Karen coloca o polegar na tecla de envio.

— Por que está me perguntando isso? Você já tomou a sua decisão.

Ouve-se um bipe quando a mensagem é enviada. Karen vira o telefone para Karl a fim de que ele possa ler o breve texto dizendo que a polícia de Doggerland está tentando entrar em contato com Anne Crosby e pedindo-lhe que faça contato com a DIC de Dunker imediatamente nesse número. Karl balança a cabeça devagar.

— Smeed vai surtar quando descobrir que você ainda está trabalhando nisso.

— Mas ele não vai descobrir. Vai?

— Não, não por mim. Me alegra muito deixar que você mesma tenha o enorme prazer de contar a ele. Se Anne Crosby lhe der resposta, então acho que você vai precisar contar. Por outro lado, ela só vai ligar se *não tiver* nada a ver com o assassinato.

67

LANGEVIK, 1971

— **ISSO É INÚTIL! SE NÃO CONSEGUIRMOS AMAMENTAR ESSA** criança, ela não vai aguentar.

Disa abaixa a mamadeira com a odiada fórmula, seca a testa com o punho e acomoda o bebê em seu ombro.

Depois do primeiro dia, havia ficado claro para ela que uma mistura de leite, farinha e um generosa quantidade de manteiga não daria resultado. Não nesse caso. E Disa notou os olhares que haviam lhe dirigido, percebeu um lampejo de dúvida neles quando pediu a Per para ir à farmácia em Dunker comprar fórmula infantil. Nestlé. O simples fato de se pronunciar esse nome já era uma afronta; a exploração do terceiro mundo, a roubalheira descarada. Era um dos principais símbolos da espoliação capitalista. Mesmo assim, Per foi até a farmácia e fez a compra. E agora eles haviam vendido suas almas ao diabo em troca de nada.

Agora já se haviam passado três dias. Os olhos e o estômago de Disa doem devido à angústia e à privação de sono. Três dias e Ingela ainda não saiu da cama. Só fica ali deitada de olhos fechados, mesmo quando está acordada. E os outros estão perambulando na ponta dos pés em torno dela, com sua estupidez, sua falta de experiência, sua absoluta impotência.

A raiva explode de repente dentro de Disa. Eles são como crianças, a maioria deles. Crianças estúpidas em corpos crescidos. Haviam depositado toda a sua fé nela, convencendo-se de que ela iria tomar conta de tudo, resolver todos os seus problemas. Disa, a mais calma do grupo, a mais segura. Aquela que possuía o conhecimento dos antigos; que conhecia os remédios ancestrais, os tratamentos ancestrais. Disa, mãe da terra, parteira. E por que seria necessário um hospital para algo tão natural como o nascimento de uma criança?

Ela tinha conseguido perceber dois corações batendo na décima nona semana. Tomas não podia ser o pai; isso logo ficou claro para ela. Talvez ainda antes que a própria Ingela encarasse a verdade. Disa tinha visto Ingela junto com Per, descobrindo o que Tomas fingia não saber. Disa sabia quando as crianças tinham sido concebidas, e que nessa ocasião Tomas não estava nem perto de Langevik.

— Você precisa contar a ele — Disa tinha dito a Ingela. — Tomas e Per têm o direito de saber, os dois. E também Anne-Marie — ela acrescentara, dando-se conta de que isso mudaria tudo.

No final das contas, Per contou a verdade à sua mulher. Contou que havia sido infiel. Que as crianças que Ingela estava esperando eram dele. Que ele iria ser pai, enquanto Anne-Marie provavelmente continuaria estéril. Talvez todos já soubessem disso então, quando ouviram o choro excruciante vindo do primeiro andar; talvez já tivessem entendido que era o começo do fim. Pode ser que tivessem percebido bem antes que os gritos de dor e desespero fossem substituídos por um silêncio gélido. Ou será que apenas entenderam o que estava acontecendo nas semanas que se seguiram, quando sua preocupação com Anne-Marie foi se transformando aos poucos em exasperação?

Talvez só tenham compreendido a situação quando foram surpreendidos pela indesejável percepção de que a ideia de compartilhar tudo era linda na teoria, mas horrível na prática. Quando todos secretamente constataram que era mais fácil assimilar a reação de Anne-Marie do que a indiferença de Tomas. Quando a admiração que todos tinham pela capacidade de Tomas de perdoar e esquecer se transformou pouco a pouco em desrespeito por seu retraimento. Por que ele não ficava furioso? Será que realmente havia perdoado Ingela e Per? Será que ele, afinal — um pensamento tão proibido quanto impossível de refrear —, será que ele não era homem de verdade?

Um após o outro, eles abandonaram seu sonho de compartilhamento. Theo voltou para Amsterdã poucas semanas depois que o paraíso se desfez. Brandon e Janet seguraram as pontas e ficaram por mais algum tempo. Aturaram o drama de Anne-Marie e a bebedeira de um Per consumido pelo remorso. Aturaram a incompreensível serenidade que Tomas exibia enquanto tudo desabava em torno dele. Aturaram a visão da barriga cada vez maior de Ingela, como uma lembrança constante de que as coisas não iriam melhorar. Dessa vez o problema não desapareceria com o tempo.

Certo dia, Brandon encontrou Janet no porto em uma manhã muito fria de fevereiro, sentada sozinha em um mourão.

— Vou embora amanhã — ela disse a Brandon. — Quer vir comigo?

— Para onde? — ele perguntou.

— Para qualquer lugar.

E assim os dois também acabaram desistindo e deixaram a comunidade.

Mas Disa permaneceu. Sempre dedicada, ela não arredaria pé dali antes que as crianças enfim nascessem; havia prometido que não partiria. Depois disso, porém, ela prometeu a si mesma que também iria embora para fugir desse pesadelo.

Quando finalmente o trabalho de parto se iniciou, a esperança voltou como um tipo de reflexo inato. Talvez as coisas melhorassem com o nascimento das crianças. Quando a vida tomasse conta da casa uma vez mais. Ingela seguiu as instruções de Disa mecanicamente: respire, não empurre ainda, espere, espere... Agora!

Tomas ficou sentado ao lado de Ingela o tempo todo. Tomas, não Per. Talvez essa fosse a vingança que Tomas, depois de tudo, necessitava. A única pequena demonstração de força que ele se permitia: deixar Per de fora. Ele, Tomas, seria o único a ver os bebês nascerem, ainda que não fossem filhos dele.

E acabou acontecendo de maneira surpreendentemente rápida; o primeiro bebê nasceu apenas duas horas depois da primeira contração. Saudável e forte, a garotinha chorou depois de ser delicadamente esfregada com uma toalha. Então Disa percebeu que algo estava errado. De repente Ingela ficou sem forças e caiu em um estado de apatia. Mais uma hora se passou até que tudo terminasse enfim, e a outra menina saísse também. Exausta e fraca, com metade do tamanho da irmã. Disa já tinha ouvido falar nesse tipo de coisa em seu treinamento — que às vezes um dos gêmeos toma para si tanta nutrição no útero que o outro fica atrofiado. Ela também já havia lido sobre mães que eram incapazes de estabelecer conexão com seus bebês, mulheres que em vez da alegria da maternidade

298

experimentavam uma profunda depressão. Disa havia lido sobre esses assuntos, ouvira falar neles, mas nunca se deparara com eles.

Três dias agora. Três dias de preocupação. Preocupação porque o bebê menor não comia e porque Ingela não parecia se importar com nenhuma das duas crianças. E pela primeira vez desde que havia decidido se tornar uma parteira, Disa Brinckmann desejou estar em um hospital.

— Isso não vai adiantar nada — ela insiste. — Precisamos de ajuda.

Disa observa os demais. A expressão no rosto de Tomas é de desalento. Os olhos de Per se movem ansiosos de um lado para o outro. E Anne-Marie, que está segurando a outra garotinha nos braços. Disa avalia a atitude de Anne-Marie, e se pergunta se ela é capaz de perceber que a criança não é dela. Anne-Marie pareceu voltar à vida no momento em que Ingela mergulhou na apatia. Ela passou a cuidar da garotinha saudável, e a ninava, alimentava, confortava e vigiava como se fosse sangue do seu próprio sangue. Agora ela olha perplexa para Disa antes de voltar a atenção para a criança de novo, aproximando-a mais de si enquanto observa a boquinha dela sugando o bico de borracha da mamadeira.

— Ela se alimenta bem. Quando eu ofereço — Anne-Marie diz.

— Melody está se alimentando, sim, mas Happy não consegue ganhar peso como deveria. Não posso mais ser responsável por isso, precisamos levá-la a um médico. Ingela também precisa de ajuda. Vocês todos sabem que algo não vai bem, ela não tem forças nem para segurar os bebês.

Per se levanta com tanta rapidez que sua cadeira tomba para trás, fazendo um grande barulho.

— São as minhas filhas — ele diz. — Você não pode simplesmente levá-las.

O silêncio toma conta da cozinha. Segundos intermináveis, ansiedade no ar, pensamentos impossíveis. De repente, Disa se inclina sobre a mesa.

— É com você, Tomas: ou eu levo Ingela e Happy para o hospital em Dunker, ou vamos pegar a balsa de volta para a Suécia esta noite.

Anne-Marie se levanta sem pronunciar uma palavra, coloca a mamadeira na mesa e deixa o recinto com Melody em seus braços.

Tomas a acompanha com os olhos, e depois que Anne-Marie sai ele se volta para Disa.

— Vamos para casa — ele diz baixinho.

68

KAREN SAI DO *CORVO E LEBRE*, COM UMA EXPRESSÃO SÉRIA NO rosto. Ela entra em seu carro, curva-se para a frente e encosta a testa no volante. Ela estava errada.

Total e incrivelmente errada.

Suas últimas vinte e quatro horas se resumiram a lidar com papelada e com ligações telefônicas para o escritório do promotor e constantes olhares para o seu celular. Anne Crosby não lhe dera retorno. Nem Disa Brinckmann.

Ela havia conduzido outro interrogatório inútil com Linus Kvanne, que manteve as declarações feitas. Sim, ele confessa todos os quatro roubos. Sim, ele tentou incendiar as casas em Thorsvik e em Grunder, mas não vê nada de mais. Ninguém estava em casa; ele sabia disso quando iniciou os incêndios. Essas leis deveriam ser mudadas!

E não, ele não havia matado Susanne Smeed; jamais em sua vida nem mesmo colocara os pés no maldito fim de mundo chamado Langevik.

A última parte da declaração de Kvanne foi refutada trinta minutos depois que Karen deixou a sala de interrogatório. Sören Larsen ligou do laboratório às 15h45, desculpando-se vagamente com Karen por ter demorado a lhe entregar os resultados que ela estava esperando; ele andara ocupado demais com a quantidade de trabalho envolvida na investigação de Moerbeck.

Larsen então prosseguiu, e ela o escutou com atenção.

— O celular do Kvanne ficou conectado a uma das antenas de Langevik por quase onze horas, das 22h31 às 9h24 — Larsen disse a ela, sem se preocupar em disfarçar sua animação. — Esse infeliz deve ter passado todo o Festival da Ostra em Langevik. Você vive em Langevik, então me diga, que diabos existe aí nesse fim de mundo que possa atrair as pessoas?

— Não muito — Karen respondeu. — Não muito, infelizmente.

— Ele estava aqui, com certeza — Arild Rasmussen confirmou quando do Karen lhe mostrou uma fotografia de Linus Kvanne algumas horas mais tarde, no *Corvo e Lebre*. — Estava sentado naquele canto ali, falando no celular a noite inteira. Era uma noite quente e todos estavam do lado de fora, mas ele continuou aqui dentro. Acabou ficando bêbado como um gambá; tive de colocá-lo para fora pessoalmente, lá pelas três. Não, nada disso, era por volta de meia-noite, é óbvio...

— Não me interessa quanto tempo o seu estabelecimento ficou aberto, Arild, não se preocupe, mas os horários podem ser importantes.

— Tá bem. Ele foi o último a sair, pouco depois das três. E quando subi para o apartamento eram 3h15.

— Sabe para onde ele foi depois disso?

— Não faço ideia. Ele me perguntou se tinha um quarto, mas eu não tenho mais, como você sabe. Acho que ele dormiu no carro.

— Ele tinha um carro? Está dizendo que viu esse carro?

Arild Rasmussen fica em silêncio por alguns instantes, considerando a questão.

— Não, acho que não vi, mas ele devia ter um. Como ele teria chegado até aqui se não tivesse?

Essa é mesmo uma boa pergunta, Karen pensa agora, com a cabeça apoiada no volante. De que maneira, Linus Kvanne havia percorrido mais de trinta quilômetros do local onde a motocicleta roubada foi encontrada até o *Corvo e Lebre* em Langevik? Muito provavelmente ele tinha um carro quando deixou Langevik: um Toyota com um motor de arranque barulhento.

Eu nunca coloquei os pés em Langevik em toda a minha vida. O safado tinha mentido bem na cara dela, e ela acreditara. Karen bufa, irritada.

301

Vou precisar checar cada uma das ligações que ele fez e falar com todos os que estiveram lá naquela noite, ela pensa consigo mesma, levantando a cabeça. *Alguém deve ter visto que caminho ele tomou depois que o pub fechou.* Karen respira fundo. *Mas que droga, Sören! Se pelo menos tivesse me passado essa informação um pouco antes*, ela se lamenta, mas logo percebe que não faz sentido colocar a culpa em outra pessoa. Ela mesma havia se colocado nessa situação; pagava agora o preço por sua própria teimosia e por sua recusa em aceitar fatos irrefutáveis. Trinta e seis preciosas horas, que ela poderia ter gasto interrogando Linus Kvanne em vez de ficar perdendo tempo com uma velha comunidade hippie dos anos 1970.

Bufando mais uma vez, ela põe o cinto de segurança, gira a chave na ignição e liga o carro.

69

MAIS UMA VEZ, AROMAS DIVINOS DÃO AS BOAS-VINDAS A KAREN quando ela passa pela porta de sua velha casa de pedras. Sigrid aparece descendo as escadas alegremente, com uma toalha enrolada no cabelo.

— Meu Deus, como isso é bom — a garota diz. — Espero que não tenha espalhado tintura por todo o banheiro. Sabia que eles vendem tintura para cabelo na loja de ferragens? — Ela se inclina, deixa a toalha se desenrolar e esfrega seu cabelo negro e lustroso.

Karen olha com desgosto para a toalha manchada.

— Minha nossa! Me desculpe — diz Sigrid. — Vou te dar uma das toalhas da minha mãe; ela tem umas mil.

— Não se preocupe com isso. O que temos para o jantar?

— *Coq au vin*. Pelo menos é o que eu espero. Roubei uma garrafa da despensa. Sabia que há uma fazenda subindo a estrada para Grene que vende frangos criados organicamente?

Karen deixa escapar uma risada de deboche.

— Está falando da fazenda de Johar Iversen? Ele provavelmente nem conhece o significado da palavra "atóxico". Nem os insetos chegam perto da couve dele.

Sigrid parece desapontada.

— "Só vendemos comida orgânica e frangos criados soltos", foi o que ele me disse. Também comprei ovos.

— Claro — Karen diz —, são frangos criados soltos, com certeza. Os frangos do velho Johar correm livres pela estrada lá perto. Eu mesma já devo ter atropelado uns três.

Karen nota a expressão de horror no rosto de Sigrid.

— Não fique aborrecida, Sigrid, estou exagerando. É que tive um dia ruim no trabalho.

— Tem a ver com a minha mãe? Sei que não devemos falar sobre isso, mas os jornais estão dizendo que vocês prenderam um suspeito.

Karen hesita. A permanência de Sigrid em sua casa se baseia no acordo de evitar rigorosamente dois assuntos: a mãe e o pai dela.

— Tudo bem. Sim, é verdade. E muitas coisas indicam que esse suspeito pode ser o nosso criminoso; isso é tudo o que eu posso dizer, mas antes que a gente tenha cem por cento de certeza, não posso discutir detalhes a respeito de quem ele é ou por que está detido.

Só espero que você não o conheça, Karen pensa subitamente. Embora Linus Kvanne seja alguns anos mais velho do que Sigrid e nada indique que eles frequentem os mesmos círculos, ele mora em Gaarda, a alguns quarteirões apenas do apartamento de Samuel Nesbö.

A versão de *coq au vin* de Sigrid é despojada, para dizer o mínimo. Frango e vinho. Em vez de se preocupar com coisas como bacon, castanhas, cogumelos e chalotas, ela havia acrescentado uma lata de feijão branco, e jogado dois dentes de alho na última hora, só por via das dúvidas. O gosto ficou surpreendentemente bom depois que Karen colocou uma pitada de sal e pimenta, mas o mais importante é que outra pessoa havia cozinhado. *Eu seria capaz de comer até feno, e na maior felicidade, se outra pessoa me servisse um prato*, ela pensa, e limpa o que resta de molho com um pedaço de pão.

— Se você preparar o café, eu lavo a louça — Karen diz, levantando-se. Nesse momento, o telefone dela toca.

Karen enxuga os dedos na calça jeans, vai para o corredor e tira o telefone do bolso da jaqueta. Sem checar o número, ela responde com o tom de voz seco de alguém que vai falar com um vendedor do outro lado da linha.

— Eiken.

— Aqui é Brandon Connor. Acho que precisamos conversar.

70

O AROMA DE COMINHO É TÃO MARCANTE QUANTO DA ÚLTIMA vez, a cozinha continua caseira, e a mesa, muito convidativa. Janet e Brandon parecem tão tranquilos como antes, mas dessa vez a cozinha está carregada de tensão. Karen nota que os dois trocam olhares nervosos enquanto põem o bule de chá e as xícaras na mesa.

Karen nem deveria estar aqui; deveria ter explicado ao telefone que a polícia não estava mais interessada no que possa ter acontecido na comunidade deles meio século atrás. Dessa vez ela não iria perder tempo com conversa fiada.

— Vocês têm alguma coisa para me dizer?

Eles trocam olhares mais uma vez, como se estivessem confirmando uma última vez o passo que dariam em seguida. Então, com um aceno, Janet pede que Brandon comece.

— Não fomos totalmente francos com você na nossa última conversa — ele diz. — Mas decidimos quebrar a nossa promessa e contar a você o que sabemos.

— Promessa? A quem?

— A Disa. Ela manteve o bico fechado sobre tudo, durante esses anos todos, até a morte de Tomas.

— Então vocês mantiveram contato com Disa Brinckmann, afinal.

Brandon faz que sim com a cabeça.

— Digamos que mais ou menos, mas sim, Ficamos em contato. Ela esteve aqui no último verão. Foi quando ela nos contou tudo. Ela disse que não conseguia mais guardar isso dentro de si.

Karen aguarda em silêncio enquanto Brandon beberica o chá; ele parece estar considerando a melhor maneira de proceder. Então ele abaixa a xícara, respira fundo e prossegue.

— O que vou lhe contar aconteceu depois que Janet e eu deixamos a fazenda. Só vou comunicar o que Disa nos disse. Não sabemos de nada mais.

Karen faz um aceno positivo com a cabeça.

— Como você sabe, Disa era uma parteira, e Ingela engravidou novamente durante o tempo em que estivemos na fazenda Lothorp — Brandon diz. — Disa fez o parto dos bebês de Ingela. Ir para um hospital estava fora de questão, por várias razões.

— Por exemplo?

— Bem, em parte porque todos na comunidade acreditavam piamente que as mulheres deveriam dar à luz em casa, sem medicamentos que pudessem prejudicar o bebê, mas também porque vivíamos isolados do povo que morava na região; nenhum de nós havia nascido aqui, nenhum de nós tinha raízes na ilha. Quer dizer, exceto Anne-Marie, mas como ela havia crescido na Suécia sem nunca ter tido contato com o avô, ela era considerada uma estrangeira também. Não tínhamos contato com as autoridades, e honestamente nem sei se Ingela receberia ajuda se tivesse ido para o hospital.

Ela teria recebido ajuda, sim, Karen pensa consigo mesma. *Ninguém viraria as costas para uma mulher em trabalho de parto, nem mesmo naquela época.*

— Então ela deve ter colaborado no parto de Anne-Marie também, eu presumo? — Karen pergunta. — Susanne nasceu em abril de 1971; as duas passaram pela gravidez mais ou menos na mesma época, não é?

— Anne-Marie jamais ficou grávida — Brandon diz em voz baixa. — Susanne era filha de Ingela.

Ele se reclina na sua cadeira, deixa escapar um demorado suspiro e sinaliza para Janet para que tome a palavra. Janet acaricia o rosto do marido, então se inclina para a frente e põe seus cotovelos em cima da mesa.

— Todos nós sabíamos que Per e Anne-Marie eram incapazes de ter filhos — Janet diz. — Ela sofreu vários abortos espontâneos na Suécia; o último quase a matou. Esse foi um dos motivos que levaram os dois a se mudarem para cá: ter um novo começo, encontrar um tipo de comunidade que não se orientasse pela família nuclear.

Janet pega o pote de mel e derrama uma colher cheia na sua xícara. Karen havia recusado o chá, determinada a abreviar sua visita. Ela agora percebe que estava errada. Mais uma vez.

— A coisa funcionou no início — Janet continua. — Anne-Marie podia ser uma mãe suplementar para Mette, a filha de Disa, e também para os garotos de Tomas e Ingela, mas o fato de não ter seu próprio filho era claramente penoso para ela.

Janet para de falar por um instante para beber um gole de chá.

— A ironia nisso era que, de todos nós, Anne-Marie, talvez com a exceção de Disa, era a pessoa que mais amava as crianças. A verdade é que ela cuidava dos meninos melhor do que Ingela; brincava com eles, dava-lhes carinho, acordava à noite para ir ver como estavam. Ingela dava à luz e amamentava, mas só. O resto ficava a cargo de Tomas, e Anne-Marie ajudava.

— E então Ingela engravidou de novo — Karen diz. — Ao passo que Anne-Marie continuava sem filhos. E isso causou a depressão dela.

— Não apenas isso, receio — Janet comenta, voltando o olhar para o marido como se buscasse apoio, mas os olhos de Brandon estão fixados no tampo da mesa. Janet suspira e abre as mãos num gesto de resignação. — Dessa vez o pai era Per.

Karen sente um aperto no estômago, e um princípio de náusea. O sofrimento por não ser capaz de conceber, somado ao sofrimento de ver crianças virem ao mundo sem serem desejadas e crianças que pertencem a outras pessoas. Sem mencionar a dor causada pela morte das suas. Crianças que foram desejadas e amadas, mas que foram arrancadas da mãe num piscar de olhos. Existem pessoas que colocam filhos no mundo, um após o outro, sem parar nem por um instante para contemplar o milagre que há nisso. E existem pessoas que acabam sem ter filho nenhum.

Anne-Marie não foi apenas obrigada a suportar a infidelidade do marido. Ele teve um bebê com outra mulher. Enquanto ela lidava com o sofrimento de saber que jamais seria mãe, seu marido estava a caminho de se tornar pai. E tudo isso havia acontecido bem debaixo do nariz dela, na casa que ela acreditava ser o seu porto seguro.

— Continue — Karen diz sem rodeios.

Janet olha para a sua convidada, empurra o bule de chá e uma xícara vazia na direção dela e continua.

— Como o Brandon disse, fomos embora da fazenda na época em que Ingela deu à luz, então o que estamos contando a você agora é o que Disa nos contou em sua visita no verão passado. Antes disso, a gente não sabia de nada; ela nunca deixou escapar uma palavra sobre o assunto até o falecimento de Tomas.

Karen faz um aceno de cabeça.

— Então Ingela deixou Susanne com Per quando voltou para a Suécia? Bem, ele era o pai dela, então isso não chega a ser uma surpresa — Karen argumenta.

Teriam que me arrancar um braço fora antes que eu deixasse levarem o meu bebê, ela pensa.

— Tomas e Ingela deixaram uma criança, mas levaram a outra com eles de volta para a Suécia.

71

A COZINHA CAI NO MAIS ABSOLUTO SILÊNCIO. DUAS CRIANÇAS. Não apenas uma, mas duas crianças. Ainda assim, o que realmente abala Karen não é a revelação de que Susanne tinha uma irmã. Karen tenta de forma desesperada enxergar algum tipo de lógica na história que Janet acaba de lhe contar. Separar irmãos, ficar com um e abrir mão do outro. Escolher um e rejeitar o outro.

— Eles tiveram de partir rápido, pelo que sei — Janet diz. — Uma das bebês já havia nascido debilitada e precisava de mais cuidados do que Disa poderia oferecer. Ingela não estava nada bem e não parecia se importar com nenhuma das bebês. Eles tentaram convencê-la a amamentar, mas não tiveram sucesso, e a menina mais fraca começou a perder peso, apesar das tentativas de alimentá-la com fórmula. Por fim eles decidiram ir embora da fazenda e voltar para a Suécia. Acho que tomaram a decisão alguns dias depois dos nascimentos.

— Sem Susanne?

Janet faz que sim com a cabeça.

— Sem Susanne — ela responde. — Ou Melody, que foi o nome que deram à garotinha na época. Melody e Happy.

Com um olhar suplicante, Janet pede ao marido que continue o relato. Trair a confiança de Disa é evidentemente estressante para o casal de velhos hippies. Além do mais, Karen é uma policial; isso sem dúvida torna as coisas ainda mais difíceis. Karen o encoraja com um aceno de cabeça e ele segue em frente, mesmo que com alguma relutância.

— Eles não tinham direito de permanecer lá e não queriam envolver as autoridades, por isso a melhor opção que tinham era retornar à Suécia — ele diz. — A ideia provavelmente era regressar à comunidade depois que a garotinha recebesse os cuidados necessários e ficasse um pouco mais forte.

— Mas eles nunca voltaram?

— Parece que se juntaram a algum tipo de culto religioso depois que retornaram à Suécia. Um tipo de coisa meio hinduísta, acho. Tomas desistiu bem rápido disso, mas Ingela ficou. O nascimento das gêmeas desencadeou nela uma espécie de psicose, de acordo com Disa, mas não acredito que tenha sido apenas isso.

— Drogas?

Brandon ri com sarcasmo.

— Veja, a gente fumava maconha, todos nós, mas a Ingela era muito... Como posso explicar? Muito esotérica. Bem, todos éramos, ou pelo menos fingíamos ser. Para nós era um esforço deliberado romper com as convenções, mas para Ingela era muito mais... Ela era um caso sem igual, digamos assim. De qualquer maneira, Ingela partiu para a Índia com aquele culto e levou os garotos com ela. De acordo com Disa, Tomas passou um ano tentando encontrá-los, mas no final das contas desistiu. Colocou um ponto final nessa parte da sua vida. E oficialmente ele não tinha direitos, claro; as crianças não eram dele.

— De quem eram?

— Não faço ideia. Tomas e Ingela estavam juntos desde que eram jovens, mas passaram alguns anos afastados. Ingela teve Orian e Love enquanto eles estavam separados, mas nunca falamos realmente sobre a identidade do pai dos garotos. Tomas e Ingela se casaram um pouco antes de nos mudarmos para a comunidade, então, mesmo que ele jamais tenha adotado legalmente os meninos, nunca demos muita importância ao assunto, para ser sincero.

— E você está dizendo que ela levou os garotos? E quanto à menina? Happy.

— Ingela a deixou com o Tomas.

Karen sente o seu rosto ficar vermelho de raiva. Ingela havia abandonado primeiro uma menina e depois a outra. Ainda assim, as garotas tiveram mais sorte que seus irmãos. Será que haviam sobrevivido a uma

308

infância dentro de um culto religioso na Índia, com uma mãe provavelmente acossada por uma psicose?

E as meninas? É verdade que haviam sido criadas por outras pessoas, mas nunca foram amadas pela mãe. *Melody e Happy*, Karen pensa. *Que trágica ironia.*

— Tomas acabou mudando o nome de Happy, que passou a se chamar Anne — Janet diz, como se tivesse lido a mente de Karen. — Ele se tornou uma pessoa diferente depois que Ingela se foi. Mudou completamente de direção, e assumiu a empresa do pai. Oficialmente, Tomas era o pai de Anne, já que ele e Ingela foram casados e Anne havia sido concebida na vigência do casamento. Não sei se o casamento dele foi anulado em algum momento, ou se Ingela continua viva; mas Tomas jamais ouviu falar dela de novo.

Anne, Karen pensa consigo mesma. *Deve ser ela.* Karen resiste à vontade de apressá-los, de fazê-los saltar para a parte em que Happy, que cresceu como Anne Ekman, acabou adotando o sobrenome Crosby.

— Tomas então nunca voltou a se casar?

— Não, pelo visto não. Ele e Disa mantiveram contato esporádico por alguns anos; Disa continuou tentando persuadi-lo a contar a Anne sobre seus meios-irmãos e sua irmã gêmea, mas ele se recusou. Ele disse que esse assunto era página virada e que havia contado a Anne que sua mãe estava morta. Disa manteve a promessa e não disse nada; esse é o tipo de pessoa que ela é.

— E ela obviamente também percebeu que poderia colocar Per e Anne-Marie em problemas, se desse com a língua nos dentes — Janet acrescenta.

Não dê com a língua nos dentes, Karen pensa. *Não balance o barco. Deixe o passado no passado.* Não, o bem-sucedido homem de negócios Tomas Ekman não teria nada a ganhar se o caso se tornasse público. E ainda correria o risco de perder Anne. Sem mencionar, claro, que isso provavelmente não teria sido bom para Per e Anne-Marie Lindgren. As pessoas em Langevik já olhavam com desconfiança para eles; se viesse a público que Susanne havia nascido de um caso entre Per e uma das mulheres da comunidade, a vida de Anne-Marie e de Per se complicaria ainda mais.

— Então Disa guardou esse segredo consigo durante todos esses anos?

— Sim, até a morte de Tomas. Então ela decidiu contar a verdade para as duas irmãs. Anne havia se mudado para os Estados Unidos e se casado, mas voltou para casa para o funeral, claro; e Disa a procurou.

309

— E Susanne? Como Disa entrou em contato com Susanne?

— Na verdade, nós a ajudamos a descobrir onde Susanne trabalhava, e o resto fica fácil adivinhar.

— Mas por quê? — Karen pergunta. — Por que era tão importante para Disa contar tudo? Sem dúvida teria sido bem mais fácil permanecer calada, não é?

— Isso é exatamente o que queríamos saber — Brandon responde. — Mas Disa acreditava firmemente que um gêmeo afastado da vida do outro gêmeo seria sempre perseguido por um sentimento de perda. E não podemos nos esquecer de que nesse caso em particular as gêmeas foram separadas por recomendação da própria Disa. E Anne sempre acreditou que a sua mãe estava morta. Acho que Disa vinha carregando uma culpa que quis aliviar antes de morrer.

— Antes de morrer? — Karen diz, confusa. Afinal, a velha senhora parecia ter disposição suficiente para andar a pé por todo o interior da Espanha.

— Disa foi diagnosticada com câncer de mama seis meses atrás. Uma forma agressiva, infelizmente. E tudo indica que não há nada que se possa fazer.

72

KAREN INICIA A GRAVAÇÃO DE ÁUDIO E RECITA DE FORMA monótona a data e o horário, quem está presente na sala e em que função. Ela pressente o que está por vir: algum tipo de admissão, uma tentativa desesperada de demonstrar disposição para cooperar agora que negar tudo descaradamente já não é mais possível. Linus Kvanne vai muito provavelmente admitir que esteve em Langevik na ocasião do Festival da Ostra, mas vai insistir que não teve nada a ver com o homicídio de Susanne Smeed. Ninguém acreditará nele. A questão é se a própria Karen agora acredita. E uma voz distante dentro dela diz que ela está a um passo de não dar mais a mínima.

Ela olha para seus papéis, e então tenta olhar Linus Kvanne nos olhos, em vão. Ele está sentado, com a cabeça arqueada, e parece completamente entregue à tarefa de tirar a cutícula do dedo médio da sua mão direita. Karen suspira e então se volta para o advogado de Kvanne, Gary Brataas.

— Você solicitou essa reunião — ela diz. — Deve ser porque o seu cliente quer compartilhar algo conosco.

Gary Brataas olha rápido para Linus Kvanne e coloca a mão no ombro dele antes de se dirigir a Karen.

— O meu cliente se lembrou de certas circunstâncias que podem ser úteis na investigação, mas eu gostaria de aproveitar essa oportunidade para frisar que essas circunstâncias não alteram de maneira alguma a posição do meu cliente a respeito da sua inocência. Linus não teve absolutamente nada a ver com o assassinato de Susanne Smeed.

— Absolutamente nada? — Karen diz, erguendo as sobrancelhas. — Essa é boa — ela acrescenta num murmúrio.

Mas, ao que parece, Gary Brataas conseguiu ouvi-la, pois faz menção de abrir a boca para protestar. Porém, Karen se antecipa:

— Tudo bem, Linus, vamos ouvir o que você tem a dizer.

Sem tirar os olhos da cutícula, Linus Kvanne murmura alguma coisa inaudível.

— Acho que você vai ter que falar mais alto se quiser que a gente escute.

— Eu estava em Langevik. Naquela noite, quero dizer.

— É mesmo? Bem, sinto muito, mas isso não é novidade para nós. Como você sabe, já descobrimos que o seu celular estava lá. E como parece que ele não foi roubado nem perdido, concluímos que você estava lá com ele, mas você já negou ter estado lá. Falando nisso, por que você negou?

— E ainda me pergunta por quê? — Kvanne retruca, tirando por fim os olhos da própria mão. Ele fuzila Karen com o olhar, mas ela não se abala e o encara tranquilamente. — Você está tentando me enquadrar por homicídio. Eu não matei ninguém, porra!

— Sim, Linus, você matou. No primeiro dia do Ano-Novo, há seis anos, para ser exata.

Kvanne sacode rapidamente a cabeça e arregala os olhos.

— Sim, mas isso foi em legítima defesa — ele retruca.

O tom de voz dele é cheio de rancor, como o de um estudante do colegial tentando explicar que quem começou a briga no corredor foi um garoto mais velho da classe 5b.

— Isso é o que você alega. Esfaqueou o outro cinco vezes, se não me engano. Depois que ele já havia largado a arma, você ainda o esfaqueou quatro vezes.

Kvanne se projeta para a frente. Seu rosto fica tão perto do de Karen que ela consegue sentir seu desagradável cheiro de tabaco mastigado.

— Vai se foder, sua maldita filha da...

— Vamos com calma, Linus — Brataas diz, intrometendo-se na conversa, e coloca a mão no ombro de Kvanne. — O meu cliente está cooperando, por isso não há necessidade de provocá-lo — o advogado acrescenta dirigindo-se a Karen.

Linus Kvanne se acalma tão rápido quanto havia explodido. Ele desaba de volta na sua cadeira, olhando para Karen.

— O sacana tentou me esfaquear quando eu tentava evitar que a minha namorada fosse estuprada — ele murmura. — Você não pode chegar aqui e usar isso contra mim assim, não é? Caralho, isso é um absurdo, você quer me culpar de qualquer maneira, de um jeito ou de outro você vai...

Ele abre os braços num gesto de resignação e então fica em silêncio. Karen não diz nada, apenas espera, e ouve Gary Brataas limpar a garganta.

— Como o meu cliente já salientou, esse evento não tem relação com o caso em questão.

— Então o que é que você tem para nos dizer, Linus? Vamos continuar perdendo tempo aqui ou você vai começar a nos contar o que realmente aconteceu em Langevik na manhã após o Festival da Ostra?

73

— O QUE VOCÊ ACHA?

Dineke Vegen coloca a caneca de café em sua mesa junto com a transcrição do interrogatório.

— Não sei mais o que pensar — Karen diz. — Tenho que responder?

A notícia de que Susanne tinha uma irmã gêmea havia sido recebida sem entusiasmo por Viggo Haugen e pela promotora. Nem mesmo Karl Björken tinha demonstrado muito interesse na informação.

— Acho que isso explica por que ela e Susanne estavam em contato — Karl tinha comentado. — Mas nada sugere que Anne Crosby quisesse matar a irmã. Muito pelo contrário, na minha opinião. Acho que você vai ter que abandonar essa linha de investigação e aceitar que foi Kvanne.

Talvez eles tenham razão, Karen pondera. Por que Anne Crosby mataria a irmã? Motivos financeiros estão fora de questão, e embora a vingança e a inveja possam ser levadas em conta, parecem motivos bastante frágeis quando comparados ao hábito comprovado de Kvanne de arrombar e invadir. A única possibilidade que resta é a de chantagem; Susanne não parecia nem de longe ser o tipo de pessoa que deixaria escapar uma oportunidade de lucrar, mas no curto espaço de tempo em que tomaram conhecimento da existência uma da outra, o que Susanne poderia ter descoberto de tão grave sobre a irmã a ponto de levar Anne Crosby a dar cabo dela? Não, Karl provavelmente está certo; é melhor abandonar esse caminho.

A promotora se inclina para trás em sua cadeira e sorri.

— Não, Eiken, não precisa responder. É quase certo que apresentaremos queixa contra Kvanne; temos o suficiente para levar isso adiante. Ele estava em Langevik na ocasião do assassinato, o que significa que ele teve motivo e oportunidade. E Kvanne também tentou mentir para nós. Como se não bastasse, ele já provou que é capaz de empregar violência se isso o beneficiar de alguma forma.

— Está se referindo ao homem que ele matou a facadas? Kvanne com certeza não fez isso para obter benefício pessoal. Mais provável que tenha sido por vingança. Ou agiu para defender a namorada, se você quiser interpretar a coisa de maneira mais generosa.

— É verdade, mas isso também demonstra falta de limites. De acordo com Arild Rasmussen, Linus Kvanne estava bêbado e descontrolado quando foi expulso do pub; e eu não ficaria surpresa se estivesse drogado também. Ele arrombou e invadiu a casa de Susanne Smeed para roubar objetos de valor, ou apenas para ter um lugar onde dormir.

— Ele deve ter desconfiado de que poderia haver alguém na casa. O carro estava estacionado na garagem.

Dineke Vegen dá de ombros.

— Não é incomum acontecer um roubo a residência no momento em que os proprietários se encontram na casa. Temos vários exemplos de pessoas que acordaram e deram de cara com um ladrão dentro do quarto.

— Claro, mas nesses casos geralmente há mais de um criminoso.

— Talvez Kvanne não tivesse condição de tomar decisões inteiramente racionais. E não se esqueça de que em pelo menos duas ocasiões ele colocou fogo nas casas que invadiu.

— Mas você não acha que ele teria levado a prataria de Susanne?

— Hum... Talvez ele tenha sido interrompido, ou simplesmente não viu esses objetos de valor. Não, não acredito que seja só uma coincidência que o velho e bom Kvanne estivesse em Langevik justo naquela manhã. O único problema real é o carro.

Karen faz que sim com a cabeça. O único DNA encontrado no Toyota era de Susanne, e apenas as impressões digitais de Susanne foram identificadas. Impressões digitais de outra pessoa foram localizadas na maçaneta da porta do passageiro, as mesmas impressões não identificadas que foram encontradas na casa, mas não pertenciam a Kvanne, infelizmente.

— Ele alega que pegou uma carona. Isso pode ser verdade — Karen diz sem convicção, pois sabe que as estradas ficaram vazias após o Festival da Ostra, pela manhã. Mesmo que um carro tivesse passado, o que por si só já seria espantoso, Kvanne precisaria ser o sujeito mais sortudo do mundo para que o motorista parasse para pegá-lo.

Dineke Vegen folheia com rapidez as páginas da cópia do interrogatório, e então lê em voz alta:

— "Esperei cerca de trinta minutos, então um sujeito esquisito parou. Um Volvo, acho. Preto, ou talvez azul-escuro".

— Que conveniente — Karen diz. — Depois de apenas meia hora. E um Volvo, claro, o que mais poderia ser?

A promotora dá de ombros novamente.

— Sim, é mesmo difícil acreditar nessa parte da história — Dineke comenta. — O cenário mais provável é que ele tenha ido embora no carro de Susanne. Acho que ele simplesmente tomou cuidado para não deixar impressões digitais.

Karen olha para ela, mas não diz nada. Na sua opinião, Linus Kvanne não é o tipo de criminoso que apaga de forma meticulosa suas pistas para que não sejam encontradas pelos peritos forenses.

— Encontramos a bicicleta que ele afirma ter usado para chegar à aldeia — Karen diz. — Ele a roubou de uma das fazendas no sul de Grunder, depois de bater a motocicleta amarela. Aliás, o médico me disse que ele tem uma fratura na clavícula direita, e alguns arranhões e contusões em uma das coxas, o que dá sustentação a essa parte da história.

A promotora não reprime uma risada sarcástica.

— Ah, tadinho. Ficou largado lá, machucado e com uma mochila cheia de objetos roubados. E ainda teve que continuar até Langevik pelas estradas secundárias para evitar a polícia depois dos roubos que praticou. Um quadro realmente tocante.

Karen ri discreta da ironia de Dineke.

— Quando você tiver tempo para ler o relatório inteiro, vai perceber que conseguimos confirmar que Kvanne fez de fato os telefonemas que afirma ter feito. Jörgen Bäckström, um velho viciado que provavelmente você conhece, confirmou que teve quatro ligações perdidas quando acordou à tarde, um dia depois do Festival da Ostra. Uma ligação da mãe e três de Linus Kvanne, todas armazenadas no correio de voz. Isso não me espanta nem um pouco; Jörgen dificilmente teria condições de falar naquela noite. Muito menos de dirigir até Langevik para apanhar o seu amigo encrencado.

— E então a alternativa de Kvanne foi arrombar a casa de Susanne, matá-la e pegar o carro dela — Dineke especula. — Só o que precisamos fazer é nos desdobrar para explicar o fato de que não foram encontrados vestígios dele dentro do carro. Sei que o pessoal da perícia é eficiente, mas será que não podem examinar o carro de novo?

— Não, infelizmente. O carro já foi liberado, mas acredite, Larsen jamais o liberaria se não tivesse cem por cento de certeza. Se Kvanne dirigiu aquele carro, então deve ter usado luvas e uma touca. Ou talvez seja milagrosamente sortudo.

Karen se levanta. Ela não pretende dizer o que está pensando: que Kvanne não deve ter arrombado e invadido a casa de Susanne Smeed; que deve apenas ter passado pela vizinhança, como ele alega. Que Linus Kvanne provavelmente na verdade é uma das pessoas mais azaradas da face da Terra. E Karen não diz nada sobre a sua crescente suspeita de que a pessoa que havia matado Susanne Smeed ainda está solta. Se pelo menos ela tivesse um nome, ou mesmo um motivo plausível, mas tudo o que tinha era um vago pressentimento... Não, dessa vez Karen trataria de manter a boca fechada.

— Bem, fiz o que pude — ela diz por fim. — Estou entregando o caso a vocês. Terão o relatório completo antes do fim do dia. E depois finalmente vou ter algum tempo para descansar. Haugen e Smeed estão dando pulos de alegria com a minha saída — Karen acrescenta com um sorriso irônico.

Levantando-se também, Dineke Vegen estende-lhe a mão com um sorriso.

— É, ouvi dizer que você tem umas férias pendentes. E quero lhe agradecer. Se alguma novidade aparecer enquanto você estiver fora, procuro o Jounas. Para onde você vai?

— Nordeste da França. Tenho um lote de uma vinha lá, e queria ajudar com os trabalhos de colheita que ainda restaram.

— Não é na Alsácia, é?

— É, sim. O que me diz de uma aposta?

— Vamos lá. Quais são os termos?

— Se suas acusações contra o Kvanne forem aceitas, eu lhe dou uma caixa de vinho branco.

— E se não forem?

— Nesse caso, vou saber que eu estava certa. Isso é o suficiente para mim.

74

— ENTÃO VAI ABANDONAR O NAVIO AGORA QUE NÃO PODE MAIS brincar de capitã, não é?

Karen não se volta na direção da voz; ela continua atenta ao café que a máquina verte lentamente na caneca que ela acabara de lavar na pia. Virando-se então devagar, ela sopra a bebida quente antes de levar a caneca aos lábios. Depois, encosta a parte de trás do corpo na bancada e observa Evald Johannisen, que está de pé na porta da pequena cozinha.

Ela percebe que se esqueceu de colocar açúcar quando o gosto amargo faz a sua boca se contrair.

— Bom ver você também, Evald — ela diz. — **Ouvi dizer** que você estava de volta. Não gostaria de tomar um café?

Ele faz uma careta de desgosto.

— Café de maricas? Não, obrigado, prefiro o meu à moda antiga.

— Por que isso não me surpreende? Mas você deveria pelo menos experimentar. Não sabe o que está perdendo.

Ela passa a mão na máquina em aço escovado e abaixa a haste de vapor com o dedo indicador, sorrindo para o seu colega. Evald olha para ela e balança a cabeça.

— Pelo visto são os contribuintes que vão ter de pagar a conta por isso aí — Evald diz com irritação. — E essa deve ser só uma das muitas bagunças que o Jounas vai ter de arrumar.

— É mesmo? — ela responde com tranquilidade. — Pelo visto você chegou com fofocas incríveis para contar.

Evald Johannisen entra na cozinha, abre a geladeira e tira uma lata de Coca-Cola. Então ele abre o lacre, ergue a lata como se fizesse um brinde e toma dois grandes goles.

Então você está procurando um pouco de cafeína, não é?, Karen pensa consigo mesma, e ergue sua caneca em resposta.

— Eu tomaria cuidado se fosse você, esse composto é forte — ela diz fingindo-se preocupada, apontando para o líquido borbulhante. — Pode ser perigoso para o coração.

— Vá para o inferno.

— Não, na verdade vou para a França. Sábado à noite. Vou ficar lá na minha fazenda, sentada, bebendo vinho, enquanto vocês correm atrás de pistas aqui nesse frio miserável.

Johannisen bebe mais um gole e enxuga a boca com as costas da mão.

— Acho que você foi obrigada a desistir no final — ele diz. — Não deu mais para continuar perdendo tempo e recursos numa investigação que devia ter sido concluída em menos de uma semana. Nossa, isso deve magoar. — Ele puxa uma cadeira e se senta. Então se reclina contra o encosto e cruza as pernas esticadas, levando a lata de Coca aos lábios pela terceira vez. — Você andou por aí fazendo perguntas sobre o que aconteceu há cinquenta anos, em vez de prestar atenção ao que estava bem debaixo do seu nariz — ele acrescenta, depois bebe mais um gole, e em seguida deixa escapar um arroto com a boca aberta.

Karen se enerva ao ouvir isso, mas consegue se controlar, balança a cabeça e sorri.

— Já percebi que você e o Smeed andaram tricotando de novo. O que mais ele contou?

— Está falando sobre o tempo que você passou debruçada sobre velhos álbuns de fotografias, visitando o pub local e jogando conversa fora com hippies das antigas? Não, descobri isso sozinho. Jounas me pediu para examinar as suas anotações, e lhe digo uma coisa: não foi uma leitura nada animadora.

— E aí você aproveitou para pegar uma carona no trabalho que eu fiz. Que fascinante.

— Como se eu tivesse alguma escolha. Vou ter de trabalhar como contato da promotora, agora que você decidiu se mandar com o rabo entre as pernas.

— Ótimo, então você leu as transcrições dos interrogatórios com Linus Kvanne também. Tenho certeza de que vocês vão fazer a festa com esse material. Essas transcrições sem dúvida convenceram a Vegen, o Haugen e o Smeed. Fico feliz por saber que você está se juntando a eles.

— Mas que porra você está querendo dizer com isso?

— Exatamente o que acabei de dizer. Eu lhes dei tudo o que vocês acham que vão precisar. Aproveitem bem!

— Então você ainda acha que o Kvanne não fez isso? É o que está me dizendo?

Evald Johannisen bufa com escárnio, e limpa um respingo de espuma do queixo. Karen o fita sem responder, aguardando o que está por vir.

— Analisei cada maldito detalhe das informações que você conseguiu com aqueles velhos renegados ou juntou enquanto fofocava no pub. Hippies, parteiras dinamarquesas e pirralhos abandonados; tudo completamente inútil. E li, sim, os interrogatórios com o Kvanne. Não tenho dúvida: para mim é um caso encerrado. Se você não consegue enxergar isso, então o que ainda está fazendo aqui?

Karen vai até a pia, lava a sua caneca e a coloca no escorredor de pratos. Então ela se volta para Johannisen.

— Quer saber, Evald? Essa é uma boa pergunta.

A última coisa que ela escuta enquanto passa por cima das pernas estendidas do colega e sai da cozinha é o som de outro arroto.

75

NO INSTANTE EM QUE KAREN TIRA A CHAVE DA IGNIÇÃO, O SEU celular toca, mas a sensação de euforia que até ontem a teria invadido assim que ela visse o nome de Anne Crosby na tela do seu celular simplesmente não vem; por alguns segundos, ela pensa em não atender.

Sua conversa com Brandon e Janet já havia esclarecido todas as dúvidas que ainda lhe restavam. O que aconteceu em Langevik há quase cinquenta anos foi uma tragédia. Não há mais nenhuma dúvida de que Anne Crosby é a garotinha que voltou para a Suécia com Tomas e Ingela. Com a ajuda de Cornelis Loots — fornecida discretamente, pois se pressupunha que Jounas não deveria saber de nada —, ela confirmou que Happy em algum momento foi batizada como Anne e cresceu em Malmö com Tomas Ekman, que ela provavelmente acreditava ser seu pai biológico. No final dos anos 1980, Anne se mudou para os Estados Unidos a fim de estudar marketing, e acabou se casando com Gregory Crosby, de quem está agora separada há seis anos. O casal não teve filhos; Anne Crosby está registrada como solteira em um endereço de Los Angeles.

É uma trágica coincidência que as duas irmãs, Anne e Susanne, tenham descoberto a existência uma da outra apenas meses antes da morte de Susanne, mas isso explica os telefonemas para Susanne Smeed, telefonemas feitos tanto por Disa Brinckmann como pela própria Anne Crosby. O mais importante é que as chances de que Anne tenha assassinado a irmã são pequenas; são muito maiores as chances de que Linus Kvanne seja o assassino. Uma mulher de quase cinquenta anos e, de acordo com Cornelis Loots, consideravelmente rica, provavelmente não tem interesse em espancar até a morte a irmã que havia acabado de conhecer, numa aldeia distante em Heimö. Até Karen era obrigada a aceitar isso.

O celular de Karen toca pela terceira vez, e ela percebe que precisa atender. Depois da mensagem urgente que havia enviado para Anne Crosby, seria uma grande indelicadeza ignorá-la agora que ela retornava a ligação. Com relutância, Karen aperta a tecla verde e atende.

— Sim, aqui fala Karen Eiken Hornby — ela diz.

— Meu nome é Anne Crosby. Você é a pessoa que quer falar comigo?

A voz dela é gentil, mas soa cansada, quase ofegante, como se Anne Crosby estivesse ansiosa para encerrar a conversa e desligar. *Por mim tudo bem*, Karen pensa.

— Sim, sou eu. Tentei contato com você em razão de uma morte que ocorreu aqui em Heimö.

Karen não diz mais nada, e um breve silêncio se instala. Será que Anne Crosby sabe que a irmã está morta? Será que obteve essa informação quando falou por telefone com Mette?

— É sobre Susanne Smeed — Karen explica gentilmente. — Não sei se já lhe informaram que...

— Sim, sei que Susanne está morta. É horrível — Anne responde lacônica. Apesar dos anos que passou nos EUA, seu sueco é quase perfeito, pelo menos aos ouvidos de Karen.

— A questão é que verificamos o registro de chamadas de Susanne e o seu número apareceu nele, junto com o de Disa Brinckmann. Foi a filha dela que me deu o seu nome, e por meio dele conseguimos entrar em contato com você através desse número. Se não fosse assim, como se trata de um chip pré-pago, não poderíamos saber se era seu.

— Sim, sempre uso pré-pago quando estou no exterior.

— Claro, acho que é uma boa ideia; é fácil acumular grandes contas bem rápido quando você usa o seu contrato regular.

Karen tem a impressão de ouvir ao fundo sons que parecem vir de um canteiro de obras, mas Anne Crosby não diz nada.

— De qualquer modo — Karen prossegue —, acho que já tenho as respostas que queria. A essa altura o caso está praticamente resolvido. Temos um suspeito detido e...

— Praticamente resolvido? Então vocês não têm certeza?

— Bem, no que diz respeito ao trabalho policial o caso foi considerado resolvido. Agora as acusações irão a julgamento, e tudo será decidido nos tribunais.

Ouve-se um som de raspagem no outro lado da linha, e então não se ouve mais nada. Por um segundo, Karen desconfia que Anne Crosby tenha desligado.

— Bem, isso é um alívio — Anne diz momentos depois.

— Vou tirar férias e viajar por algumas semanas; mas, se quiser, posso pedir à pessoa encarregada do caso que mantenha você informada sobre o andamento das coisas. Se me der seus dados de contato, vou providenciar para que cheguem ao escritório da promotora.

320

— Eles podem me telefonar nesse número.

— Então você vai ficar na Suécia por algum tempo?

Dessa vez, o barulho de raspagem é tão alto que Karen instintivamente afasta o aparelho do ouvido.

— Perdão — Anne Crosby diz. — Estou em um lugar estranho.

— Claro que também tentarei falar com Disa antes de partir — Karen avisa —, mas, como você sabe, isso não vai ser muito fácil. A filha de Disa me disse que a mãe está finalmente voltando para casa. A propósito, você conseguiu entrar em contato com ela? Mette me disse que você tentou falar com ela também.

— Quê? Não. Quero dizer, não ainda.

— Bem, vou ligar para ela antes de viajar. Se não conseguir, posso passar por Malmö no caminho de volta. Ouvi dizer que é uma cidade adorável e ficou bem mais fácil chegar lá agora que há uma ponte.

Eu estou tagarelando, Karen pensa. *Ela não está interessada nos meus planos de férias, e uma conversinha mole não muda o fato de que a irmã dela está morta.* Mais alguns segundos de silêncio se passam, e Karen está pronta para encerrar a ligação.

— Então você vai passar as férias na Dinamarca?

— Na verdade, vou para a França. Vou tomar a balsa noturna até Esbjerg no sábado e seguir caminho de lá.

— Então lhe desejo uma boa viagem.

— Obrigada. E saiba de uma coisa — Karen acrescenta. — Sinto muito pelo que aconteceu à sua irmã.

76

— VOCÊ NÃO VAI NEM PERCEBER A MINHA PRESENÇA. EU JURO!

— E como isso vai funcionar exatamente? Você vai viajar sentada ao meu lado no carro, não vai? Ou estava pensando em viajar enfiada no porta-malas?

Um brilho de esperança desponta nos olhos de Sigrid.

— Quer dizer então que você concorda? Posso ir também?

Karen deixa escapar um longo suspiro. Dois dias de assédio persistente começavam enfim a vencê-la. A campanha de persuasão havia começado no instante em que ela contou a Sigrid que finalmente poderia tirar suas férias e ir visitar velhos amigos na Alsácia. Suplicando num tom de voz angelical, Sigrid se comprometeu a pagar metade dos custos com combustível e a ajudar na colheita, afirmando que ir à França era o maior sonho da sua vida.

Quando percebeu que isso não surtiria efeito, Sigrid apelou para uma estratégia diferente: ela precisava sem dúvida passar algum tempo longe "dessa porra de país" depois de tudo o que havia acontecido; Sam continuava aparecendo no bar, que é "uma porra de buraco", e ela não queria vê-lo nunca mais, por isso ia pedir demissão e começar a estudar depois da virada do ano (mas não porque o seu pai lhe pedia isso com insistência; "aquele babaca hipócrita pode ir para o inferno"). E, além disso, Karen não iria nem notar a presença dela!

Jounas provavelmente vai ter um ataque se descobrir que viajei de férias com a filha dele, Karen considera, rindo por dentro.

— Tá, você ganhou — Karen diz.

Contudo, depois de conversar com Kore, Eirik e Marike, Karen percebe que ainda existe um problema a ser resolvido. Nenhum de seus amigos pode ficar com Rufus e tomar conta dele por três semanas. Ela não ficaria tranquila se deixasse o gato na casa de Marike; quando o infeliz aparecera do nada quase um ano atrás, num estado lastimável, ele mostrava sinais de que havia se perdido. Não era impossível que ele fugisse da casa de Marike e tentasse voltar para casa. Ele poderia ser apanhado por uma raposa ou — o que seria mais provável — ser atropelado.

Ela poderia pedir a um vizinho que cuidasse de Rufus, é claro. O problema é que ele procura a companhia de Karen — e agora também a de Sigrid — persistentemente, e parece cruel deixá-lo sozinho na casa por semanas a fio. Por que ela havia deixado o danado do gato entrar em casa, para começo de conversa? Não lhe passou pela cabeça na ocasião que isso restringiria sua liberdade para viajar.

A solução sugerida por Kore lhe pareceu igualmente desagradável. Ainda assim, aqui está Karen, em seu carro, entre duas docas de carregamento no Porto Novo, há vinte minutos circulando pelos prédios escuros, espreitando em cada buraco, em cada fenda. Quando está prestes a desistir e ir embora, Leo Friis aparece sem aviso diante dos faróis do veículo de Karen. Ele está parado no meio de uma rua pela qual ela já havia passado pelo menos duas vezes. Ao ver Leo ela sente alívio, por um lado; mas, por outro, sente uma necessidade instintiva de ir embora enquanto ainda pode. Então ela se esforça para ter em mente que a balsa para Esbjerg sairá em menos de vinte e quatro horas. Depois de amanhã, ela poderia estar sentada na companhia de Philippe, Agnés e os outros, bebendo vinho da safra do ano anterior e contemplando os campos.

Ela põe o carro em ponto morto, abre a porta e sai do veículo.

— Certo, e qual é a cilada? — Leo Friis diz depois de ouvir Karen. — Você não me procuraria para pedir nada se não tivesse uma treta aí. Não nos conhecemos.

— Kore recomendou você. E você não é o único que está arriscando o pescoço aqui, certo? Pois bem, só preciso que você tome conta da minha casa enquanto estou na França. Preciso de alguém lá para ter certeza de que ninguém vai invadir ou coisa assim, para ficar de olho nas coisas.

— Coisas...?

— Meu gato. Quero ter certeza de que ele terá comida, água e... bem, carinhos e atenção.

— A-há! Então o gato é a cilada. O que há de errado com ele?

Karen sente que sua paciência está chegando ao fim. A sugestão de Kore de colocar Leo Friis para tomar conta da casa lhe parecera desde o início um recurso desesperado. Um morador de rua imundo, provavelmente com uma enorme lista de problemas pessoais.

— Ele é um cara bom, debaixo de toda aquela sujeira — Kore tinha dito a ela. — Depois que a banda se desfez, ele teve todos os tipos de problema possíveis: drogas e dívidas e o que mais você possa imaginar; mas ele é um bom sujeito. De mais a mais, vou ficar feliz em passar na sua casa de vez em quando para ficar de olho nele, se isso faz você se sentir melhor. Mantivemos contato desde aquela noite no Repet. Bem, você estava lá, então pode dizer que o conhece também.

— Depois de dois chopes? E como você consegue manter contato com ele, afinal? Duvido que ele tenha um telefone.

— Ele não tem, mas deixei que dormisse no estúdio aquela noite e mais algumas vezes desde então. E o levei para jantar.

— Na sua casa? Eirik permitiu?

323

— Bom, houve discussão e estranhamento, mas no final ele concordou. posso jurar que ele suou horrores quando o Leo se jogou naquele sofá branco que compramos na primavera passada.

— É, posso imaginar — Karen comentou. — Tudo bem, então. Você sabe onde posso encontrá-lo? Ele ainda está acampado no seu estúdio ou voltou para a doca em Porto Novo?

— A segunda alternativa, receio. Temos muito movimento no estúdio no momento; há pessoas lá o tempo todo, então o Leo precisa ficar longe por algum tempo. Os outros não gostariam nada de saber que eu empresto minhas chaves a ele. Só o equipamento vale milhões.

— Ah, claro, é melhor deixar que ele roube o pouco que eu tenho...

— Sem essa. Leo não é ladrão; além do mais, você tem uma solução melhor?

E aqui está Karen agora, observando o homem a sua frente com um misto de fascínio e repulsa. O casaco dele provavelmente já foi bonito um dia — ele próprio talvez já tenha sido um homem bonito — e suas botas parecem estranhamente novas, mas as luzes dos faróis revelam que a malha vermelha debaixo do casaco está cheia de manchas que ela não tem coragem nem de imaginar de onde vêm. A boa notícia é que não há sinal do cobertor cinza que Leo Friis carregava ao redor dos ombros na primeira vez em que se encontraram; porém o seu gorro e as meias para fora das botas provavelmente estão cheios de bichos. *Na certa não há nenhuma parte dele que não esteja coberta de bichos*, Karen pensa com tristeza.

Ele deveria ser grato. Deveria pular de alegria diante da possibilidade de ter comida e abrigo por três semanas sem precisar fazer muita coisa em troca. Em vez disso, Karen está parada tentando convencê-lo, como se estivesse querendo lhe vender alguma coisa. *Quem esse cara pensa que é, cacete?*

Ao mesmo tempo, Karen se dá conta de que está mais desesperada pela ajuda dele do que ele pela dela.

— Não há nada de errado com o gato — ela responde. — Ele só é meio exigente.

— Tem certeza de que não é uma fêmea? — Leo coça as sobrancelhas, empurrando seu gorro testa acima no processo.

— Nossa, um morador de rua com senso de humor — Karen revida sem piedade. — Você tem pulgas ou coisa assim? Acho que esse gorro está rastejando pra fora da sua cabeça por vontade própria.

— Como é que vou saber, porra? Você tem uma banheira?

— Claro.

— Tudo bem.

— Tudo bem o quê?

— Tudo bem, tomo conta da sua casa para você, cuido do seu gato e protejo a sua propriedade de invasões, enquanto você vai pra Costa del Sol beber sangria até não poder mais.

— Não, vou para uma vinha na França. Na verdade, sou dona de uma parte dela.

— Que bom pra você.

Leo pigarreia, preparando-se para cuspir. Karen observa com nojo enquanto ele vira a cabeça e atira o catarro longe.

— Tenho uma condição — ela avisa. — Você não vai levar para a minha casa nenhum dos seus amigos, e não vai se drogar enquanto estiver debaixo do meu teto. Nem um simples cigarro de maconha. Pode beber se quiser, mas nada mais que isso.

— Eu sabia. Sempre tem um porém...

— Sou uma detetive; não posso deixar você fazer merda dentro da minha propriedade, não posso correr esse risco. Você acha que pode fazer isso?

— Moça, faz dois anos que só bebo cerveja e vinho podre, e mais nada. Tem alguma coisa pra beber na sua casa, aliás?

— Provavelmente nada de que você goste. Só vinho decente e uísque do bom. E uma geladeira cheia de comida, uma televisão e um quarto para hóspedes com lençóis limpos — ela acrescenta, tentando não ser muito sarcástica.

— E onde fica esse paraíso?

— Em Langevik, a nordeste da cidade.

— Sei onde fica, mas como vou chegar lá? Caso você não tenha notado, não tenho carro.

Karen silencia por alguns instantes e começa a fazer cálculos mentais. Faltam vinte e três horas para a partida da balsa. Ela não vai poder perder tempo rodando pela cidade atrás de Leo Friis amanhã, e não acredita que ele consiga chegar sozinho a Langevik, mesmo que lhe desse dinheiro para um táxi.

— Você vai de carro — ela responde. — Vamos partir agora mesmo. A menos que você tenha coisa melhor para fazer.

77

O BARULHO NO ANDAR DE CIMA DIMINUI. DEPOIS DE MAIS DE UMA hora, enfim cessou o movimento alternado de abrir e tapar o ralo repetidamente para que a água suja escoasse e fosse substituída por água limpa.

— Será que ele foi para a cama? — Sigrid pergunta, tilintando distraída uma colher contra sua xícara de chá enquanto desliza o polegar da outra mão na tela do celular. — E se estiver se afogando na banheira? Ouvi dizer que essas coisas acontecem — ela continua, tirando os olhos do celular por um breve momento. — Talvez seja melhor ir até lá para ver se ele está bem.

— Acho que o Leo pode tomar conta de si mesmo — Karen responde, despreocupada. Rufus pula para uma cadeira da cozinha e coloca as patas da frente na mesa, mas Karen o empurra de volta para o chão. — Se você já terminou de comer o queijo, vou colocá-lo de volta na geladeira.

Ela se levanta para limpar a mesa. A toalha está coberta de migalhas do pão com nozes, do qual já não resta quase mais nada. *Leo deve ter devorado pelo menos oito fatias*, ela calcula, e abre a geladeira para pegar outro pão. *Se ele continuar nesse ritmo não vai restar nem uma lasca de comida na casa quando eu voltar.*

— Ele provavelmente é bem bonito debaixo daquela barba. Parece estar em forma nessas velhas fotografias *on-line*. Veja só!

Karen se vira e olha para Sigrid, que está estendendo o celular na direção dela, entusiasmada. Sem olhar para a tela, Karen balança a cabeça.

— Ele é pelo menos vinte anos mais velho que você — ela diz em tom desaprovador.

Sigrid suspira e se levanta.

— Jesus, acha mesmo que eu iria me interessar por um fóssil desses? Pensei nele para *você*.

— Agradecida, mas esse fóssil deve ser uns dez anos mais novo que eu.

— Oito, na verdade. Já chequei.

Karen não faz nenhum comentário a esse respeito. Em vez disso, pergunta se a garota já fez as malas.

— Vou fazer daqui a pouco. Fique tranquila. Por que você está tão tensa?

Porque, por alguma razão, em vez de estar sozinha curtindo um pou-co de paz e tranquilidade, tenho na minha cozinha uma menina de pier-cing e com tatuagens espalhadas pelos braços, e um mendigo se divertindo no meu banheiro do andar de cima, Karen retruca em pensamento. Em voz alta, porém, ela responde outra coisa:

— Você se importa de pegar uns lençóis limpos e levá-los lá para a casa de hóspedes? Ligue o radiador, também, se estiver desligado; me esqueci de verificar.

— Então vou ter de ficar lá fora? Quer ficar sozinha com o sr. Barba?

Sigrid abre um largo sorriso malicioso e levanta apenas uma sobrancelha; por um breve instante, Karen tem a impressão de estar olhando para o pai dela.

— Não seja boba, garota. O Leo vai dormir lá esta noite; depois que a gente for embora ele poderá vir para cá, se quiser. Quero que ele fique de quarentena até termos certeza de que está livre de bichos.

O som de água escoando recomeça no andar de cima, mas dessa vez o ralo não é mais fechado. Em seguida, sons de passos são ouvidos no piso do banheiro, uma porta se abre rangendo bastante. Momentos depois, Leo Friis aparece na porta da cozinha, vestindo apenas uma toalha enrolada em volta da cintura. Karen desvia o olhar. Sigrid não.

— Você aparou a barba com um liquidificador? — ela pergunta.

— Usei uma tesoura de unhas que encontrei. Vocês têm alguma roupa que eu possa usar? Acho que as minhas precisam ser lavadas.

Está brincando? Aquilo tem de ser queimado.

— Sigrid, pode mostrar ao Leo onde fica a máquina de lavar e procurar nos armários alguma coisa que possa servir nele? Preciso fazer uma ligação.

Vinte minutos depois, tendo pedido a Karl Björken que ligue caso surja alguma novidade no caso Susanne Smeed, e comprimindo a mala para conseguir fechá-la com o zíper, Karen se dá conta de que está cantarolando uma velha canção de ninar.

```
"EM TUDO VOCÊ XERETA E METE O FOCINHO
 DISSE O VELHO QUE SALVOU O GATO
 NA PRÓXIMA VAI SE VIRAR SOZINHO
 SE NÃO QUISER ACABAR AFOGADO"
```

78

KAREN ESTÁ SENTADA EM UMA DAS CADEIRAS DE COURO DO pequeno bar no convés superior. Ela percebe, desapontada, que não há mais cinzeiros nas mesas.

— Há algum lugar a bordo onde eu possa fumar? — ela pergunta ao garçom, que está colocando um pequeno guardanapo na mesa, e sobre o guardanapo um copo de gim com tônica.

— Receio que não. Faz cinco anos que não é permitido. Bem, do lado de fora é permitido, obviamente — ele responde, pegando o cartão que ela entrega.

Karen olha pela janela. Eles partiram no horário, e as luzes do porto já ficaram para trás. Gotas de chuva no vidro tiram sua vontade de fumar. Além disso, ela já sente a familiar ondulação que indica um Mar do Norte agitado. O garçom, sentindo a apreensão de Karen, confirma as suspeitas dela com um sorriso treinado, destinado a acalmar passageiros ansiosos.

— Não se preocupe — ele diz. — As águas talvez estejam um pouco agitadas esta noite, mas não há absolutamente nada a temer. Não teríamos deixado o porto se houvesse algum perigo.

Karen faz uma careta de espanto. Sua definição de "um pouco agitadas" provavelmente é bem diferente da dele.

— Há uma tempestade a caminho — ela diz calma.

— Estão dizendo que Doggerland vai ser duramente atingida, mas temos que fazer o percurso antes que chegue à costa dinamarquesa. Dito isso — ele adverte, olhando para o copo diante dela —, se você tiver propensão a enjoos, melhor ir devagar com isso.

Karen sorri e balança a cabeça numa negativa.

— Não, felizmente nunca fiquei enjoada. Ouvi dizer que é uma tortura.

O garçom pega de volta a máquina de cartões, imprime o recibo e o amassa na palma da mão quando ela o recusa com um aceno, e se vai com um sorriso.

Vindo do convés inferior, o som distante de uma música de Lady Gaga invade o tranquilo bar no convés superior quando a porta de vidro que dá acesso à escadaria se abre para dar passagem a um casal de idosos. No momento em que cruzam a entrada do bar, a embarcação balança abruptamente. A mulher se desequilibra e fica envergonhada. Com uma mão agarrando firme a alça em corrente dourada da sua bolsa e a outra no braço do marido, ela se dirige bem para o fundo do estabelecimento. Karen vira a cabeça para ver os dois se sentarem em uma das pequenas mesas.

O bar principal provavelmente está cheio agora, mas aqui, os preços mais altos afugentaram todos os clientes, exceto uns vinte. Três idosas parecem estar compartilhando uma garrafa de vinho branco. Atrás delas, Karen vê dois homens de terno bebendo conhaque, e acima do encosto de uma poltrona chesterfield verde ela consegue divisar a cabeça e os ombros de uma mulher que parece procurar alguma coisa na sua bolsa. Apesar de não ter muito conhecimento sobre moda, Karen nota que a bolsa dela deve ser cara. Alguma coisa reluz na mão da mulher; Karen percebe que ela estava procurando um pequeno espelho, que ela agora está segurando diante do rosto. Provavelmente está retocando o batom.

Eu duvido que reparem nela nesse bar, Karen pensa, e bebe um gole do seu gim com tônica.

Karen consulta o relógio: são só 23h36.

Uma das senhoras se vira para olhar para Karen, que se dá conta de que talvez tenha falado alto demais. Karen já havia percebido que ultimamente vinha falando sozinha com frequência. Rufus normalmente fornece um bom disfarce; mas aqui, sentada sozinha numa balsa no Mar do Norte, falar sozinha pode ter um efeito perturbador sobre as pessoas ao redor.

Hora de ir para a cama, decide. *Preciso de pelo menos algumas horas de sono antes de voltar a dirigir.* Ela toma de uma só vez o que ainda resta em seu copo e se levanta. Dá um passo rápido para o lado quando a embarcação balança bruscamente, e sorri, embaraçada, para os outros clientes. Ninguém parece ter percebido. A mulher que estava remexendo na bolsa momentos antes faz menção de virar a cabeça na direção de Karen, mas imediatamente se vira para a sua mesa de novo.

79

EVALD JOHANNISEN DIRIGE À ESPOSA UM OLHAR INQUIRIDOR.
Ela havia ligado a luminária da mesa de cabeceira e se recostado nos travesseiros, com uma expressão de desalento e o telefone pressionado contra o ouvido. Agora ela mexe a boca tentando dizer algo ao marido, enquanto indica, com a mão livre, que a pessoa do outro lado da linha está falando sem parar.

Evald consulta o rádio-relógio, onde os dígitos vermelhos brilham como uma irônica lembrança do tempo distante em que possuía juventude e vigor: 22h47.

É sábado à noite e nem são onze horas ainda, mas mesmo assim ele e Ragna já estavam dormindo.

Por outro lado, ele considera, irritado, *quem liga a essa hora pra casa dos outros, porra?*

Então ele finalmente consegue ler os lábios de Ragna: *Primo Hasse.*

— Não, que bobagem, claro que não estamos dormindo ainda, é cedo demais — diz Ragna, olhando de lado para o marido. — Ah, não, bem melhor. Sim, ele está sentado bem aqui ao meu lado, fale com ele. Não, problema nenhum. Dê lembranças à Eva. Sim, precisamos fazer isso. Pra você também. Vou passar pro Evald.

Olhando com desapontamento para a mulher, Evald Johannisen pega o fone da mão dela e se senta curvado na cama. Suas conversas com o primo sueco tendem não apenas a serem tediosas como também a fazê-lo sentir-se inferior. Talvez porque Hasse, que trabalha para a polícia sueca, tem o hábito de mencionar o fato de ter chegado mais longe na carreira do que Evald, embora haja muito menos concorrência em Doggerland. Ou talvez seja apenas o complexo de inferioridade que todo habitante das ilhas sente com relação a seus vizinhos muito maiores do leste.

Dessa vez, porém, o seu primo Hasse Kollind, chefe-adjunto de Polícia da Região Sul, mostra-se surpreendentemente sucinto. Depois de alguns rápidos comentários a respeito da saúde de Eva, e de fazer Evald prometer que cuidaria melhor da saúde, Hasse parece pronto para passar ao motivo real de ter telefonado.

— É o seguinte — ele começa. — Surgiu um caso um tanto estranho aqui em Malmö. E me perguntei se você poderia nos ajudar nisso. Não quis ligar para outra pessoa a essa hora.

Claro, mas tudo bem encher o meu saco, Evald pensa consigo mesmo, já sentindo que a sua irritação de momento começa a dar lugar à curiosidade.

— Estou ouvindo — Evald responde.

— Bem, temos uma mulher idosa, assassinada em casa, sem sinais de entrada forçada ou de violência sexual. Ao que parece, alguém simplesmente entrou, matou-a e foi embora. De acordo com o legista, o crime aconteceu na noite anterior, e não conseguimos estabelecer um motivo nem encontrar testemunhas.

— E o que faz você pensar que eu possa ajudar?

A surpresa de Evald Johannisen é genuína. Seria perfeitamente normal se seu primo ligasse para falar de si mesmo e se vangloriar de tudo, desde o trabalho até os filhos; mas isso agora não é nada normal. Evald tem a nítida impressão de que Hasse está de fato precisando da sua ajuda.

— Pois então. Acontece que a filha da vítima, que naturalmente está chocada e transtornada, disse-nos que a polícia de Doggerland esteve em contato com ela, tentando encontrar a mãe. Aparentemente a mulher estava viajando, em algum tipo de caminhada na Espanha, e alguém do seu pessoal tentou se comunicar com ela repetidas vezes, de acordo com a filha.

— Nosso pessoal? Mas por que nós... — Antes de terminar a frase, Evald Johannisen compreende a situação, e se dá conta de que sabe quem tentou entrar em contato com a mulher assassinada, e sabe quem é ela. Mesmo assim ele pergunta: — Qual é o nome dela?

— O nome da vítima, você quer dizer? Disa Brinckmann.

80

AS LÂMPADAS FLUORESCENTES DO CORREDOR DA ALA LESTE NO terceiro andar da delegacia de polícia de Dunker vacilam antes de se acender, espalhando a sua luz fria sobre o escritório vazio. Evald Johannisen caminha direto para a sua mesa e liga o computador; em seguida, vai até a cozinha, pega uma caneca do escorredor de pratos e aperta o botão "duplo cappuccino" da máquina de café. Ele olha para o relógio e suspira.

Disa Brinckmann.

Evald já havia feito a conexão antes mesmo que Hasse dissesse o nome dela. Afinal, havia lido o relatório de Karen duas vezes. Do início ao fim. Claro, principalmente para encontrar equívocos e material que rendessem comentários desdenhosos e gozações; mas a leitura desse relatório prendeu a atenção de Evald, embora ele o considerasse uma completa insensatez. Só que então Hasse disse uma coisa que fez Evald Johannisen jogar as cobertas para o lado e pular da cama.

Quantas velhotas poderiam de fato fazer o caminho de Santiago, na Espanha?

Do fundo do seu coração, Johannisen desejou que fosse outra pessoa, que fosse apenas uma grande coincidência; mas simplesmente não podia ser coincidência que duas pessoas ligadas ao caso tivessem sido assassinadas. E agora ele teria de entrar em contato com Eiken. Que droga!

Evald está recostado na cadeira do escritório, com os olhos fechados. Ele havia examinado o relatório uma terceira vez, e encontrou o que procurava. Não, não pode ser uma coincidência; disso ele tem certeza. Não é possível saber exatamente o que está acontecendo, mas Evald Johannisen está convencido de que existe uma conexão. Apesar da dor, da angina, ele ainda é detetive o bastante para saber quando as coisas estão ligadas. A mulher com quem Karen tentara entrar em contato tinha acabado de ser morta, e isso não é nenhuma coincidência. Por mais que odeie reconhecer isso, parece que Eiken havia mesmo descoberto alguma coisa. A pergunta é: o quê? Não, a pergunta mais importante agora é: onde está a droga da detetive Eiken? Por que não atende ao telefone?

Ele liga para Karen pela terceira vez, e é novamente direcionado para o correio de voz. Evald Johannisen devolve o fone ao lugar com tanta força que por um instante teme ter quebrado o aparelho. Sim, ela está de férias, mas isso não significa que ela possa desaparecer do radar dessa maneira. Até uma mulher precisa ter algum senso de responsabilidade, pelo amor de Deus!

Ele pega rapidamente o fone de novo, e nota que o aparelho ainda parece estar funcionando bem. Então respira fundo e liga para o número de Karl Björken.

Puta que pariu, ele resmunga enquanto telefona. *Se a Eiken estiver certa, ela vai esfregar isso na minha cara até o dia em que eu me aposentar.*

— Tudo bem, Evald? Como estão as coisas?

— Em quanto tempo você consegue chegar aqui?

— Sim, a noite está deliciosa por aqui, obrigado por perguntar — Karl responde ironicamente. — As crianças estão dormindo e...

— Estou falando sério. Quanto tempo você leva para chegar até aqui? Um breve silêncio no outro lado da linha.

— Só me dê meia hora.

— Certo. Mais uma coisa: você sabe se a Eiken já partiu em viagem? Ela falou alguma coisa sobre a França, acho?

— Karen? Por que você quer...?

— Não importa, cacete. Você sabe ou não?

— Sim. Ela ia pegar a balsa das 22h30 para Esbjerg esta noite, e completar de carro o percurso até o seu destino final. O que está havendo?

Mas Evald Johannisen não escuta a parte final. Ele já havia encerrado a ligação.

Diante da tela do computador, com o olhar perdido, a mente dele se acelera. Por exatamente quatro minutos Evald fica imóvel na cadeira, alheio. Então ele se inclina para a frente e depressa digita "doggertransportes.com" na caixa de pesquisa. Alguns cliques depois, ele encontra a informação que procura e pega o telefone.

A conversa com Eiken pode esperar até amanhã, ele reflete enquanto o telefone toca. Afinal de contas, não há muito o que possam fazer nesse exato momento para descobrir a conexão entre os homicídios de Disa Brinckmann e de Susanne Smeed. O ideal, naturalmente, seria que ele pudesse resolver tudo sem a ajuda de Karen. *Ela vai ficar furiosa.*

Mas uma inexplicável sensação de incômodo começa a se espalhar dentro de Evald Johannisen. Ele sente isso na boca do estômago enquanto escuta, com irritação crescente, uma voz gravada no outro lado da linha, pedindo-lhe para aguardar, pois logo será atendido. Deve haver outra maldita maneira de ter acesso à empresa de balsas além de telefonar para o serviço de atendimento ao cliente. O problema é que no meio da noite, sem nenhum superior de alta patente por perto, Evald não sabe que rumo tomar. Por outro lado, conseguir a informação de que precisa não vai exigir a intervenção de um superior. É algo trivial, de fato, e provavelmente pode esperar até amanhã.

Mas o que fazer com a torturante sensação de que na verdade o tempo é vital?

81

CINCO MINUTOS DEPOIS DE SAIR DO BAR, KAREN PASSA POR UM
corredor cheio de brilhantes máquinas de jogo, e está agora cercada por
música eletrônica, risadas e pessoas que falam alto para se fazerem ouvir
em meio ao barulho insuportável, contribuindo assim para aumentá-lo ainda mais. As batidas velozes e agressivas ecoam pesadamente no peito de
Karen enquanto ela abre caminho o mais rápido que pode pelo salão api-
nhado de gente, à procura de Sigrid. Encontrar uma pessoa ali é simplesmente impossível.

Um empurrão a faz esbarrar em um jovem, que xinga em voz alta
quando vê a sua cerveja cair do copo.

— Ei, olhe por onde anda, porra! — ele esbraveja.

— Perdão, fui empurrada — Karen tenta explicar, mas então percebe
que o jovem já se virou novamente de costas e grita alguma coisa na orelha de uma garota que, por sua vez, não tira os olhos do celular.

Karen apenas segue em frente até atravessar o recinto em forma de
ferradura, e geme de alívio quando alcança, enfim, o outro lado.

A mulher bem-vestida e com a bolsa cara aparentemente havia se
cansado do ambiente sereno do bar do convés superior, e está agora de pé
diante de uma das máquinas de jogo mais à frente.

Mas quem diria, hein?, Karen pensa consigo mesma. *Não parece que
você precisa de uma renda suplementar.* Na verdade, porém, ela sabe que
viciados em jogo compõem uma parcela dos clientes da companhia de
navegação.

Contudo, a mulher bem-vestida não parece ser uma viciada em jogo; ela
não inseriu nem uma moeda na máquina, e aparentemente se contenta em
ficar ali diante dela, observando o painel com as sequências de cerejas e se-
tes. Sua calça preta e o seu blazer indicam dinheiro e bom gosto. O cabelo
dela completa o quadro. Karen pode ver com clareza que nem o corte curto
e comportado da mulher nem suas mechas em tom mel são resultado de trabalho feito em casa. Karen experimenta uma vaga sensação de desconforto
ao observar as costas da mulher, algo de triste, de angustiante em torno da
figura solitária parada ali, olhando para uma máquina caça-níqueis.

Preciso fumar um pouco, Karen diz a si mesma. Um cigarro, e depois,
cama. Ela enfia a mão na bolsa e vasculha o interior, mas não encontra o

maço de cigarros. Quando se agacha com as costas apoiadas na parede e abre bem a bolsa, Karen nota que há um brilho na tela do celular, e sente o coração bater mais forte. Havia alguém tentando falar com ela.

Karen olha com espanto para a tela e para o número que está brilhando. Três chamadas perdidas de um número que ela conhecia muito bem: o da central telefônica da delegacia de polícia. E uma chamada da sua mãe.

82

— BOA NOITE, BEM-VINDO À DOGGER TRANSPORTES. MEU NOME é Pie. Como posso ajudá-lo?

Por que as pessoas insistem em fazer um discurso de dez páginas quando atendem ao telefone hoje em dia?, Evald pensa, tamborilando os dedos na mesa.

— Aqui fala o detetive Evald Johannisen, da polícia de Dogger — ele diz. — Preciso de informações sobre uma balsa da sua empresa que partiu de Dunker para Esbjerg. Rápido.

— Sim, e qual é a data?

— Hoje. Agora.

Um momento de silêncio.

— Você se refere à embarcação que está a caminho de Esbjerg neste momento?

— Isso mesmo. Preciso saber se uma pessoa, Karen Eiken Hornby, está a bordo. Se estiver, preciso enviar uma mensagem urgente a ela.

— Desculpe-me, mas não temos permissão para dar informações sobre passageiros.

Evald Johannisen sabe bem qual vai ser o resultado dessa conversa se ele não pegar o touro a unha.

— Escute com atenção, querida. Estou certo de que você sabe bem que é direito da polícia receber acesso a todas as listas de passageiros que você tiver.

— Sim — Pie responde envergonhada. — Mas é que temos ordens para não dar nenhuma informação sobre pes...

— As listas são digitais, não são?

— Claro — ela diz, num tom de voz que elimina qualquer dúvida de que a Dogger Transportes não mantenha sua documentação em ordem.

— Então envie para mim toda essa droga de lista, e eu mesmo vou checá-la. E faça isso agora! Você tem caneta e papel?

Pie parece ter anotado o endereço Johannisen corretamente, e também parece ter acesso imediato às informações solicitadas, porque seis minutos depois um e-mail com uma planilha Excel chega à caixa de entrada dele.

A lista é organizada em ordem alfabética; Evald leva quatro segundos para encontrar o nome de Karen. Ele pega o telefone de novo. Dessa vez teria de ser ainda mais rápido.

— Boa noite, bem-vindo à Dogger Transportes, meu nome é Pie. Como posso ajudá-lo?

—Johannisen de novo. Obrigado pela lista, mas já perdemos dez minutos, então agora lhe peço que me escute bem e faça o que eu disser, entendeu?

— Entendi... — é a resposta hesitante de Pie, como se ela estivesse assustada por prometer coisas cegamente, mas também com medo de negar o que quer que fosse à voz autoritária do outro lado da linha.

— Como eu disse, preciso entrar imediatamente em contato com uma passageira da balsa em questão. Estou tentando ligar para ela, mas ela não atende.

— Bem, o sinal de telefone a bordo tende a ser instável.

— Então preciso que a tripulação a chame através dos alto-falantes, ou vão até a cabine dela, ou façam o que for necessário para encontrá-la e se certificarem de que ela me ligue.

— Sem problema — Pie responde animada.

Johannisen fica de queixo caído com a reação dela. Primeiro a idiotinha ameaça lhe negar as informações que ele poderia conseguir de qualquer modo passando por cima dos entraves burocráticos de sempre. E agora, de repente, ela diz que não há problema.

— Vou me assegurar de que eles anunciem o nome da passageira pelos alto-falantes. Qual é o nome da sua amiga?

Evald Johannisen quase explode de indignação.

— O nome dela é *detetive* Karen Eiken Hornby. E ela não é minha *amiga*! Entendeu?

— Me desculpe, não foi de propósito. Temos muitas pessoas tentando...

— Tá, tudo bem, mas faça o que for necessário para que a detetive receba a mensagem de que ela precisa telefonar para Evald Johannisen com a mais absoluta urgência. Ela tem o meu número. E agora você tem também — ele acrescenta enquanto digita os números e os envia de volta para Pie por e-mail. — Se ela não entrar em contato comigo em trinta minutos, volto a ligar para você.

E depois dessa ameaça, ele desliga o telefone.

83

KAREN PERMANECE AGACHADA, RESMUNGANDO E XINGANDO baixinho. Ela mal percebe os olhares que os passantes lhe dirigem, e de qualquer maneira não liga para o que pensam dela. *Como isso foi acontecer?*, ela pensa. *Eu mantenho meu celular comigo o tempo todo.* Então ela vê o pequeno ícone de sino riscado, e percebe que o som do celular está desligado. Para evitar chamadas do inspetor-chefe da polícia e de qualquer um que não tenha entendido bem que ela está de férias, Karen havia colocado o seu telefone no modo silencioso na noite anterior, antes de ir para a cama. *E aparentemente foi uma sábia decisão*, ela pensa. *Só na última hora foram três ligações. Vou ter que ligar para o inspetor-chefe da polícia e pedir a ele que atualize suas listas de chamadas.*

O que a preocupa é a chamada perdida de sua mãe. Karen verifica o horário da chamada e constata que a sua mãe havia ligado pouco depois das 20h30. E deixou mensagem no correio de voz, também. *Por que ela resolveu me ligar de repente no sábado à noite?*, Karen se pergunta, digitando o número do pin do seu correio de voz. *Sempre nos falamos aos domingos.* Ela começa impacientemente a escutar a gravação.

"Você tem duas mensagens. Mensagem um, gravada hoje às 21h34."
"Oi, meu amor, adivinhe onde estou? Não, você jamais conseguiria adivinhar. Harry e eu estamos justamente em

Londres, visitando a irmã dele, e agora estamos pensando em aproveitar e dar um pulo aí para ver você, também. Harry adoraria ver Langevik. Só vamos ficar uns dois dias, e não vamos incomodá-la; podemos ficar na casa de hóspedes. Há uma balsa partindo de Harwich amanhã por volta do meio-dia. Se quiser que a gente leve alguma coisa, ligue-me para avisar; de qualquer maneira, nos veremos amanhã! Amo você!"

Karen deixa o celular cair no colo, e por um instante fica imóvel, olhando sem expressão para o vazio. Então ela balança a cabeça e consulta o seu relógio: 00h14. O que deveria fazer? Telefonar agora para a mãe e pôr um fim aos planos dela ou esperar até amanhã de manhã? Sua mãe e Harry estão provavelmente dormindo a essa hora. *Felizmente eles estão dormindo*, Karen pensa consigo mesma. Ela ainda não conhece o milagroso Harry Lampard, mas não há dúvida de que sua mãe se apaixonara loucamente na terceira idade. E agora eles haviam deixado a Costa del Sol sem aviso para viajarem pela Europa visitando pessoas.

Karen decide enviar uma mensagem de texto agora e depois, pela manhã, telefonar para ela. Porque os planos da sua mãe tinham de ser definitivamente abortados. Karen já se enchia de horror só de pensar na reação de Eleanor Eiken ao chegar a casa em Langevik e dar de cara com Leo Friis. Leo, com a sua barba pessimamente aparada, vestindo uma calça de moletom de Karen, que só ia até o tornozelo dele, e uma camiseta apertadíssima com o logotipo da polícia de Doggerland. Pelo menos essa era a aparência de Leo quando ela o deixou horas atrás. Ele estava limpo, mas isso era realmente o máximo que se poderia dizer.

Oi! Eu adoraria, mas como estou a caminho da França, teremos que adiar o nosso encontro. Ligo para você amanhã. Amo você também! K

No momento em que envia a mensagem, outro pensamento horripilante ocorre a Karen: é possível que a sua mãe decida ir até o antigo lar dela mesmo que a filha não esteja lá. Ficar na casa por alguns dias e mostrar Langevik a Harry. Afinal de contas, Eleanor Eiken havia vivido ali por quarenta anos, e a área significa muito para ela, mesmo que Estepona tenha sido o seu lar nos últimos oito anos. *Não posso deixar que ela faça isso*, Karen pensa. *Tenho de ligar assim que acordar. Por que uma coisa dessas tinha que acontecer bem agora, meu Deus?*

A necessidade de fumar se torna imperiosa; ela precisa de um cigarro ou dois para acalmar os nervos antes de ir para a cabine. Ela fuça na bolsa freneticamente em busca de cigarros e isqueiro, até enfim encontrar os dois. Depois se coloca de pé outra vez. Suas pernas praticamente paralisadas; ela bate os pés alternadamente no chão para que a circulação se restabeleça, enquanto caminha na direção da porta que vai dar no convés.

84

QUANDO KARL BJÖRKEN ABRE A PORTA DE VIDRO QUE DÁ ACESSO ao corredor leste do terceiro andar da delegacia de polícia de Dunker, exatamente vinte e seis minutos haviam transcorrido desde a ligação de Johannisen. É 00h16, e ele se aproxima da mesa de Evald Johannisen com cara de poucos amigos.

— O que é que está acontecendo, caralho? — ele diz, mesmo enxergando claramente que o seu colega tem um fone encaixado na orelha.

Johannisen se volta para ele e retira o fone.

— Aquela velha chata não está atendendo.

— Que velha chata?

— Eiken. Faz uma hora que estou tentando falar com ela.

Karl Björken não faz nenhum comentário sobre o absurdo de Johannisen usar uma expressão dessas para se referir a uma pessoa quinze anos mais jovem do que ele.

— Acho que ela está dormindo. Já viu que horas são? O que aconteceu?

— Disa Brinckmann — Johannisen responde. — Foi assassinada.

Por alguns segundos, Karl Björken olha com expressão vazia para o colega. Então a ficha parece finalmente cair.

— Anne Crosby — ele diz, sentando-se.

339

— A irmã — Johannisen murmura, lembrando-se de que havia zombado muito dessa parte do relatório de Karen. — Mas é claro que não podemos ter certeza absoluta de que seja ela — ele diz sem convicção.

— Seja como for, ela é a conexão entre as vítimas. Karen queria investigá-la, mas Haugen e a promotora não permitiram. Eu também não dei ouvidos; tinha tanta certeza de que havia sido o Kvanne! Como somos idiotas!

— Bem, a coisa foi feia — Johannisen resmunga. — Alguém invadiu o apartamento de Disa Brinckmann e a matou.

— Como você descobriu?

— Hasse telefonou da Suécia. Parece que bateram a cabeça dela contra a ombreira de uma porta e depois a asfixiaram enquanto ela estava inconsciente, só pra garantir, mas a polícia sueca não tem nenhum motivo nem testemunhas.

Karl sabe que Hasse Kollind, primo de Johannisen, tem um cargo consideravelmente elevado na polícia sueca, mas sabe também que os dois primos não costumam ligar um para o outro para falar de trabalho. Então, por que Hasse teria ligado? E Johannisen, como se pudesse ler a mente do colega, responde:

— A filha de Disa Brinckmann aparentemente disse aos suecos que alguém da polícia de Doggerland tentou entrar em contato com a mãe dela. E não é preciso ser nenhum gênio para imaginar quem foi. Minha nossa, a Eiken estava coberta de razão!

Karl percebe o quanto é difícil para seu colega admitir que Karen havia farejado uma pista que todos haviam deixado escapar por entre os dedos. E mesmo assim Evald estava ali, empenhado em seu trabalho, no meio da noite.

— Quer dizer então que Karen não está atendendo as ligações. E se ela não estiver na balsa? Talvez ela tenha tomado uma balsa mais cedo e já esteja na França.

Johannisen vira a tela do computador e se afasta para o lado, ainda sentado na cadeira.

— Karen está na lista de passageiros — ele informa.

Karl olha para a lista de nomes em ordem alfabética:

```
Edmund, Timothy
Edgerman, Jan
Egerman, Charlotte
Eiken Hornby, Karen
```

Karl franze a testa. E antes que um pressentimento tenha a chance de se tornar um pensamento consciente, ele instintivamente segura o mouse e rola a lista para cima. Ele nem respira enquanto lê os nomes dos passageiros um por um.

```
Cedervall, Marie
Cedervall, Gunnar
Clasie, Jaan
Crawford, David
Davidsen, William
```

Por fim, Karl solta o ar num suspiro de alívio.

— Pelo menos não há nenhuma Anne Crosby a bordo — ele diz.

Johannisen está certo; tem que existir uma conexão, como Karen suspeitava, mas eles não precisam entrar em contato com Karen esta noite. *De qualquer modo, ela provavelmente está dormindo*, ele avalia. *Na certa desligou o som do celular agora que afinal está tirando férias.*

Karl Björken sente a adrenalina ceder e seus batimentos cardíacos desacelerarem, e começa a se levantar. No instante em que fica de pé, ele escuta a voz de Evald Johannisen atrás dele.

— Quê?! Puta que o pariu!

85

COM ALGUMA DIFICULDADE, KAREN ABRE A PORTA QUE DÁ ACESSO ao convés. O vento a apanha em cheio, e o ar está pesado devido à chuva acumulada. Pelo visto ela é a única passageira desesperada o bastante para enfrentar o frio, ou talvez todos os outros fumantes estejam amontoados em algum outro lugar.

Ela decide ir até um telhado protuberante debaixo do qual estão empilhados coletes salva-vidas brancos, mais adiante no convés, a sotavento. Uma súbita rajada de vento a atinge. Com o rosto voltado para a parede, ela puxa um cigarro e o isqueiro com os dedos, que se movem pesadamente devido ao frio. São necessárias quatro tentativas para que consiga enfim acender o cigarro. Karen fecha os olhos e traga profundamente.

Preciso evitar que ela faça isso, Karen pensa, imaginando mais uma vez a reação da mãe caso entrasse na casa e encontrasse Leo Friis lá. No cenário mais pessimista, ele poderia estar rodeado de garrafas vazias e cigarros de maconha.

Karen ainda não sabe ao certo se o seu retorno à ilha havia levado sua mãe a querer se mudar de país, ou se o fato de ter voltado para a casa da sua infância simplesmente dera a Eleanor Eiken um motivo para ir embora da velha casa de pedra. Depois que Karen voltou, Eleanor se manteve firme junto com ela por um ano antes de decidir que a filha era capaz de seguir com sua vida sozinha. Um ano surpreendentemente livre de conflitos, talvez porque Karen houvesse logo se mudado para a casa de hóspedes. Afinal, duas viúvas em uma casa era demais.

Eleanor e o pai de Karen sempre haviam sonhado em se mudar para um lugar com clima mais quente quando se aposentassem. No fim das contas, Eleanor teve de fazer isso sozinha.

Karen boceja e se espreguiça. De repente, percebe que toda a tensão com a mensagem da mãe a fez esquecer uma coisa. Havia outra mensagem de voz em seu telefone. Provavelmente só um pedido de desculpa do inspetor-chefe de polícia por ter telefonado para ela por engano; seja como for, porém, precisa ver o que é. Ela cogita ler a mensagem imediatamente, mas por fim decide terminar o cigarro e esperar até voltar para dentro. Vira a cabeça e vê a luz escapando pelas janelas num ponto mais distante do convés. De súbito, Karen é invadida por um cansaço quase insuportável. Então dá uma última e profunda tragada, joga o cigarro fora e o vê apagar-se no momento em que toca o convés.

Nesse exato instante, ela é violentamente empurrada por trás e lançada de cabeça contra a amurada.

86

KARL BJÖRKEN OLHA PARA A TELA NO MOMENTO EM QUE EVALD Johannisen pragueja. Realmente não há nenhuma Anne Crosby entre os passageiros; mas, no topo da lista, nos últimos nomes com a letra B, um detalhe alarmante salta aos olhos.

```
Bok, Anders
Bosscha, Ruud
Besscha, Marianne
Brinckmann, Disa
```

Os dois ficam completamente calados por alguns instantes.

— Mas que merda está... — Evald Johannisen começa, mas Karl Björken já está diante da mesa, pegando o telefone. Eles trocam um olhar e um aceno de cabeça. E então entram em ação.

Vinte minutos depois, Karl Björken tem de admitir que jamais havia se sentido tão impotente na vida. Pelo menos não desde que Ingrid dera à luz as crianças.

Ele e Johannisen tentaram tudo o que puderam. Sem precisarem de coordenação, fizeram as ligações que tinham de ser feitas, um anotando o que o outro já havia feito antes de passar à próxima etapa. Juntos, esgotaram a lista de intervenções possíveis e impossíveis. Contataram o inspetor-chefe, que emitiu um alerta. Também contataram o chefe da frota de helicópteros de guarda costeira em Framnes, que lhes informou que o tempo estava ruim demais para saírem a campo. O esquadrão de helicópteros da polícia deu a eles a mesma resposta. O vento ao longo da costa leste de Doggerland alcançou intensidade de vendaval, e a visibilidade é parca demais para um helicóptero decolar.

Eles falaram com o chefe de segurança da companhia de navios, que prometeu informar imediatamente e retornar a ligação. Foi confirmado que uma mulher de nome Disa Brinckmann, de acordo com o seu passaporte, possui uma passagem de ida e volta de Esbjerg para Dunker e de

Dunker para Esbjerg e que a balsa se encontra bem no limite entre águas territoriais doggerianas e dinamarquesas.

Os dois também acordaram Viggo Haugen, que, para variar, escutou sem fazer objeções e prometeu entrar em contato com a polícia dinamarquesa imediatamente. Além disso, informaram Jounas Smeed, que está a caminho da delegacia. Agora, a esperança é que a guarda costeira dinamarquesa possa enviar alguém. Ou que a tripulação a bordo da balsa consiga localizar Karen.

Ele coloca a cabeça entre as mãos e tenta pensar. Será que não há mesmo nada mais que possam fazer? E nesse instante Johannisen solta outro palavrão.

— Karl, venha até aqui depressa.

Sem sair da cadeira, Karl Björken vai deslizando com ela até a mesa do colega, que está apontando com veemência um dedo gorducho para a lista de passageiros na tela.

— Veja isso — Evald diz. — Parece que todo mundo está naquela maldita balsa. Só quero ver como o Jounas vai reagir quando descobrir que a garotinha dele está a bordo.

87

SUA PRIMEIRA SENSAÇÃO É DE FRIO. UM FRIO CONGELANTE E úmido que a faz ter consciência de que está viva. Em seguida, é um feixe de luz que corta a escuridão, causando uma pontada de dor na cabeça.

Karen não entende por que está caída no chão do convés, em meio à escuridão e ao frio, com a cabeça e os ombros colados a uma parede gelada. *Devo estar do lado de fora*, ela pensa, notando com espanto que há chuva caindo no seu rosto. O vento está rugindo em torno dela, e ela pode ouvir um som de batidas secas, ritmadas. Então ela se lembra.

Instintivamente, Karen tenta se levantar e ouve um grito. Ainda semiconsciente, ela fica impressionada ao se dar conta de que o som vem dela mesma, e que é engolido pelo vento assim que sai da sua boca. Seus olhos se movem rápido de um lado para o outro, incontrolavelmente, sob a luz tênue das lanternas e janelas, e então se detêm para se fixarem num ponto quase um metro adiante. Apenas agora ela percebe; sua perna esquerda está estendida num ângulo horrível entre ela e a amurada do navio. Ela não pode se mexer.

E em seguida ela nota a presença da mulher.

— Por favor, me ajude...

Karen se cala abruptamente. Dessa vez, a súbita percepção da realidade é tão poderosa que no mesmo instante ela recupera totalmente a consciência. A mulher que observa Karen, junto à parede do navio, curvada e ofegante devido ao esforço, não tem a intenção de ajudá-la. Ela está tomando fôlego antes de terminar o que havia começado.

E em meio à chuva, sob a luz fraca da lanterna posicionada sobre os nichos de coletes salva-vidas, Karen a reconhece. É a mulher com a bolsa cara, a mulher que havia retocado o batom com a ajuda de um espelho, a mulher que ficou parada olhando para as máquinas caça-níqueis. Agora ela endireita o corpo, e seus olhos estão tão cheios de ódio que Karen involuntariamente engasga.

Há algo de familiar nos traços dela e no caro penteado que agora se desfaz, com mechas de cabelo grudando no rosto pálido. Algo não está certo, algo não pode ser real. Um pensamento começa a se formar lentamente na consciência de Karen, procurando um modo de se sustentar. E ela não sabe se está dizendo isso em voz alta ou se apenas está pensando nisso.

— Você parece exatamente igual...

Ela grita quando a mulher dá um passo na sua direção.

O som é abafado pelas batidas monótonas das máquinas do navio e o rosnado ameaçador do vento ao redor de escadas e barcos salva-vidas. Apavorada, Karen agita os braços no ar para se proteger, brigando às cegas e debilmente contra o corpo debruçado sobre ela. Ela luta para continuar gritando quando a mulher agarra seus braços e tenta puxá-la para cima. Dessa vez, a dor é tão intensa que ela vomita. Os espasmos provocam dores excruciantes em seu peito, e algo dentro dela cede. Devagar, como se não estivesse acontecendo com ela, Karen nota que mais de uma costela do seu lado direito parece ter sido quebrada.

A mulher instintivamente a larga e dá um passo para trás. Ela olha com espanto para o vômito que escorre devagar pelas lapelas do seu blazer, mas o espanto logo se transforma em repulsa.

Karen ouve ao longe uma porta se abrindo; o som de sino e a música que vem do lado de dentro soam antes que a porta se feche novamente.

Ninguém vai enfrentar esse tempo horrível, ninguém vai se arriscar a ficar ensopado e congelar até os ossos por causa de um cigarro. Ninguém vai vê-la nem ouvi-la, mesmo que não haja nada além de uma fina parede entre ela e centenas de pessoas dançando e rindo do lado de dentro. Ninguém faz a menor ideia do que está acontecendo.

Tomada mais uma vez por espasmos de vômito, Karen tenta virar a cabeça para o lado a fim de evitar asfixiar-se com o próprio vômito. A música volta a ficar mais alta quando outra porta se abre, dessa vez atrás de Karen, mais abaixo no convés. Ela tenta gritar, mas não consegue produzir nenhum som antes que a porta se feche e o barulho de dentro silencie. *Eu não vou conseguir*, ela pensa, olhando para a mulher diante dela.

Anne Crosby vai me matar também.

De repente, Karen ouve o som de passos se aproximando, e a mulher diante dela recua até a parede novamente. Elas não estão mais sozinhas.

Um enorme sentimento de gratidão invade Karen; alguém havia saído, alguém enfim iria ajudá-la.

Então Karen ouve uma voz muito familiar, tão familiar que ela é tomada por um medo intenso, que faz seu sangue lhe subir à cabeça: o som da voz de Sigrid.

— Karen, é você? Não ouviu chamarem pelos alto-fa...

Sigrid se cala subitamente, e Karen sabe que ela agora deve estar perto o bastante para perceber que há algo errado.

— Sigrid, não venha até aqui! — Karen tenta gritar, mas está fraca demais; sua voz fraca é abafada pelo vento.

Karen tenta de novo. Pressiona desesperada a mão contra as costelas quebradas e grita.

— Vá para dentro e peça ajuda! Saia já daqui, Sigrid!

Mas Sigrid não volta para dentro. Em vez disso, continua a se mover para a frente, e entra no campo de visão de Karen.

— Meu Deus, Karen, o que aconteceu?

— Sigrid, me escute! Saia já daqui, vá buscar ajuda... Ela é perigosa! — Karen move os lábios bem devagar ao pronunciar a última parte da frase, tentando freneticamente indicar com os olhos a mulher oculta nas sombras. A mulher cuja presença Sigrid ainda não percebeu.

Sigrid segue o olhar de Karen na direção da parede do barco. Karen vê a expressão de espanto da garota e se segura na amurada a fim de

346

permanecer com as costas em posição vertical. E então fica assistindo, impotente, enquanto Sigrid, em vez de se virar e correr atrás de ajuda, dá alguns passos lentos na direção da mulher.

Anne Crosby está parada, imóvel, os braços pendendo frouxos ao lado do corpo.

Os cabelos longos e muito negros de Sigrid se agitam violentamente, chicoteando o ar, e cobrem o rosto dela como um véu. Ela os empurra para o lado com ambas as mãos, e para a alguns passos de Anne Crosby. Por alguns segundos, elas ficam totalmente imóveis, sem mover um músculo, encarando-se fixamente. E apenas agora Karen se dá conta do que Sigrid deve estar pensando. Só agora, quando vê o cabelo da mulher — que instantes atrás era impecável — todo molhado e mirrado, quando a luz fraca das lanternas torna impossível diferenciá-la de Susanne Smeed.

Não é ela!, Karen quer gritar. *Ela apenas se parece com ela! Vá embora daqui, essa é a mulher que matou a sua mãe... O nome dela é Anne Crosby, e ela é sua tia!*

Mas Karen simplesmente não consegue articular nem uma palavra.

Karen queria contar a Sigrid a verdade sobre a tia. No momento certo, quando estivessem na França. Ela acreditava que Sigrid poderia ser feliz assim. Que uma aproximação entre Anne e a garota ajudaria as duas a lidarem com a perda de Susanne. Agora, tudo o que ela quer é berrar o mais alto possível para que Sigrid fuja, mas seu corpo está enfraquecido, não há ar suficiente. A dor é esmagadora.

E por um momento que parece durar uma eternidade, Karen vê a expressão no rosto de Sigrid mudar. Vê as emoções brotando em sua face implacavelmente. Vê a dúvida se transformar num breve instante de felicidade antes que a realidade volte a desabar sobre ela. Uma realidade incompreensível.

Karen não pode ouvir a garota; ela apenas vê os lábios de Sigrid se mexendo, formando uma única palavra.

— Mamãe?

Alguma coisa se rompe dentro de Karen. Ela quer se pôr de pé num pulo, envolver Sigrid nos braços e protegê-la dessa experiência. Dizer a ela que tudo não passa de um pesadelo. Tudo o que ela pode fazer é reunir suas últimas reservas de força, enfrentar a dor e gritar o mais alto que pode.

— Não é ela, Sigrid! — ela urra. — Não é a sua mãe!

Talvez Sigrid a tenha escutado, talvez não. Talvez ela não ligue para o que Karen está tentando dizer, ou talvez não acredite nela. E agora os olhos da mulher começam a se mover rapidamente de um lado para o outro, entre Karen e Sigrid, como se ela também estivesse tentando compreender o que vê; e devagar, enquanto ela olha para Karen, a raiva que havia diminuído momentaneamente reaparece. Ela caminha até Sigrid e abraça a garota rígida. Aperta-a com força, sem desviar de Karen os olhos repletos de ódio.

Mesmo assim, Karen só percebe o quanto estava errada quando a mulher abre a boca.

— Sim, Karen — a mulher diz. — Sou a mãe dela. E você não pode fazer nada para mudar isso.

A mente de Karen começa a rodar em círculos, sem encontrar um ponto em que se fixar. Fotografias do corpo sem vida de Susanne Smeed no chão da cozinha. Os traços ainda tão familiares por trás do rosto grotescamente esmagado. O roupão aberto, os seios de silicone expostos, as mãos bem manicuradas, o brilho do cabelo nos pontos que não estavam cobertos de sangue. Karen havia visto e notado todas essas coisas. Achou algumas delas estranhas, mas aceitou o que estava diante de seus olhos, sem questionar. Ela se lembra da angústia de Kneought Brodal por ter de examinar o cadáver de uma mulher que ele havia conhecido e com quem já socializara. Os resultados de DNA que acabaram confirmando o que ele e todos os demais já sabiam: que a mulher morta era Susanne Smeed.

Todos os esforços de investigação se concentraram na busca pelo assassino. Ninguém pensou em investigar quem era a vítima.

E enquanto a verdade se impõe lentamente, Karen ouve a voz da mulher que não é Anne Crosby:

— Sinto muito, Sigrid. Não queria que você descobrisse. Queria que você pensasse que estava morta.

Sigrid produz um som que lembra ao mesmo tempo um choro e um uivo. Num movimento brusco, aflito, a garota dá alguns passos cambaleantes para trás. Escorrega, mas recupera o equilíbrio.

— Que merda você fez? — ela grita. — Quem é a pessoa assassinada, então?

Susanne Smeed parece genuinamente surpresa; ela inclina a cabeça para o lado e observa a filha com expressão apreensiva, como se não tivesse entendido bem a pergunta.

— A minha irmã, é claro.

Sigrid arregala os olhos, horrorizada. Sua mãe não tinha uma irmã. Ou tinha?

— Eu também não sabia sobre ela. No início, eu fiquei feliz. Antes de descobrir que as coisas estavam tão fora de lugar. Tive de matá-la. Você só iria tomar conhecimento disso daqui a muitos anos, quando eu já estivesse morta. Por que você está aqui? O que está fazendo aqui com ela?

Os olhos de Susanne se movem sem parar, oscilando entre Sigrid e Karen com um misto de ódio e confusão; ao aparecer de repente, Sigrid havia estragado os planos dela. Chocada, Karen percebe que o desespero de Susanne pode levá-la a fazer absolutamente qualquer coisa; matá-la simplesmente já não era mais o bastante, mas será que Susanne é louca o suficiente para matar a própria filha?

Sigrid olha fixo para a mulher diante dela. Para o rosto que está gravado na sua mente. Sua mãe, que ela havia amado e odiado. E enxerga a loucura que se mantinha oculta em Susanne, como a garota o tempo todo havia suspeitado; a loucura que a apavorava mais do que ela se atrevia a admitir, até para si mesma.

— Por quê?

Sigrid diz isso em voz tão baixa que a pergunta é engolida pelo vento, mas Susanne consegue lê-la nos olhos da filha.

— Você não vê? Ela ficou com tudo que era meu. Roubou a minha vida inteira. Expliquei isso tudo numa carta, Sigrid. Você iria recebê-la um dia, quando eu estivesse morta. Está na casa de Anne, na Suécia; é lá que estou desde a morte dela. É a *minha* vida agora.

Susanne então avança na direção de Karen, agacha-se diante dela e berra:

— E não vou deixar que você pegue o que é meu, sua puta desgraçada! Sigrid é minha filha, não sua. Não se esqueça disso.

Os olhos de Susanne faíscam de ódio quando ela ergue a mão e esbofeteia Karen com força. O golpe faz a cabeça de Karen se chocar contra o metal da amurada. Susanne se volta para Sigrid.

— Sempre vou ser a sua mãe! Ninguém pode tirar isso de mim!

Karen quase não percebe o feixe de luz acima delas, cortando subitamente o ar. Quase não escuta o som da sirene do navio e o ruído de gente correndo. Seu campo de visão se estreita, e todos os sons de repente se tornam remotos. Como se estivesse olhando por uma janela, Karen vê Susanne protegendo os olhos com a mão e olhando para cima, na direção dos holofotes do helicóptero, e depois a vê voltar-se de novo para Sigrid e balançar devagar a cabeça. O rosto de Susanne parece completamente inexpressivo. Esvaziado de toda e qualquer esperança de uma vida melhor. Vazio de vida. *Vai ser agora*, Karen pensa. *Ela vai tomar a sua decisão final.*

De súbito, Susanne se segura na amurada com as duas mãos e pula por sobre ela; Karen vê Sigrid se lançar sobre a mãe a fim de detê-la. Vê o seu próprio braço erguer-se numa tentativa desesperada de agarrar a garota. Um princípio de pânico a invade quando ela sente que Susanne pode arrastar Sigrid consigo.

A mão de Karen se fecha em torno do pulôver de Sigrid, e uma dor torturante a atinge quando o seu corpo é puxado bruscamente. Com uma força que ela não parece ter — mas que mesmo assim existe em algum lugar bem dentro dela, oculta sob camadas de desespero e anos de luto — ela força a mão a se manter fechada. Pois ela está segurando a vida em si mesma. Seus dedos estão agarrando a esperança, a própria esperança de cura e de redenção. Esperança para Sigrid. Para John. Para Mathis.

Para uma criança cuja vida foi perdida.

O vento açoita a mulher que agora está com uma perna balançando para fora da amurada. Seu corpo oscila; ela ainda está agarrada à barra de ferro branca.

— Leia a carta, Sigrid! — ela grita. — Você vai compreender.

Então ela abre as mãos e se solta.

E em algum lugar, muito distante de onde está, Karen escuta o brado de desespero que Sigrid lança quando a mãe despenca e desaparece na escuridão.

88

COMO SE ALGUÉM ESTIVESSE BRINCANDO COM O INTERRUPTOR, as luzes se acendem e se apagam ao redor dela. Clarões de luz contínuos que a obrigam a voltar à realidade, alternando-se com uma amena escuridão que lhe permite escapar de novo.

A luz acentuada quando os paramédicos a colocam em uma maca, e depois uma picada de agulha que faz a onda de dor ceder lentamente.

Antes de mergulhar na escuridão de novo, Karen escuta o barulho sibilante de hélices girando e o ruído de correias sendo apertadas. Vibrações tênues, vozes suaves falando uma língua diferente da dela, vozes desconhecidas dizendo-lhe para não adormecer.

— Não durma, querida.

Parece a voz de Marike, Karen pensa. *Mas por que ela estaria aqui?*

Karen não se lembra de nada relacionado com sua ida ao principal hospital de Copenhague; mas, quando as luzes são ligadas de novo, ela vê tubos, jalecos brancos e olhos atentos. Por um momento, não compreende por que está em um hospital. Seu despertador provavelmente vai soar a qualquer instante, e ela vai ter de se levantar para ir trabalhar. Seu próximo pensamento consciente é que há um zumbido alto ao seu redor. Agora ela tem a sensação de que está entrando em um túnel, e pensa consigo mesma que sua morte provavelmente se aproxima. Essa deve ser a sensação. Deve ter sido assim para John e Mathis.

E ela sente que há um sorriso em seus lábios quando percebe que não é tão ruim assim, afinal.

Mas então as luzes são ligadas de novo, e Karen é chamada de volta. Ela não vai morrer hoje, pelo visto. O zumbido parou, substituído por vozes. Vozes murmurantes, dizendo palavras que ela consegue entender a princípio; porém depois ela não mais as reconhece e entra em pânico. Mais picadas de agulha e mãos tranquilizadoras. E agora ela pode ver olhos gentis entre solidéus verdes e máscaras brancas. Por fim, tudo fica escuro novamente.

Karen não sabe dizer ao certo como o tempo passou, se foi rápido ou devagar. Mais tarde ela seria informada de que havia passado quase três dias inteiros no hospital em Copenhague depois da cirurgia, antes de ser levada de volta para Doggerland. E que levaria algum tempo antes que ela pudesse voltar para casa. Dias insuportavelmente longos que ela tem de passar imobilizada em uma cama no Hospital Thysted, em Dunker. Ela havia escapado da pancada na cabeça com nada além de lacerações, uma grave concussão e uma fratura de crânio. Catorze pontos, antibióticos e muito descanso resolveriam esses problemas, de acordo com seus médicos. Estabilizada, sua caixa torácica está mantendo as costelas no lugar. Sua perna esquerda, contudo, que teve uma fratura bem acima do tornozelo, e seu joelho, que teve dois tendões rompidos, são casos diferentes. Karen terá de passar pelo menos duas semanas no Thysted antes que sua alta possa começar a ser discutida. E depois de sair do hospital, ela deverá convalescer em casa e fazer visitas frequentes a um fisioterapeuta.

— Mas sua recuperação será completa.

A carta de Susanne é encontrada numa casa em Limhamn, que Anne Crosby havia herdado do pai. A casa na qual Susanne morou por vários dias enquanto se fazia passar por Anne. Susanne não tinha feito nenhum esforço para esconder o envelope com o nome de Sigrid escrito nele. Como se trata tecnicamente de material para a investigação, cinco pessoas o haviam lido: Karl Björken, Evald Johannisen, Dineke Vegen, Viggo Haugen e Jounas Smeed.

Karen recebe uma cópia também, embora esteja em licença por motivo de saúde e afastada do caso. Ela ainda está confusa devido aos analgésicos quando Karl lhe pergunta se ela se sente forte o suficiente para ler o que Susanne Smeed havia escrito para a filha.

— É bem doentio — ele a avisa.

Karen faz que sim com a cabeça, lentamente, e pega a carta. Com uma crescente sensação de desconforto, ela olha para as linhas cheias, as furiosas letras em maiúsculas, as partes sublinhadas, a escrita ruim e os erros de grafia. E então começa a ler.

Para Sigrid,

Se você estiver lendo esta carta, significa que estou morta. Você já deve ser uma mulher com idade avançada, talvez até tenha filhos. Talvez você tenha suspeitado que a mulher morta na casa em Langevik não era eu. Acredito que uma pessoa pode sentir se sua mãe está viva ou não.

Mas de fato eu matei e quero que você saiba por quê. Não para que você me perdoe, mesmo porque não quero ser perdoada, mas você precisa compreender.

Seu pai não passa de um safado filho da puta (me desculpe, mas essa é a verdade) que nasceu em berço de ouro, recebeu tudo de mão beijada, enquanto eu tive que correr atrás. Sempre tive que correr atrás!!!

E nem agradecido ele era. Mesmo sendo um "legítimo Smeed", e eu não era "o tipo de gente certa", era o que a família dele achava. O avô dele era o pior de todos!!! Axel Smeed exigiu um acordo pré-nupcial em troca de ajuda para que a gente arranjasse um apartamento e nessa época você ainda era só um bebê. Ele até ameaçou deserdar o seu pai se a gente não assinasse.

Eu não recebi nada no divórcio!!!

E o Axel também roubou o que era da minha mãe, roubou a minha herança. Você precisa saber disso. Ele comprou toda a terra do meu pai, pedaço por pedaço, por uma miséria, até que não me restasse mais nada de herança.

Debaixo do meu nariz!!!

Eu não sabia nada sobre isso até depois do divórcio. Tudo o que o seu pai quis me dar foi "um pouquinho" todo mês para que você pudesse ter uma "qualidade de vida tolerável" enquanto estivesse comigo.

Babaca ordinário!!!

Seu pai quis ficar com tudo, enquanto eu, eu tive que dar duro.

Quando você foi embora também, fiquei totalmente só. Sem amigos, e o trabalho era um inferno. Depois de alguns anos, não consegui mais aguentar. Só queria morrer e pensava em me matar todo santo dia.

Karen deixa a carta cair sobre o peito e fecha os olhos.
— Sigrid vai ter de ler isso? Ou já leu?

— Tivemos de mostrar a ela — Karl diz da cadeira em que está sentado. — Ela tem mais de dezoito anos, e a carta está endereçada a ela. Ela a recebeu ontem.

Ela jamais vai ser a mesma novamente, Karen pondera. *Jamais.* Então ela pega a carta de novo e se obriga a continuar lendo.

As coisas estavam assim quando uma mulher chamada Disa Brinckmann entrou em contato comigo.

Ela havia vivido numa comunidade com os meus pais e estava lá quando nasci. Ela me contou que a minha mãe, na verdade, não era quem eu pensava que fosse. Meu pai me concebeu com outra mulher.

Mas a Disa também disse que eu tinha uma irmã gêmea.

Eles nos separaram como se fôssemos filhotes de gato!!! Minha irmã foi levada para a Suécia e eu fui deixada para trás.

Eu me encontrei com Disa Brinckmann e com a minha irmã em Malmö.

No início, não notei tanta semelhança porque ela parecia muito melhor do que eu na aparência. Mas então a gente percebeu. Éramos exatamente iguais!!!

Ninguém havia reparado que éramos gêmeas idênticas quando nascemos. Nem mesmo Disa Brinckmann tinha percebido até o momento do nosso encontro. Tínhamos até a mesma voz e falávamos do mesmo jeito, porque nós duas crescemos falando sueco em casa. Era como se fôssemos a mesma pessoa!!!

Eu fui a Malmö mais duas vezes para ver Anne e nós conversávamos por telefone. Ela vivia nos EUA, mas disse que estava vendendo tudo por lá e voltando para casa.

Foi então que percebi que ela era muito rica.

Ela tinha tudo, e eu não tinha nada.

Mas tudo o que ela tinha podia ter sido meu, facilmente!!! Se eu tivesse ido para a Suécia, e ela tivesse ficado em Langevik. Por culpa do acaso, ela recebeu tudo e eu não tive nada!!!

Então decidi que mudaria tudo. Ela viria me visitar e se hospedaria na minha casa. Ela chegou em um navio de cruzeiro que ficaria parado por um dia, e eu fui buscá-la.

Naquela manhã, fiz o que tinha de fazer. Você não precisa saber como fiz.

Então, tomei o lugar dela no navio e simplesmente assumi a identidade dela.

Na verdade, foi mais fácil do que eu pensava, porque ninguém olha duas vezes para uma mulher da minha idade.

A única pessoa que sabia que éramos gêmeas era Disa, por isso tive que me livrar dela também para me sentir segura. E agora preciso me livrar de mais uma pessoa que está bisbilhotando, fazendo perguntas. Ela trabalha com o seu pai, mas mora na vila. Você sabe quem ela é. Ela sempre foi uma grande vadia, dorme com todo mundo, então pelo menos dessa vez vou fazer um favor ao mundo, essa mulher não vai fazer grande falta.

Karen olha rapidamente na direção de Karl, mas ele está olhando pela janela. Então ela lê as linhas finais.

Tudo o que eu quero é viver a vida que deveria ter sido minha desde o princípio.

Anne ficou com a primeira metade, e eu tomei o que restou.

Espero que você compreenda. Sempre amei você.

Mamãe

O quarto fica em total silêncio por vários minutos.

— Na certa, ela estava no meio de um surto psicótico quando escreveu isso — Karl diz.

Karen não faz nenhum comentário.

Então ele se levanta para ir embora. A última coisa que ele diz expressa a única coisa que ela pode pensar nesse momento:

— Pobre Sigrid.

89

TODOS APARECEM PARA VISITAR KAREN. REUNIDOS EM TORNO da cama de hospital, com os olhos cheios de apreensão, eles se tranquilizam ao saber que é improvável que Karen sofra sequelas ou danos permanentes. Marike, Aylin, Kore e Eirik. E a sua mãe.

Eleanor Eiken, deixando bem claro que em hipótese nenhuma voltaria para a Espanha até Karen receber alta, havia tomado a decisão de se mudar para a casa em Langevik, e mandado Harry de volta para o apartamento deles em Estepona.

Leo Friis aparentemente ainda está lá também. Assim como Rufus, ele parece ter decidido ficar. Karen não sabe se ele acabou ficando na casa de hóspedes ou se ele e Eleanor estão compartilhando a casa principal. Porém, Karen não tem energia para perguntar nem para responder nada. Não a surpreende que Leo não tenha aparecido no hospital; ela ainda não sabe como conseguirá se livrar dele, mas essa questão parece totalmente irrelevante no momento.

Karen só consegue pensar em Sigrid.

— Ela não anda lá muito bem — Eleanor diz.

— Não admira. Onde ela está ficando agora? Ela não está sozinha, está?

— Não se preocupe. Estamos de olho nela.

— É possível que ela me culpe pelo suicídio da mãe. Você acha que ela me culpa? É por isso que ela não atende as minhas ligações?

356

— Acho que ela está culpando a si mesma, Karen. Sei que ela está.

— Por quê? Nada disso é culpa dela.

— Não se faça de tonta, Karen. Você deveria compreender essa situação melhor do que qualquer pessoa.

— Talvez eu possa falar com ela...

— Nesse momento, Sigrid tem medo de tudo. Ver você desse jeito, surrada, enfaixada e engessada, só vai servir para deixá-la mais ansiosa.

Karen percebe que só pode imaginar uma fração do que Sigrid está enfrentando, mas mesmo essa fração é demais para uma garota de dezoito anos suportar. O choque de descobrir que a mãe era uma assassina. De perder a mãe uma vez e então perdê-la novamente. A angústia de estar dividida entre a repulsa pelo que a mãe fez e a tristeza pela amargura que se transformou em loucura. Tristeza por uma vida desperdiçada. E o papel que o seu avô teve na história; e o papel que o próprio pai desempenhou. Se o relacionamento de Sigrid com o pai já era ruim antes, agora deve estar completamente arruinado.

E pela primeira vez, Karen compreende que Sigrid havia sido moldada pela constante necessidade de trilhar seu caminho entre a fria arrogância do pai e a instabilidade emocional e mental da mãe. E pela consciência de que ela é inevitavelmente parte deles.

Sim, Karen só pode compreender essa pequena fração. Ainda assim, ela gostaria de poder falar com Sigrid: dizer à garota que nada é culpa dela, que ela não é responsável pelos pecados dos pais. Que ela não está sozinha.

Mas tudo o que ela pode fazer é ficar deitada na cama do hospital e esperar que o seu corpo se cure o bastante para que ela possa receber alta.

— Vamos ficar de olho nela — Eleanor diz novamente. — Leo e eu. Ah, e falando no Leo, ele instalou a portinha do gato.

90

E ENTÃO OS COLEGAS DE TRABALHO VÊM PARA VISITÁ-LA. UM após o outro, eles chegam trazendo uvas e jornais e flores que a sua mãe aceita com um sorriso paciente antes de sair andando pelos corredores do hospital em busca de outro vaso. Cornelis Loots, Astrid Nielsen, Sören Larsen e um extremamente embaraçado Viggo Haugen, um substituindo o outro com tal precisão que Karen tem a sensação de que alguém no departamento elaborou um esquema. Visitas afetuosas, breves, olhares preocupados quando a dor na cabeça e no joelho fazem Karen chamar a enfermeira para pedir mais analgésicos. Por fim, algumas palavras murmuradas para a mãe dela antes de irem embora com a promessa de que logo voltarão.

No terceiro dia, Evald Johannisen aparece à porta.

— Pois é, Eiken — ele diz, colocando as uvas que havia comprado em cima das outras na vasilha sobre a mesa de cabeceira dela, antes de se sentar em uma das cadeiras.

— Pois é, Johannisen — Karen responde.

— E não é que você estava certa mesmo? Bem, até uma galinha cega pode pegar uma minhoca às vezes.

Mas alguma coisa está diferente; Karen não sente vontade de lhe dizer com todas as palavras que ela estava totalmente certa. Que ela quis continuar investigando pistas que todos haviam ignorado completamente, apressados que estavam para encerrar o caso. Que havia de fato uma relação entre o homicídio de Susanne Smeed e o que acontecera em uma comunidade em Langevik, mais de quarenta anos antes. Que eles estavam errados. E ela estava certa. Porém, Karen não menciona nenhuma dessas coisas. Porque a verdade é que ela havia acertado apenas em parte.

— Quero te agradecer, Evald. Por entrar em ação quando descobriu que Disa Brinckmann tinha sido assassinada.

Johannisen dá de ombros.

— Só sinto por não ter descoberto isso algumas horas antes.

Ele olha discretamente na direção da perna dela, que está engessada e presa a um fixador para que o joelho fique imobilizado.

Mas esse cessar-fogo entre os dois soa estranho, e o silêncio ecoa pelo quarto. Eles haviam interagido exclusivamente através de sarcasmo, alfinetadas e cara feia durante tanto tempo que agora nenhum dos dois sabia o que dizer. Não mais do que cinco minutos após ter chegado, Evald Johannisen fica de pé, clareia a garganta e abre a boca para falar, mas Karen é mais rápida.

— Você continua sendo um babaca, Evald — ela diz com um sorriso.

Sem responder, ele tira uma uva da pilha na vasilha, joga na boca e vai embora, mas Karen repara que os ombros dele estão mais relaxados, e um instante antes de a porta se fechar ela ainda consegue ver rapidamente um sorriso brincando no canto da boca de Evald.

Karl Björken não sorri. Pelo menos não até sua terceira visita, quando a bandagem em torno da cabeça de Karen é substituída por uma simples compressa para cobrir os pontos, e as contusões no rosto dela exibem um tom de verde mais pálido e amarelado.

— Você deu um susto e tanto na gente — ele diz, sentando-se perto da janela.

As cortinas tinham sido abertas após a melancolia dos primeiros dias; Karen observa um bando de aves migratórias voando para o sul. *Vocês vão chegar bem mais longe do que eu*, ela pensa. Karen não vai mais fazer nenhuma viagem para a França, não neste Natal nem no Ano-Novo.

— Brodal está desolado — Karl diz.

— Não foi culpa dele. Nem o DNA poderia revelar que não era Susanne naquela cozinha.

— Por isso mesmo. Isso o abalou profundamente.

— Bem, duvido que ele tenha de lidar com um caso desses de novo — Karen comenta, olhando pela janela. — É preciso dizer que entre dois e três por cento de todos os bebês que nascem são gêmeos — ela relata monotonamente. — E desses, cerca de um terço compartilha um óvulo. Apenas nesse país há cerca de dez mil pares de gêmeos, três mil dos quais são monozigóticos, mas a probabilidade de que sejam vítimas ou perpetradores de crimes graves é desprezível. — Ela ri da expressão maravilhada de Karl e acrescenta: — Cornelis veio me visitar ontem.

— Ah, já vi tudo, o bom e velho Loots ataca de novo. Ele trouxe mais informações para distrair você?

— Provavelmente sim, mas já me esqueci do que se tratava. Ah, sim! Gêmeos idênticos, ao que parece, têm o mesmo DNA.

— Eu poderia ter dito isso a você — responde Karl. — Isso explica por que o único DNA que encontramos era o da própria Susanne. — Ele se inclina para a frente. — Quanto disso era suspeito para você?

— Não muito — ela admite. — Eu não conseguia acreditar que Kvanne fosse o nosso cara, mesmo sendo difícil ignorar o fato de que ele havia mentido ao negar que tinha estado em Langevik. Ele dificilmente teria sido capaz de arrombar a casa e roubar o carro sem deixar nenhum vestígio. E senti no ar algum tipo de ligação pessoal, mas tinha uma ideia muito vaga do que seria essa ligação. Ou pelo menos vaga demais para convencer Haugen a me deixar prosseguir. Por outro lado, mesmo assim consegui causar um bom estrago.

— Está se referindo a Disa Brinckmann?

Karen faz que sim com a cabeça.

— Você não poderia prever que ela seria assassinada, Karen.

— Não, claro que não, mas você sabe como é...

Ela estende as mãos como se pretendesse abarcar todas as coisas com as quais ela já sabe que Karl está familiarizado. Velhos arrependimentos com relação a pessoas que você poderia ter salvo. Poderia, se tivesse feito as coisas de outra maneira.

— Você está divagando assim porque tem muito tempo livre agora — ele diz. — A propósito, quanto tempo mais eles vão mantê-la aqui?

— Mais duas semanas, no mínimo. Foi o que me disseram.

— Bem, pelo menos você vai ter um monte de visitas — Karl observa, gesticulando na direção da pilha de uvas.

Karen sorri fracamente.

— Pois é, até o Johannisen apareceu aqui outro dia.

— E então, fizeram uma trégua?

— Pelo menos por enquanto — ela responde. — Ele é um bom detetive, apesar de ser um cretino. Se ele não tivesse somado dois mais dois, provavelmente eu não estaria aqui.

— Quem encontrou você foi a Sigrid — ele argumenta.

— Sim, mas ela jamais pensaria em me procurar se não tivesse escutado o meu nome quando foi anunciado pelos alto-falantes.

— O que ela lhe disse a respeito disso?

— Não conversei com ela.

Karen faz uma careta, sabendo que Karl vai pensar que ela está sentindo dor. Essa careta tem sido seu recurso para fazer os visitantes levantarem-se e irem embora.

Minutos depois, quando ele sai e a porta do quarto se fecha com uma ligeira lufada de ar, Karen se volta novamente para a janela, sentindo a garganta arder de pesar. Ela não tem o direito de se sentir dessa maneira. Não tem o direito de pensar que Sigrid iria querer se aproximar dela. Não tem nenhum direito. A dor por uma criança perdida não pode ser amenizada com outra criança.

Ela se lembra das palavras de Susanne Smeed: "Ela não é sua filha. Não se esqueça disso".

91

NO OITAVO DIA, JOUNAS SMEED APARECE NA ENTRADA DO QUARTO de Karen. Ela está cochilando depois de ter almoçado, e a voz dele a desperta.

— Então é aqui que você está se escondendo?

Sem responder, ela estende a mão para pegar seu copo de água, e percebe que provavelmente estava ressonando alto. O fixador em torno da sua perna força-a a ficar deitada de costas, e a sua boca está completamente seca. Ela bebe a água em silêncio e com avidez, enquanto espera por um comentário desagradável do chefe parado à porta, mas algo indica que Jounas não está com disposição para tiradas sarcásticas.

O rosto dele está pálido, e os círculos escuros abaixo dos olhos destacam-se na luz forte que penetra no recinto pelas janelas. Por um momento, Karen imagina que pode enxergar cada sentimento contraditório dentro dele: alívio, irritação, preocupação, raiva. E algo que jamais havia visto em seu chefe antes: incerteza. Um estranho constrangimento que perpassa os eventos que o colocam diante de Karen agora.

Pela primeira vez, Karen sente que tem a vantagem, mesmo ressonando e presa a uma cama. Ela sabe e ele sabe. A avaliação de Jounas sobre o caso e as decisões dele haviam contribuído para que ela terminasse inerte numa cama de hospital. Ele é responsável pela situação dela apenas em parte, claro, mas é o suficiente para encher o quarto com um silêncio acusador. Sem dizer uma palavra, Karen o observa enquanto ele sai da porta e caminha até perto da cama.

Jounas não comprou uvas, jamais iria tão longe, mas ele coloca um jornal na mesa de cabeceira antes de se sentar na cadeira para visitantes e cruzar suas longas pernas de modo casual. Ele mostra desgosto por um momento, quando olha para as contusões de Karen e para a armação de metal em torno da perna dela.

— Como está se sentindo? — ele pergunta com expressão consternada.

— Já estive melhor — ela responde, e o vê acenar com a cabeça. Agora com o olhar convenientemente preocupado de um líder. — E já estive pior, também — ela acrescenta com um sorriso amargo.

Ele retribui o sorriso rapidamente, quase distraído.

— Você sabe por quanto tempo pretendem manter você aqui?

Karen repete ao chefe o que os médicos lhe haviam dito sobre as próximas semanas e a licença por doença e a reabilitação que se seguirá.

— Pelo visto você só vai voltar no ano que vem, então — ele diz.

Ela ouve a pergunta implícita e responde com o silêncio. Num esforço para retardar a resposta, ela pega novamente o copo de água, e sente os olhos de Jounas sobre ela. Então ele respira fundo e faz a pergunta de maneira direta.

— Porque você vai voltar, não vai, Eiken?

Seria fácil adiar a decisão, esperar para decidir durante as próximas semanas, mas algo na voz dele a faz responder com franqueza. Um apelo silencioso por reconciliação. Um pequeno sinal de preocupação.

— Andei pensando sobre o assunto — ela diz com honestidade. — Antes de sair de férias, estava praticamente decidida a solicitar uma transferência.

— E agora? Mudou de ideia?

— Estou pensando em ficar e tentar mais uma vez — ela diz sem rodeios. — Mas você vai ter que fazer mudanças nesse seu estilo de comandar. Um pouco menos daquelas bobagens de adolescente, para ser bem clara. E não quero ser deixada de lado quando aparecerem casos sérios — ela acrescenta.

— Você é atrevida — ele diz. — Bem, acho que também seria se estivesse no seu lugar. E durante quanto tempo você vai me torturar porque estava certa e eu estava errado?

— Prefiro não comentar. — Dessa vez, ela se permite sorrir levemente. Jounas Smeed balança a cabeça e suspira.

— Tudo bem, acho que mereço isso.

— Vocês fizeram progressos com os crimes de Moerbeck e Odinswalla? Algum suspeito em vista?

— Nada ainda — ele admite com desânimo. — Por outro lado, tudo indica que o sujeito interrompeu os ataques por algum tempo, ou quem sabe tenha parado completamente. Não há novos casos desde aquele em Atlasvägen. Acho que é por causa do frio — Jounas acrescenta. — Esse tipo de desgraçado não gosta de baixar as calças quando a temperatura cai abaixo de zero.

Karen pensa nos casos sobre os quais leu quando estudava criminologia.

— Talvez ele demore meses para voltar a atacar — ela observa. — Alguns anos atrás, na Suécia, apareceu um cara que tinha coisas em comum com os nossos casos. Ele continuou agindo durante anos até ser apanhado.

Jounas faz que sim com a cabeça, mas não diz nada; Karen continua.

— Provavelmente é só uma questão de tempo antes que o nosso cara ataque de novo, e quando ele fizer isso, quero estar lá para pegar o miserável.

Jounas se levanta e olha pela janela. Ele não diz nada; Karen espera. Ela instintivamente sabe que ele já não está mais pensando em casos encerrados ou em andamento. *E ele não veio aqui para me ver, simplesmente; o seu verdadeiro motivo é outro*, ela reflete, olhando para as costas de Jounas.

— Você está pensando em Sigrid — ela diz, e percebe que ele fica rígido antes de se virar.

Por uma fração de segundo, ele parece prestes a expressar em palavras toda a raiva e a frustração que deve estar sentindo porque Sigrid estava na balsa. Porque Karen a levou junto em sua viagem de férias sem avisá-lo. Porque Karen tem um bom relacionamento com Sigrid, enquanto ele e a filha não se dão nada bem.

— Ainda não falei com ela, aliás — ela diz calmamente.

Há frieza nos olhos dele agora, e ceticismo.

— Ah, é mesmo? Porque tive a impressão de que vocês ficaram muito amiguinhas de uma hora para a outra. Unidas no ódio que sentem por mim, eu suponho.

Karen é tomada por uma vontade irresistível de ser malvada. De interrompê-lo ostensivamente, e feri-lo de maneira profunda e irremediável. De expor seu próprio luto. E ela sabe que não tem esse direito.

— Acredite no que quiser — ela diz. — Mas ela não manteve contato comigo. E não atende as minhas ligações. Talvez ela nos culpe pela morte de Susanne.

Jounas parece perceber que Karen tem razão, e ela nota que ele se prepara para fazer uma última e desesperada tentativa.

— Quero que entre em contato comigo imediatamente se a minha filha procurar você. Se ela disser onde está. É uma ordem, Eiken. Estamos entendidos?

Karen olha diretamente nos olhos dele.

— Não posso prometer isso. Não se a Sigrid não quiser.

Ela continua encarando-o, e vê a raiva dele abandoná-lo, como se o esforço para manter esse sentimento vivo tivesse se tornado insustentável. O peito de Jounas parece murchar; já não há mais nenhuma expressão em sua face. A única coisa que resta é uma infinita tristeza.

E Karen se dá conta de que não está mais olhando para o seu chefe — ela está olhando para o pai de Sigrid.

— Uma coisa eu posso prometer — ela diz. — Eu jamais diria nada de ruim a Sigrid sobre você. Gosto demais da garota para falar mal do pai dela.

EPÍLOGO

DUAS SEMANAS DEPOIS, ELEANOR EIKEN EMPURRA A CADEIRA de rodas de sua filha, e as duas passam pelas portas de vidro do hospital. Karen quer ir para casa. Desde a primeira semana, quando ainda estava drogada e sentia muita dor, a saudade que sentia de casa só fazia crescer a cada dia que passava. Ela anseia por poder decidir quando a sua porta vai se abrir ou se fechar, quando vai ter visita e quando não vai. Por poder decidir o que e quando vai comer. Ela quer se livrar do cheiro de desinfetante e do som das sirenes das ambulâncias. Quer chorar em paz.

E mais do que qualquer coisa, ela anseia por um copo ou dois de vinho e um cigarro.

Seria melhor para Karen se pudesse ficar sozinha em casa, mas ela sabe que vai precisar da ajuda da mãe, pelo menos no início. É por esse motivo que reage com surpresa e alívio quando ouve Eleanor anunciar descontraidamente que tomará um avião de volta para a Espanha depois de amanhã.

— Harry está ligando todos os dias, perguntando-me quando vou voltar — ela explica, empurrando a cadeira de rodas na direção da saída. — A propósito, ele manda lembranças. Vou ter de trazê-lo para Langevik assim que você estiver melhor. E, bem, voltaremos no Natal, é claro, se não antes.

Karen não sabe o que dizer. Durante duas semanas ela esperou ansiosamente por esse momento, mas agora, quando enfim pode ver de novo o mundo real, do lado de fora das portas de vidro, ela quer retornar ao ambiente que lhe oferecia segurança.

— Você vai ficar bem. E nem preciso dizer que vou telefonar todos os dias para saber como você está — Eleanor garante à filha enquanto as portas do Hospital Thysted se fecham atrás delas.

O ar do lado de fora do hospital é limpo e fresco. Karen respira fundo algumas vezes, e se prepara para passar às muletas e percorrer mancando os poucos metros que as separam dos táxis enfileirados na rua do hospital. Porém, em vez de parar, Eleanor Eiken continua empurrando a cadeira de rodas na direção do estacionamento mais adiante.

O peito de Karen se aperta quando ela avista o próprio carro, mas não é a visão do seu Ford verde sujo que a faz contrair os lábios tentando não cair no choro.

De pé ao lado do veículo está Leo Friis, dando uma última tragada num cigarro antes de jogá-lo no chão e esmagá-lo com a bota.

E Sigrid está dentro do carro, atrás do volante.

ASSINE NOSSA NEWSLETTER E RECEBA
INFORMAÇÕES DE TODOS OS LANÇAMENTOS

www.faroeditorial.com.br